DAS CHINESISCHE
DEKAMERON

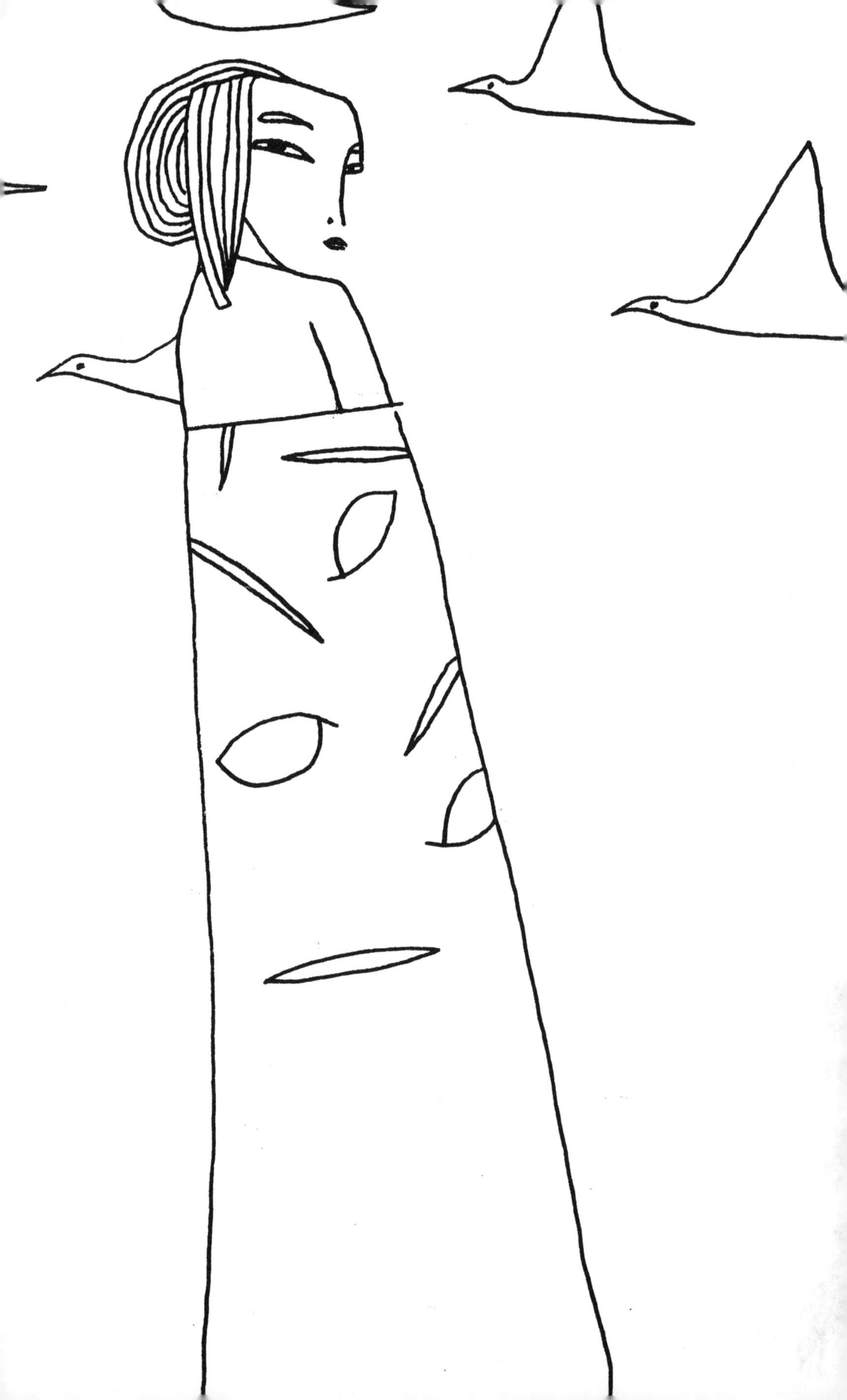

DAS CHINESISCHE DEKAMERON

Übersetzt von Johanna Herzfeldt
Mit Bildern von Mehrdad Zaeri

BÜCHERGILDE GUTENBERG

INHALT

DAS

SINGMÄDCHEN

TU SCHIH

›Die wilden Tatarenstämme aus dem Norden sind geschlagen und hinweggefegt; das Reich der Ming ist errichtet im Zeichen des Drachens und des Phönix.

Zu seiner Linken wird dieses Reich vom offenen Meer bespült, so weit das Auge reicht; auf seiner Rechten von den unzähligen Ketten des Tai-ssing-Gebirges begrenzt.

Unentwegt schirmt ein Wall von Lanzen und Hellebarden das Reich auf neun Seiten; aus allen Staaten der Welt kommt der hohe Adel zur Huldigung.

Friede und Freude in China und in der Welt; unser Reich wird ewig sein wie die Sonne.‹

Mit diesen Worten besingt der Dichter die Herrlichkeit unserer Hauptstadt Peking. Gegen den Norden von gewaltigen Engpässen eingefasst, zum Süden hin mit freiem Blick über das weite Reich, ist Peking wahrlich eine von der Natur geschaffene Hauptstadt, die nach zehntausend Jahren noch nicht vom Erdboden verschwunden sein wird.

Nach seinem Sieg über die Tataren hatte Kaiser Hung Wu Nanking zur Hauptstadt gemacht. Aber Kaiser Jung Lo führte ein Heer gen Norden, um in diesem Teil des Reiches Ruhe und Ordnung herzustellen, und verlegte die Hauptstadt nach Peking. Das hatte zur Folge, daß dieser rauhe, unwirtliche Landstrich in eine Welt voller Blumen aus Seidenbrokat verwandelt wurde.

Auf Kaiser Jung Lo folgten neun Herrscher. Dann bestieg Wan Li als elfter Herrscher den Thron der Ming. Er war ein kluger und unternehmender Fürst, reich an Tugenden und Talenten.

Bei seinem Regierungsantritt war er zehn Jahre alt. In den achtundvierzig Jahren seiner Herrschaft führte er drei siegreiche Kriege: gegen die Stammesfürsten Bo Tscheng-en und Jang Jing-lung und gegen den japanischen Heerführer Hidejoschi. Bei den Stammesfürsten handelte es sich um örtliche Aufstände, aber Hidejoschi hatte Korea überfallen. Alle drei wurden geschlagen und zurückgedrängt. Darauf wurden selbst weit entfernt wohnende Stämme von Furcht gepackt und leisteten dem Ming-Kaiser eiligst Tribut. Es konnte wirklich mit Recht gesagt werden:

> Der Herrscher triumphiert, das Volk jubelt.
> Nirgendwo gibt es Furcht, das Land hat Frieden.

In unserer Erzählung ist nur vom zwanzigsten Jahr der Regierung des Kaisers Wan Li die Rede, dem Jahr, in dem Hidejoschi in Korea einfiel. Der König von Korea bat den Kaiser dringend um Hilfe, und der Sohn des Himmels sandte ihm auf dem Seewege ein Heer zu Hilfe. Das Amt für Bevölkerung und Staatseinkünfte verfaßte eine Denkschrift, derzufolge die in Reis und Silber zu leistenden Abgaben, aus denen die Soldaten unterhalten wurden, für diesen Feldzug nicht ausreichten. Um dem abzuhelfen, wurde vorgeschlagen, in den Schulen der Kaiserlichen Akademie, die auf die Ablegung der Prüfung zur Zulassung für die Beamtenlaufbahn vorbereiteten, Studienplätze gegen Entrichtung einer Sondersteuer zu vergeben. Diese Einrichtung bot Wohlhabenden verschiedene Vorteile. Es waren weniger Studienfächer zu absolvieren und weniger Prüfungen abzulegen als anderswo; es bot sich Gelegenheit, günstige Beziehungen anzuknüpfen, und es bestand die sichere Aussicht auf einen kleinen Beamtenposten. Söhne aus Beamtenfamilien und reichen Häusern profitierten von diesem neuen System und kauften sich einen Studienplatz in einer der Schulen der Kaiserlichen Akademie. Sie entgingen damit der vorgeschriebenen Reihenfolge der Bezirks- und Provinzialprüfungen, und in jeder der beiden Schulen der Kaiserlichen Akademie in Nanking und Peking gab es bald über tausend Studenten.

Unter den neu eingetretenen Studenten trug einer den Familiennamen Li, sein Rufname war Dja. Li Dja war aus dem Kreise Schau-ssing in der Provinz Tschekiang gebürtig und der älteste der drei Söhne des Provinzial-Schatzmeisters Li Bu. Er hatte in der zuständigen Bezirksbeamtenschule studiert, die Prüfung aber nicht bestanden und sich auf Grund des neuen Systems einen Studienplatz in der kaiserlichen Schule in Peking gekauft. Ein Landsmann aus seiner Heimatprovinz, Lju Ju-tschun, studierte mit ihm zusammen, und die beiden bummelten oft gemeinsam durch das Vergnügungsviertel der Hauptstadt, wobei sie die Bekanntschaft des berühmten Singmädchens Tu Mee machten. Der Rufname ›Mee‹ bedeutet ›die Liebreizende‹. Da Tu Mee in ihrer Gruppe den zehnten Platz einnahm, wurde sie von allen ›Tu Schih‹, Tu ›die Zehnte‹, gerufen.

Sie war die verkörperte Zartheit und Lieblichkeit
Ihre Augenbrauen schwangen sich wie in der Ferne verschwimmende Hügelketten.
Ihre Augen leuchteten durchsichtig klar wie Bergwasser im Herbst.
Ihr Gesicht schimmerte frisch wie die taubenetzte Lotosblüte.
Ihre Lippen glühten purpurrot wie reife Pfirsiche.
Welch ein Jammer, daß solch liebliches Wesen
In den Staub der Landstraße verstoßen wurde …

Dieses Fräulein Tu Schih war schon mit dreizehn Jahren flügge geworden; zur Zeit, in der unsere Erzählung spielt, war sie neunzehn. In diesen sieben Jahren war sie mit sehr, sehr vielen jungen Herren, Söhnen aus reichen Beamtenfamilien oder kaiserlichen Geblüts, zusammengekommen, und jeder von ihnen hatte seiner Liebe zu ihr zum Opfer gebracht, was er besaß. Daher hieß es bei den übrigen Singmädchen:

Nimmt Tu Schih teil am Gelage,
Leert der armseligste Trinker an die tausend Schälchen.
Erscheint Tu Schih in unserm Revier,
Wirken alle andern gepuderten Gesichter wie Geistermasken.

Der junge Herr Li Dja hatte immer seinem Vergnügen gelebt, aber solch ein schönes Mädchen war ihm noch niemals zu Gesicht gekommen. Gleich bei seinem ersten Zusammentreffen mit ihr war er von ihrer Schönheit hingerissen und hatte sich sofort in sie verliebt. Und da er nicht nur ein hübscher und liebenswürdiger junger Mann war, sondern sich auch als sehr freigebig und unermüdlich in seinem Bestreben, ihr zu gefallen, erwies, fühlte sich auch Tu Schih sehr bald zu ihm hingezogen. Sie trug sich ohnehin schon seit geraumer Zeit mit dem Gedanken, sich von der habgierigen und berechnenden Besitzerin des Bordells, zu dem sie gehörte, zu trennen, und seit sie erkannt hatte, einen wie gütigen und hingebenden Charakter Li Dja besaß, stand ihr Entschluß fest, ihr Geschick mit dem seinen zu verbinden.

Li Dja hätte aus Angst vor seinem Vater niemals gewagt, Tu Schih zu heiraten; aber er ließ zu, daß ihr Verhältnis immer enger wurde. Tag und Nacht ihrer Liebe zueinander sich hingebend, lebten sie bereits unzertrennlich wie Mann und Frau miteinander und gelobten sich gegenseitig, niemals jemand anders zu lieben.

> Ihre Liebe reichte tiefer als das Meer,
> Ihre Treue war dem Himmel näher als der höchste Berggipfel.

Viele wohlhabende Jünglinge hörten von der schönen Tu Schih und versuchten, sich ihr zu nähern. Aber sie wies sie alle ab, nachdem sie Li Dja als Liebhaber angenommen hatte. In der ersten Zeit verschwendete Li Dja sein Geld geradezu für Tu Schih. Die Bordellbesitzerin war eitel Liebenswürdigkeit zu dem jungen Herrn und scharwenzelte von hinten und von vorn um ihn herum. Aber als gut ein Jahr so dahingegangen war, verfügte Li Dja nicht mehr über nennenswerte Mittel und konnte sich nicht mehr so großzügig zeigen, wie er es bisher getan und gern weiter getan hätte. Die alte Kupplerin fing an, ihm Schwierigkeiten zu machen, und der ehrwürdige Herr Li Bu, dem Gerüchte von den häufigen Besuchen seines Sohnes im Vergnügungsviertel der Hauptstadt zu Ohren gekommen waren, schickte einen Brief nach dem andern mit der Aufforderung zur Heimkehr.

Wie verzaubert von der Schönheit der liebreizenden Tu Schih, schob Li Dja seine Abreise immer wieder hinaus. Dann wurde ihm hinterbracht, sein Vater sei sehr erzürnt über ihn, und das nahm ihm den Mut, nach Hause zurückzukehren. Ein altes Sprichwort sagt: ›Paart die Liebe sich mit Geld, ist es mit der Liebe aus, wenn kein Geld mehr ist im Haus.‹ Aber bei Tu Schih war es so, daß sie Li Dja um so inniger liebte, je ärmer er wurde. Die Bordellbesitzerin mahnte sie ein über das andere Mal, sie solle Li Dja anhalten, seine Studien zu betreiben. Als Tu Schih dazu hartnäckig schwieg, wurde sie zu Li Dja ausfallend. Sie wollte ihn auf diese Weise reizen und erreichen, daß er fortbliebe. Aber da Li Dja sehr weichherzig war, richtete sie mit ihren Schmähungen nichts bei ihm aus. Sie sah keinen andern Ausweg, als Tu Schih fortan täglich mit Vorwürfen zu überhäufen.

»Wir sind für alles, was wir zum Leben brauchen, auf unsere Kunden angewiesen«, sagte sie. »Während wir einen Gast durch die Vordertür hinauslassen, muß der andere schon durch die Hintertür hereinkommen. Je mehr Besucher wir haben, desto mehr Geld und Seidenstoffe können wir hamstern. Aber da sich dieser vermaledeite Li Dja nun schon über ein Jahr lang an unser Haus klammert, ist von neuen Kunden überhaupt keine Rede mehr, und die alten lassen sich auch nicht mehr sehen. Wir werden tatsächlich einen Geisterbeschwörer bestellen müssen, damit er die bösen Teufel aus dem Hause jagt. Es will ja kein Mensch mehr mit uns zu tun haben. Es wird gar nicht mehr lange dauern, bis kein Rauch mehr aus unserm Schornstein aufsteigt. Was soll nur aus uns werden?«

Das Fräulein Tu Schih hörte sich solch Geschimpfe keineswegs geduldig an. »Der junge Herr Li ist nicht mit leeren Händen ins Haus gekommen«, entgegnete sie. »Er hat uns viel Geld eingebracht.«

Die Alte gab nicht nach. »Das war einmal – heute ist es anders! Du wirst ihm also heute sagen, daß er dir etwas Geld gibt, damit ich für euch beide Brennholz und Reis besorgen kann. In den anderen Freudenhäusern ist jedes Mädchen ein Geldbaum; man braucht ihn nur zu schütteln, und schon regnet es Goldstücke. Und ich ausgerechnet muß ein Mädchen ins Haus bekommen, das kein Geld einbringt! Jeden Tag muß ich mir neu überlegen, wie wir durchkommen, nur weil du dir in den Kopf gesetzt hast, diesen Habenichts auszuhalten. Wie stellst du dir nur vor, wovon wir uns ernähren und kleiden sollen? Sag diesem armseligen Schlucker, er solle mir genug Silber geben, damit ich mir ein anderes Mädchen kaufen kann. Dann kannst du mit ihm zusammen deiner Wege gehen. Wäre das nicht am besten für uns beide?«

»Ist das deine ehrliche Meinung?« fragte Tu Schih.

»Habe ich dich schon einmal belogen?« entgegnete die Alte.

Sie wusste, daß Li Dja keinen Kaesch mehr in der Tasche und bereits einige Kleidungsstücke versetzt hatte, so daß es ausgeschlossen für ihn schien, sich irgendwo Geld zu borgen.

»Natürlich ist das meine ehrliche Meinung.«

»Wieviel Geld soll er dir geben?«

»Von jedem andern würde ich tausend Silbertael verlangen. Bei so einem armen Schlucker wie *dem* will ich mit dreihundert zufrieden sein. Damit kann ich ein anderes Mädchen als Ersatz für dich kaufen. Es ist nur eine Bedingung dabei: Er muß das Geld binnen drei Tagen bezahlen. Ich gebe dich dann sofort frei. Hat er aber bei Ablauf des dritten Tages nicht gezahlt, verabfolge ich ihm eine gehörige Tracht Prügel und werfe ihn aus dem Haus, mir egal, ob junger Herr oder nicht! Deswegen kann mir kein Mensch einen Vorwurf machen.«

»Er ist zwar weit von daheim fort und mittellos«, überlegte Tu Schih laut, »aber dreihundert Silbertael müsste er auftreiben können. Nur sind drei Tage eine zu kurze Frist. Zehn Tage wären richtig!«

›Dieser armselige Schlucker hat keinen lumpigen Kupferkaesch in der Tasche‹, ging es der Kupplerin durch den Sinn. Ich könnte ihm hundert Tage Frist geben, und er würde das Geld nicht zur Stelle schaffen. Aber wenn er nicht zahlen kann, wird er wenigstens nicht mehr den Mut aufbringen, sich hier noch blicken zu lassen. Dann bin ich wieder Herr im Hause, und die Tu Schih kann mir nicht mehr dreinreden. Und so beschied sie Tu Schih:

»Gut, ich will dir den Gefallen tun und mich auf zehn Tage einlassen. Wenn er aber dann das Geld nicht beisammen hat, mach mir keinen Vorwurf wegen der Folgen!«

»Ich denke, er wird nicht die Stirn haben, sich hier noch einmal zu zeigen, wenn er das Geld in dieser Frist nicht hat auftreiben können«, entgegnete Tu Schih. »Ich habe eine andere Sorge: Er bringt die dreihundert Silbertael, und du stehst nicht zu deinem Wort!«

»Ich bin eine alte Frau von einundfünfzig Jahren!« Die Kupplerin tat ganz aufgeregt. »Ich halte die zehn buddhistischen Gelübde. Wie sollte ich da eine Lüge aussprechen können?! Wenn du mir aber nicht traust, so will ich meine Handfläche an deine legen und schwören: Ich soll ein Hund oder ein Schwein in meinem nächsten Leben werden, wenn ich nicht zu meinem Wort stehe!«

Wer vermöchte mit einer Weinkanne das Meer auszumessen?
Was für ein Narr war die auf Listen bauende Kupplerin,
Zu meinen, daß sie die Liebenden leichtlich zu trennen vermöchte,
Nur, weil des Liebhabers Geldbeutel mager geworden.

In der darauffolgenden Nacht überlegte Fräulein Schih mit dem jungen Herrn, beide auf ihrem Lager eng aneinandergeschmiegt, wie sich ihr Leben fortan gestalten solle.

»Es ist nicht etwa so, daß ich dich nicht heiraten will«, sagte der junge Mann. »Aber dich freizukaufen kostet wenigstens tausend Tael, und woher soll ich diese Summe nehmen, da ich mein eigenes Geld restlos ausgegeben habe?«

»Darüber habe ich schon mit meiner Herrin gesprochen«, entgegnete Tu Schih. »Sie verlangt nur dreihundert Silbertael, allerdings müssten sie binnen zehn Tagen gezahlt werden. Wenn du nun auch das von deinem Vater erhaltene Studiengeld verbraucht hast, so hast du doch bestimmt Verwandte und Freunde in der Stadt, von denen du dir Geld borgen kannst. Bringst du diesen Betrag zusammen, gehöre ich dir, und wir werden beide nicht mehr unter den Launen der Alten leiden müssen.«

»Meine hiesigen Verwandten und Freunde zeigen mir schon lange die kalte Schulter, weil ich all meine Zeit mit dir zusammen verbringe«, sagte Li darauf. »Morgen werde ich ihnen erzählen, daß ich mich zur Heimkehr rüste, und mich von ihnen verabschieden. In dem Zusammenhang werde ich dann um Geld für die Reisekosten bitten. Dreihundert Silbertael, meine ich, müsste ich auftreiben können.«

Dabei stand er auf, kleidete sich an und verabschiedete sich. »Mach so schnell, wie du nur kannst«, drang Tu Schih noch auf ihn ein, als er schon an der Tür stand. »Ich warte auf einen guten Bescheid von dir.«

Li versprach ihr, zu tun, was in seinen Kräften stand.

Gleich auf dem Heimweg suchte Li mehrere Verwandte und Freunde unter dem Vorwand, sich verabschieden zu wollen, auf. Sie taten alle erfreut bei der Nachricht, daß er heimkehre; aber seine Bemerkung, daß er kein Reisegeld habe, überhörten sie. Es ging, wie das Sprichwort sagt: ›Von einem Darlehen sprechen, heißt der Freundschaft ein Ende setzen.‹ Sie hielten Li eben alle für einen leichtfertigen jungen Fant, der sich in ein Singmädchen vernarrt hatte und deswegen schon über ein Jahr von Zuhaus fortblieb, womit sie ja keineswegs unrecht hatten. Zudem wussten sie, das Lis Vater sehr aufgebracht über seinen Sohn war.

›Weiß man denn, ob er überhaupt die Wahrheit sagt?‹ überlegten sie. ›Wenn wir ihm wirklich das Reisegeld geben, verbraucht er es vielleicht wieder für ein Mädchen, und wenn sein Vater davon erfährt, macht er uns am Ende noch Vorwürfe. In jedem Fall würden wir Ärger haben – also ist es schon besser, von vornherein abzulehnen.‹

»Es tut mir außerordentlich leid«, brachte einer nach dem andern heraus. »Ich bin im Augenblick völlig blank und kann dir wirklich nicht aushelfen.« Auf diese Tonart war jede Antwort, die Li erhielt, abgestimmt. Kein einziger seiner Verwandten und Bekannten brachte die Großmut auf, ihm wenigstens zehn oder zwanzig Silbertael zu leihen. Drei Tage hintereinander ging Li von Haus zu Haus, ohne daß es ihm gelang, auch nur einen einzigen Kupferkaesch zu borgen. Er brachte nicht den Mut auf, Tu Schih die Wahrheit zu gestehen, sondern hielt sie mit ausweichenden Antworten hin, wenn sie fragte. Am vierten Tag war er so verzweifelt, daß er sich schämte, zu ihr zu gehen. Da er aber schon seit langem mit ihr zusammenlebte, hatte er keine eigene Unterkunft mehr und bat seinen Landsmann Lju um ein Nachtquartier. Auf Ljus Frage, warum er so verstört aussehe, berichtete er ihm von Tu Schihs Heiratsabsichten, worüber Lju den Kopf schüttelte.

»Mir klingt das unwahrscheinlich«, sagte er. »Tu Schih ist das meistbekannte Singmädchen des ganzen Vergnügungsviertels. Der Preis für sie beträgt mindestens zehn Perlenschnüre oder tausend Silbertael. Ihre Herrin würde sie unter keinen Umständen für dreihundert Tael freigeben. Die Alte ist erbost, weil du das Mädchen ganz für dich mit Beschlag belegst, aber kein Geld hast, sie zu bezahlen, und hat sich nun etwas ausgedacht, um dich abzuschieben. Du gehst aber schon so lange in ihrem Hause aus und ein, daß sie darauf bedacht sein muß, ihr Gesicht zu wahren; sie kann dir nicht einfach die Tür weisen. Da sie weiß, daß du knapp bei Kasse bist, verlangt sie dreihundert Silbertael von dir, womit sie sich den Anschein der Großmut gibt, und gewährt dir eine Zahlungsfrist von zehn Tagen, damit du das Geld auftreiben kannst. Dabei setzt sie voraus, daß du dich nicht mehr in dem Hause sehen läßt, wenn du die Summe nicht rechtzeitig zusammenbringst. Schaffst du es aber wider alles Erwarten, wirst du so verhöhnt und beleidigt werden, daß dann deswegen deines Bleibens in dem Hause nicht länger ist. Das ist nun einmal die Art, in der Leute aus diesem Gewerbe vorzugehen pflegen. Überleg dir genau, was du tun willst; laß dich nicht begaunern! Soweit ich mir in dieser Sache ein Urteil erlauben darf, ist es das beste, wenn du die Beziehungen dorthin so schnell wie möglich abbrichst.«

Li war sehr betroffen und sagte kein Wort.

»Du darfst keine übereilte Entscheidung treffen!« fuhr Lju fort. »Es ist durchaus möglich, daß deine Freunde ein paar Silbertael für dich aufbringen, wenn du tatsächlich nach Hause zurückkehren willst und Geld für die Reise brauchst. Aber ich bezweifle, daß du dreihundert Tael in zehn Monaten zusammenbekommst, geschweige denn in zehn Tagen. Es ist nun einmal so, daß die Menschen heute kein Herz für die Sorgen ihrer Freunde haben. Und diese Frauen haben dir den Betrag von dreihundert Tael angegeben, weil sie genau wissen, daß es dir niemals gelingen wird, solche Summe aufzubringen.«

»Ich glaube wohl, daß du recht hast«, sagte Li. Trotzdem konnte er sich noch immer nicht entschließen, von Tu Schih zu lassen. Er fuhr fort, Bekannte aufzusuchen, um Geld von ihnen zu borgen. Zu Tu Schih ging er nicht. Er verbrachte drei Nächte bei Lju. Nachdem von den zehn Tagen sechs verstrichen waren, ängstigte sich Tu Schih so sehr um Li, daß sie ihren Dienerjungen beauftragte, nach dem edlen Herrn Li Ausschau zu halten. Der Junge begegnete Li auf der Hauptstraße.

»Herr Li!« sprach er ihn an. »Meine Herrin wartet auf Euch!«

Aber Li war verlegen und mochte nicht mit dem Jungen zurückgehen.

»Ich habe heute viel zu tun«, versuchte er auszuweichen. »Ich werde morgen kommen.«

Aber Tu Schih hatte dem Jungen genaue Anweisungen gegeben. Er hielt Li an der Jacke fest und ließ ihn nicht gehen.

»Ich sollte suchen, bis ich Euch gefunden habe«, beteuerte er, »und Euch mit nach Hause nehmen.«

Also ging Li, der natürlich große Sehnsucht nach Tu Schih hatte, mit dem Dienerjungen zu dem Bordell zurück. Aber er brachte kein Wort heraus, als er Tu Schih wiedersah.

»Was hast du inzwischen erreicht?« fragte Tu Schih.

Li blieb stumm. Die Tränen stürzten ihm aus den Augen.

»Sind die Herzen der Menschen so verhärtet«, fuhr sie fort, »daß es dir nicht gelingt, ein Darlehen von dreihundert Silbertael aufzunehmen?«

In Lis Augen standen noch immer Tränen, während er antwortete: »Es ist sicher leichter, im Gebirge einen Tiger zu erlegen, als in der Not einen hilfsbereiten Freund zu finden. Sechs Tage lang bin ich von Haus zu Haus geeilt und habe auch nicht einen einzigen Kupferkaesch geliehen erhalten. Nur weil es mir so peinlich war, mit leeren Händen zu dir zu kommen, habe ich mich in den letzten Tagen nicht sehen lassen. Heute komme ich, weil du nach mir geschickt hast; aber ich wage vor Scham kaum aufzusehen. Glaube mir: Es liegt nicht an mir, daß ich nichts bringe; die Menschen haben kein Herz.«

»Daß dich nur nicht die Alte hört!« sagte Tu Schih. »Bleib heute nacht bei mir, damit wir gemeinsam überlegen können.« Darauf bereitete sie eine Mahlzeit, und beide ließen sich Essen und Wein gut schmecken.

Spät in der Nacht fragte Tu Schih:

»Du hast gar kein Geld aufgetrieben? Was soll ich jetzt anfangen?!«

Li wusste nichts darauf zu antworten; er vermochte nur zu weinen. Als der Morgen dämmerte, fing Tu Schih von neuem an zu sprechen.

»Ich habe mir hundertfünfzig Silbertael gespart und sie in meinem Unterbett versteckt. Die sollst du jetzt haben. Wenn du die Hälfte der Summe von mir in Händen hast, wird es dir leichter fallen, die zweite Hälfte dazu zu erlangen. Aber es sind nur noch vier Tage Frist, du darfst also keine Minute Zeit verlieren.«

Bei den letzten Worten glitt Tu Schih vom Ruhebett herunter und gab dem von Freude überwältigten Li ihr Unterbett.

Li ließ sich das Unterbett vom Dienerjungen tragen und begab sich sofort zu Lju, um ihm zu berichten, was sich seit dem vergangenen Abend zugetragen hatte. Sie trennten die Unterlage auseinander und fanden in der Wattefüllung tatsächlich viele, viele Silbermünzen versteckt. Ihr Gesamtgewicht ergab einen Wert von einhundertfünfzig Silbertael. Lju war sehr bewegt.

»Das Mädchen scheint wirklich von aufrichtiger Liebe zu dir erfüllt zu sein, und da sie die Sache so ernst nimmt, darfst du sie nicht aufsitzen lassen. Ich werde dir helfen, soweit das in meinen Kräften steht.«

»Ich werde es dir niemals vergessen«, entgegnete Li, »wenn du mir jetzt weiterhilfst.«

Lju gewährte Li weiter Unterkunft in seinem Hause und machte sich auf eine

Besuchsrunde zu all seinen Bekannten. In zwei Tagen hatte er einhundertfünfzig Silbertael zusammengeborgt. Als er sie Li aushändigte, sagte er:

»Im Grunde habe ich das nicht dir zu Gefallen getan, sondern dieses Mädchens wegen. Daß es dir so zugetan ist, rührt mich.«

Ein glückstrahlender Li tauchte am neunten Tage – einen Tag vor Ablauf der Frist – mit dreihundert Silbertael bei Tu Schih auf.

»Wie ist das nur möglich«, wunderte sich Tu Schih, »daß du vor ein paar Tagen keinen Kupferkaesch auftreiben konntest und heute hundertfünfzig Silbertael in der Hand hast?«

Darauf berichtete ihr Li alles von seinem Landsmann Lju, und Tu Schih legte zum Ausdruck ihrer Dankbarkeit beide Hände vor die Stirn.

»Wir schulden dem jungen Herrn Lju unseren herzlichsten Dank dafür, daß er uns zur Erfüllung unseres Wunsches verholfen hat!« rief sie aus. Die beiden verbrachten die Nacht voller Glückseligkeit. Tu Schih stand schon in aller Frühe auf.

»Sobald du das Geld bezahlt hast«, sagte sie zu Li, »kann ich dieses Haus mit dir zusammen verlassen. Mach jetzt einen Reiseplan für uns. Ich habe mir gestern von meinen Freundinnen zwanzig Silbertael geliehen, die du für die Reisekosten haben sollst.«

Li hatte sich bereits Gedanken um das Reisegeld gemacht, aber nicht den Mut aufgebracht, Tu Schih diese neue Schwierigkeit vorzutragen. Mit welcher Freude er jetzt die zwanzig Tael in Empfang nahm! Während die beiden miteinander überlegten, klopfte die Bordellbesitzerin an die Tür und rief:

»Heute ist der zehnte Tag, Tu Schih!«

Li öffnete die Tür und forderte die Alte auf, einzutreten.

»Wir danken für die Erinnerung!« sagte er dabei. »Ich wollte Euch gerade bitten, zu uns zu kommen.«

Und schon zählte er die dreihundert Silbertael auf dem Tisch auf. Die Kupplerin hatte es für völlig ausgeschlossen gehalten, daß Li die Summe zur Stelle schaffen würde. Aber während sie noch nach einer Ausflucht suchte, sagte Tu Schih schon:

»Ich habe acht Jahre lang hier gearbeitet und muß dir in dieser Zeit einige tausend Tael eingebracht haben. Heute ist endlich der glückliche Tag gekommen, an dem ich ein neues Leben beginnen kann, womit du dich selbst einverstanden erklärt hast. Die dreihundert Tael liegen hier vor dir aufgezählt – es fehlt nicht ein einziger Kupferkaesch daran –, und die Zahlung erfolgt zum festgesetzten Termin. Wenn du dein Versprechen nicht hältst, nimmt der junge Herr Li das Geld sofort wieder an sich, und ich begehe auf der Stelle Selbstmord. Du wirst also das Geld und meine Person einbüßen und dich über einen solchen Verlust sehr ärgern.«

Die Alte entgegnete kein Wort. Es dauerte eine geraume Weile, bis sie sich entschloß, ihre Münzwaage zu holen, um das Silber zu wiegen.

»Nun ja«, brachte sie endlich heraus. »Ich sehe schon, daß ich dich nicht halten kann. Aber wenn du gehen willst, mußt du das Haus auf der Stelle verlassen – auf der Stelle. Und bilde dir ja nicht etwa ein, daß du irgend etwas an Kleidung oder Schmuck mitnehmen darfst!« Und dabei drängte sie die beiden bereits zur Tür hinaus und ließ sich ein Vorhängeschloß bringen, womit sie selbst die Tür sicherte.

Es war bereits Herbst. Tu Schih, eben erst aufgestanden, hatte sich noch nicht angekleidet. Sie trug nur ein altes Gewand lose übergeworfen. Sie verbeugte sich vor ihrer bisherigen Herrin, das gleiche tat Li. Darauf gingen sie als Ehepaar aus dem Hause.

Wie ein Karpfen dahinschießt, der dem goldenen Angelhaken
entronnen,
Eilten die beiden von hinnen, nie wieder zurückzukehren.

»Bleib hier stehen«, sagte Li zu Tu Schih. »Ich werde eine Rikscha für dich heranrufen. Wir brauchen uns nicht gleich fest zu etwas zu entschließen, sondern können vorerst in das Haus von Herrn Lju gehen.«

Doch Tu Schih stimmte dem Vorschlag nicht zu. »Meine Freundinnen sind immer sehr nett zu mir gewesen«, wandte sie ein. »Ich sollte mich wohl von ihnen verabschieden. Und außerdem haben sie uns erst neulich das Geld für unsere Reiseausgaben geliehen, dafür müssen wir uns bei ihnen bedanken.«

So ging Tu Schih mit Li reihum zu den Singmädchen und sagte ihnen Lebewohl.

Zwei Singmädchen, Jüä-lang und Ssu-ssu, wohnten ganz in der Nähe; sie waren Tu Schihs beste Freundinnen. Zuerst suchte Tu Schih Jüä-lang auf, die sich wunderte, daß Tu Schih ein altes Kleid anhatte und keinerlei Haarschmuck trug, und sofort fragte, was denn geschehen sei. Tu Schih erzählte ihr den ganzen Vorgang und stellte ihr den jungen Herrn Li vor. Zu diesem gewandt, fuhr sie fort: »Das ist die Freundin, die uns neulich das Reisegeld geliehen hat. Du mußt dich dafür bedanken!« und Li verneigte sich tief zu wiederholten Malen. Darauf führte Jüä-lang Tu Schih in ein anderes Zimmer, weil sie sich umkleiden sollte, und ließ Ssu-ssu holen. Als Tu Schih sich umgezogen hatte, holten die beiden Freundinnen all ihren Schmuck hervor: Smaragdgeschmeide, goldene Armringe, Haarpfeile und Ohrringe aus Jade. Weiter eine bis zu den Knien reichende Tunika aus kostbarem Seidenbrokat mit dem dazu passenden Rock, in den Phönixvögel eingestickt waren, und ein Paar gestickte Pantöffelchen. Im Umsehen hatten sie Tu Schih von oben bis unten aufs feinste herausstaffiert. Danach nahmen sie zu viert ein kleines Festmahl ein. Für die Nacht überließ Jüä-lang dem jungen Paar ihr Schlafzimmer.

Am folgenden Tag gaben Jüä-lang und Ssu-ssu ein großes Festessen, zu dem sie alle Singmädchen eingeladen hatten. Nicht eine einzige von Tu Schihs vielen Freundinnen sagte ab. Sie leerten ihre Weinschälchen auf die Gesundheit des jungen Paares, machten Musik auf Saiten- und Blasinstrumenten und sangen und tanzten dazu bis in die späte Nacht, wobei jede einzelne die Gäste mit ihrer Kunst erfreute. Um Mitternacht bedankte sich Tu Schih der Reihe nach bei ihren Freundinnen.

»Du hast immer den ersten Platz unter uns eingenommen«, sagten die Singmädchen darauf. »Jetzt gehst du mit deinem Gemahl von hier fort, und es ist möglich, daß wir uns niemals wiedersehen. Am Tag eurer Abreise werden wir uns alle einfinden, damit wir voneinander Abschied nehmen können.«

»Sobald der Tag der Abreise feststeht, gebe ich euch allen Bescheid«, erklärte Jüä-lang. »Aber wir müssen dafür sorgen«, fuhr sie fort, »daß es Tu Schih und ihrem Gemahl unterwegs an nichts gebricht, denn die beiden haben eine lange Reise vor sich, und ihre Mittel sind erschöpft.« Alle Singmädchen sagten ihre Hilfsbereitschaft zu. Dann machten sie sich auf den Heimweg. Li und Tu Schih verbrachten die Nacht wiederum in Jüä-langs Schlafzimmer.

Als der Morgen heraufdämmerte, fragte Tu Schih:

»Wohin gehen wir nun? Hast du schon einen Plan?«

»Mein Vater ist sehr ungehalten über mich«, entgegnete Li. »Wenn er nun noch erfährt, daß ich ein Singmädchen geheiratet habe, werde nicht nur ich unter seiner Enttäuschung zu leiden haben, sondern auch du wirst die ganze Wucht seines Zorns zu spüren bekommen. Dieser Gedanke quält mich schon eine geraume Zeit, aber ich habe noch keinen Ausweg gefunden.«

»Ein Vater hegt aber auch Liebe für seinen Sohn«, wandte Tu Schih ein, »dein Vater kann dir also nicht immer zürnen. Vielleicht wäre es aber richtig, wenn wir nicht von hier direkt zu dir nach Hause führen, sondern erst einmal in eine schöne Gegend wie Sso-tschou oder Hang-tschou gingen. Von dort aus könntest du allein heimreisen und Freunde oder Verwandte bitten, ein gutes Wort für dich beim Vater einzulegen, daß er dir verzeihen möge. Sobald er sich mit dir ausgesöhnt hat, holst du mich ab, und es wird sich alles aufs beste regeln.«

»Das ist wirklich ein ausgezeichneter Gedanke«, pflichtete Li bei. Am folgenden Vormittag verabschiedeten sie sich von Jüä-lang und gingen zu Lju, um ihre Sachen zu packen. Tu Schih vollführte mehrere tiefe Verbeugungen vor Lju, wobei sie mit der Stirn den Fußboden berührte, um ihrer Dankbarkeit für seinen Beistand Ausdruck zu verleihen, und versicherte ihm, daß sie sich später erkenntlich erweisen würde.

Lju erwiderte die höflichen Verneigungen.

»Ihr habt Eurem Liebhaber die Treue gehalten, nachdem er gänzlich verarmt war«, sagte er. »Das beweist, daß Ihr eine sehr gute Frau seid. Ich habe euch beiden nur ein wenig geholfen, auf den richtigen Weg zu kommen – es ist nicht der Mühe wert, darüber zu sprechen.«

Die drei feierten den ganzen Tag miteinander. Am Morgen danach erfragten sie einen für die Reise glückverheißenden Tag und mieteten zwei Sänften und Maulesel für das Gepäck. Tu Schih schickte Jüä-lang durch ihren Dienerjungen einen Brief, in dem sie sich noch einmal bedankte und sich von ihr verabschiedete. Als das junge Paar sich anschickte, das Haus zu verlassen, näherten sich mehrere Sänften. Jüä-lang, Ssu-ssu und einige andere Singmädchen hatten sich hintragen lassen, um Lebewohl zu sagen.

»Es ist eine lange Reise, die du mit deinem Gemahl antrittst«, nahm Jüä-lang das Wort, »und du bist mittellos. Deswegen haben wir als ein Zeichen unserer Liebe und Freundschaft ein kleines Geschenk für dich zurechtgemacht und bitten dich, es anzunehmen. Vielleicht erweist es sich nützlich, wenn du unterwegs einmal ohne Geld sein solltest.«

Eine Dienerin hatte inzwischen einen vergoldeten Kasten von der Art, wie man sie zum Aufbewahren der Schreibutensilien verwendet, gebracht. Er war fest verschlossen, so daß man nicht schnell einen Blick auf seinen Inhalt werfen konnte. Tu Schih lehnte das Geschenk nicht ab, schloß den Kasten aber auch nicht auf, sondern dankte nur allen Freundinnen sehr herzlich.

Mittlerweile standen die Sänften und Maulesel reisebereit da, und die Träger und Diener mahnten zum Aufbruch. Lju ließ noch drei Schalen Wein bringen, die er mit Li und Tu Schih leerte. Darauf geleiteten er und die Singmädchen die Reisenden bis zum Tschung-wönn-Tor, wo sie ihnen unter Tränen Lebewohl sagten.

Ungewiß, ob ihnen je ein Wiedersehen beschieden sein wird,
Nehmen sie Abschied, und Tränen fließen auf beiden Seiten.

Zur gegebenen Zeit erreichten Li und Tu Schih den Lu-Fluß, von dem aus sie ihre Reise mit einer Dschunke fortsetzen mußten. Zu ihrem Glück war gerade ein Postboot im Begriff, nach Gwatschou zurückzusegeln. Sie einigten sich schnell über den Fahrpreis und belegten zwei Plätze. Gleich nachdem sie an Bord gegangen waren, stellte Li fest, daß er keinen einzigen Kupferkaesch mehr besaß. Alles Geld war restlos aufgebraucht, und dabei hatte Tu Schih ihm zwanzig Tael für die Reise gegeben! Das kam daher, daß Li so lange in dem Vergnügungsviertel der Hauptstadt verkehrt hatte, bis er schließlich nur noch ganz abgetragene Kleidung besaß und, sobald er wieder Geld in die Hand bekam, einen Teil seiner Garderobe in der Pfandleihe auslösen und sich neues Bettzeug anfertigen lassen mußte. Was nach diesen Ausgaben von den zwanzig Silbertael übergeblieben war, hatte gerade noch zur Bezahlung der Sänften und Maulesel gereicht.

»Mach dir keine Gedanken«, tröstete ihn Tu Schih, die seine Verlegenheit spürte. »Jetzt mag sich das Geschenk meiner Freundinnen nützlich erweisen!«

Und dabei holte sie schon ein Schlüsselchen hervor und schloß den Kasten auf. Li stand neben ihr, so beschämt, daß er nicht mit einem einzigen Blick in den Kasten schaute, während sie ein Silbertäschchen herausnahm und es auf den Tisch legte mit den Worten: »Sieh mal nach, was drin ist!«

Li nahm das Täschchen in die Hand. Es war ziemlich schwer. Er öffnete es und stellte fest, daß es fünfzig Silbertael enthielt. Inzwischen schloß Tu Schih den Kasten wieder. Sie verlor kein Wort darüber, was er sonst noch enthielt.

»Wie großmütig von den Singmädchen, uns solch ein Geschenk auf den Weg zu geben!« rief sie. »Jetzt haben wir nicht nur genug Geld für unsere Ausgaben unterwegs, sondern können auch einen der schönen Orte, vielleicht Sso-tschou oder Hang-tschou, aufsuchen!«

Li war über das viele Geld überrascht und glücklich.

»Ohne dich wäre ich fern von der Heimat gestorben, ohne eine Grabstätte zu haben!« sagte er erleichtert. »Ich werde niemals vergessen, wie gut du zu mir gewesen bist.«

Und jedesmal, wenn sie sich der schweren Tage, die hinter ihnen lagen, erinnerten, kamen Li Tränen der Dankbarkeit, und Tu Schih half ihm liebevoll darüber hinweg. Die mehrtägige Fahrt verlief ohne jede Störung. In Gwatschou ging die Dschunke vor Anker. Li mietete eine Passagierdschunke für die Weiterfahrt, ließ das Gepäck an Bord schaffen und verabredete, in der Morgendämmerung des folgenden Tages unter Segel zu gehen. Es war die Zeit der Wintersonnenwende, und der Vollmond stand in leuchtender Klarheit am Himmel.

Li und Tu Schih saßen nebeneinander im Bug der Dschunke. »Bisher waren wir seit unserer Abfahrt aus der Hauptstadt immer mit anderen Reisenden zusammen und konnten kein vertrauliches Wort miteinander wechseln. Aber jetzt haben wir eine Dschunke für uns allein und können tun, wie wir wollen. Wir fahren jetzt aus Nordchina hinaus und kommen in das Tal des Jangtse-Stroms. Meinst du nicht auch, wir sollten ein Schälchen Wein trinken, um diesen Übergang zu feiern und uns ein wenig aufzuheitern?«

»Du hast recht«, stimmte Tu Schih zu. »Ich habe auch schon lange keine Gelegenheit gehabt, zu plaudern und vergnügt zu sein. Es geht mir genauso wie dir.«

Li packte aus, was sie zum Weintrinken benötigten, und stellte alles handlich zurecht. Darauf breitete er eine Matte auf dem Fußboden aus, auf der sie sich beide niederließen und sich behaglich dem Weingenuß hingaben, einer auf des andern Gesundheit trinkend, bis sie schließlich leicht benommen waren.

»In dem ganzen Vergnügungsviertel war deine Stimme die lieblichste!« sagte Li und trank Tu Schih zu. »Gleich beim ersten Mal, als ich dich sah und so wunderschön singen hörte, verliebte ich mich in dich. Aber in der letzten Zeit haben wir so viele Aufregungen und Sorgen gehabt, daß ich deine himmlische Stimme schon seit vielen Tagen nicht mehr vernommen habe. Schau, der Mond glitzert auf den durchsichtigen Wellen, es ist um Mitternacht und kein Mensch in der Nähe. Möchtest du wohl für mich allein singen?«

Tu Schih war in glückseliger Stimmung. Sie trällerte ein paar Töne, um eine freie Kehle zu haben, und dann begann sie zu singen, mit dem Fächer den Takt dazu schlagend. Sie sang ein Lied aus der Oper »Der Mondpavillon« von Schih Tschün-mee, der im 14. Jahrhundert, zur Zeit der Jüan-Dynastie, gelebt hatte. Es war das Lied »Von der kleinen roten Pfirsichblüte«, das von einem Literaten handelte, der ein Mädchen zu einer Schale Wein eingeladen hatte.

Ihre Stimme schwang sich zum Himmel empor, und die Wolken
hielten, zu lauschen.
Ihre Stimme glitt über die Wellen, und die Fische schnellten in
fröhlichem Spiel in die Höhe.

In unmittelbarer Nähe der Dschunke, mit der Li und Tu Schih reisten, fuhr in gleicher Richtung eine andere Dschunke, auf der sich ein junger Herr namens Ssun Fu befand, der aus der Stadt Ssinan in der Präfektur Huitschou stammte. Sein Vermögen zählte nach Millionen Silbertael, denn seine Familie betrieb seit Generationen den Salzhandel in der Präfektur Jang-tshou. Er war gerade zwanzig Jahre alt geworden und ebenfalls in die Kaiserliche Akademie in Peking eingetreten. In der Hauptstadt führte er ein ausschweifendes Leben und war ständiger Besucher des Vergnügungsviertels, wo er sich die Liebe der Singmädchen erkaufte. Auf der Suche nach Amüsements lief er allen den Rang ab.

Dieser Abend sollte ein Abend von besonderer Bedeutung werden. Die Dschunke des jungen Herrn Ssun Fu war ebenfalls in Gwatschou vor Anker gegangen. Er saß für sich allein und trank, um sich über seine schlechte Laune hinwegzuhelfen. Mit einem Mal hörte er eine Frauenstimme singen; sie klang so rein, so wunderbar schön, daß selbst der Gesang eines Phönix nicht damit zu vergleichen war. Ssun Fu stellte sich an den Bug der Dschunke und lauschte. Schließlich war er sicher, daß der Gesang von der Nachbardschunke kam. Er wollte gerade Erkundigungen einholen, da verstummte die Stimme. Der Diener, den er beauftragte, den Dschunkenführer vorsichtig auszuhorchen, brachte nur den Bescheid mit, daß ein gewisser Herr Li die Dschunke gemietet hätte. Über die Sängerin hatte er nichts erfahren können. ›Ein Mädchen aus guter Familie kann sie nicht sein‹, überlegte Ssun Fu, ›sie ist bestimmt ein Singmädchen. Wie stelle ich es nur an, mich mit ihr zu treffen?‹ Diese Überlegung hielt ihn die ganze Nacht hindurch wach.

Während der fünften Nachtwache kam ein heftiger Wind auf, und als der Tag heraufdämmerte, war der Himmel mit dunklen Wolken überzogen. Gleich danach brach ein Schneesturm los.

Die Bäume auf den Bergen werden von Wolken verhüllt,
Jede menschliche Spur auf der Ebene verwischt.
Ein alter Mann in einem winzigen Kahn
Hält, mitten im Schneesturm, die Angel in den vereisenden Fluß.

Bei dem Unwetter konnten die Dschunken ihre Fahrt nicht fortsetzen; sie blieben alle im Hafen vor Anker. Ssun befahl seinem Dschunkenführer, dicht neben der Dschunke des Herrn Li zu steuern. Darauf stülpte er sich seine Zobelmütze auf, zog seine lange Fuchspelzjacke an und öffnete die Luke. Er tat, als sähe er dem Schneefall zu; in Wirklichkeit hoffte er, Tu Schihs ansichtig zu werden. Das glückte ihm tatsächlich. Als diese nämlich mit ihrer Morgentoilette fertig war, hob sie mit zarter weißer Hand die Matte vor der Luke ihrer Kajüte hoch, um das Wasser aus ihrem Waschbecken in den Fluß zu schütten. Ssun war völlig benommen von dem Anblick ihrer überirdisch wirkenden Schönheit. Er starrte unverwandt auf die Stelle, an der sie sich ihm gezeigt hatte, von dem einen einzigen Wunsch erfüllt, ihrer noch einmal gewahr zu werden. Aber er sollte enttäuscht werden. Nachdem er eine ganze Weile so vertrödelt hatte, lehnte er sich zur Luke seiner Kajüte hinaus und sang die Verse des Dichters Gau Dji auf die Aprikosenblüte:

»... gleich einem Einsiedler auf schneebedeckter Bergeshöhe
Oder einer liebreizenden Maid auf der Waldlichtung im
Mondenschein.«

Li hörte, daß aus der Nachbardschunke ein Lied ertönte, und beugte sich aus der Luke seiner Kajüte hinaus, um Ausschau zu halten. Mit dieser Wahrscheinlichkeit hatte Ssun gerechnet. Sie sollte ihm die Möglichkeit bieten, mit Li in ein Gespräch zu kommen. Er grüßte höflich, indem er die aneinandergelegten Hände mehrmals vor der Brust auf- und niederbewegte, und fragte:

»Welches ist Euer ehrenwerter Name?«

Li stellte sich vor und fragte seinerseits nach Ssuns Namen, worauf sie sehr schnell in ein lebhaftes Gespräch kamen und über die Kaiserliche Akademie plauderten. »Der Himmel hat es gewollt«, bemerkte Ssun, »daß wir uns begegnen sollten, und darum unsere Dschunken durch diesen Schneesturm zum Liegenbleiben gezwungen. Das ist wirklich eine glückliche Fügung für mich. So eine Dschunkenfahrt ist unsagbar ermüdend. Ich ginge liebend gern mit Euch an Land, um mich in einer Weinstube bei einer Schale Wein an der Unterhaltung mit Euch zu ergötzen. Bitte, schlagt meine Bitte nicht ab!«

»Wie dürfte ich Euch so bemühen«, widersprach Li höflich, »da wir uns doch nur durch einen Zufall kennengelernt haben!«

»Bitte, kommt mit!« drängte Ssun. »Innerhalb der vier Meere sind wir alle Brüder.«

Darauf ließ Ssun von seinem Dschunkenführer den Laufsteg auswerfen, und ein Diener mußte einen Schirm über den jungen Herrn Li halten, während er an Land ging. Ssun folgte ihm bescheiden.

Schon nach wenigen Schritten hatten die beiden eine Weinstube erreicht. Sie stiegen in das obere Stockwerk hinauf und ließen sich an einem freien Tisch in der Nähe des Fensters nieder. Der Kellner trug Essen und Wein auf. Ssun bat Li, sein Gast zu sein, und während sie den Wein genossen, schauten sie in das Schneegestöber. Nachdem sie eine Weile Nichtssagendes über das Literatentum hin- und hergeredet hatten, brachte Ssun das Gespräch geschickt auf das Thema Singmädchen, an dem sie beide lebhaft interessiert waren; und da sie ja beide über reiche Erfahrungen auf diesem Gebiet verfügten, gerieten sie alsbald in einen vielseitigen Erinnerungsaustausch. Mitten in der Unterhaltung hieß Ssun seinen Diener aus der Gaststube gehen und fragte Li flüsternd:

»Wer war das Mädchen, das gestern abend auf Eurer Dschunke gesungen hat?«

Li schwoll sofort die Brust im Hochgefühl seines Besitzes, und er bekannte ohne Zögern:

»Das war das berühmteste Singmädchen von Peking: Tu Mee.«

»Wie habt Ihr es denn fertiggebracht, in den Besitz eines Singmädchens zu gelangen?«

Li berichtete, wie alles gekommen war: daß sie sich ineinander verliebt hatten, Tu Schih auf der Heirat bestanden und er Geld geliehen hatte, um sie freizukaufen.

»Es bedeutet sicher eine große Freude, eine solche Schönheit um sich zu haben«, meinte Ssun darauf. »Aber wie wird sich denn Eure ehrenwerte Familie dazu stellen? Glaubt Ihr, sie wird ihre Einwilligung geben?«

»Meiner Frau wegen mache ich mir keine Sorgen, nur meines Vaters wegen: Er nimmt alles äußerst genau, und es gibt sicher eine böse Auseinandersetzung mit ihm.«

Auf solch ein Stichwort hatte Ssun nur gewartet.

»Wo wollt Ihr aber Eure schöne Geliebte unterbringen, wenn Euer ehrenwerter Vater sich gegen Euch stellt?« hakte er sogleich ein. »Habt Ihr es schon mit ihr besprochen?«

»Nun ja – wir haben die Frage schon erörtert«, antwortete Li. Er war sogleich verärgert.

»Hat sie Euch einen Vorschlag gemacht?« forschte Ssun.

»Sie will, daß wir einige Zeit in Sso-tschou oder Hang-tschou bleiben und dort alle schönen Ausflugsorte besuchen. Danach soll ich erst einmal allein heimreisen und Freunde und Verwandte bitten, bei meinem Vater ein gutes Wort für mich einzulegen. Wenn er mir nicht mehr zürnt, soll ich sie hinholen. Wie ist Eure Meinung zu diesem Plan?«

Ssun schaute nachdenklich vor sich hin, tat denkbar interessiert und meinte nach einigen Augenblicken:

»Vielleicht empfindet Ihr es als seltsam, wenn eine Reisebekanntschaft Euch in einer so persönlichen Angelegenheit einen Rat gibt.«

»Im Gegenteil!« widersprach Li. »Ich bedarf Eures Rates! Sprecht Eure Meinung, bitte, offen aus.«

»Nun«, sagte Ssun, »Euer ehrenwerter Vater nimmt eine hohe Stellung ein, muß also sehr auf den Ruf seiner Familie bedacht sein. Da er Euch schon sein Mißfallen darüber bezeigt hat, daß Ihr Gast in gemeinen Vergnügungsstätten wart, könnt Ihr nicht damit rechnen, daß er Eure Heirat mit einem Singmädchen billigt. Und Eure Verwandten und Freunde werden samt und sonders vor Eurem ehrenwerten Vater einen Kotau vollziehen. Es bedeutet eine nutzlose Mühe, ihre Hilfe zu erbitten: sie können gar nicht anders als sich ablehnend verhalten. Und sollten wirklich einzelne unter ihnen das Wagnis auf sich nehmen, bei Eurem ehrenwerten Vater für Euch einzutreten, so werden sie ihre Meinung sofort ändern, wenn sie seine ablehnende Haltung gegenüber Eurer Heirat merken. Ihr tragt nur Zwietracht in Eure Familie und werdet keinen zustimmenden Bescheid erlangen, den ihr Eurer Geliebten überbringen könntet. Die Schönheiten der Landschaft in Sso-tschou und Hang-tschou könnt Ihr auch nur für beschränkte Zeit genießen; in dem Augenblick, in dem Eure Geldmittel zu Ende gehen, geratet Ihr in arge Verlegenheit.«

Li nickte zustimmend zu Ssuns Worten und gab ihm zu verstehen, daß er bereits jetzt in Schwierigkeiten sei. Er stellte sich vor, daß sein ganzer Besitz fünfzig Tael betrug, von denen über die Hälfte bereits ausgegeben war.

»Ich habe den aufrichtigen Wunsch, euch zu helfen«, fuhr Ssun fort. »Aber vielleicht mögt Ihr meinen Vorschlag gar nicht hören.«

»Ich sage Euch im voraus meinen Dank dafür«, entgegnete Li. »Sprecht offen, ich bitte Euch darum.«

»Ich möchte mich aber lieber doch nicht äußern«, zögerte Ssun. »Eine Reisebekanntschaft darf sich nicht in die Angelegenheiten zweier Liebenden einmischen.«

»Macht Euch darüber keine Gedanken!« sagte Li.

»Ein altes Sprichwort besagt, daß die Frauen wankelmütig sind«, begann

Ssun nach einem vorbedachten Plan zu sprechen, »und Singmädchen neigen besonders zur Untreue. Und da Eure Geliebte ein weitbekanntes Singmädchen ist, hat sie zweifellos überall Freunde. Vielleicht hält sich einer ihrer früheren Liebhaber zur Zeit im Süden Chinas auf, und sie nützt die günstige Gelegenheit, die ihr die Reise mit Euch bietet, aus, um sich mit einem anderen zu vereinen ...«

»Nein, das glaube ich nicht«, widersprach Li.

»Möglich, daß Ihr recht habt«, entgegnete Ssun. »Aber die jungen Südchinesen gehen alle auf Liebesabenteuer aus, und Eure schöne Geliebte könnte, sich selbst überlassen, leichtlich einem von ihnen in die Hände fallen. Nehmt Ihr sie aber gleich mit in Euer Elternhaus, so werdet Ihr Euren ehrenwerten Vater mehr denn je zuvor erzürnen. Es scheint tatsächlich keinen Ausweg für Euch zu geben. Da der Sohn zu seinem Vater in einem unverletzbaren, geheiligten Verhältnis steht, würden euch alle Menschen für einen ungeratenen Sohn erklären, wenn Ihr Euerm ehrenwerten Vater solche Schmach zufügt und um eines Singmädchens willen sein Haus verlaßt. Eure Frau wird euch nicht mehr für wert befinden, ihr Gatte zu sein; Euer jüngerer Bruder wird Euch nicht länger als seinen älteren Bruder achten, und Eure Freunde werden nichts mehr mit Euch zu schaffen haben wollen. Mit wem in der Welt werdet Ihr Euch beraten? Das alles solltet Ihr Euch heute reiflich überlegen.«

Li geriet bei Ssuns Worten außer Fassung. Er rückte seinen runden Hocker nahe an Ssun heran und fragte voll ängstlicher Spannung: »Seht Ihr einen Weg, den Ihr mir vorschlagen könntet?«

»Es gibt wohl einen Weg, der sehr günstig für Euch wäre«, antwortete Ssun. »Nur fürchte ich, daß die Liebe Euch mit Blindheit geschlagen hat, so daß Ihr nicht vermögt, ihn einzuschlagen, und meine Worte werden in den Wind gesprochen sein.«

Aber Li blieb beharrlich. »Wenn Ihr einen Plan wisst, wonach ich das Paradies meines Vaterhauses wiedersehen und von neuem Beschützer meines jüngeren Bruders sein kann – warum schreckt Ihr davor zurück, ihn mir mitzuteilen?«

Worauf Ssun sagte: »Ihr seid über ein Jahr von Zuhaus fortgewesen. Euren ehrenwerten Vater habt Ihr erzürnt, Eurer Frau euch entfremdet. Wäre ich in Eurer Lage, hätte ich keine Ruhe, zu schlafen oder zu essen. Nun ist Euer ehrenwerter Vater aber nur deswegen über Euch erzürnt, weil Ihr wie von Sinnen in Eure schöne Geliebte vernarrt seid und das Geld Euch wie Sand durch die Finger rinnen laßt, Euch als ein Verschwender erweist, unfähig, das Familienerbe anzutreten. Wenn Ihr heute mit leeren Händen zurückkehrt, wird Euer ehrenwerter Vater bestimmt in größten Zorn geraten. Solltet Ihr aber die Kraft aufbringen, Euch unter günstigen Bedingungen endgültig von Eurer Geliebten zu trennen – nun, ich bin bereit, Euch tausend Silbertael für sie zu zahlen. Mit dieser Summe in der Hand könnt Ihr Eurem ehrenwerten Vater sagen, daß Ihr in der Hauptstadt keineswegs Euer Geld in Weinschenken verschwendet habt. Euer ehrenwerter Vater wird Euren Worten bestimmt Glauben schenken. Danach werdet Ihr mit Eurer Familie wieder ins Einvernehmen kommen. Im Handumdrehen werdet Ihr Unglück in Glück gewandelt haben. Ich bitte Euch: Überlegt es Euch dreimal. Es ist nicht etwa so, daß ich Eure schöne Geliebte begehre – mich treibt ausschließlich der Wunsch, Euch behilflich zu sein.«

Li war ein wankelmütiger Mensch und lebte beständig in Furcht vor seinem Vater. Was Ssun ihm vorgetragen hatte, leuchtete ihm durchaus ein. Um seinen Dank zum Ausdruck zu bringen, erhob er sich und verbeugte sich tief, wobei er die zusammengelegten Hände vor der Brust auf- und niederbewegte.

»Nachdem ich Eure klugen Worte vernommen habe«, sagte er, »hat sich der Bambusvorhang vor meinen Augen zur Seite bewegt. Aber meine Konkubine ist tausend Li mit mir gereist, ich kann nicht gut plötzlich mit ihr brechen. Erreiche ich, daß sie mit ihrem Herzen einwilligt, will ich es Euch sofort wissen lassen.«

»Sprecht freundlich mit ihr«, entgegnete Ssun darauf. »In Anbetracht ihrer großen Liebe zu Euch kann sie nicht wollen, daß Ihr Euch ihretwegen mit Eurem ehrenwerten Vater entzweit. Bestimmt werdet Ihr zu Eurer Familie zurückkehren.«

Die beiden Jünglinge gaben sich von neuem dem Weingenuss hin. Der Sturm ließ nach, es hörte auf zu schneien, und die Dämmerung brach herein. Ssun beauftragte seinen Diener, die Rechnung zu bezahlen, und ging, Hand in Hand mit Li, zu den Dschunken zurück. Es heißt mit Recht:

Erzähl einem Fremden nur ein Drittel der Wahrheit.
Ihm dein Herz auszuschütten, zeugt nicht von Weisheit.

Aber fahren wir in unserer Erzählung fort. Auf Lis Dschunke hatte Tu Schih Wein und Früchte bereitgestellt, aber bis zur zehnten Stunde war Li noch nicht zurückgekehrt. Bei Anbruch der Dunkelheit zündete sie eine Lampe an und wartete weiter. Als Li endlich wieder an Bord der Dschunke stieg, sah sie sofort, daß er im Gesicht ganz rot vor Aufregung war und sich anscheinend in großer Unruhe befand. Sie bot ihm ein Schälchen gewärmten Wein an, aber er winkte ab und ging ohne ein einziges Wort auf sein Bett zu. Tu Schih war sehr bestürzt. Sie stellte schnell die Weinschalen und die Schüsseln beiseite, half Li beim Auskleiden und fragte dabei:

»Was hast du heute erlebt, daß du so bedrückt bist?«

Li seufzte tief auf, schwieg aber beharrlich weiter. Tu Schih fragte noch drei- oder viermal. Schließlich war er eingeschlafen. Völlig niedergeschlagen setzte sie sich ans Kopfende des Bettes; es war ihr unmöglich, ein Auge zuzutun. Mitten in der Nacht schreckte Li aus dem Schlaf hoch und seufzte wieder tief auf.

»Fällt es dir so schwer zu sagen, was ist?« forschte Tu Schih. »Du hast schon wieder geseufzt!«

Li richtete sich auf, zog die Decke fest um sich und machte mehrmals einen Ansatz zu sprechen. Jedesmal versagte ihm die Stimme, und die Augen füllten sich mit Tränen. Tu Schih umschlang ihn mit beiden Armen und sprach ihm Mut zu.

»Zwei Jahre lang gehören wir beide einander in Liebe an und haben so viele Sorgen und Schwierigkeiten überwunden. Während der ganzen Zeit unserer weiten Reise hast du nicht ein einziges Mal ein trauriges Gesicht gemacht. Jetzt wollen wir über den Jangtse setzen und haben vor, uns hundert Jahre lang zu freuen und zu lachen, und gerade in diesem Augenblick überläßt du dich der Melancholie? Das hat bestimmt eine Ursache. Als Mann und Frau werden wir gemeinsam leben und sterben, und gibt es Sorgen, werden wir sie gemeinsam meistern. Wir müssen überhaupt alle Dinge gemeinsam betreiben.«

So drang Tu Schih viermal in Li, worauf er schließlich unter Tränen herausbrachte:

»Als sich meine Lage aufs Äußerste verschlechtert hatte, hast du mir deine Liebe nicht entzogen und dich nicht von mir losgesagt. Es wäre ungerecht von mir, dir dafür nicht die Treue zu bewahren. Und doch habe ich alles noch einmal überdenken müssen. Mein Vater ist ein hoher Beamter. Er hält sich streng an die althergebrachten Sitten und ist unnachgiebig. Wenn ich ihn erzürne, wird er uns beide aus der Familie ausschließen. Was wollen wir beginnen, wenn wir heimatlos sind? Wir werden niemals das glückliche Leben eines Ehepaares führen, wenn mein Vater endgültig mit uns gebrochen hat. Mein Freund Ssun aus Ssinan hat heute bei einem Schälchen Wein das alles mit mir überlegt. Seitdem bin ich völlig verzweifelt.«

»Und was gedenkst du zu tun?« fragte Tu Schih in größter Unruhe.

»Wenn ein Mensch Sorgen hat, vermag er nicht zu übersehen, welchen Weg er am besten einschlägt«, antwortete Li. »Aber mein Freund Ssun hat einen ausgezeichneten Plan für mich. Nur bin ich in Sorge, ob du damit einverstanden sein wirst.«

»Was für ein Mann ist dein Freund Ssun? Warum sollte ich nicht mit seinem Plan einverstanden sein, wenn er wirklich gut ist?«

»Mein Freund heißt Ssun Fu. Er betreibt den Salzhandel in Ssinan und ist ein junger und moderner Literat. In der vergangenen Nacht hat er zugehört, als du gesungen hast, und heute hat er sich bei mir nach dir erkundigt. Da habe ich ihm alles von uns erzählt und auch gesagt, daß wir nicht zu meinem Vater gehen könnten. Er ist bereit, dich für tausend Silbertael zu übernehmen. Mit tausend Silbertael in der Hand könnte *ich* vor Vater und Mutter treten, und zugleich wärest auch *du* versorgt. Aber ich vermag nicht, mich von dir loszusagen, und darum muß ich weinen.«

Als Li geendet hatte, flossen ihm die Tränen wie Regen über das Gesicht.

Tu Schih löste ihre Arme von seinem Nacken. Sie lächelte eisig, während sie antwortete:

»Das ist wirklich ein fein ausgeklügelter Plan. Dieser Mann ist wahrlich ein großer Held. Du bekommst deine tausend Silbertael zurück, und ich kann zu einem andern Mann und bin kein Hindernis mehr für dich. Wie gut überlegt, wie großmütig! Dieser Vorschlag ist für uns beide vorteilhaft! – Wo sind die tausend Silbertael?«

Lis Tränen versiegten.

»Fu hat deine Zustimmung noch nicht«, sagte er, »daher hat das Geld noch nicht seinen Besitzer gewechselt. Fu hat es noch in der Hand.«

»Du wirst die Sache gleich morgen in aller Frühe mit ihm regeln!« bestimmte Tu Schih. »Eine solche günstige Gelegenheit darfst du dir nicht entgehen lassen. Gib aber acht, daß die Summe haargenau abgewogen wird: tausend Tael – das ist viel Geld. Und er muß sie dir aushändigen, ehe ich in seine Dschunke übersteige. Laß dich nicht etwa von einem Salzhändler betrügen!«

Inzwischen hatte die vierte Nachtwache begonnen. Es fing bereits an zu dämmern, und Tu Schih zündete die Lampe an. Sie wollte sich ankleiden.

»Heute muß ich mich schmücken, um den neuen Liebhaber zu empfangen und den alten zu verabschieden«, meinte sie.

Darauf machte sie sich sehr sorgfältig mit Puder und duftenden Ölen zurecht, legte ein wunderbar gesticktes, weißes Gewand an und schmückte sich mit kostbarem Geschmeide. Ihr Blumenparfüm schwängerte die Luft – sie war von wunderbarer Schönheit.

Als Tu Schih ihre Toilette beendet hatte, war der Tag bereits angebrochen. Ssun Fu hatte seinen Diener zu Lis Dschunke geschickt und bestellen lassen, daß er die Antwort erwarte. Tu Schih beobachtete Li und merkte, wie erfreut er über diese Nachricht war. Also redete sie ihm zu, Ssun sofort seine Entscheidung mitzuteilen und sich dabei gleich das Geld aushändigen zu lassen. Darauf begab sich Li auf Ssuns Dschunke und verständigte Ssun von Tu Schihs Einverständnis.

»Das Geld liegt bereit«, entgegnete Ssun. »Aber bevor ich es auszahle, muß die Schöne mir ihre Schmuckschatulle als Pfand aushändigen.«

Li kehrte zu Tu Schih zurück und übermittelte ihr diesen Bescheid. Tu Schih wies auf ihr vergoldetes Schmuckkästchen mit den Worten: »Er kann es haben.«

Ssun geriet in größte Aufregung und sandte sofort tausend Tael in Silber zu Lis Dschunke. Tu Schih sah die einzelnen Schnüre, auf die die Tael aufgezogen waren, genau durch und stellte fest, daß die Summe stimmte und die Münzen aus feinstem Silber geprägt waren. Darauf stellte sie sich an die Brüstung der Dschunke, stützte sich mit der einen Hand auf das Geländer und winkte mit der andern Ssun zu, der darüber auf das höchste entzückt war. Sie öffnete ihre purpurroten Lippen, so daß ihre blendend weißen Zähne sichtbar wurden, und rief hinüber:

»Bitte schickt mir die Schatulle für einen Augenblick zurück. Herrn Lis Reisepaß liegt darin, ich muß ihn ihm zurückgeben.«

Ssun war sicher, daß Tu Schih ihm nicht mehr entwischen konnte, und ließ ihr sogleich durch seinen Diener das Schmuckkästchen auf die Dschunke bringen. Tu Schih holte ein Schlüsselchen hervor und schloß den Kasten auf. Dabei zeigte sich, daß er eine Anzahl kleiner Schubfächer enthielt. Sie ließ Li das erste Schubfach herausziehen: Es war mit Geschmeide, Perlen und Jade angefüllt – alles zusammen hatte einen Wert von mehreren Hundert Silbertael. Plötzlich schleuderte Tu Schih diese Kostbarkeiten mit einem einzigen Wurf in den Fluß. Li und Ssun und die Dschunkenleute gewahrten Tu Schihs Tun mit größter Bestürzung. Darauf mußte Li auf Tu Schihs Geheiß ein anderes Schubfach aufziehen, in dem Jadeflöten und Goldpfeifen lagen, und noch ein drittes voll altertümlichen Jade- und Goldschmucks im Werte von einigen tausend Silbertael. Auch den Inhalt dieser beiden Fächer schüttete Tu Schih ins Wasser. Am Ufer liefen viele Menschen zusammen und sahen dem merkwürdigen Treiben zu. »Wie schade! Wie schade! Was bezweckt sie nur damit?!« riefen sie durcheinander.

Während sich die Zuschauer über das seltsame Gebaren wunderten, zog Tu Schih das allerletzte Schubfach heraus. In dem stand ein Kästchen. Tu Schih öffnete es, und die Umstehenden sahen, daß darin schimmernde Perlen, Smaragde und Katzenaugen und andere kostbare Edelsteine von solcher Schönheit angehäuft waren, wie sie sie bisher noch niemals gesehen hatten, und von einem Wert, den sie nicht zu ermessen vermochten. Durch die Menschenmenge ging ein Raunen und Murmeln – es klang wie ferner Donner. Tu Schih schickte sich an, auch dieses Kästchen über dem Fluß zu leeren. Li wollte sie zurückhalten. Von Gewissensbissen gepackt und in Tränen aufgelöst, umschlang er sie mit beiden Armen, und Ssun Fu kam von seiner Dschunke herüber und versuchte ebenfalls, sie zu beschwichtigen. Tu Schih machte sich von Li frei und wandte sich voller Empörung Ssun zu.

»Ich und Herr Li mußten viele Schwierigkeiten überwinden, um bis hierher zu gelangen«, rief sie. »Um Eurer Lust zu frönen, habt Ihr Li ausgeklügelt beschwatzt, damit unsere Ehe in die Brüche gehen, unserer Liebe zueinander ein Ende gesetzt würde. Ich bin Euer Feind! Seid versichert: Nach meinem Tode werde ich bei Gott Anklage gegen Euch erheben! Ihr geht fehl in Eurer Absicht, mich zu Eurer Geliebten zu machen.«

Sich zu Li wendend, fuhr sie fort:

»Viele Jahre lang war ich eine verachtete Konkubine. Aber ich habe in der Zeit genug Geld bis zu meinem Lebensende gespart. Nachdem wir uns kennengelernt hatten, gelobten wir, uns zu heiraten, uns bis in unser hohes Alter nicht zu trennen. Bei unserer Abreise sagte ich dir, daß meine Freundinnen mir die Schmuckschatulle geschenkt hätten. In Wirklichkeit war sie mit allen Schmucksachen darin mein Eigentum. Ihr Wert betrug über zehntausend Silbertael, und ich wollte sie dir als einen ansehnlichen Besitz bei deiner Heimkehr überlassen. Deine Eltern sollten sich darüber freuen und mich in die Familie aufnehmen. Wir wären bis zu unserm Lebensende miteinander glücklich gewesen. Doch du hast kein Vertrauen zu mir gehabt und dich beschwatzen lassen und gibst mich jetzt preis, weil dir an meiner aufrichtigen Liebe nichts liegt. Vor aller Augen habe ich meine Schmuckschatulle geöffnet – du solltest erfahren, daß tausend Tael für mich ein Nichts sind. In meinem Schmuckkasten lagen die Juwelen aufgehäuft, aber es war, als hättest du keine Augen. Es ist, als wolle sich das Schicksal gegen mich wenden: nachdem ich von dem bedauernswerten Dasein einer Konkubine freigekommen bin, sagst du dich von mir los! Ihr alle, die ihr mich hier hört, könnt für mich zeugen: nicht ich habe dir die Treue gebrochen, du hast an mir unaufrichtig gehandelt!«

Alle Anwesenden waren tief erschüttert. Sie beschuldigten Li der Treulosigkeit und Undankbarkeit, verfluchten ihn und spien ihm ins Gesicht. Li vergoss bittere Tränen; er war so beschämt wie unglücklich und wollte, von Reue gequält, Tu Schih anflehen, daß sie ihm verzeihen möge. Aber in dem Augenblick, als er auf sie zutrat, stürzte sie sich, die Schatulle mit beiden Händen umklammernd, in den Fluß. Die Zuschauer schrien auf, niemand vermochte zu helfen. Über dem Wasser lag dichter Nebel, und die Strömung war gerade an dieser Stelle sehr stark: Tu Schih war sofort verschwunden.

Die Tiefe zog die liebliche Gestalt zu sich hinab.
Der Fluß trug sie fort aus der Welt der Menschen.

Die Menschen am Ufer wollten sich voller Empörung auf Li und Ssun stürzen. In höchster Angst befahlen die beiden jungen Leute ihren Dschunkenführern, sofort abzufahren, und entkamen in entgegengesetzten Richtungen. Li starrte unverwandt auf die tausend Silbertael und hatte keinen andern Gedanken als den an Tu Schih. Von Reue und Trauer überwältigt, grübelte er Tag und Nacht vor sich hin. Schließlich verlor er den Verstand und endete im Irrsinn.

Ssun hatte sich so entsetzt, daß er einen ganzen Monat lang krank darniederlag. Tag und Nacht erschien ihm Tu Schih und verfluchte ihn. Er siechte langsam dahin, und jedermann sah in seinem Tod die gerechte Strafe für das Verbrechen, das er auf dem Fluß begangen hatte.

Aber fahren wir in unserer Erzählung fort.

Lju Ju-tschun hatte seine Studien in der Hauptstadt beendet und schickte sich an, in sein Heimatdorf zurückzukehren. Auf der Heimreise ging seine Dschunke ebenfalls in Gwatschou vor Anker. Bei der Morgentoilette fiel ihm das Waschbecken in den Fluß, und er bat einen Fischer, es mit seinem Netz heraufzuholen. Der Mann fischte statt des Beckens einen Kasten. Lju öffnete ihn und sah hinein: Er war mit Perlen und Edelsteinen von unermeßlichem Wert gefüllt. Lju händigte dem Fischer eine hohe Belohnung aus und brachte die Schmuckschatulle in seinem Bett am Kopfende unter. In der Nacht hatte er einen Traum: Er erblickte mitten auf dem Fluß eine Frau. Der Wellen nicht achtend, schritt sie auf ihn zu. Er schaute genau hin: Es war Tu Schih. Sie trat dicht an ihn heran, wünschte ihm ein glückliches Leben und berichtete ihm von der Treulosigkeit des Herrn Li. Darauf sagte sie:

»Ihr habt die Freundlichkeit gehabt, mir mit einhundertfünfzig Silbertael zu helfen. Ich hatte vor, sie Euch zurückzugeben, sobald wir unser Reiseziel erreicht haben würden. Es war mir nicht möglich, mein Vorhaben auszuführen. Aber ich habe Eure gütige Hilfe nicht vergessen, und als Ausdruck meiner Dankbarkeit schickte ich Euch heute früh mit dem Fischer meine Schmuckschatulle. Wir werden uns niemals wieder begegnen.«

Als die Stimme verklungen war, fuhr Lju erschrocken aus dem Schlaf auf. Mit einem Schlag wurde er sich bewusst, daß Tu Schih gestorben war, und er trauerte ihr tagelang nach.

Die späteren Geschlechter, die sich über diese Geschichte unterhielten, haben Ssun Fu geschmäht: er sei kein achtbarer Literat gewesen, da er sich die Schön-

heit einer Frau mit tausend Tael habe erkaufen wollen. Li Dja haben sie verachtet: ein kriechender Wurm, der unfähig war, Tu Schihs Hingabe zu erkennen. In Tu Schih haben sie die Frau von unwandelbarer Treue gesehen, die keinen ihrer würdigen Gefährten finden konnte, um mit diesem zusammen ein glückliches Leben zu führen. Statt dessen beging sie den Irrtum, des Li wegen, der einem Blinden glich, ihren Perlen- und Jadeschmuck in den Fluß zu schleudern. Ihre Liebe wandelte sich in Haß, ihre zärtliche Hingabe versank in der Tiefe des Wassers. Es gibt ein Klagelied darüber:

Wer sich niemals der Liebe erfreut hat, der schweige.
Nur wer Liebe gegeben, vermag sie zu schätzen.
Nur wer in der Liebe Treue gewahrt hat,
Ist der Bezeichnung Liebhaber würdig.

DAS RÄTSELHAFTE BILD

Es wird berichtet, daß im Staat Dschau in der Junglo-Epoche in der kleinen Stadt Bee-dji, die zum Kreis Schundjän, Bezirk Sjang-ho, gehörte, ein ehemaliger Gouverneur I Tai-schou lebte, der fruchtbare Äcker und schöne Häuser sein eigen nannte. Seine Gemahlin hatte ihm nur einen Sohn geboren. Er hieß Schan-dji und hatte, nachdem er großjährig geworden war, ein Mädchen aus vornehmer Familie, namens Tschen, geheiratet. I Tai-schou hatte sein hohes Amt aufgegeben. Seitdem er verwitwet war, lebte er für sich allein. Trotz seines hohen Alters war er geistig noch sehr rege und am Einkassieren der vielen Pachtgelder, überhaupt an allen geschäftlichen Dingen, sehr interessiert. Er gönnte es sich nicht, die ihm zustehende Muße zu genießen. Als er neunundsiebzig Jahre alt war, sagte sein Sohn Schan-dji zu ihm:

»Das menschliche Leben währt selten siebzig Jahre. Du stehst heute im neunundsiebzigsten Jahr, ehrenwerter Vater, im nächsten Jahr vollendest du das Achtzigste. Warum übergibst du das Hauswesen nicht deinem Sohn und erfreust dich an gutem Tee und reichlichem Essen und einem behaglichen Leben?«

Der alte Herr winkte kopfschüttelnd ab und erwiderte Folgendes: »Lebe ich noch einen Tag, schaffe ich auch noch einen Tag. Ich schaffe dir zur Freude, dir zum Wohlstand. Die paar Zinsen, die ich noch hereinhole, kommen allesamt dir zugute. Solange diese zwei Beine mich noch aufrechttragen, kümmere dich nicht um meine Geschäfte.«

Im Oktober jeden Jahres bereiste Herr I Tai-schou seine Güter und kassierte die Pachtgelder. Die Pächter bewirteten ihn mit fettem Hühnerbraten und süffigem Wein. In dem Jahr, von dem die Rede ist, war er auch gerade wieder auf einem Gut, und als er eines Nachmittags nichts zu tun hatte, schlenderte er durch die Gegend, um sie kennenzulernen. Am Ufer eines Baches wurde er ein junges Mädchen in dem Augenblick gewahr, in dem es auf einen aus dem Bach hervorragenden Stein trat und sich bückte, um die Wäsche im fließenden Wasser mit Stöcken zu schlagen. Zu dem Mädchen gehörte eine alte, weißhaarige Frau. Das Mädchen trug dörfliche Tracht und war wunderschön anzusehen. Das Haar schimmerte wie schwarzer Lack, die Augen waren so klar wie die Wellen des Baches. Die Spitzen der zehn schlanken Finger glichen Zwiebelsprossen. Die Bogen der Augenbrauen waren wie mit schwarzer Tusche gezeichnet. Das

Kleid aus grobem Baumwollstoff ließ die Schönheit des Körpers genauso erkennen, wie ein Kleid aus feinster Seide das getan hätte. Ein paar Wiesenblumen, die es sich ins Haar gesteckt hatte, waren ein vollkommener Ersatz für die üblichen goldenen Haarnadeln und -pfeile. Zweimal acht Jahre mochte man dem Mädchen wohl als Alter geben.

I Tai-schou konnte sich nicht sattsehen. Als das Mädchen mit der Wäsche fertig war, machte es sich mit der weißhaarigen Frau zusammen auf den Heimweg. Der Greis ging aufgeregt hinter den beiden Frauen her, bis sie, ein kleines Tor in einer Bambushecke passierend, seinem Blick entschwanden.

I Tai-schous Blut war in Wallung geraten. Er ließ sich den Pächter kommen, erzählte ihm in allen Einzelheiten, was er gesehen hatte, und schloß mit den Worten:

»Wenn das Mädchen noch keinem Mann versprochen ist, will ich es zur Konkubine nehmen. Erfrage, ob es einwilligen würde.«

Der Pächter war darauf bedacht, seinem Herrn zu Willen zu sein. Er nahm den Auftrag an und machte sich sofort auf den Weg. Bald hatte er Folgendes in Erfahrung gebracht: Das Mädchen trug den Familiennamen Mee, und ihr Vater hatte die Prüfung für die Anstellung als Bezirksbeamter abgelegt. Schon als Kind hatte sie beide Eltern verloren und lebte seitdem bei ihrer Großmutter mütterlicherseits. Sie war siebzehn Jahre alt und noch keinem Mann zur Ehe versprochen. Nachdem der Pächter das alles erkundet hatte, suchte er die alte Dame auf und trug ihr Folgendes vor: »Mein gnädiger Herr hat mit eigenen Augen die Schönheit und den Anstand Eurer Enkelin gesehen. Er hegt den Wunsch, sie zu seiner Nebenfrau zu machen. Ihr mögt darauf erwidern, das sei nichts von besonderer Bedeutung. Aber die Hauptfrau meines gnädigen Herrn, die ›Große Nai-Nai‹, hat diese Welt schon lange verlassen, seinem Haushalt steht keine Frau vor. Es versteht sich von selbst, daß Eure Enkelin prächtige Gewandung und ausgesuchte Speisen und Getränke, überhaupt alles, was sie braucht, reichlich zu ihrer Verfügung haben wird. Daß Ihr selbst, solange Ihr am Leben bleibt, immer ausreichend Kleidung, Reis und Tee haben und nach Eurem Tode ein würdiges Begräbnis erhalten werdet, soll meine persönliche Sorge sein. Ich habe nur die eine Befürchtung, ehrwürdige Dame, daß Ihr das Euch gebotene Glück nicht erkennt.«

Die alte Dame fand diese Rede so verführerisch wie ein Stück kostbaren Brokat und willigte sogleich ein. Sie meinte, diese Heirat sei vorbestimmt, und deswegen genügte ihr das eine einzige Gespräch, um alles zu regeln.

Der Verwalter kehrte zu seinem Herrn zurück und berichtete ihm alles genau. I Tai-schou war hocherfreut. Er brachte sofort die von der Sitte vorgeschriebenen Hochzeitsgeschenke auf den Weg und setzte anhand des Kaiserlichen Kalenders einen glückverheißenden Tag für die Hochzeit fest. Da er befürchtete, daß ihm daheim von seinem Sohn Schwierigkeiten in den Weg gelegt werden möchten, beschloß er, die Hochzeit gleich auf dem Lande zu feiern. Alter und Jugend am Hochzeitsabend vereint – wahrlich ein schönes Bild! Am dritten Morgen danach geleitete er Mee Schih in einer Sänfte in sein Haus und stellte sie seinem Sohn und seiner Schwiegertochter vor. Alle zum Hauswesen gehörenden Männer und Frauen begrüßten die ›Kleine Nai-Nai‹ mit einem tiefen Kotau. Herr I Tai-schou beschenkte die ganze Schar mit Tuch- und Seidenstoffen, und bei allen gab es große Freude. Nur sein Sohn Schan-dji ließ keine Freude in seinem Herzen aufkommen. Er äußerte zwar zu anderen kein Wort darüber, aber hinter dem Rükken des neu vermählten Paares sagte er zu seiner Frau: »Dieser alte Mann besitzt gar zu wenig Verstand! In seinem Alter vermag ein Windhauch sein Lebenslicht zu löschen. Er hätte sich diesen Schritt überlegen und daran denken sollen, daß er nur noch fünf bis höchstens zehn Jahre zu leben hat. Statt dessen bringt er das schier Unglaubliche fertig, ein Mädchen, so jung wie ein Blütenzweig, zu heiraten, dem er selbst ja gar nicht mehr genügen kann. Letzten Endes ist das nur dem Namen nach eine Ehe. Gibt es ein Beispiel dafür, daß ein so alter und verbrauchter Mann ein so junges Blut freit? Nur natürlich, wenn die junge Frau sich von ihm abwendet und Seitenwege einschlägt. Aber kommt die Schande unter die Leute, heftet sich der Makel an unser Haus. Aus welchem Grunde ist diese junge Person überhaupt mit dem Alten mitgegangen? Es ist ganz klar: Sie hat gehandelt wie jemand, der in die Fremde fährt, um der Dürreperiode daheim zu entgehen, und, wenn er sein Schäfchen ins Trockene gebracht hat, zurückgeht, sobald die Zeiten zu Hause sich gebessert haben.

Genauso wird sie jetzt hier ihre Kammer füllen, indem sie mal hier, mal dort etwas beiseite schafft und dem Alten mal mit Schmeicheln, mal mit Schmollen ein Schmuckstück oder ein Kleid ablockt. Und das wird sie so lange treiben, wie es das Sprichwort kündet: ›Wenn der Baum gefällt wird, fliegen die Vögel davon.‹ Hat sie den Alten fertiggemacht, packt sie zusammen, was sie ergaunert hat, und macht sich auf und davon. Sie ist in unserm Hause, was der Bohrwurm im Holz, der Käfer im Reis ist. Es geht um unsere ganze Familie dabei! Und noch eins: Was ist diese Person bei all ihrer Schönheit anderes als eine Dirne? Nichts an ihr deutet auf die Herkunft aus guter Familie. Ein haltloser Greis ist ihr auf den Leim gegangen. Und wir sollen sie in unsere Familie aufnehmen, als Nebenfrau anerkennen, sogar als ›Kleine Nai-Nai‹ ansprechen! Warum nicht gleich als ›Mutter‹?! Wir dürfen es nicht zulassen, daß sie sich zum Schluß über uns lustig macht, weil wir nicht aufgepaßt und uns von ihr haben übertölpeln lassen.«

So ging das Gerede zwischen Mann und Frau hin und her. Bald erfuhren alle im Hause davon, auch Herr I Tai-schou. Er empfand großen Verdruß darüber, verbarg ihn aber in seinem Herzen. Es traf sich gut, daß Mee Schih ein stiller und verträglicher Mensch war und allen, mit denen sie zu tun hatte, freundlich begegnete. Das erzeugte im ganzen Hause eine harmonische Atmosphäre.

Nach zwei Monaten fühlte sich Mee Schih schwanger. Sie bewahrte aber völliges Schweigen darüber, nur den alten Herrn ließ sie es wissen. Sieben Monate danach gebar sie einen Knaben. Darob gab es im Hause natürlich großes Staunen. Es war gerade der neunte Tag des neunten Monats, der im Kalender Tschung Jang heißt, und darum erhielt das Neugeborene den Kosenamen Tschuag-Jang-Erl. Auf den elften Tag des Monats fiel I Tai-schous Geburtstag, in diesem Jahr der Achtzigste. Die Gratulanten strömten in das Haus. Der Doppelgeburtstag des Knäbleins und des hohen Mandarins sollte festlich begangen, die Gäste großartig bewirtet werden. Auch Nudeln, das Symbol langen Lebens, wurden gereicht. In der Menge der Besucher gab es nur eine Rede: »Der ehrwürdige Herr hat ein so hohes Alter erreicht und bekommt noch einen Sohn. Daraus erkennt man, daß seine Kraft noch nicht gebrochen und ihm noch lange zu leben beschieden ist.« Solches zu hören, war für I Tai-schou eine große Freude. Aber hinter dem Rücken des Vaters sagte Schan-dji zu seiner Frau: »Mit sechzig Jahren vermag ein Mann nicht mehr zu zeugen, und dieser ist sogar schon achtzig! Hat man schon einmal gesehen, daß ein abgestorbener Baum Blüten treibt? Wer weiß, aus welcher Verbindung dieser Knabe stammt – meines Vaters Blut fließt auf keinen Fall in seinen Adern, und ich weigere mich, ihn als Bruder anzuerkennen!« Diese Rede wurde dem alten Herrn hinterbracht, und wiederum verbarg er sie in seinem Herzen.

Die Zeit gleicht einem Pfeil. Ehe man es gewahr wird, ist ein Jahr dahingegangen. Der Tag kam, an dem Tschung-Jang-Erl sein erstes Lebensjahr vollendet hatte. Nach alter Sitte wurden ihm mancherlei Spielsachen gezeigt: An der Auswahl, die er traf, wollte man seine Neigungen erkennen. Wieder kamen viele Gratulanten. Schan-dji war nicht unter ihnen; er hatte das Haus absichtlich verlassen. Der alte Herr durchschaute seinen Sohn, ließ ihn aber nicht suchen und zurückrufen. Er blieb selbst bei den Gästen und sprach den ganzen Tag lang mit ihnen fleißig dem Wein zu. Wenn auch kein Wort darüber aus seinem Munde kam, war sein Herz doch sehr bedrückt. Seit alters her heißt es: ›Des Sohnes Pietät erfreuet des Vaters Herz!‹ I Schan-dji war ein neidischer Mensch. Er fürchtete, daß der kleine Knabe, sobald er herangewachsen sein würde, ihn um einen Teil des väterlichen Besitzes bringen möchte, und deshalb beharrte er bei seiner Weigerung, ihn als Bruder anzuerkennen. In der ersten Zeit hatte er nur gehässige Reden gegen ihn geführt. Von diesem Tag an aber behandelte er Mutter und Kind unfreundlich. Der alte Herr I Tai-schou war auf Grund seiner ausgezeichneten Bildung ein hoher Mandarin geworden – wie sollte er wohl jetzt seinen Sohn nicht durchschauen können! Aber er vergegenwärtigte sich auch, daß er den Tag, an dem sein zweiter Sohn erwachsen sein würde, nicht mehr erleben konnte; daß der Kleine über kurz oder lang in der Hand seines älteren Bruders die Rolle von ›Nadel und Faden‹ spielen würde. Wiederum schien es ihm verkehrt, den Älteren zur Rechenschaft zu ziehen; vielmehr richtig, dessen Benehmen hinzunehmen. Schaute er den kleinen Knaben an, zerriß es ihm das Herz; schaute er die junge Mee Schih an, überkam ihn tiefes Mitleid. Heute machte er sich Vorwürfe ob seiner Heirat, um sie morgen schon wieder zu bereuen.

Vier Jahre gingen dahin. Der Kleine war fünf Jahre alt. Der alte Herr merkte, daß er klug, aber auch verspielt war, und beschloß, ihn unterrichten zu lassen, damit er früh den Grund zu Gelehrsamkeit und Berühmtheit lege. Wie es beim Eintritt in die Schule üblich war, gab er dem kleinen Sohn einen Rufnamen an Stelle des Kosenamens. Da der Ältere Schan-dji, ›der gute Nachfolger‹, hieß, sollte der jüngere Schan-schu, ›der gute Gelehrte‹, gerufen werden. Darauf setzte er einen glückverheißenden Tag fest, an dem es ein Festmahl mit auserlesenen Weinen gab und der kleine Schan-schu seinen Lehrer mit feierlichem Kotau begrüßte. Der Lehrer unterrichtete bereits Schan-djis Sohn. Fortan trafen sich also Neffe und Onkel im Schulzimmer. Wer konnte wissen, wie wenig Schan-dji sich seinem Vater verbunden fühlte! Er war über den gemeinsamen Schulunterricht aufgebracht, über den Namen Schan-schu empört. Er meinte, daß der Kleine, den er durchaus nicht als Bruder anerkennen wollte, durch diese Namengebung als ihm gleichberechtigt gekennzeichnet wäre. Und wenn sein Sohn ihn Tag für Tag mit ›Onkel‹ anredete, würde er sich diesem bald überlegen dünken und sich Rechte über ihn anmaßen. Schon nach wenigen Tagen ließ er seinen Sohn unter dem Vorwand, daß er krank wäre, nicht mehr zum Unterricht gehen und bestellte ihm einen eigenen Lehrer. Herr I Tai-schou hörte von der angeblichen Erkrankung und dachte nichts Arges dabei. Nachdem der Enkel aber weiterhin vom Unterricht fortblieb, wurde er mißtrauisch und fragte bei Schan-schus Lehrer nach dem Sachverhalt. So erfuhr er die Wahrheit und wurde von Zorn gepackt. Im ersten Augenblick wollte er seinen älteren Sohn sogleich zur Rechenschaft ziehen. Gleich danach überlegte er. ›Es ist zwecklos, mit einem Menschen zu verhandeln, der sich derart gegen die Götter und seinen Erzeuger auflehnt. Man soll ihn gewähren lassen.‹ So schluckte er seinen Ärger hinunter und schickte sich an, in sein Wohnzimmer zurückzugehen. Ein unglücklicher Zufall ließ ihn ausgleiten, er schlug gegen das Torgitter. Mee Schih war im Umsehen zur Stelle. Sie richtete den fast Bewußtlosen auf, geleitete ihn ins Schlafzimmer und half ihm, sich auf den Kang zu setzen. Sie selbst war ganz benommen vor Schreck und ließ sofort den Arzt um seinen Besuch bitten. Der Arzt stellte eine Lähmung fest. Er brachte den alten Herrn wieder ins volle Bewußtsein zurück, indem er ihn mit Ingweröl einrieb, und hieß ihn, sich auf dem Kang ausstrekken und liegen bleiben. Der alte Herr war wieder klar im Kopf, hatte aber kein Gefühl im Körper und konnte sich überhaupt nicht bewegen. Mee Schih saß am Kopfende des Kang. Sie flößte dem Kranken die Arzneien ein, wachte aufmerksam über ihn, gab ihm zu essen und zu trinken. Aber der Zustand besserte sich nicht. Der Arzt ließ den Kranken zur Ader und sagte: »Er hat nur noch Tage zu leben, gesunden kann er nicht mehr.« Erst auf diese Bemerkung des Arztes hin sah sich Schan-dji selbst nach dem Vater um. Nachdem er sich davon überzeugt hatte, daß es für den alten Mann keine Rettung mehr gab, begann er das ganze Haus in Unruhe zu versetzen. Er schimpfte und fluchte auf das Gesinde und ließ Möbelstücke hin- und herrücken. Der Kranke geriet durch den Lärm in große Erregung, sein Zustand verschlechterte sich von Tag zu Tag. Mee Schih wich nicht vom Kang. Sie weinte immerfort vor sich hin. Der kleine Sohn war ständig bei ihr; er weigerte sich, zum Unterricht zu gehen, weil er den Vater nicht verlassen wollte. Als I Tai-schou merkte, daß es mit ihm zu Ende ging, ließ er den älteren Sohn zu sich rufen. Vor sich hatte er ein Verzeichnis, in dem der Grundbesitz, Acker für Acker und Haus für Haus, genau aufgeführt war; dazu alles Gesinde, Kopf für Kopf. Dazu sagte er:

»Schan-schu ist jetzt fünf Jahre. Er braucht noch Hilfe beim Anziehen. Auch Mee Schih ist jung und kann meinen Besitz nicht verwalten. Darum teile ich das Erbe nicht auf, sondern hinterlasse meinen ganzen Besitz dir allein. Vertritt Vaterstelle an Schan-schu, bis er erwachsen ist; suche eine geeignete Frau für ihn und überlaß ihm ein Haus und fünfzig bis sechzig Mou Ackerland, damit er nicht unter Hunger und Kälte zu leiden braucht. In diesem Vermögensverzeichnis sind meine letztwilligen Verfügungen enthalten; es diene dir als Weisung. Will Mee Schih sich wieder verheiraten, so lege ihr nichts in den Weg; will sie verwitwet und mit dem Kind zusammenbleiben, so gehe auch darauf ein. Ich verlasse mich darauf, daß du dich nach meinem Tode als pietätvoller Sohn erweist und dich an meine letzten Anordnungen hältst. Ich gehe zu den neun Quellen ein und möchte meine Augen ohne Sorgen schließen.«

I Schan-dji nahm das Dokument und sah es durch. Es war wirklich alles genau so darin aufgeschrieben, wie es der Vater gesagt hatte. Er verzog sein Gesicht zu einem breiten Lachen und versicherte: »Mein Vater mache sich keine Sorgen. Sein Sohn wird sich Wort für Wort an seine Anordnungen halten.«

Mit diesen Worten nahm Schan-dji das Dokument an sich und ging freudestrahlend seiner Wege. Mee Schih sah ihm nach, wie er sich entfernte. Die Tränen strömten ihr über das Gesicht. Sie zeigte auf Schan-schu und klagte:

»Ihr behandelt dieses Kind wie einen Feind! Ist es denn nicht Euer Blut? Ihr habt alles dem Älteren vermacht. Wovon sollen wir zwei eines Tages leben?«

I Tai-schou erwiderte:

»Du kannst meine Gründe nicht wissen. Ich habe erkannt, daß Schan-dji ein gemeiner Charakter ist. Hätte ich das Erbe aufgeteilt, wäre das Leben des Kleinen ständig bedroht gewesen. Ich hatte keine andere Wahl, als ihm alles zu hinterlassen, damit er nicht von Neid und Haß aufgestachelt würde.«

Mee Schih fuhr fort zu weinen und sagte:

»Es heißt aber: ›Der Sohn der Nebenfrau soll nicht hinter dem der Hauptfrau zurückstehen.‹ Auslachen werden mich die Leute, wenn er leer ausgeht.«

I Tai-schou blieb fest und erwiderte:

»Ich kann darauf keine Rücksicht nehmen. Du bist noch jung. Übergib das Kind Schan-dji zur Erziehung, solange ich noch nicht aus dieser Welt geschieden bin. Suche dir im Laufe des Jahres einen guten Gatten, der dir zusagt, und trachte danach, aus diesem Hause fortzukommen, in dem du ständig Verdruß haben wirst.«

Erregt rief Mee Schih:

»Was sind das für Reden! Ich stamme aus einer Gelehrtenfamilie und weiß, daß eine Frau nur einmal einem Gatten folgen darf. Dazu habe ich diesen kleinen Sohn! Wie könnte ich auf ihn verzichten! In guten und schlechten Tagen werde ich bei ihm bleiben.«

Darauf I Tai-schou:

»Willst du bei diesem Entschluß bleiben? Wirst du ihn nicht eines Tages bereuen?«

Feierlich beschwor Mee Schih ihren Entschluß. Danach sagte I Tai-schou:

»Nun brauchst du dir keine Sorge mehr darum zu machen, was aus dir und deinem Sohn werden soll!«

Er tastete auf dem Kangrand entlang, bis er etwas gegriffen hatte, und reichte das Mee Schih hin. Diese meinte im ersten Augenblick, sie hielte ein Besitzverzeichnis in der Hand, aber es war eine drei Fuß lange Bildrolle.

»Was soll diese kleine Bildrolle?« fragte Mee Schih.

»Das ist mein Porträt«, antwortete I Tai-schou. »Es birgt ein Geheimnis. Du darfst zu niemand darüber sprechen, es niemandem zeigen. Wenn dein Sohn herangewachsen ist und Schan-dji sich weigert, für ihn zu sorgen, gedulde dich, bis eines Tages ein kluger und erleuchteter Mandarin in deine Nähe kommt. Diesem Mann bringst du die Bildrolle, berichtest ihm meine letztwilligen Anordnungen und bittest ihn, eine genaue Entscheidung zu treffen. Er wird das

Geheimnis enthüllen, und beide, Mutter und Sohn, werdet ihr fortan ein bequemes Leben haben.«

Mee Schih nahm die Bildrolle an sich. I Tai-schou lebte noch einige Tage. Dann erlitt er in der Nacht einen Schwächeanfall und starb. Er war vierundachtzig Jahre alt geworden. So ist der Lauf des Lebens:

> Drei Zoll Atem vertun wir auf tausenderlei Art,
> Eines Tages reicht er für nichts mehr aus.

Nach der Unterredung mit dem Vater und der Übergabe des Vermögensverzeichnisses hatte Schan-dji sich zu allen Zimmern und Vorratsräumen die Schlüssel geben lassen. Tag für Tag überprüfte er die Einrichtungsgegenstände und Vorräte. Da war keine Zeit übrig, in das Zimmer des kranken Vaters zu gehen und sich nach seinem Befinden zu erkundigen. Erst nachdem Mee Schih ihm die Todesnachricht hatte übermitteln lassen, begab er sich mit seiner Frau in das Totenzimmer, wo er sich ein paar Tränen abzwang. Nach kaum einer Stunde verzog er sich bereits; die Totenwache bis zur Beisetzung zu halten, überließ er Mee Schih. Es war gut, daß Mee Schih die Sterbegewänder, den Sarg und den Katafalk vorsorglich bereits besorgt hatte. Nachdem die Leiche aufgebahrt worden war, hielt sie vom Morgen bis zum Abend, mit dem Knaben an ihrer Seite, die Totenwacht und klagte ohne Aufhören vor sich hin. Nicht einen Zoll breit wich sie von der Bahre. Schan-dji begrüßte die Gäste und war sehr froh, daß es ihrer so viele waren. Er war keineswegs zum Trauern aufgelegt. An dem Tage, an dem die Beerdigung stattfand, durchsuchte er, von seiner Frau unterstützt, noch abends die Räume, die Mee Schih bewohnte, und durchwühlte alle Truhen. Er war überzeugt, daß Geld und Wertsachen des Verstorbenen darin versteckt wären. Mee Schih war in größter Unruhe, daß die beiden die Bildrolle finden möchten. Geistesgegenwärtig öffnete sie darum wie bereitwillig die Truhen, die sie von daheim mitgebracht hatte und in denen sie Kleidung und Wäsche aufbewahrte, und wies auf den Inhalt.

Schan-dji schloß aus Mee Schihs scheinbarer Unbefangenheit, daß sie nichts zu verbergen trachte, schnüffelte noch ein bißchen umher und ging dann mit seiner Frau wieder fort. Als die beiden sich entfernt hatten, war es mit Mee

Schihs Fassung zu Ende. Blitzartig war ihr mit einem Mal klargeworden, welch ein trauriges Leben ihr bevorstand, und sie schluchzte laut los. Das Kind sah, wie der Mutter die Tränen über das Gesicht liefen, und brach auch in jämmerliches Weinen aus.

Eine Tonfigur, wem dabei nicht die Tränen fließen.
Ein Herz von Eisen, das dabei nicht von Mitleid überquillt.

In der Frühe des nächsten Tages beauftragte Schan-dji Handwerker mit dem Umbau der Zimmer des Verstorbenen. Sein eigener Sohn sollte darin wohnen. Mee Schih und ihr Kind verwies er in drei dürftige Räume im Hintergarten, deren einziges Mobiliar ein vierbeiniger kleiner Kang, ein grob gezimmerter Tisch und ein paar harte Holzschemel bildeten; irgendwelche Haushaltsgegenstände waren nicht vorhanden. Zur Bedienung für beide wurde ein zwölf- oder dreizehnjähriges Mädchen ausgesucht, das auch jeden Tag das Essen für sie aus der Küche des Haupthauses holte. Mee Schih erlebte immer wieder, daß nicht genug Essen für sie übriggeblieben war. Sie erbat sich darum Reis im Vorrat und bereitete die täglichen Reismahlzeiten selbst auf einer Feuerstelle, die sie sich aus Lehm hergerichtet hatte. Von dem Geld, das sie mit Näharbeiten vom Morgen bis zum späten Abend verdiente, kaufte sie Gemüse und was sie sonst noch zum Lebensunterhalt brauchte. Der kleine Schüler besuchte eine Schule im Nachbardorf; das Schulgeld brachte sie auch auf. Schan-dji schickte ihr mehrmals eine Heiratsvermittlerin ins Haus, die sie bestimmen sollte, sich wieder zu verheiraten, und stellte diese Versuche erst ein, als er endgültig einsehen mußte, daß Mee Schih an ihrem Gelübde, bis an ihr Lebensende Witwe zu bleiben, festhielt.

Da die junge Frau ihm außerdem durch ihr gleichmäßig freundliches Wesen jede Möglichkeit, einen Streit vom Zaun zu brechen, abschnitt, ging er dazu über, Mutter und Sohn einfach unbeachtet zu lassen.

Die Zeit verging, Schan-schu wurde vierzehn Jahre alt. Mee Schih hatte ihm bisher mit Vorbedacht kein einziges Wort von dem rätselhaften Bild gesagt; sie war besorgt, daß eine unbedachte Äußerung aus Kindermund ihnen beiden Schaden bringen könnte. Aber nun er heranwuchs und klug und verstän-

dig war, würde sie ihm das Geheimnis nicht mehr lange vorenthalten können. Eines Tages bat er seine Mutter um eine neue seidene Jacke. Als Mee Schih ihm entgegnete, daß sie dafür kein Geld habe, sagte er verwundert: »Mein Vater war Gouverneur, er hat nur zwei Kinder: meinen Bruder und mich. Ich sehe, daß mein älterer Bruder ein Wohlleben führt; ich brauche eine seidene Jacke, und sie kann nicht gekauft werden! Wie kommt das? Wenn meine Mutter das Geld dafür nicht hat, werde ich sie mir von meinem älteren Bruder besorgen lassen.«

Und schon schickte er sich an, fortzugehen. Mee Schih zog ihn von der Tür zurück und sagte:

»Lieber Sohn! Eine seidene Jacke ist keine so wichtige Angelegenheit, daß man andere Leute darum angehen müßte. Das Sprichwort sagt: ›Wer in der Jugend spart, hat im Alter.‹ Trägst du in der Jugend Baumwolle, kannst du im Alter Seide tragen. Fängst du aber mit Seide an, hast du später nicht einmal Baumwolle.

Wenn die beiden Jahre um sind, die du noch studieren mußt, wird deine Mutter bereit sein, sich zu verkaufen, damit du dir vornehme Kleidung anschaffen kannst. Dein älterer Bruder neigt zum Jähzorn – wozu ihn reizen?«

Schan-schu antwortete: »Meiner Mutter Rede ist gut.« Aber bei sich dachte er: ›Die unermeßlichen Besitztümer meines Vaters stehen meinem Bruder und mir zu gleichen Teilen zu. Ich bin sicher, daß das auch sein Wille gewesen ist. Wieso sorgt mein älterer Bruder überhaupt nicht für uns? Wieso führt meine Mutter so merkwürdige Reden? Sie will sich verkaufen, damit ich mir vornehme Kleidung anschaffen kann! Mein älterer Bruder ist ja kein Tiger, der Menschen frißt – warum sollte ich mich vor ihm fürchten?‹

Als Schan-schu mit dieser Überlegung fertig war, ging er, ohne der Mutter von seinem Vorhaben zu sagen, nach dem Haupthaus, suchte seinen älteren Bruder auf und begrüßte ihn höflich. Schan-dji geriet in Unruhe und fragte, warum er gekommen wäre. Schan-schu antwortete:

»Ich bin dein jüngerer Bruder und der Sohn eines Hochgeborenen. Aber ich gehe schäbig gekleidet und werde von den Leuten ausgelacht. So bin ich hergekommen, um von meinem älteren Bruder ein Stück Seide für eine Jacke zu erbitten.«

Schan-dji entgegnete:

»Die Jacke, die du begehrst, mußt du dir von deiner Mutter erbitten.«

Darauf Schan-schu:

»Der Besitzer des Familienvermögens ist mein älterer Bruder, nicht meine Mutter.«

Bei dem Wort ›Familienvermögen‹ fuhr Schan-dji in die Höhe. Zornrot im Gesicht schrie er:

»Wer hat dich gelehrt, so zu sprechen? Da kommst du heute daher und verlangst eine Jacke und willst mir das Familienvermögen streitig machen!«

»Der Tag, an dem das Familienvermögen unter uns geteilt wird«, entgegnete Schan-schu, »kommt noch. Heute fordere ich nur ein Stück Seide, damit ich mich standesgemäß kleiden kann.«

Darauf Schan-dji:

»Was schwatzest du Bastard von ›standesgemäß kleiden‹! Und mag der Familienbesitz auch noch so groß sein: Er steht mir allein zu, dem rechtmäßig geborenen Sohn, und fällt nach meinem Tode an meinen rechtmäßig geborenen Sohn, und dich Bastard geht das einen Dreck an. Wer hat dich angestiftet, mir mit solchen Forderungen zu kommen? Untersteh dich, mich zu reizen! Ich lasse euch alle beide, Mutter mitsamt Sohn, sonstwohin schaffen!«

Schan-schu lehnte sich auf.

»Wir sind von demselben Vater gezeugt – wieso bin ich ein Bastard? Und was soll heißen: dich reizen? Hast du etwa schon einen Plan, um uns beide, die Mutter und mich, zu beseitigen, damit du der Alleinbesitzer des Familienvermögens wirst?«

Schan-dji geriet in Wut. »Du Scheusal!« brüllte er. »Mir willst du frech kommen?!« Und dabei packte er den jüngeren Bruder am Arm und versetzte ihm sieben oder acht Fausthiebe ins Gesicht, das blaugrün anlief. Schan-schu riß sich los, wie eine Rauchfahne war er zur Tür hinaus, langte tränenüberströmt bei der Mutter an und berichtete ihr in allen Einzelheiten den Hergang. Mee Schih wurde ärgerlich. »Ich habe dir gesagt, du möchtest nicht zu deinem Bruder gehen und ihn herausfordern. Du hast nicht auf mich gehört und dir die Schläge selbst zuzuschreiben.«

So sprach ihr Mund, aber aus ihren Augen tropften Tränen, während sie ein Stückchen kühlendes Linnen auf die Beulen legte. Sie überlegte hin und her, wie sie Schan-dji beschwichtigen könnte. Schließlich schickte sie die junge Magd zu ihm und ließ ihm ausrichten: »Der junge Schüler versteht noch nicht, sich zu benehmen. Er hat sich gegen den älteren Bruder ungebührlich aufgeführt, es möge ihm nicht nachgetragen werden.«

Schan-dji gab sich aber damit nicht zufrieden. Am Morgen des folgenden Tages rief er die Ältesten der Sippe zusammen. Auch Mee Schih und ihr Sohn mußten sich einfinden. Als alle versammelt waren, eröffnete Schan-dji ihnen Folgendes:

»Werte Sippenälteste! Ich habe beschlossen, diese beiden aus dem Hauswesen zu entfernen. Nicht, weil ich nicht mehr für sie sorgen will, sondern weil Schan-schu sich gestern erdreistet hat, mir das Familienvermögen streitig zu machen, und ich nach seinen Reden auf das Schlimmste gefaßt sein muß, wenn er erwachsen sein wird. Um das zu verhüten, weise ich die beiden, Mutter und Sohn, mit dem heutigen Tage aus dem Hause. Sie sollen im Ostdorf ein Haus und achtundfünfzig Mou Acker zur Verfügung haben. Genauso lautet die Anordnung des alten Herrn. Ich will nicht einen Deut daran ändern. Ich bitte euch, werte Sippenälteste, meine Zeugen zu sein.«

Die Verwandten wußten, wie schwierig es war, mit Schan-dji umzugehen. Zudem bestand kein Zweifel an dem letzten Willen des alten Herrn. Wer hätte da Einwände erheben und sich selbst Verdruß schaffen mögen! So redeten sie alle Schan-dji zu Munde. Die sich besonders lieb Kind bei ihm machen wollten, sagten:

»Der Schreibpinsel eines Toten ist nicht für tausend Tael feil! Wir haben nichts dazu zu sagen.« Es gab wohl einige, die mit Mutter und Sohn Mitleid hatten, aber auch sie sagten nur: »Es heißt: ›So mancher Mann kann sich nicht sattessen, so manche Frau kann kein Hochzeitskleid anlegen! Wenige kommen zu einem Haus, ohne einen Handschlag zu tun.‹ In diesem Fall steht ein Wohnhaus bereit, dazu Ackerland. Nun muß nur Fleiß darauf verwandt werden; einen dünnen Grützebrei gibt's allemal her. Damit kann ein Mensch schon existieren.«

Mee Schih war sich darüber klar, daß ihres Bleibens im Gartenhaus nicht länger war. Sie faßte die Hand ihres Sohnes, vollzog einen Kotau vor dem Ahnentäfelchen ihres verstorbenen Gemahls und verabschiedete sich mit einer Verbeugung von Schan-dji und dessen Frau. Darauf bestellte sie einen Mann, der die wenigen alten Stücke Hausrat fortschaffen sollte, und ritt mit Schanschu auf einem Esel zum Ostdorf. Dort fanden sie ein verfallenes Haus vor, das sicher seit Jahren unbewohnt war, von hohem Unkraut umwuchert, mit einem schadhaften Dach, durch das überall der Regen durchsickern konnte. Nicht vorstellbar, daß Menschen darin Unterkommen finden sollten. Mee Schih fegte erst einmal in zwei Räumen gründlich aus, baute einen Kang auf und verteilte ihr bißchen Mobiliar und Hausrat. Im Dorf erfuhr sie, daß die achtundfünfzig Mou Ackerland, die zu dem Hause gehörten, schlechtester Boden wären, die den Pächter selbst in guten Erntejahren nicht ernährt hätten, von schlechten ganz zu schweigen. Mee Schih war völlig mutlos. Ihr Sohn merkte das und sagte:

»Wir zwei Brüder stammen von demselben Vater. Warum soll er nur einen bedacht haben? Da muß doch etwas dahinter stecken! Vielleicht ist gar nicht der Pinsel des Vaters dafür verantwortlich?! Es heißt: ›Bei Entscheidung über

Familienbesitz ist Hoch oder Niedrig nicht ausschlaggebend.‹ Will meine Mutter nicht einen hohen Mandarin befragen? Er möge entscheiden. Wir werden es nicht zu bereuen haben.«

Mee Schih entschloß sich, dem Sohn das Geheimnis, das sie zehn Jahre bewahrt hatte, zu offenbaren, und begann zu sprechen: »Ich habe dir Folgendes zu sagen: Diese Entscheidung hat tatsächlich der Pinsel deines Vaters niedergeschrieben. Du warst damals noch ein kleines Kind, und er war besorgt, daß dein älterer Bruder dir nach dem Leben trachten möchte. Um ihn freundlich gegen dich zu stimmen, überließ er dem Älteren den gesamten Familienbesitz. Wenige Tage vor seinem Tode übergab er mir eine Bildrolle und trug mir dazu nachdrücklich Folgendes auf: ›Dieses Porträt von mir birgt ein Geheimnis. Warte den Tag ab, an dem ein kluger und erleuchteter Mandarin in deine Nähe kommt. Bring ihm die Bildrolle und bitte ihn, das Geheimnis zu enthüllen. Sei versichert, daß es dir und deinem Sohn an nichts zum Leben fehlen wird. Ihr werdet nicht unter Armut zu leiden haben.‹«

Schan-schu sagte lebhaft:

»Aber das ist sehr wichtig. Warum hast du mir das nicht schon früher berichtet? Wie gespannt ich auf dieses Bild bin! Wo ist es? Hole es schnell, daß dein Sohn es ansehen möge.«

Mee Schih öffnete eine Truhe und entnahm ihr die Bildrolle, um die ein Tuch gewickelt war. Sie nahm das Tuch ab: Die Rolle war ein Doppelblatt Ölpapier, das aufgerollt ein drei Fuß langes Porträt darstellte. Mee Schih legte die aufgewickelte Rolle über einen Schemel, und Mutter und Sohn vollzogen eine feierliche Verbeugung davor. Darauf sagte Mee Schih mit eindringlicher Stimme:

»In einer Dorfbehausung gibt es keine Räucherkerzen. Verzeihe den Mangel an Respekt.«

Nachdem Schan-schu die vorgeschriebenen Verbeugungen ausgeführt hatte, schaute er das Bild genau an. Es stellte einen sitzenden alten Mann mit einer Mandarinmütze vom tiefen Schwarz der Krähe auf dem weißen Haupthaar dar. Es war so wunderbar gemalt, daß er wie ein Lebender wirkte. Mit der einen Hand drückte er ein kleines Kind an die Brust, mit der andern wies er nach unten, wie zum Erdboden hin. Mutter und Sohn betrachteten und befühlten

das Bild, aber sie vermochten nichts daran zu entdecken. Sie rollten es wieder zusammen, hüllten die Rolle sorgfältig wieder in das Tuch ein und legten sie in die Truhe zurück. In ihren Herzen herrschte eine quälende Unruhe.

Wenige Tage danach machte sich Schan-schu auf, um in einem der Nachbardörfer einen Gelehrten ausfindig zu machen, der ihm das Geheimnis zu enthüllen vermöchte. Als er am Tempel der Göttin der Barmherzigkeit vorbeiging, kam ihm eine Schar Männer entgegen, die mit geschlachteten Lämmern an Tragstangen auf den Schultern bepackt waren. Sie bogen zum Tempel ein, wo sie der Göttin Gwan-jin ein Dankopfer darbringen wollten. Neugierig blieb Schan-schu stehen. Ein alter Mann neben ihm, der sich schwerfällig auf einen Bambusstab stützte, fragte die Männer:

»Warum wollt ihr heute ein Opfer bringen?«

Die Männer antworteten:

»Wir waren zu Unrecht des Mordes angeklagt. Zu unserem Glück war der Kreismandarin ein weiser Mann und hat den Fall geklärt. Deswegen kommen wir heute hierher, um ein Dankopfer darzubringen.«

Der Greis fragte weiter: »Wer ist dieser Mandarin?« Einer aus der Schar sprach: »Unser Bezirk untersteht einem hochgebildeten und weisen Mandarin, der aus vornehmer Familie stammt. Die einfachen Leute reden ihn ›Herr Tscheng‹ an.«

Darauf sagte der Greis:

»In der großen Zahl der Mandarine findet sich ein weiser Bezirksmandarin selten. Die Familien in unserm Bezirk können sich glücklich preisen.«

Schan-schu merkte sich genau, was er gehört hatte, eilte heim und erzählte alles seiner Mutter.

»Wenn es einen so guten Bezirksmandarin gibt«, schloß er, »könnten wir doch sofort zu ihm gehen und ihm die Bildrolle vorlegen!«

Die Mutter war mit diesem Vorschlag einverstanden und erkundigte sich nach dem nächsten Sprechtag. An diesem Tag stand sie schon beim Morgendämmern auf, gab ihrem Vierzehnjährigen die eingehüllte Bildrolle zum Tragen und wanderte mit ihm in die Bezirksstadt. Der Mandarin fand es merkwürdig, daß sie keine Klageschrift vorlegte, sondern nur eine ganz kleine Bildrolle, und fragte, was es damit für eine Bewandtnis habe. Mee Schih gab einen genauen Bericht von Schan-djis Verhalten und dem Auftrag, den ihr der alte Herr kurz vor seinem Tode erteilt hatte. Der Mandarin nahm die Bildrolle an sich und hieß Mee Schih heimgehen: Er wolle das Bild genau betrachten.

Der entscheidende Augenblick war gekommen. Die Bildrolle barg ein Geheimnis. Es zu enthüllen, war tausend Tael wert. Die Witwe und die Waise darbten. Die Hilfe lag bei den Göttern und einem weisen Mandarin.

Mee Schih und ihr Sohn kehrten heim, ohne ein Wort über die Angelegenheit zu sprechen. Der hohe Mandarin führte die Sprechstunde zu Ende und zog sich in sein Privatgemach zurück. Er breitete die drei Fuß lange und einen Fuß breite kleine Bildrolle aus und betrachtete das Bild: Es war ein schönes Porträt des Gouverneurs I Tai-schou. Mit der einen Hand drückte der alte Herr ein kleines Kind an sich, mit der andern wies er abwärts, wie zur Erde hin. Nachdem der Mandarin einen halben Tag darüber verbracht hatte, kam er zu folgender Überlegung: ›Dieses kleine Kind ist I Schan-schu, darüber besteht kein Zweifel. Die zur Erde weisende Hand soll den Beschauer des Bildes veranlassen, zu überlegen, was der Gouverneur jetzt empfinden würde, wenn er noch lebte.‹ Danach kam dem Mandarin eine andere Überlegung: ›... er hat seine letzten Verfügungen selbst niedergeschrieben; es ist also schwierig für das Yamen, einzugreifen. Er hat von einem in der Bildrolle verborgenen Geheimnis gesprochen, sicher hat er einen gewichtigen Grund dazu gehabt. Wenn ich diese Angelegenheit nicht klären kann, ist es um meinen guten Ruf geschehen.‹ Tagtäglich beschäftigte er sich nach Erledigung seiner Amtsgeschäfte mit der Bildrolle und stellte tausenderlei Überlegungen an, ohne zu einem Ergebnis zu gelangen. Aber schließlich kam die Lösung sozusagen von selbst. Der Mandarin saß eines Tages nach dem Mittagessen wieder über der Bildrolle, als ihm der Tee serviert wurde. Er griff mit einer Hand nach der vollen Schale, stieß sie aber um, und der Tee floß über einen Teil des Bildes. Der Mandarin stellte die Teeschale beiseite und hängte die Rolle im Vorhof auf, damit sie in der Sonne trocknete. Unter der Einwirkung der warmen Strahlen kamen auf der Bildfläche Schriftzeichen zum Vorschein.

Von einem plötzlichen Argwohn getrieben, löste der Mandarin das Porträtblatt vom Unterblatt: zwischen den beiden Papierschichten lag ein Blatt Papier, das mit Schriftzeichen vom Pinsel des Gouverneurs bedeckt war. Der Text lautete:

›Ich habe fünfmal ein hohes Amt innegehabt und bin darüber achtzig Jahre alt geworden. Ohne Murren werde ich zwischen dem nächsten Morgen und Abend sterben. Aber mein Nebensohn Schan-schu ist eben erst ein Jahr alt und seine Position nicht gesichert, denn mein Hauptsohn, Schan-dji, entbehrt der kindlichen Pietät und brüderlichen Liebe und wird dem jüngeren Bruder eines Tages nach dem Leben trachten. Darum vermache ich Schan-dji die beiden neu errichteten Häuser und alles Ackerland. Nur das kleine Haus links vom Haupthaus soll Schan-schu bekommen. Es wirkt armselig, aber im Innern sind an der linken Grundmauer fünftausend Silbertael in fünf irdenen Krügen vergraben und an der rechten Grundmauer noch tausend Goldtael in einem Krug, im ganzen also sechs Krüge. Diese Summe stellt den Wert der Äcker dar. Dem klugen Mann, der diese Hinterlassenschaft ans Licht bringen wird, soll mein Sohn Schan-schu dreihundert Goldtael auszahlen. Im ehrwürdigen Alter von einundachtzig Jahren hat dieses selbst mit dem Pinsel geschrieben I Tai-schou. Jahr – Monat – Tag.‹

So stellte also das Bild mit Sicherheit den Gouverneur I Tai-schou im einundachtzigsten Lebensjahr dar und das Kind seinen kleinen Nebensohn. Die Alten sagen: ›Niemand kennt einen Menschen besser als der eigene Vater.‹ Das traf auch in diesem Fall zu. Der Mandarin war ein gewitzter Mann, den die Aussicht auf einen Haufen Goldtael reizte. Seine Augenbrauen zogen sich eng zusammen, so angestrengt überlegte er. ›Ein Bote soll diesen I Schan-dji zu mir bringen‹, beschloß er, ›ich muß selbst mit ihm sprechen.‹

Besagter I Schan-dji lebte in Saus und Braus, seit er allein über den Familienbesitz verfügte. Als der Amtsbote ihm den Befehl überbrachte, sich umgehend beim Mandarin einzufinden, hatte er auch gerade wieder ein Gelage veranstaltet. Die Vorladung kam ihm so unerwartet, daß er keine Ausflüchte fand. Als der Mandarin in die Gerichtshalle eintrat, meldete der Bote auch schon:

»Ich habe I Schan-dji bereits hergebracht.«

Der Mandarin rief Schan-dji vor seinen Tisch und fragte ihn: »Seid Ihr der ältere Sohn des Gouverneurs I Tai-schou?« Schan-dji antwortete:

»Dieser unbedeutende Mensch ist es.« Darauf der Mandarin:

»Eure Nebenmutter Mee Schih hat Klage gegen Euch erhoben: Ihr hättet die Mutter und Euren jüngeren Bruder aus dem Hause gewiesen, Euch allen Besitz und alle Häuser angeeignet. Stimmt das?«

I Schan-dji erwiderte:

»Der Sohn der Nebenfrau, Schan-schu, hat von klein auf bei mir gelebt und ist von mir unterhalten worden. Vor kurzem haben er und seine Mutter ein eigenes Haus beziehen wollen; dieser unbedeutende Mensch hat sie nicht aus dem Hause gewiesen. Die Regelung über den Familienbesitz hat der Vater selbst mit eigenem Pinsel schriftlich niedergelegt. Dieser unbedeutende Mensch ist in keinem Punkt davon abgewichen.«

Der Mandarin fragte:

»Wo befindet sich das von Eurem Vater aufgesetzte Testament?«

Und Schan-dji antwortete:

»In meinem Hause. Dieser unbedeutende Mensch wird es holen und Euch vorlegen.«

Der Mandarin fuhr fort:

»Es wird in der Klage gesagt, der Familienbesitz habe einen Wert von zehntausend Silbertael. Das ist nicht gerade eine kleine Summe. Man muß feststellen, ob das Testament echt ist. Ihr seid der Sohn eines hohen Mandarins, darum werde ich Milde walten lassen. Morgen werden Mee Schih und ihr Sohn vorgeladen, und ich werde in Eurem Hause nachforschen und den Besitz überprüfen. Ist er nicht gerecht geteilt worden, werde ich amtlich darüber entscheiden.«

Danach wurde Schan-dji in sein Haus zurückgeführt und Mee Schih mit ihrem Sohn für den folgenden Tag zum Verhör vorgeladen. Zu Haus angelangt, ging Schan-dji sofort daran, alle Verwandten zu gewinnen, daß sie günstig für ihn aussagten, und schickte den Ältesten der drei Stämme seiner Sippe, also der Verwandten von Vaters und Mutters Seite und seiner eigenen, je einen Beutel mit tausend Silbertael und einen Brief des Inhalts, daß sie am folgenden Morgen in sein Haus kommen und ihm mit ihrer Aussage gegen den Mandarin beistehen möchten. Die drei Sippenältesten hatten seit I Tai-schous Tode von Schan-dji keinen Festbraten und keinen guten Tropfen zu kosten bekommen. Als ihnen so unerwartet die Beutel zugestellt wurden, dachten sie an das Sprichwort:

Im Glück läßt man keinen Weihrauch steigen,
Im Unglück umklammert man Buddhas Fuß.

Jeder von ihnen lachte sich eins ins Fäustchen und überlegte sogleich, was er von dem Geschenk alles anschaffen könne. Mit seiner Aussage würde er sich nach dem Ablauf der Dinge richten. Ein Dichter jener Tage hat geschrieben:

> Hätte er Mutter und Bruder vom Reichtum gegeben,
> Brauchte er dann die Ältesten mit Silber zu kaufen?!

Mee Schih ersah aus der Vorladung, daß sich der Bezirksmandarin ihrer annehmen wollte. Kaum war die Nacht vorüber, suchten Mutter und Sohn ihn auf. Er sagte:

»Ich habe Mitleid mit dir und deinem Sohn und will dir zu deinem Recht verhelfen. Aber wie kann es sein, daß Schan-dji ein vom Vater geschriebenes Testament in der Hand hat?«

Darauf sagte Mee Schih:

»Dieses Testament liegt tatsächlich vor. Aber mein Gatte hat es nur aus Sorge um das Leben meines Sohnes niedergeschrieben; seinem Willen entspricht es nicht. Der ehrenwerte Mandarin braucht nur das Verzeichnis des Familienbesitzes nachzuprüfen, um die Wahrheit zu erkennen.«

Der Mandarin entgegnete:

»Ein altes Sprichwort besagt: ›Selbst für einen Mandarin ist die Entscheidung über Familienbesitz schwierig.‹ Ich übersehe zur Zeit nur, daß für deine und deines Sohnes Kleidung und Ernährung ausreichend gesorgt ist. Aber erhoffe nicht zu viel.«

Mee Schih bedankte sich.

»Ich bin zufrieden, wenn wir uns kleiden und ernähren können. Wie sollte ich hoffen, an Schan-djis Reichtum teilzuhaben!«

Darauf entließ der Mandarin Mee Schih: Sie solle mit ihrem Sohn in I Schan-djis Haus auf sein Eintreffen dort warten. I Schan-dji hatte schon am frühen Morgen die Empfangshalle seines Hauses ausfegen und in die Mitte der Halle einen bequemen, mit Tigerfellen bespannten Lehnsessel, den Sitz nach Süden hin gerichtet, stellen lassen. Neben dem Sessel stiegen aus kupfernen Räucherschalen wohlriechende Wölkchen auf. Die um ihr Kommen ersuchten Verwandten erschienen in großer Zahl. Auch Mee Schih und Schan-schu fanden sich ein; jeder aus der nahen und weiteren Verwandtschaft wurde die Anwesenheit der beiden gewahr, keiner richtete das Wort an sie. Schan-dji kochte innerlich vor Wut, aber er zwang sich, ruhig zu erscheinen, während er die Gäste begrüßte, von denen sich jeder passende Worte für den Mandarin überlegte. Es war erst eine kurze Zeit vergangen, als man schon die Rufe hörte, die das Kommen des Mandarins ankündeten. Schan-dji zupfte schnell hier und da sein Gewand zurecht. Die älteren und in solchen Dingen erfahrenen Verwandten stellten sich auf und schauten dem Mandarin entgegen; die jüngeren blieben im Hintergrund an den Mauern stehen. In dem Augenblick, als die Sänfte des Mandarins durch das Haupttor getragen wurde, sanken alle in die Knie und verneigten sich tief, auch Mee Schih und ihr Sohn. Darauf erklang ein Ruf: »Erhebt euch!« Die Sänfte wurde auf den Vorhof getragen und abgesetzt. Sie war mit Abbildungen der fünf heiligen Berge Chinas geschmückt. Würdevoll und gemessen entstieg der Mandarin der Sänfte und schritt auf die Mitte der Empfangshalle zu. Dabei verbeugte er sich fortwährend nach beiden Seiten und redete von Wärme und Kälte und vielerlei anderen belanglosen Dingen vor sich hin. Vor dem mit Tigerfellen bespannten Lehnsessel hielt er seine Schritte an, griff nach einem nahebei stehenden Sessel, stellte ihn, den Sitz nach Norden gerichtet, dem Lehnsessel genau gegenüber und nahm darauf Platz, nachdem er sich dreimal in den leeren Raum verbeugt hatte. Die Gäste hatten das Tun des Mandarins voller Staunen verfolgt. Mit wem mochte er wohl Zwiesprache führen? Mit einem Gott? Mit einem Geist? Jetzt hörten sie deutlich, wie der Mandarin sagte:

»Die Entscheidung über den Familienbesitz ist dem Erstgeborenen übertragen worden. Stimmt das?«

Er hielt inne, als ob er jemandem zuhöre. Dann schüttelte er den Kopf und sagte aufgeregt:

»Der Erstgeborene ist kein guter Mensch!«

Wieder schien der Mandarin zu lauschen. Dann: »Wie soll der Zweitgeborene zu seinem Unterhalt kommen?«

Neue Pause.

Wieder hob der Mandarin an:

»Aber wovon soll er in dem kleinen Haus an der rechten Seite leben?«

Nach erneutem Horchen: »Ich höre! Ich höre!«

Wieder schwieg der Mandarin, wieder sprach er:

»Der Erstgeborene gehorcht. Er wird diesen Betrag dem Zweitgeborenen übergeben.«

Kurze Pause. Dann rief der Mandarin mit über der Brust verschränkten Armen:

»Wie könnte ich solche kostbare Gabe annehmen!«

Demütig nach einem kleinen Weilchen:

»Da Ihr darauf besteht, kann ich mich nicht länger weigern – – – Der Erstgeborene wird dem Zweitgeborenen dieses Dokument übermitteln.«

Der Mandarin erhob sich aus dem Sessel, vollführte wiederum mehrere Verbeugungen und befahl:

»Der Erstgeborene folgt mir!«

Alle Gäste schauten fassungslos drein. Der Mandarin schritt dem Ausgang der Empfangshalle zu. Dabei sah er suchend immer wieder einmal nach Westen, einmal nach Osten. Plötzlich fragte er voller Erstaunen:

»Wohin seid Ihr nur gegangen, erhabener Gouverneur I Tai-schou?«

»Gouverneur I Tai-schou ist nicht hier!« rief der Türwächter.

»Merkwürdig! Merkwürdig!« sagte der Mandarin vor sich hin. Darauf drehte er sich zu Schan-dji um.

»Euer hochverehrter Vater war soeben noch anwesend. Wir haben uns gegenübergesessen und miteinander gesprochen. Ihr habt unsere Unterhaltung sicher Wort für Wort gehört?«

»Kein einziges Wort!« log Schan-dji frech.

»Aber es war sicher der Gouverneur I Tai-schou: groß; langer, silberglänzender, in drei Strähnen auslaufender Bart; die wie Krähengefieder schwarze Seidenmütze auf dem weißen Haar; das blasse Gesicht mit den vorspringenden Backenknochen, die scharfen Augen mit den dichten Brauen darüber und die großen Ohren; das rotseidene Amtskleid mit dem golddurchwirkten Gürtel – ist das nicht der alte Herr I Tai-schou?«

Den Anwesenden brach der Angstschweiß aus. »Ja – ja! Er ist es! So hat er bei Lebzeiten ausgesehen!« riefen sie durcheinander und sanken voller Schreck in die Knie.

»Er ist hier gewesen – bestimmt! Ich hätte sein Aussehen sonst nicht beschreiben können«, sagte der Mandarin gleichmütig. »Der alte Herr sprach von einem kleinen Haus östlich vom Haupthaus. Gibt es das?«

Schan-dji blieb nichts anderes übrig, als die Frage zu bejahen. Der Mandarin fuhr fort:

»Wir wollen alles in diesem kleinen Haus in Augenschein nehmen. Danach habe ich euch noch eine Mitteilung zu machen.«

Alle Anwesenden waren sich darüber einig, daß der Mandarin den Geist des Gouverneurs I Tai-schou gesehen und mit ihm gesprochen und nur danach den alten Herrn so treffend hatte schildern können. Sie konnten ja nicht wissen, wodurch der Mandarin so gut unterrichtet war.

Was kümmert sich ein Schuft um gut und weise!
Ihn schrecken Geister nur und Teufel.
Der Mandarin war Meister im Verstellen,
Und diesem beugte sich der Schurke.

Vorangehend führte Schan-dji den Mandarin. In ehrerbietigem Abstand folgten die Verwandten. Vor dem kleinen Hause an der Ostseite des Haupthauses blieben alle stehen. Ehe Herrn I Tai-schou der höchste Posten in der Beamtenlaufbahn übertragen worden war, hatte er in diesem Hause gewohnt. Danach hatte er zwei Wohnhäuser gebaut und das alte als Speicher für Reis- und Weizenbestände eingerichtet und einen Wächter darin einquartiert.

Der Mandarin ging um das Haus herum. Dann stellte er sich vor die Mitteltür und sagte zu Schan-dji:

»Der Geist Eures Vaters hat mir soeben einen genauen Bericht über dieses Haus erstattet und mir Vollmacht erteilt, es Eurem Bruder Schan-schu zuzusprechen. Wie denkt Ihr darüber?« Schan-dji vollführte eine tiefe Verbeugung, ehe er antwortete: »Ich füge mich in allem der Entscheidung Eurer Weisheit.«

Nun ließ sich der Mandarin die Aufstellung des Familienbesitzes vorlegen und sah sie Posten für Posten genau durch. »Reiches Erbe! Reiches Erbe!« sagte er gelegentlich. Als er auf der letzten Seite angelangt war, sagte er lachend:

»An dieser Stelle steht genau das, was mir Euer ehrenwerter Vater soeben gesagt hat. Lest selbst, Schan-dji! Ihr habt gegen den Willen Eures Vaters ein großes Unrecht gegen Euren jüngeren Bruder begangen: Dieses Haus und das Grundstück, auf dem es errichtet ist, gehört nach der Aufstellung Eurem Bruder Schan-schu, dazu alles, was sich im Hause und auf dem Grundstück befindet. Wenn Ihr nicht für töricht gelten wollt, könnt Ihr keinen Widerspruch erheben!« Schan-dji hatte bereits überschlagen, was sich in dem Haus befand: einige wertlose Möbel, dazu unbedeutende Weizen- und Reisvorräte, denn acht Zehntel davon hatte er gerade vor einem Monat verkauft! Er würde so gut wie keinen Verlust erleiden! Und so sagte er bereitwillig:

»Eure Entscheidung ist klar wie das Sonnenlicht!«

»Gut! Und für den Fall, daß Ihr Euer Wort einmal zurücknehmen wollt: Eure Verwandten sind Zeugen Eurer Einwilligung!«

Mit erhobener Stimme fuhr der Mandarin fort:

»Der alte Herr I Tai-schou hat mir vorhin Folgendes mitgeteilt: An der linken Mauer sind fünftausend Silbertael in fünf irdenen Krügen vergraben. Ich soll sie dem Zweitgeborenen übergeben.« Schan-dji sagte misstrauisch:

»Sollte dem wirklich so sein, mag mein jüngerer Bruder die Summe bekommen. Ich werde keinen Einspruch dagegen geltend machen, selbst wenn die Summe doppelt so groß wäre.«

»Gut! Späteren Einspruch erkenne ich nicht an!«

Der Mandarin rief Männer aus seinem Gefolge und befahl ihnen, an der östlichen Mauer die Erde auszuheben. Tatsächlich legten sie fünf Krüge frei, die bis oben hin mit blinkenden Münzen gefüllt waren. Der Mandarin ließ sogleich nachzählen: Es waren genau tausend Tael in jedem Krug. Schan-dji war nun fest überzeugt, daß dem Mandarin der Geist seines Vaters erschienen war. Wie konnte dieser sonst von dem Schatz wissen, von dem er selbst keine Ahnung gehabt hatte! Da ertönte schon wieder die Stimme des Mandarins:

»An der rechten Mauer sind ebenfalls fünftausend Silbertael in fünf irdenen Krügen vergraben. Dazu in einem sechsten tausend Goldtael. Von den Goldtael soll ich mir nach dem Willen des Geistes dreihundert als Lohn für meine Mühewaltung nehmen. Ich wollte nicht darauf eingehen, aber er hat seinen Befehl dreimal wiederholt, und ich mußte mich schließlich fügen.«

Jetzt ergriff Mee Schih das Wort. Unter zahlreichen Verbeugungen erklärte sie:

»Die soeben gefundenen fünftausend Silbertael sind bereits weit mehr, als ich je gehofft hatte zu erhalten. Wenn an der rechten Mauer die gleiche Menge und sogar noch mehr zum Vorschein kommt, widersetze ich mich dem Befehl und nehme sie nicht an.«

»Du kannst dich dem Befehl nicht widersetzen«, wies sie der Mandarin zurecht. »Ich habe ihn vom Geist deines Gatten erhalten – es ist kein Zweifel daran möglich.«

Der Mandarin winkte seinen Männern, auch an der rechten Mauer die Erde auszuheben. Tatsächlich legten sie wieder fünf mit Silbertael gefüllte Krüge frei; dazu einen sechsten mit Goldtael. Bei dem Anblick dieser Haufen von weißen und gelben Metallmünzen funkelten Schan-djis Augen vor Wut, daß er keinen Anspruch auf diese Reichtümer erheben konnte. Aber seine Zusage zurückzunehmen, brachte er den Mut nicht auf.

Als Abschluß setzte der Mandarin ein Dokument auf, in dem Schan-schu der rechtmäßige Besitz dieses Reichtums bestätigt wurde. Mutter und Sohn wußten sich vor Freude nicht zu lassen, sie vollführten zum Ausdruck ihres Dankes einen Kotau nach dem andern vor dem Mandarin. Auch der wutgeladene Schan-dji mußte, der Etikette gemäß, sich mehrmals tief verbeugen und der ›erleuchteten Weisheit des Mandarins‹ seinen Dank aussprechen. Der Mandarin hatte mittlerweile die ihm zustehenden dreihundert Goldtael in Ledersäckchen füllen lassen. Er kletterte wieder in seine Sänfte und kehrte nach der Bezirksstadt in sein Yamen zurück. Niemand verlor ein Wort darüber, daß er die Summe Goldes mitgenommen hatte; jeder erinnerte sich, im Gegenteil, des alten Sprichwortes:

> Wenn Eisvogel und Auster sich zu packen bekommen, freut sich der Fischer.

Damit ist die Geschichte zu Ende.

Es bleibt nur noch zu berichten, daß Mee Schih und ihr Sohn am folgenden Tage dem Mandarin einen Höflichkeitsbesuch abstatteten. Sie erhielten die

Bildrolle zurück und dazu das Testament, das darin verborgen gewesen war. Jetzt verstanden sie, was ›das rätselhafte Bild‹ zu bedeuten hatte und daß die nach unten weisende Hand auf die in der Erde vergrabenen Schätze deuten sollte. Von dem Inhalt der zehn irdenen Krüge kauften Mutter und Sohn Acker- und Gartenland und bauten sich ein bequemes Wohnhaus. Als Schan-schu erwachsen war, verheiratete er sich. Seine drei Söhne wurden als Gelehrte berühmt.

Aus der Sippe des alten Herrn I Tai-schou gelangte nur Schan-schus Zweig zu Ansehen. Schan-dji hatte zwei Söhne, die ein müßiges und verschwenderisches Leben führten und das große Vermögen vergeudeten. Als Schan-dji starb, mußten die beiden Anwesen mit den neuen Wohnhäusern losgeschlagen werden. Schan-schu erwarb sie zu seinem Besitz hinzu.

Alle Menschen ringsum, die den Weg der Sippe I vom Anfang bis zum Ende miterlebt hatten, erkannten, daß der Himmel nichts ungeahndet hingehen läßt.

Der Dichter sagt:

Hat es jemals in der Welt solchen Eigennutz gegeben!
Der habgierige Sohn der Hauptfrau betrügt den Sohn der Nebenfrau,
Mißachtet des Vaters Weisungen für dessen leiblichen Sohn!
Dem in der Bildrolle verborgenen Text zufolge
Lagen Gold und Silber am Fuße der Mauer vergraben.
Zu sichern die Existenz, gab es nicht Kampf noch Streit.

DIE RACHE DES FRÄULEINS WANG DJAU-LUAN

Unterm Himmel schwebt die Krähe, huscht das Kaninchen dahin,
Auf der Erde erscheinen die Menschen der Gegenwart, verschwinden
die der Vergangenheit.
Wo einstmals die Freude ihre Stätte hatte, ragt jetzt ein öder Hügel auf,
In einem einzigen Augenblick wird Recht in Unrecht,
Sieg in Niederlage gewandelt.
Lerne, jenseits vom Lärmen und Hetzen der Welt, Ruhe zu finden,
Laß nicht unter der Maske der Weisheit deine Torheit
erkennbar werden.
Laß die Sucht nach dem Laster, die Gier nach Besitz nicht aufkommen.
Dann werden Krankheit und Kummer deinem Leben fernbleiben.

Es wird erzählt, daß in dem Dorf Tschang-lo in der Provinz Kiangsi, Bezirk Jau-tschau, Kreis Ju-tsin, ein Mann lebte, der im Volk Tschang-ji genannt wurde. Er handelte mit verschiedenen Waren. Eines Tages ging er zum Ein- und Verkauf in die Kreisstadt und wurde erst zu vorgerückter Nachtzeit mit seinen Geschäften fertig. Er versuchte, in einer Herberge außerhalb der Stadt Nachtquartier zu erhalten. Es waren aber bereits so viele Gäste dort, daß der Wirt ihn nicht mehr aufnehmen konnte. Allerdings war in einem Nebenhaus ein Zimmer, dessen Tür verschlossen war, unbesetzt. Tschang-ji wandte sich an den Wirt und fragte: »Warum schließt Ihr dieses leere Zimmer nicht auf, Herr Wirt, und gebt es mir?« Worauf der Wirt antwortete: »Ich wage nicht, Gäste in diesem Zimmer unterzubringen, denn es treiben Geister ihr Unwesen darin.«
»Selbst wenn dem so ist«, entgegnete Tschang-ji, »wüßte ich nicht, warum ich mich fürchten sollte.«

Der Wirt schwieg darauf. Er erklärte sich bereit, das Zimmer zu öffnen, holte eine Lampe und einen Besen und gab beides Tschang-ji. Der betrat das Zimmer, stellte die Lampe an eine sichere Stelle und goß reichlich Öl auf, damit sie helles Licht gäbe. In der Mitte des Zimmers stand eine zerbrochene Bettstelle, die über und über mit Staubschichten bedeckt war. Tschang-ji griff zum Besen, fegte, bis alles sauber war, und machte das Lager zurecht. Darauf bestellte er sich Reis und Schnaps, aß zu Abend, kleidete sich aus, verriegelte die Tür und legte sich schlafen.

Im Traum sah er eine wunderschöne Frau in vornehmer, prächtiger Kleidung auf sein Bett zukommen. Sie beugte sich über ihn, und er umarmte sie. Plötzlich wachte er aus seinen Träumen auf und erblickte – es klingt seltsam, aber ihr könnt es glauben – die Frau wirklich und wahrhaftig an seiner Seite! Wer sie sei, wollte er wissen. Darauf antwortete sie ihm: »Ich bin die Frau eines Nachbarn. Mein Mann ist über Land gewandert, und ich habe Angst, über Nacht allein zu bleiben. Wir werden gut miteinander zurechtkommen. Nur sprecht jetzt, bitte, kein Wort mehr darüber. Ihr werdet später alles erfahren.«

Tschang-ji stellte keine weitere Frage. Als es Tag geworden war, verließ die Frau das Zimmer. Zum Abend kam sie wieder, und sie verbrachten die zweite Nacht so gut zusammen wie die erste.

So ging es drei Nächte nacheinander. Am Morgen des vierten Tages überzeugte sich der Wirt, daß sich sein Gast, der Kaufmann Tschang-ji, bei ihm gut untergebracht fühlte. Danach erzählte er, wie beiläufig, daß sich vor einiger Zeit eine Frau in diesem Zimmer erhängt und sich seitdem mancherlei Seltsames darin zugetragen habe. Nun scheine ja aber die Ruhe wieder eingekehrt zu sein. Tschang-ji erwähnte mit keinem Wort, was sich in den Nächten zugetragen hatte. Aber als die Nacht und mit ihr die Frau kam, richtete er folgende Frage an sie:

»Der Wirt hat mir berichtet, daß in diesem Zimmer der Geist einer Frau umgeht, die sich hier erhängt hat – ich nehme an, daß Ihr diese Frau seid?«

Die Frau geriet nicht in Verlegenheit und zögerte auch nicht mit der Antwort.

»Ich bin tatsächlich diese Frau!« erklärte sie. »Aber ängstigt Euch nicht, werter Herr! Ich habe durchaus nicht vor, Euch ein Leid anzutun.«

Darauf bat Tschang-ji sie um die Freundlichkeit, ihm ihre Geschichte anzuvertrauen, und sie erfüllte seine Bitte.

»In meinem früheren Leben«, berichtete sie, »war ich eine Kurtisane. Mein Familienname war Mu. In dem Bordell, zu dem ich gehörte, war ich die zweiundzwanzigste Kurtisane, darum wurde ich mit dieser Nummer gerufen: ›Fräulein Niän-örl‹. Ich ging ein Verhältnis mit einem Mann namens Jang-tschun aus dem Kreis Ju-tsin ein. Wir waren sehr vertraut miteinander. Er gab mir das Versprechen, mich zu heiraten und in seine Heimat mitzunehmen. Ich verließ mich darauf und unterstützte ihn mit meinem kleinen Vermögen von einhundert Goldtael. Mein Geliebter aber war ein Betrüger. Er unternahm eine Reise und war nach drei Jahren noch nicht zurückgekehrt. Die Bordellwirtin wollte meine Liebe unterdrücken und drängte mich, neue Bewerber zu erhören. Schließlich konnte ich mich ihrer nicht mehr erwehren. Dazu erdrückte mich der Kummer. Deswegen erhängte ich mich und starb. Das Haus aber, in dem sich das Bordell befand, wurde an den Mann verkauft, der jetzt hier als Gastwirt die Herberge betreibt. Dieses Zimmer war damals mein Zimmer, und mein Geist, der ja nicht gestorben ist, kehrt immer wieder hierher zurück. Vielleicht kennt Ihr diesen Jang-tschun, denn er stammte aus dem gleichen Kreis wie Ihr.« Tschang-ji antwortete, daß er Jang-tschun genau kenne.

»Wo lebt er jetzt? Wie geht es ihm?« wollte die Frau wissen.

»Im vergangenen Jahr hat er sich verheiratet und ist in ein Haus am Südtor der Bezirksstadt Jau-tschau gezogen. Dort hat er einen Kaufladen aufgemacht, und sein Geschäft blüht«, berichtete Tschang-ji. Die Frau seufzte tief auf, sagte aber kein Wort weiter.

Zwei Tage danach schickte sich Tschang-ji an, in sein Dorf zurückzureisen. Da sagte die Frau zu ihm:

»Es drängt mich, werter Herr, Euch zu begleiten und fortan mit Euch zusammenzuleben. Nur weiß ich nicht, ob Euch das recht ist.«

»Was sollte ich gegen Euern Wunsch einwenden, wenn Ihr imstande seid, mich zu begleiten?« war Tschang-jis Antwort, worauf die Frau sofort weitersprach:

»Da Ihr einwilligt, werter Herr, bitte ich Euch, ein Holztäfelchen zu besorgen und darauf zu schreiben: ›Dieses Täfelchen ist das Täfelchen des Geistes von Fräulein Niän-örl.‹ Dann könnt Ihr es in Euern Kleiderkasten legen. Sobald Ihr es hervorholt und dabei meinen Namen sagt, erscheine ich sofort.«

Tschang-ji erklärte sich bereit, alles zu tun, wie sie gesagt hatte, worauf sie sagte:

»Unter dieser Bettstelle liegen noch fünfzig Silbertael von mir vergraben. Niemand weiß darum. Nehmt sie an Euch und tut damit, wie es Euch beliebt.«

Tschang-ji grub unter der Bettstelle nach und fand tatsächlich einen Krug mit fünfzig Silbertael. Er freute sich sehr darüber, und die Nacht verging schnell.

Am folgenden Morgen beschrieb Tschang-ji das Täfelchen für den Geist und verwahrte es sorgfältig. Darauf verabschiedete er sich von dem Wirt und trat die Heimreise an. Zu Haus angelangt, erzählte er seiner Frau alles, was er erlebt hatte. Sie war über das Abenteuer ihres Mannes nicht gerade erfreut, aber der Anblick der fünfzig Silbertael versetzte sie wieder in gute Stimmung. Als Tschang-ji das Täfelchen für Fräulein Niän-örl an der Ostwand des Zimmers aufgehängt hatte, rief sie sogleich, wie zum Scherz, laut den Namen. Man stelle sich ihr Erschrekken vor: Mitten im hellsten Tageslicht stand plötzlich das Fräulein Niän-örl und verneigte sich alsbald tief vor ihr als der Dame des Hauses. Diese überwand ihr Entsetzen sehr schnell und nahm die Anwesenheit des Geistes gelassen hin. Zur Nacht legte sich die fremde Gestalt zwischen Herrn Tschang-ji und dessen Gattin zur Ruhe, und – es klingt seltsam, aber ihr könnt es glauben – das Bett war nicht zu schmal für die drei, noch brach es auseinander.

Nach vielleicht zehn Tagen sagte die gespenstische Gestalt zu Tschang-ji: »Ich will in der Bezirksstadt Jau-tschau eine alte Schuld eintreiben. Möchtet Ihr mich wohl begleiten und das Geld für mich kassieren?«

Tschang-ji überlegte sich sofort, daß dabei ein Vorteil für ihn herausschauen könnte, und willigte ein. Er mietete eine Dschunke und brachte das Täfelchen des Geistes vorsichtig in deren Mitte unter. Die fremde Gestalt war bei Tag um ihn und schlief in der Nacht mit ihm zusammen. Sie hatte augenscheinlich vor dem Umgang mit Menschen keinerlei Angst. Nach einer Fahrt von mehreren Tagen legte die Dschunke am Südtor der Stadt Jau-tschau an.

»Ich gehe jetzt zu Jang-tschun«, sagte die Fremde, »um die alte Schuld einzutreiben.« Und ehe Tschang-ji sie fragen konnte, was sie damit meine, war sie bereits am Ufer. Er ging ihr nach und beobachtete sie, wie sie in einen Laden eintrat. Er stellte fest, daß es Jang-tschuns Laden war, und wartete, daß sie wieder herauskäme. Plötzlich schien in dem Hause großes Entsetzen zu herrschen, lautes Jammern ertönte. Tschang-ji trat in den Laden ein und befragte die Kunden, was geschehen sei.

»Eben war Herr Jang-tschun noch ganz wohlauf«, antwortete einer von ihnen. »Aber es muß sich ihm plötzlich ein böser Geist in den Weg gestellt haben, denn aus den neun Körperöffnungen spritzte ihm das Blut heraus, und er sank tot um.«

Tschang-ji war überzeugt, daß das Fräulein Niän-örl diese Tat begangen hatte. Er eilte sofort zu der Dschunke zurück, holte das Täfelchen hervor und rief den Namen, aber Niän-örl erschien nicht. Da wurde ihm klar, daß Niän-örl mit der alten Schuld, die sie in der Bezirksstadt eintreiben wollte, ihre Rache an Jang-tschun für das Unrecht, das er ihr angetan, gemeint hatte.

Es gibt ein Gedicht, das sich darauf bezieht:

Die tödliche Rache der Götter traf Wang-guee, der des Dankes
  für empfangene Wohltaten spottete.
Li-ji wurde zur Strafe verwandelt, als er gegen besseres Wissen sündigte.
Lest, ich bitte euch, die Geschichte von Jang-tschuns Grausamkeit
  und seiner Bestrafung.
Ihr werdet erkennen, daß der Kaiserliche Himmel keinen brutalen
  Liebhaber verschont.

Wir haben erzählt, wie das Fräulein Niän-örl selbst im Tode nicht Ruhe gab, bis sie sich für das ihr zugefügte Unrecht gerächt hatte. Aber der Umstand, daß ihr Geist aufgetreten und die Rache vollzogen habe, erscheint seltsam und ist an keiner Stelle verbürgt.

Nun sei über die ewige Rache des Fräuleins Wang Djau-luan berichtet. Die diesem Fräulein geschehene Unbill ist auf natürliche Weise gesühnt worden. Dieses Geschehen ereignete sich nicht unter der Tang- und auch nicht unter der Sung-, sondern unter unserer gegenwärtigen Dynastie. Genau gesagt: zur Zeit unserer Väter.

Im ersten Jahr der Regierung des Kaisers Tiän-schun brach bei dem Barbarenstamm der Miau in der Provinz Kuang-ssi ein Aufstand aus, der große Unruhe hervorrief. Jeder Kreis schickte Truppen, damit die Rebellen unterworfen und vernichtet würden. Aus der Garnison Hang-tschou führte der Oberst Wang-tschung eine Kompanie heran. Er traf aber nicht zum festgesetzten Termin ein, und der Kaiser, dem darüber Bericht erstattet wurde, degradierte ihn deswegen zum Hauptmann. Einige Zeit danach wurde er in die Garnison Nan-jang in der Provinz Honan abkommandiert und ließ seine Familie in seine neue Garnison nachkommen.

Wang-tschung war damals bereits in den Sechzigern. Sein einziger Sohn, mit

Namen Wang-piu, war wegen seiner Befähigung und Tapferkeit bekannt und bekleidete in der Provinzarmee den Rang eines Adjutanten beim Generalgouverneur. Außerdem hatte Wang-tschung zwei Töchter, von denen Djau-luan achtzehn und Djau-fung sechzehn Jahre zählte. Fung war bereits im zarten Kindesalter an einen Vetter aus der mütterlichen Sippe versprochen und außerhalb ihres Elternhauses erzogen worden. Luan dagegen war noch nicht verlobt. Der Hauptmann Wang war in zweiter Ehe mit Frau Tschau verheiratet. Deren ältere Schwester, eine verwitwete Frau Tsau, lebte als Gesellschafterin für Luan mit im Hause. Sie besaß überhaupt kein Vermögen, und jeder in der Familie nannte sie ›Tante Tsau‹. Luan war von früher Jugend an belesen, verstand geschickt den Pinsel zu führen und konnte im klassischen Stil schreiben. Sie war die Lieblingstochter, und darum wollten die Eltern in der Wahl ihres Gatten besonders vorsichtig sein. Dadurch war es gekommen, daß Djau-luan mit achtzehn Jahren noch nicht verlobt war. Sie litt oft sehr unter der ihr aufgezwungenen Enthaltsamkeit, wenn der kühle Morgenwind sie umfächelte oder der Mondschein sie einhüllte. Tante Tsau, mit der sie auf vertrautem Fuß stand, wußte, was sie bedrückte. Aber niemand sonst, auch nicht einmal die Eltern, ahnte etwas davon.

Einmal geschah es, daß Luan, von Tante Tsau und einer Dienerin begleitet, zur Zeit des Frühlingsfestes in den hinteren Garten ging, wo sie sich mit Schaukeln vergnügen wollte. Mitten in der ausgelassensten Freude hörten sie plötzlich eine Stimme, die immerfort wiederholte: »Wunderbar! Wunderbar!« und entdeckten einen vornehm wirkenden jungen Herrn, der, in maulbeerfarbene Tracht gehüllt, einen altmodischen Turban um den Kopf geschlungen, sich durch eine Spalte in der Gartenmauer weit in den Garten vorbeugte.

Luans Gesicht wurde purpurrot, so verwirrt war sie. Dicht hinter ihrer Tante hergehend, um sich zu verbergen, eilte sie in ihr Zimmer zurück, von der Dienerin gefolgt. Als der junge Herr gewahr wurde, daß niemand mehr im Garten war, schwang er sich über die Mauer hinein. Er gelangte zu der Schaukel und atmete den köstlichen Wohlgeruch ein, der noch über dem Rasenplatz lag. Während er voller Neugier, wer die junge Dame wohl sein möge, Umschau hielt, sah er im Grase etwas schimmern und bückte sich danach. Es war ein Halstuch aus feinstem Seidentüll, das drei Ellen lang und mit reicher Stickerei verziert war. Er nahm es so behutsam an sich, als wäre es eine kostbare Perle. In demselben Augenblick hörte er Schritte sich nähern und schwang sich schnell über die Mauer aus dem Garten hinaus. Wieder spähte er durch die Ritze: Die Tritte, die er vernommen, konnten nur von der Dienerin herrühren, die zu dem Schaukelplatz zurückkam, um das Halstuch zu suchen. Er beobachtete, wie sie den Platz ein paarmal abging, hier und dort und überall genau nachsah und schließlich völlig ermüdet schien. Lächelnd sagte er zu ihr: »Das Halstuch hat bereits seinen Besitzer gewechselt, schönes Fräulein. Warum wollt Ihr also noch länger danach suchen?«

Die Dienerin schaute auf. Sie erkannte an der Kleidung, daß der Jüngling, der sie angesprochen hatte, ein Magister war, und sagte, auf ihn zutretend:

»Zehntausend Jahre Leben wünsche ich Euch, junger Herr! Vermutlich habt Ihr das Halstuch aufgehoben. Ich bitte Euch, es mir zurückzugeben. Meine Dankbarkeit gegen Euch wird niemals aufhören.«

»Bitte, laßt mich wissen«, sagte der junge Mann, »wem das Halstuch gehört!«

»Meinem jungen gnädigen Fräulein!« war die Antwort.

»Nun, wenn Euer junges gnädiges Fräulein die Eigentümerin dieses Tuches ist«, versetzte der Jüngling, »so muß es mich auch persönlich um die Rückgabe bitten! Dann werde ich das Tuch hergeben.«

»Sagt mir, bitte, wo Ihr wohnt, junger gnädiger Herr!« bat die Dienerin.

»Mein Familienname ist Tschau, meine Rufnamen Ting-tschang«, war die Antwort. »Ich stamme aus dem Kreis Wu-kjang im Bezirk Su-tschou. Mein Vater ist der Vorsteher des Prüfungsamtes in unserm Kreis und übt zur Zeit seine Pflichten in dieser Stadt aus. Euer geschätztes Haus und das unsere stoßen aneinander, die Brandmauer haben wir gemeinsam.«

Tatsächlich bildeten die Umfassungsmauern des Prüfungsgebäudes und der Garnison eine Linie; man sprach vom östlichen und westlichen Staatsgebäude.

»So ist der junge gnädige Herr unser unmittelbarer Nachbar!« rief die Dienerin erschrocken. »Ich verdiene Vorwürfe, daß ich Euch nicht kenne. Sogleich werde ich meinem jungen gnädigen Fräulein von Eurer Bedingung Mitteilung machen, daß sie selbst um die Rückgabe ersuchen möchte.«

»Ich bin so kühn«, versetzte der Magister, »nach dem hoch geehrten Namen des jungen gnädigen Fräuleins und dem seiner liebreizenden Dienerin zu fragen.«

»Mein junges gnädiges Fräulein heißt Djau-luan und ist die Lieblingstochter unseres Herrn. Ich bin ihr Kammermädchen und werde Ming-sja gerufen.«

»Ich bitte Euch, schönes Fräulein«, nahm der Magister wieder das Wort, »Eurer Herrin ein kleines Gedicht von mir zu überbringen. Alsdann werde ich sofort das Halstuch zurückgeben.«

Ming-sja war nicht recht gewillt, den Auftrag zu übernehmen. Aber sie erklärte sich schließlich doch bereit, weil der Wunsch, das Tuch zu erhalten, alle Bedenken besiegte. Der junge Mann bat sie, ein wenig zu warten, ging in sein Haus und kehrte nach einem Weilchen mit einem viereckig zusammengefalteten pfirsichfarbenen Bogen Papier zurück. Ming-sja nahm den Bogen in Empfang und fragte dabei: »Aber wo ist das Halstuch?« Worauf Ting-tschang lachend erwiderte: »Dieses Halstuch ist für mich von unschätzbarem Wert. Es war recht schwierig für mich, in seinen Besitz zu gelangen, und ich kann mich nicht entschließen, es nach so kurzer Zeit schon wieder fortzugeben. Aber wenn Ihr, mein Fräulein, Eurer Herrin mein kleines Gedicht vorlegt und mir darauf die Antwort bringt, werde ich es Euch sofort aushändigen.« Ming-sja wusste darauf keine Entgegnung. Sie drehte sich um und ging zu ihrer Herrin.

> Im Grunde verdankt die Geschichte von der ewigen Rache
> Ihre Entstehung einem Halstuch aus Seidentüll.

Es wird erzählt, daß in dem Augenblick, da Fräulein Djau-luan den schönen Jüngling zum ersten Mal erblickt hatte, ihr Herz in Liebe entbrannt war. Sie brachte zwar keine Silbe heraus, aber ihre innere Stimme sagte voller Verwirrung: ›Was für ein vornehm aussehender, schöner junger Herr! Könnte ich mit solch einem Mann verheiratet werden, hätte ich meine lebensdurstige Jugend nicht umsonst verwartet!‹ In solcher Stimmung befangen, sah sie Ming-sja aufgeregt ins Haus treten.

»Bringst du mein Halstuch zurück?« rief sie ihr entgegen.

»Es ist etwas ganz Seltsames passiert«, sagte Ming-sja. »Das Halstuch hat jetzt der junge Herr Tschau in Händen, der in dem westlichen Staatsgebäude wohnt.

Das ist der vornehme junge Herr in dem maulbeerfarbenen Anzug, der durch die Ritze in der Gartenmauer lugte und ausrief: ›Wunderbar!‹«

»Schon gut«, wehrte Djau-luan ab, »hast du das Tuch nicht von ihm zurückgefordert? Das wäre deine Pflicht gewesen!«

»Natürlich habe ich das getan«, verteidigte sich Ming-sja, »und er war auch bereit, das Tuch zurückzugeben.«

»Und warum hat er es dir dann nicht mitgegeben?« fragte Djau-luan.

»Ja-a, er hat mir gesagt, sein Familienname sei Tschau, seine Rufnamen Ting-tschang; er stamme aus dem Kreise Wu-kjang im Bezirk Su-tschou; sein Vater sei der Vorsteher des Prüfungsamtes in unserm Kreis und zur Zeit in unserer Stadt tätig – und zwischen den beiden Häusern gäbe es nur die Brandmauer. Und schließlich hat er gesagt: ›Wenn Euer junges gnädiges Fräulein die Eigentümerin dieses Halstuches ist, so muß es mich auch persönlich um die Rückgabe bitten!‹«

»Und was hast du darauf erwidert?« fragte Djau-luan.

»Nun, ich habe geantwortet, daß ich meinem jungen gnädigen Fräulein von seiner Bedingung Mitteilung machen werde. Aber da bat er mich mit einem Mal noch, Euch ein kleines Gedicht von ihm zu überreichen. Wenn ich ihm Eure Antwort darauf brächte, würde er mir das Halstuch aushändigen.« Und dabei legte Ming-sja das pfirsichfarbene Brieflein vor ihre Herrin hin. Djau-luan war bei dem Anblick des Briefes nicht etwa erschrocken; sie faltete ihn vielmehr voll freudiger Erregung auseinander und las den Vierzeiler:

> Das Halstuch, das der Hand der Schönen entglitten, verbreitet Duft.
> Der Himmel ließ es dem in der Liebe bewanderten Verehrer
> zukommen.
> Er schickt Euch voller Bewunderung dieses Gedicht als Künder
> seiner Gefühle,
> Hoffend, daß das Halstuch ihm den Weg zu Eurer Kammer
> weisen wird.

Hätte Djau-luan ihr Herz in der Gewalt gehabt, so wäre ihr das Halstuch wertlos und keines Gedankens mehr würdig erschienen und der Brief wäre ins

Feuer gewandert. Würde sie sich so verhalten haben, wäre diese Geschichte zu Ende.

Aber Djau-luan glich einer ausgereiften Melone: Sie war heiratsfähig und noch nicht verheiratet; sie wußte um die Liebe und trug Verlangen danach; sie war reich an Geistesgaben und nicht gesonnen, ihr Talent zu verbergen. Darum nahm sie einen Bogen zartgeblümtes Papier und schrieb eine Antwort von acht Zeilen darauf:

> Mein Körper und meine Seele sind klar wie fleckenloser Jade.
> Meine Familie ist ehrenwert, ihr entstammen Generäle und Minister.
> In den stillen Abendstunden schaue ich sinnend zum Mond empor,
> Am Tag ist meine einzige Beschäftigung, die Schönheit der Blumen zu bewundern.
> Der bläulich schimmernde Wutung-Baum gewährt nur dem Vogel Phönix Rast auf seinen Zweigen.
> Der reine, smaragdfarbene Bambus läßt sich nicht von der gemeinen Krähe berühren.
> Der Fremde aus einem andern Teil unseres Landes, der einsam hier weilt,
> Lasse sein Herz nicht durch unerreichbare Hoffnung wie ein Knäuel Hanf sich verwirren.

Ming-sja nahm ihrer jungen Herrin das Gedicht ab und ging damit in den Garten. Ting-tschang stand wartend an der Mauer. »Mein gnädiges Fräulein schickt Euch eine Antwort, junger Herr«, sagte sie zu ihm. »Ich erwarte, daß Ihr mir das Halstuch nun sofort zurückgebt.«

Ting-tschang nahm die Verse entgegen, überflog sie und las sie darauf langsam einige Male durch. Mit jedem Lesen wuchs seine Bewunderung für Djauluans Begabung und sein Wunsch, sie sein eigen zu nennen.

»Geduldet Euch ein wenig«, wandte er sich zu Ming-sja. »Der Brief Eures gnädigen Fräuleins erheischt eine Antwort von mir.«

Darauf ging er in sein Studierzimmer und schrieb wiederum einen Vierzeiler:

Ein günstiges Geschick hat mich zum Nachbar eines ehrenwerten
Hauses gemacht.
Verwaist in der Fremde lebend, verdiene ich Euer Mitleid.
Wolltet Ihr zustimmen, daß Phönixmännchen und -weibchen
auf einem Zweig ruhen,
Würde die ganze Nacht hindurch ihr harmonischer Gesang bis in den
neunten Himmel erklingen!

»Und das Halstuch wollt Ihr mir immer noch nicht zurückgeben?!« empörte sich Ming-sja. »Wieder soll ich nur ein Gedicht überbringen!? Diesen Auftrag nehme ich auf keinen Fall an!«

Ting-tschang holte eine goldene Haarnadel aus seinem weiten Ärmel hervor und überreichte sie Ming-sja mit den Worten: »Ich bitte Euch, mein schönes Kind, dieses Zeichen meiner Achtung anzunehmen und Eurer Herrin meine höflichsten Empfehlungen auszurichten!«

Sofort steckte sich Ming-sja die Nadel ins Haar, nahm ohne ein Wort der Erwiderung die Verse und kehrte damit zu Djau-luan zurück. Aber diese schien nach dem Lesen bekümmert und unzufrieden, und Ming-sja fragte: »Gibt es Ausdrücke in dem Gedicht, die meine Herrin verstimmen?«

»Dieser Magister ist ein leichtfertiger Spötter«, war die Antwort. »Er macht sich in seinen Versen über mich lustig.«

»Meine junge Herrin verfügt über wunderbare Talente«, sagte Ming-sja darauf. »Vielleicht wäre es gut, ihn mit einigen Versen zurechtzuweisen und seinen Erwartungen einen Riegel vorzuschieben?«

Djau-luan war anderer Ansicht. »Junge Leute neigen zum Leichtsinn. Sie zurechtzuweisen, hat keinen Zweck. Aber ein guter Rat könnte nicht schaden.« Und sie schrieb auf einen Bogen zartgeblümten Papiers:

Allein vor der Halle im Schatten unberührter Bambusbüsche
stehend,
Erhielt ich von meiner Dienerin Eure Verse. Dunkel ist ihr Sinn.
Euer Körper scheint von Galle durchströmt, voller Gelüste nach dem
Edelstein und lieblichen Düften,

Euer Sinn darauf gerichtet, die Wolke zu umschließen und ihr
den Regen zu entlocken.
Darf ein Jüngling einen Zweig des duftenden Ölbaums brechen?
Oder dem kühlen Morgenwind Zutritt durch die Perlenvorhänge
gewähren?
Ich rate Euch: Gebt Euch nicht den Träumen auf der Sonnenterrasse
hin,
Sondern entschließt Euch, fleißig zu studieren, ein Hanlin-Mitglied
zu werden.

Seit diesem Tage wurden ständig Gedichte hin- und hergetragen, folgte jeder Antwort eine Rückantwort, erwuchs gegenseitige Liebe. Ming-sja war ständig im Garten unterwegs, Ting-tschang spähte unermüdlich nach der Spalte in der Mauer.

Allmählich kam die Zeit des Tuan-jang-Festes heran. Hauptmann Wang gab im Gartenpavillon ein kleines Familienessen. Ting-tschang ging an seinem gewohnten Platz an der Mauer auf und ab. Er wußte genau, daß Djau-luan sich im Garten aufhielt, aber es bot sich keine Möglichkeit, ein Wort mit ihr zu wechseln oder auch nur durch Ming-sja ihr eine Nachricht zukommen zu lassen, und er fühlte sich völlig ratlos. In dieser gedrückten Stimmung begegnete er unerwartet dem Soldaten Sin-kju aus der Garnison, der als Polizeisergeant Dienst tat und zugleich als gelernter Tischler im Prüfungsamt verwendet wurde. Sogleich setzte Ting-tschang einen Brief auf, versiegelte ihn und vertraute ihn Sin-kju zur Beförderung an das Fräulein Ming-sja an. Zugleich gab er ihm zweihundert Kupferkaesch, damit er sich ein Schälchen Schnaps kaufen könnte.

Sin-kju war ein ehrlicher Mensch. Erhielt er Trinkgeld, fühlte er sich auch verpflichtet, den aufgetragenen Dienst zu leisten. Am nächsten Morgen paßte er einen geeigneten Moment ab, in dem er Ming-sja den Brief in die Hand drücken konnte, und diese überbrachte ihn alsbald ihrer jungen Herrin. Djau-luan las die Verse und legte die Liebesbotschaft auf ihr Arbeitspult. Sie wollte sich frisieren, ehe sie die Antwort darauf verfaßte. Unerwartet trat Tante Tsau in das von Wohlgerüchen erfüllte Zimmer und bemerkte den mit Versen beschriebenen Bogen. Erstaunt rief sie aus:

»Wie konntest du nur auf den Gedanken kommen, daß sich diese Angelegenheit vor mir geheimhalten ließe?«

Djau-luan rechtfertigte sich errötend:

»Wir haben uns zwar gegenseitig einige Gedichte geschickt, aber sonst ist nichts zwischen uns vorgefallen. Ich hätte auch niemals gewagt, dergleichen vor meiner hochgeschätzten Tante geheimzuhalten.«

Darauf nahm Tante Tsau wieder das Wort. »Die Familie dieses jungen Magisters Tschau«, erklärte sie, »ist der deinen ebenbürtig. Warum sollte nicht ein Vermittler beauftragt werden, die Angelegenheit zwischen euch in Gang zu bringen! Du könntest dann eine Ehe schließen. Ist das nicht ein ausgezeichneter Gedanke?«

Djau-luan nickte zustimmend, und sobald sie mit ihrer Frisur fertig war, verfaßte sie ein Gedicht, dessen zwei letzte Zeilen lauteten:

> Spürest du wirklich ein Gefühl der Neigung und des Mitleids, mein
> Geliebter,
> So entsende bald den Vermittler, das geeignete Wort zu sprechen.

Als Ting-tschang diese Verse gelesen hatte, beauftragte er sogleich einen Heiratsvermittler, im Namen seines Vaters, den er aber nichts davon wissen ließ, den Hauptmann Wang aufzusuchen und über eine verwandtschaftliche Verbindung durch Heirat zu verhandeln. Hauptmann Wang hatte wohl eine gute Meinung von der Begabung und der Persönlichkeit des jungen Magisters, aber Djau-luan war nun einmal seine Lieblingstochter und zudem in allen Wissenschaften und Künsten bewandert, und da er selbst bereits ein alter Mann war, ließ er sich von ihr bei der Erledigung aller Schriftstücke, die in der Garnisonskanzlei eingingen, helfen. Er konnte sich also nicht vorstellen, wie er ohne sie auskommen würde, und außerdem behagte ihm der Gedanke nicht, daß sie künftig in einem weit entfernten und abgelegenen Bezirk Chinas leben sollte. Er schob seine Entscheidung daher immer wieder hinaus und lehnte schließlich eine bindende Zusage ab.

Inzwischen gingen Briefe und Gedichte zwischen den beiden jungen Leuten weiter hin und her, bis eines Tages ein neuer Plan bei Ting-tschang auftauchte, hervorgerufen durch den Schluß eines Gedichts, das Djau-luan ihm zugeschickt hatte:

> In diesem Leben können wir einander nur Bruder und
> Schwester sein.
> Hofft auf das künftige Leben, in dem wir
> uns in verzehrender Leidenschaft
> lieben werden.

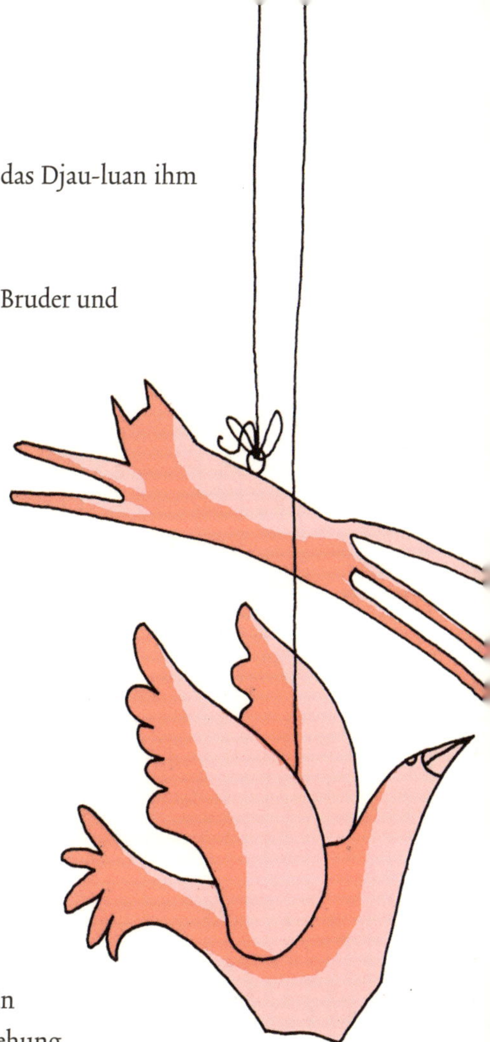

Kaum hatte Ting-tschang diese Zeilen gelesen, als er auch schon ausrief: »Wird nicht erzählt, daß in alten Zeiten der Student Tschang-kung das Fräulein Tsee erst nach heimlichem Verhältnis heiraten konnte, weil sie zuvor, auf den Befehl der Mutter des Fräuleins, wie Bruder und Schwester zueinander hatten stehen müssen?!

Da Frau Wang aus der gleichen Familie Tschau wie ich stammt, könnte ich sie wohl bitten, mich als Neffen zu adoptieren. Dadurch würde ich ein Verwandter der Familie Wang, der in deren Hause verkehren kann, und aus dieser Beziehung könnte sich leichtlich der eine oder andere Vorteil für mich ergeben.«

Nach dieser Überlegung redete er seinem Vater ein, daß die vielen Studenten in den engen Räumen des Prüfungsgebäudes ständig unerträglichen Lärm verursachten und er deswegen seine Studien künftig in dem Garten hinter der Garnison betreiben möchte. Herr Tschau besprach die Angelegenheit mit Hauptmann Wang, der mit den Worten einwilligte: »Da wir den gleichen Rang einnehmen,

kann Euer Sohn im Garten wohnen, und damit Ihr nicht die Mühe habt, ihm die Mahlzeiten herüberzuschicken, wird er sie von unserm Tisch bekommen.« Der alte Herr Tschau bedankte sich herzlich und berichtete seinem Sohn das Ergebnis. Ting-tschang aber hatte Einwendungen. »Es widerstrebt mir«, sagte er, »das freundliche Angebot von Herrn Wang anzunehmen, weil wir ja weder verwandt noch befreundet sind und ich ihn daher nicht gut so weitgehend belästigen darf. Richtig wäre, daß Euer Sohn dem Hause einige kleine Geschenke macht und Frau Tschau bittet, ihn als Neffen zu adoptieren. Leben Tante und Neffe in demselben Hause, so ist der Anstand gewahrt.«

Der Vorsteher des Prüfungsamtes war ein sonderbarer Kauz, der immer und überall selbst auf kleinste Vorteile bedacht war und darum auch auf den Vorschlag seines Sohnes einging. »Das ist ein guter Gedanke!« sagte er. »Tue, wie es dir beliebt, mein Sohn!«

Darauf ließ Ting-tschang durch einen Dritten Herrn Wang und dessen Gemahlin die entsprechende Mitteilung zugehen. An einem glückverheißenden Tag suchte er mehrere Stücke kostbarer bunter Seidenstoffe aus, legte in das Paket noch einen Geldbetrag zum Kauf von Büchern und schrieb eine Besuchskarte, auf der er sich als einen Neffen aus der weiblichen Linie bezeichnete. Nach diesen Vorbereitungen begab er sich in das Wangsche Haus, um die Verwandtschaft anerkennen zu lassen. Er führte sich mit allergrößter Höflichkeit als allernächster Verwandter ein! Es sei zur Erklärung gesagt, daß Herr Wang als alter Militär Schmeicheleien in hohem Maße zugänglich war. Er führte den jungen Herrn Tschau in sein Studierzimmer und ließ seine Gemahlin und seine Familie zu sich bitten, um die gegenseitige Bekanntschaft zu vermitteln. Tante Tsau wurde ebenfalls als Ting-tschangs Tante anerkannt, Djau-luan war nun die schöne Kusine, und alle ergingen sich in Verbeugungen voreinander. Anschließend ließ Herr Wang in der Halle an der Rückseite des Hauses ein Festmahl auftragen, und alle Mitglieder der Familie speisten zusammen an einem einzigen Tisch, wie es die Sitte heischt, wenn Verwandte zu Besuch kommen. Ting-tschang und Djau-luan waren stillvergnügt und wechselten verliebte Blicke. Als das Essen seinem Ende zuging, hatte ihr Glück seinen Höhepunkt erreicht.

Ob sie sich in der Ehe lieben oder hassen werden, bleibt noch ein
Geheimnis.
Jetzt sei berichtet, welche Schritte der Liebhaber, Fremder und
Verwandter zugleich, unternahm.

Am Tage danach ließ Herr Wang das Bibliothekszimmer aufräumen und wies es seinem Adoptivneffen als Studio an. Die Zugänge von den inneren zu den äußeren Gemächern wurden verriegelt und den Frauen verboten, sich im Blumengarten aufzuhalten. Die Mahlzeiten für Ting-tschang und Kleinigkeiten, deren er gelegentlich bedurfte, wurden ihm aus einem Nebengebäude ins Studio gebracht. So war jede persönliche und schriftliche Verbindung zwischen ihm und der Familie Wang unterbunden, obwohl sie doch eine Familie bildeten.

Von Djau-luan sei gesagt, daß ihre Tugendhaftigkeit zwar noch glatt und ohne Risse wie die Rinde der Zeder geblieben, ihre Leidenschaft aber erwacht war. Hatte schon das heimliche Liebäugeln während des Festmahls sie in Erregung versetzt, so konnte sie nun kaum die Qual ertragen, zu wissen, daß sich in dem Garten, von dem sie ferngehalten wurde, ihr Phönixmännchen aufhielt! Da sich ihrem Kummer keinerlei Ablenkung bot, wuchs er sich zum Lebensüberdruß aus, der sie schließlich aufs Krankenlager warf. Morgens litt sie unter Schüttelfrost, abends glühte sie von heftigem Fieber; keine Speise vermochte sie zu kräftigen. Ihr Vater ließ Ärzte und Scharlatane kommen, niemand konnte helfen. Ting-tschang ging wiederholt zu den Innengemächern und erkundigte sich nach dem Befinden der Kranken. Herr Wang erlaubte ihm aber nicht, Djauluans Zimmer zu betreten, nur seine Grüße durften ausgerichtet werden.

Ting-tschang griff zu einer List. Er gab vor, sich vor Jahren einige Kenntnisse in der Arzneikunde angeeignet zu haben. Natürlich könne er nicht ohne weiteres sagen, welche schwere Erkrankung seine schöne Kusine befallen habe; würde man ihm aber gestatten, ihr den Puls zu fühlen, wäre er sofort dazu in der Lage. Herr Wang verständigte seine Gattin und befahl Ming-sja, ihrer jungen Herrin Bescheid zu sagen. Danach führte er Ting-tschang in das Zimmer Djau-luans. Der Magister ließ sich neben Djau-luans Bett nieder und tat, als ob er den Puls der Kranken fühlen wolle. Er tat es auch wirklich einige Augenblicke. Aber seine Absicht, eine Unterhaltung zu beginnen, konnte er nicht ausführen, weil die Eltern im Zimmer blieben. So sagte er nur: »Ihr müßt euch sehr in acht nehmen, schöne Kusine!« und verließ das Gemach. Vor der Tür teilte er dem Vater das Ergebnis seiner Untersuchung mit.

»Die Ursache für die Erkrankung meiner Kusine«, führte er aus, »ist durch Kummer herbeigeführter Lebensüberdruß. Sorgt, daß sie in einer weiten und luftigen Halle untergebracht wird, in der sie sich ungehindert bewegen kann. Das wird ihr Lebensmut geben. Die Dienerinnen müssen Frohsinn um sie verbreiten, damit Langeweile und schlechte Stimmung, die sie bedrücken, von ihr genommen werden. Eine Arznei zu verschreiben, liegt keine Veranlassung vor.«

Herr Wang hatte stets Vertrauen zu Ting-tschang gehabt – warum sollte er ihm also gerade jetzt keinen Glauben schenken? Er antwortete daher: »Abgesehen von dem Pavillon im Hintergarten, gibt es in diesem Staatsgebäude keine weite luftige Halle oder einen ähnlichen geeigneten Raum.«

Auf diese Antwort hatte Ting-tschang gerade gewartet! »Will meine schöne Kusine sich im Hintergarten aufhalten«, entgegnete er, »dürfte es unziemlich sein, daß Euer Neffe dort weiterbleibt. Ich bitte daher um die Erlaubnis, für die nächste Zeit zu meinen Eltern zurückzukehren.«

»Aber nein!« widersprach Herr Wang. »Meine Tochter und Ihr steht wie Bruder und Schwester zueinander. Wie könnte ich da Mißtrauen gegen euch hegen oder euch Unbequemlichkeiten schaffen!« Und er ließ noch an demselben Tage die Hinterpforte aufschließen und gab den Schlüssel der Tante Tsau in Aufbewahrung. Dabei bat er sie, seiner Tochter, die sich fortan bewegen und an Spielen ergötzen dürfe, soviel sie nur wolle, Gesellschaft zu leisten. Ming-sja erhielt den strengen Befehl, ihre junge Herrin auch nicht einen einzigen Augenblick allein zu lassen. Herr Wang war sicher, daß er mit diesen Anordnungen jegliche Gefahr ausgeschaltet habe.

Der Leser sei noch einmal daran erinnert, daß Djau-luan nur deshalb so schwer erkrankt war, weil sie so oft an ihren Geliebten, den Magister Tschau, gedacht hatte. Seitdem dieser ihr aber den Puls gefühlt und sie die Erlaubnis erhalten hatte, sich im Garten ungehindert zu bewegen, nur von Menschen umgeben, zu denen sie Zutrauen hatte, war sie von solcher Freude erfüllt, daß sie von einer Minute zur andern ihrer Krankheit so gut wie ledig wurde. Ihr ständiger Weg war nun der zum Gartenpavillon, wo sie Ting-tschang traf. Dann gingen sie zusammen spazieren, ruhten sich auf einer bequemen Bank aus – ja, manchmal ließ sich Djau-luan sogar verleiten, Ting-tschang im Pavillon bei seinen Studien zu besuchen und mit ihm ein Schälchen Tee zu trinken …

Allmählich setzten sie sich über die Einengungen hinweg, die dem Beisammensein eines jungen Mädchens mit einem jungen Mann von der strengen Sitte auferlegt werden: Sie saßen eng aneinander geschmiegt, hielten sich an den Händen und bekundeten ihre Liebe, wenn auch immer auf harmlose Weise. Als sie einmal allein und von keinem Menschen beobachtet waren, benutzte Ting-tschang die Gelegenheit, um Djau-luan zu werben und sie anzuflehen, ihn in ihrem Zimmer zu empfangen. Das Mädchen warf schnell einen Blick in die Richtung, wo Tante Tsau sich aufhielt, und flüsterte dem Jüngling zu: »Sie hat den Schlüssel in Verwahrung – mein Bruder muß ihn sich von ihr erbitten!«

Ting-tschang verstand sofort, worauf Djau-luan anspielte. Am nächsten Morgen besorgte er zwei Stücke allerschönste Seide und ein Paar goldene Armreifen und ließ beides durch Ming-sja der Tante Tsau überbringen. Die Gute suchte alsbald ihre Nichte auf.

»Der junge Herr Tschau hat mir ein wunderschönes Geschenk geschickt«, berichtete sie. »Wenn ich nur wüßte, was er damit bezweckt …«

»Nun …« brachte Djau-luan heraus, »ein junger Magister hat schwache Seiten … vielleicht hat er die Nachsicht meiner gütigen Tante erbitten wollen.«

»Ich weiß schon, worauf Ihr beiden hinauswollt«, entgegnete die Tante. »Ich werde es keinem Menschen jemals verraten, in welcher Form Ihr miteinander verkehrt.«

Und dabei holte sie den Schlüssel hervor und gab ihn Djau-luan.

Deren Herz überschlug sich fast vor Freude, und sogleich schrieb sie einen Vierzeiler an Ting-tschang nieder.

Von niemand gesehen, schreibe ich diese Verse an meinen Gebieter.
Laßt kein Wort davon zu anderen Menschen über Eure Lippen!
Heute Nacht ist die Tür meines von Wohlgerüchen erfüllten Zimmers
nicht verschlossen.
Wenn das Mondlicht die Blumenschatten verschiebt, erwarte ich
meinen Geliebten!

Ting-tschang freute sich über alle Maßen, als er diese Verse las. Als der Wächter in der dunklen Nacht zum ersten Mal die Trommel schlug, schlich er sich vorsichtig zu den Innengemächern. Die hintere Tür war angelehnt; seitwärts gehend, schlüpfte er durch die Spalte. Er erinnerte sich nur dunkel der Örtlichkeit von dem Tage her, da er Djau-luan den Puls gefühlt und durch den Hintergarten zurückgegangen war. Darum tastete er sich behutsam vorwärts. Mit einem Mal leuchtete ein Licht vor ihm auf: Ming-sja erwartete ihn, in einem Türrahmen stehend. Mit schnellen Schritten gelangte er nun in Djau-luans Zimmer. Er verneigte sich und schickte sich an, die Geliebte zu umarmen. Aber sie wehrte ihm und beauftragte Ming-sja, die Tante Tsau zu rufen. Der junge Mann war bitter enttäuscht, daß seine Liebeshoffnungen sich nicht erfüllten, und machte Djau-luan Vorwürfe. Das junge Mädchen merkte, daß ihm das Weinen nahe war, und sagte:

»Ich bin tugendsam erzogen, und Ihr seid kein Verführer. Wir lieben uns, weil Ihr ein Mann mit ausgezeichnetem Charakter seid und ich ein Mädchen von großer Schönheit. Wir hegen einer für den andern Mitleid. Nachdem ich Euch heimlich Zutritt zu meinem Zimmer gewährt habe, betrachte ich mich auf ewig als die Eure. Würdet Ihr mich jetzt im Stich lassen, so würde mein Vertrauen zu Euch wahrlich schlecht gelohnt werden. Ihr werdet mir bei den allwissenden Göttern schwören, daß Ihr mit mir wie Mann und Frau leben wollt, bis unser Haar schneeweiß vom Alter sein wird! Habt Ihr aber böse Absichten, so wisset, daß ich mich töten lasse, ehe ich euch zu Willen sein werde.«

Djau-luan sprach ernst und nachdrücklich. Gerade als sie geendet hatte, trat die Tante Tsau ein. Sie bedankte sich sogleich bei Ting-tschang für die kostbaren Geschenke, die er ihr geschickt hatte. Darauf beschwor Ting-tschang sie, als Heiratsvermittler zu fungieren und ihn mit ihrer Nichte zu vermählen. Er gelobte, ein liebevoller und getreuer Ehemann zu sein. Wie ein Fluß strömten aus seinem Munde die Verwünschungen, die er auf sich herabrief, wenn er sein Gelübde nicht halten sollte.

Angesichts dieser Umstände hielt die Tante Tsau folgende Ansprache an die beiden jungen Leute:

»Mein geliebter Neffe und meine geliebte Nichte! Ihr habt mich zum Heiratsvermittler zwischen Euch gewählt. So ordne ich als Erstes an, daß Ihr einen Ehevertrag aufsetzt und ihn in vier Exemplaren ausfertigt. Das erste Exemplar werden wir vor Himmel und Erde verbrennen, um die guten und bösen Geister zu Zeugen Eures Vorhabens anzurufen. Das zweite Exemplar bleibt bei mir, Eurer Vermittlerin, und wird mir als Beweisurkunde dienen, falls Eure Liebe zueinander einmal nachlassen sollte. Das dritte und vierte Exemplar aber bekommt ein jedes von Euch als Unterpfand, daß Ihr bald die beiden vorgeschriebenen, mit rotem Band zusammengebundenen Schalen Wein als Hochzeitstrunk leeren und alle Zeremonien der Vermählung nachholen werdet. Hintergeht die Frau ihren Mann, soll ein Blitz sie niederschlagen. Hintergeht der Mann seine Frau, sollen zahllose Pfeile ihn durchbohren. Danach soll die Frau oder der Mann in der Totenstadt die weitere Strafe durch Verbannung in die zehnte Hölle, aus der es keine Freilassung gibt, erleiden.«

Die Tante Tsau trug diese Rede feierlich und mit großer Würde vor. Djau-luan und Ting-tschang hörten ihr erschrocken zu. Aber sie nahmen sich zusammen und setzten gemeinsam den Ehevertrag auf. Dann schrieben sie ihn in vier Exemplaren nieder, legten einen Schwur darauf ab, wobei sie vor Himmel und Erde niederknieten, und bedankten sich zum Schluß herzlich bei der Tante Tsau für die Vermittlung. Die alte Dame stellte wunderbare Früchte und Wein von einem alten Jahrgang auf den Tisch, leerte eine Schale auf eine glückliche Ehe und verließ das Zimmer.

Als der Wächter zum drittenmal in der Nacht die Trommel schlug, legten sich Ting-tschang und Djau-luan Hand in Hand auf ihr Hochzeitslager. Die Freuden der Ehe sind allen bekannt, sie bedürfen keiner Schilderung. Beim fünften Trommelschlagen bat Djau-luan ihren Mann, sie zu verlassen. Sie erinnerte ihn noch einmal an die eingegangene Verpflichtung.

»Ich habe mich dir für das ganze Leben zu eigen gegeben«, sagte sie eindringlich. »Niemals darfst du meine Freundlichkeit mit Undank vergelten. Vergiß nicht, daß die Götter über uns alles sehen, niemand und nichts kann ihrem Blick entgehen. Von jetzt an werde ich immer, wenn ich frei sein kann, Ming-sja zu dir schicken, damit sie dich zu mir führt. Laß dich auf keinen Fall irgendwann zu einer unbedachten Handlung hinreißen. Die Menschen können uns sofort mit übler Nachrede schaden.«

Ting-tschang versprach, genau zu tun, wie sie gesagt hatte. Da er aber zögerte zu gehen, ließ ihn Djau-luan schnell von Ming-sja zum Hintergarten geleiten.

Seit dieser Nacht war Djau-luan völlig wiederhergestellt. In Abständen von drei bis fünf Tagen ließ sie Ting-tschang von Ming-sja in ihr Zimmer führen, und in diesem häufigen Beisammensein erstarkte ihre Liebe zueinander immer mehr.

Nach einem halben Jahr hatte der Vorsteher des Prüfungsamtes die ihm gestellte Aufgabe erledigt und erhielt den Rang eines hohen Mandarins in der Provinz Setschuan. Ting-tschang war zu dieser Zeit in solcher Liebe zu Djau-luan entbrannt, daß er sich nicht entschließen konnte, seinen Vater zu begleiten. Er gab vor, daß er sich unpässlich fühle und die Strapazen der weiten Reise scheue. Zudem habe er seine Studien noch nicht abgeschlossen, stehe zu seinen Lehrern in einem sehr guten Verhältnis und würde vorziehen, in der gewohnten Weise weiterzuarbeiten. Der alte Herr Tschau ging stets bereitwillig auf alle Wünsche ein, die sein Sohn äußerte. Als der Tag der Abreise gekommen war, gab ihm Ting-tschang daher nur ein Stück Weges das Geleit und kehrte, von seiner Liebe beschwingt, wieder zu der Herrin seines Herzens in die Stadt zurück. Djau-luan war von tiefer Dankbarkeit erfüllt, daß er es ermöglicht hatte, in der Stadt zu bleiben, und ließ ihn noch am gleichen Abend zu sich bitten.

Wieder war ein halbes Jahr dahingegangen. Die beiden Liebenden hatten unzählige Gedichte miteinander ausgetauscht; sie alle niederzuschreiben, wäre ein unmögliches Unterfangen. Eines Tages ersah Ting-tschang aus der Pekinger Zeitung, daß sein Vater das Klima in seinem neuen Bezirk in der Provinz Setschuan nicht vertrage, den Kaiser davon in Kenntnis gesetzt und um die Erlaubnis gebeten habe, in seinen Geburtsort zurückzukehren. Ting-tschang war viele Jahre nicht in seiner Heimat gewesen. Der Wunsch, die Eltern wiederzusehen, erwachte in ihm; dem stellte sich das Verlangen, in Luans Nähe zu bleiben, entgegen. Er geriet in einen Zwiespalt, und sein Gesicht nahm einen bekümmerten Ausdruck an. Djau-luan bemühte sich, die Ursache für Ting-tschangs Traurigkeit herauszufinden, und als ihr das endlich gelungen war, trug sie bei einem Schälchen Wein ihre Ansicht vor.

»Wohl ist die Liebe zwischen Mann und Frau tief wie das Meer«, sagte sie.

»Aber nicht einmal den hohen Himmel kann man der Anhänglichkeit gleich bewerten, die von Natur aus Vater und Sohn verbindet. Wenn mein Gebieter über seiner heimlichen Liebe zu mir die Pietät gegenüber seinen Eltern vernachläßigt, so verletzt er damit nicht nur die geheiligten Sohnespflichten, sondern verleitet auch mich zu vergessen, was ich ihm als seine Frau schuldig bin.«

Tante. Tsau vertrat die gleiche Auffassung. »Eure heimlichen Zusammenkünfte«, sagte sie zu Ting-tschang, »die Ihr zur Zeit genießt, sind keine gesetzmäßige Ehe. Nur eine solche kann Euch für immer vereinigen. Ich kann Euch nur den einen guten Rat geben, junger Herr: Reist in Eure Heimat. Erweist Euren Eltern alle von der Sitte vorgeschriebenen Ehren. Danach besprecht mit ihnen, was nötig ist, um Euer eheliches Verhältnis endlich zu regeln. Nur so wird es Euch gelingen, Euer Gelübde zu halten und die immer wiederkehrende quälende Trennung zu beseitigen.«

Da aber Ting-tschang die Entscheidung immer von neuem hinauszögerte, bat Djau-luan ihre Tante Tsau, den Vater von der bevorstehenden Abreise Ting-tschangs in Kenntnis zu setzen. Der alte Herr Wang veranstaltete ein Abschiedsessen für seinen Neffen und überreichte ihm ein beträchtliches Geldgeschenk für die Reise. Ting-tschang hätte die Regeln der Höflichkeit verletzt, wenn er danach noch länger geblieben wäre. Notgedrungen machte er sich für die Abreise fertig und brachte sein Gepäck in Ordnung. Zum Abend ließ Luan Wein in ihr Zimmer bringen und lud Ting-tschang ein, sie aufzusuchen. Sie wiederholten Satz für Satz das Gelöbnis, das sie sich gegeben hatten, und setzten den Termin für die Hochzeitszeremonie fest. Tante Tsau war bei ihnen. Sie plauderten die ganze Nacht hindurch. Auch nicht für einen einzigen Augenblick drückte ihnen der Schlaf die Augen zu. Beim Abschied bat Djau-luan den Geliebten, ihr seine Adresse zu geben.

»Zu welchem Zweck?« fragte er.

»Zu keinem besonderen Zweck«, entgegnete Luan. »Aber es könnte der Fall eintreten, daß du mit der Rückkehr zögerst, dann wäre es mir angenehm, wenn ich dir eine Nachricht senden könnte.« Darauf griff Ting-tschang zum Pinsel und schrieb folgende Verse:

Gedenke ich meiner Tausende Meilen entfernten Familie,
Muß ich nach Wu-kjang im siebzehnten Kreise von Su-tschou blicken.
Frage dort nach der Mündung des Schwang-jang in den südlichen Ma:
Am Ende der Jenling-Brücke steht das Haus von Wu, dem
Kornverwalter.

Dazu gab er eine Erklärung:

»Unsere Familie hieß ursprünglich Wu, und einer unserer Vorfahren verwaltete das ihm anvertraute Korn besonders gut. Darum wurden wir ›die Familie des Kornverwalters Wu‹ genannt. Später adoptierte uns die Familie Tschau, und seitdem sind wir die Familie Tschau. Du wirst die eben niedergeschriebenen Zeilen kaum benötigen, meine schöne Geliebte! Siehst du doch, wie sehnlich es mich schon jetzt nach dir zurückverlangt. Fern von dir, wird mir jeder Tag wie ein Jahr erscheinen. Die längste Frist bis zu meiner Rückkehr wird zwölf Monate betragen, die kürzeste sechs. Bestimmt werde ich mit der Besuchskarte meines Vaters in der Hand wiederkommen und dich als meine Braut abholen. Solange ich lebe, werde ich niemals zugeben, daß meine schöne Geliebte dem Kummer und der Ungewißheit zum Opfer fällt.«

Weinend umarmten die beiden einander. Die Kerzen brannten nieder, Tageslicht umsäumte die Wolken im Osten – da erst begleitete Luan den Geliebten hinaus.

Bald darauf war es bereits hellichter Tag, und vor dem Tor stand, gesattelt und gezäumt, das Roß, das Ting-tschang in die Ferne tragen sollte. Herr Wang hatte in der Innenhalle Wein bereitstellen lassen. Mit allen Damen des Hauses brachte er dem Abreisenden den Steigbügeltrunk dar. Ting-tschang verabschiedete sich unter tiefen Verneigungen. Luan wäre fast in Tränen ausgebrochen, so sehr packte sie der Abschiedsschmerz. Schnell flüchtete sie in ihr Zimmer.

Einige Tage später hatte Ting-tschang seinen Heimatort Wu-kjang erreicht. Er sah seine Eltern wieder! Das Haus war erfüllt von Freude und Jubel über seine Rückkehr. Der Vater hatte unmittelbar vorher die Verhandlung über die Verheiratung seines Sohnes mit der Tochter einer Familie Wee an demselben Ort abgeschlossen und nur auf die Heimkehr seines Sohnes gewartet, um die Brautgeschenke zu übersenden und den Ehevertrag aufzusetzen. Bei der ersten Mit-

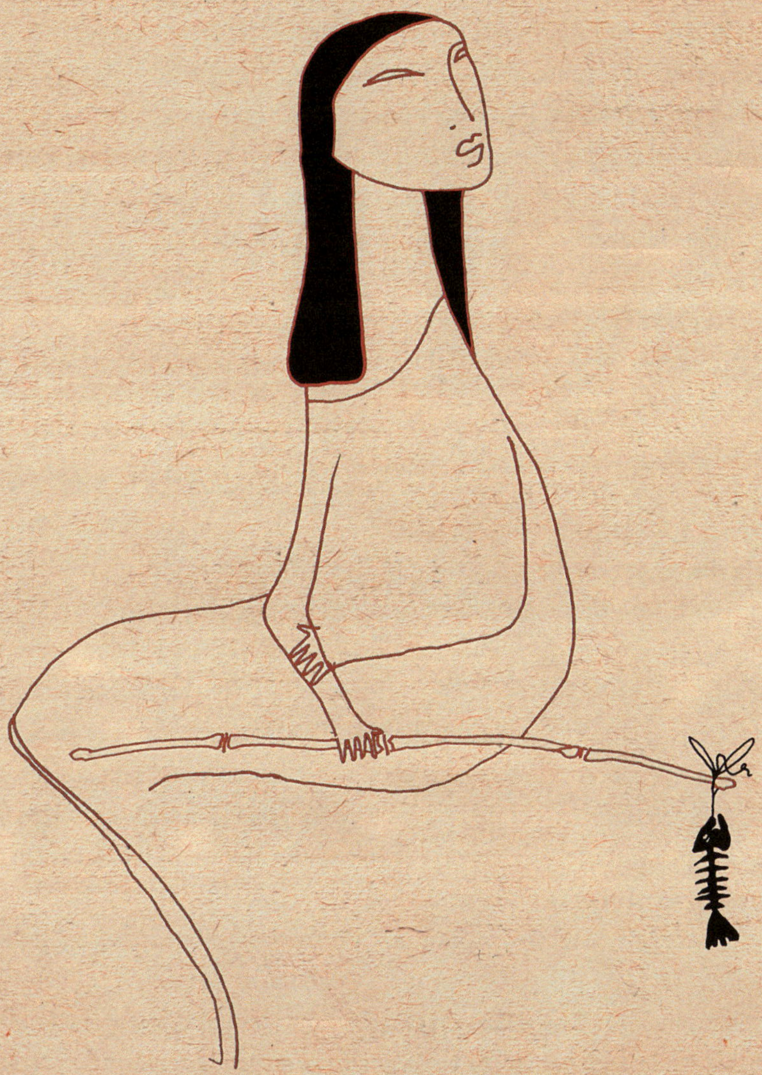

teilung davon brachte Ting-tschang keine Freude auf. Dann aber hörte er sich um und erfuhr, daß das junge Fräulein Wee von unvergleichlicher Schönheit und ihr Vater ein hoher Staatsbeamter von unermeßlichem Reichtum sei, der seiner Tochter eine unvorstellbare hohe Mitgift geben würde. Sofort gelüstete es ihn nach dem Besitz des Geldes und des Mädchens – sein früheres Gelübde vergaß er völlig. Nach einem halben Jahr wurde Fräulein Wee als seine Frau in sein Haus geführt. Sie lebten in glücklicher Ehe, und er erinnerte sich nicht einmal mehr der Existenz eines Fräuleins Wang Djau-luan!

Er kennt nur die eine, die jetzt seine schöne Frau ist,
Gedenkt nicht mehr der Geliebten von früher, die voller Angst nach
ihm ausschaut.

Es sei nun kurz über die unglückliche Djau-luan berichtet. Als sie dem jungen Magister selbstlos vorschlug, zu seiner Familie zu reisen, gab sie dem Gefühl nach, das ein verständiges, auf die gute Sitte haltendes Mädchen erfüllt. Aber gleich nach Ting-tschangs Fortgang wurde sie unruhig und machte sich Sorgen. Tagsüber fühlte sie sich freudlos und allein, in der Nacht elend und verlassen. Der Schatten, den ihre Gestalt im matten Lampenlicht warf, war ihr einziger Gefährte. Es fehlte der Partner, um flüsternd Liebkosungen auszutauschen.

Schon war über ein Jahr vergangen, und noch immer hatte Luan keine Nachricht von dem fernen Geliebten erhalten. Eines Tages kam Ming-sja aufgeregt angelaufen. »Meine junge Herrin!« rief sie. »Möchtet Ihr wohl eine Nachricht an Herrn Tschau, Euern Gemahl, senden? Sicher möchtet Ihr das!«

»Was für eine Möglichkeit dazu hast du denn ausgekundschaftet?« fragte Luan.

»Sin-kju hat mich eben darauf gebracht«, antwortete Ming-sja. »Es ist nämlich gerade ein Bote mit einem amtlichen Dokument aus der Garnison Lingan hier eingetroffen. Da Lingan im Bezirk Hang-tschou liegt, muß er über Wukjang und könnte mit Leichtigkeit Euern Brief besorgen.«

»Angesichts einer so günstigen Gelegenheit, einige Zeilen an Herrn Tschau gelangen zu lassen, soll Sin-kju den Boten ein Weilchen hinhalten«, entschied Luan und schrieb sogleich einen Brief, in dem sie Ting-tschang ans Herz legte, schnellstens nach Nan-jang zurückzukehren, um zu ihrer Beruhigung den Ehevertrag durch die Heirat mit Zustimmung ihrer beider Eltern zu erfüllen. Wie sehr sie unter der Trennung litt, deutete sie nur an. Dem Boten ließ sie als Belohnung für die Besorgung des Briefes zwei silberne Haarnadeln geben.

Seit der Mitgabe des Briefes waren sieben Monate vergangen. Kein einziges Zeichen der Antwort war eingetroffen! Ein neues Jahr hatte gerade begonnen, als verlautete, daß ein Kaufmann Tschang im Begriff sei, zum Einkauf von Waren in die Stadt Su-tschou zu reisen. Djau-luan ließ Herrn Tschang sofort durch Sin-kju zwei goldene Blumen als Geschenk überbringen und ihn um die Freundlichkeit bitten, einen Brief für sie zu besorgen. Dieser Kaufmann war ein sehr gewissenhafter Mann, der seine Zusagen einhielt. Sobald er den Zweck seiner Reise, nämlich die Einkäufe in Su-tschou, erledigt hatte, machte er sich auf den Weg nach Wu-kjang, wo er den Brief dem Empfänger selbst übergeben wollte. Auf der Jenling-Brücke erkundigte er sich nach dem Weg. Der Zufall wollte es, daß in dem Augenblick Tschau Ting-tschang vorbeiging und hörte, wie ein Fremder im Honan-Dialekt nach dem Hause des Kornverwalters Wu fragte. Sofort ahnte er, daß dieser Mann ihm eine Nachricht von Djau-luan brachte. Von der Angst getrieben, daß der Brief in andere Hände geraten und seine erste Ehe ruchbar werden könnte, ging er sogleich auf Herrn Tschang zu, stellte sich ihm mit höflicher Verbeugung vor und lud ihn ein, im nahen Gasthaus ein Schälchen Wein mit ihm zu trinken. Dabei las er Djau-luans Zeilen, entlieh sich vom Wirt Pinsel und Tusche und Papier und setzte in aller Eile eine Antwort auf. Sein Vater sei noch immer leidend, er habe ihn mit Arzneien zu versorgen und die Ärzte zu konsultieren und darüber den für ihre Vereinigung verabredeten Termin versäumt. Sicher werde er bald die Freude haben, zu ihr zurückzukehren. Bis dahin möge sie sich nicht um ihn sorgen und grämen. Zu diesen Ausreden fügte er noch eine Bemerkung auf die Rückseite des verschlossenen Briefes: Er habe unterwegs und mit geborgtem Schreibgerät geschrieben und sich deswegen kurz fassen müssen; sie möge das entschuldigen. Wenige Tage danach traf Tschang wieder in Nan-jang ein und übergab Ming-sja den Brief, die ihn sofort ihrer jungen Herrin brachte. Djau-luan las ihn, zitternd vor Spannung, und schöpfte neue Hoffnung, obwohl er ihr keinen Anhaltspunkt für den Termin der Rückkehr des Geliebten bot. Er wirkte auf sie wie Kuchen oder Pflaumen auf einem Bild, deren Anblick Hunger zu stillen und Durst zu lindern vermag. Als aber wiederum einige Monate vergingen, in denen sie, genauso befremdend wie zuvor, auch nicht eine Nachricht von ihrem Gatten erhielt, war es mit ihrem Mut zu Ende. »Wehe über Ting-tschang!« sagte sie verzweifelnd zu Tante Tsau. »Seine Worte sind Betrug …«

»Aber ich habe das Dokument seiner Verpflichtung in Händen, und der Himmel beobachtet von oben her alles mit scharfem Auge. Glaubst du, daß Herr Tschau sich nicht vor dem Sterben fürchtet? Er wäre der einzige Mensch, der das nicht täte!« entgegnete die Tante.

Eines Tages hieß es, daß ein Mann aus Hang-tschou, der Geburtsstadt des Herrn Wang-tschung, angekommen sei. Er erwies sich als Bote, der die freudige Nachricht überbrachte, daß Djau-fung, Djau-luans Schwester, einen gesunden Knaben geboren habe. Der Vergleich ihres Schicksals mit dem ihrer jüngeren Schwester stimmte Luan noch unglücklicher. Immerhin bot die Rückreise des Boten ihr die günstige Gelegenheit, ihrem ungetreuen Geliebten wiederum eine Nachricht zu schicken. Sie schrieb ihm also zum dritten Mal. Aber auch dieser Brief sollte vergeblich geschrieben sein.

Fortan mied der Schlaf das Bett der traurigen Luan. Sie wollte nicht mehr essen, verlor allmählich ihren Liebreiz, und ihre nur dem Jadestein vergleichbare Schönheit schwand dahin. Sie flüchtete sich in abgelegene Winkel und weinte über die Enttäuschung, die das Leben ihr beschieden hatte. Vor lauter Kummer wurde sie schließlich wieder krank. Herr Wang bemühte sich, einen geeigneten Mann als Ehepartner zu finden, aber Luan lehnte all seine Vorschläge ab. Sie wollte nichts vom Heiraten hören und auferlegte sich eine Fastenzeit nach der anderen. So war eine geraume Zeit vergangen, als Tante Tsau sagte:

›Ich bin jetzt überzeugt, daß Herr Tschau nicht mehr zu dir zurückkommt. Höre darum auf meinen Rat: Klammere dich nicht an den Begriff Treue! Du beraubst dich damit aller Aussichten, die der Frühling deines Lebens dir noch bieten kann. Erlaube deinem Vater, einen Gatten für dich zu wählen!«

»Ein Mensch ohne Treue gleicht einem Tier«, erwiderte Luan darauf. »Es ist besser, daß Herr Tschau mich hintergeht, als daß ich es auf mich nehme, die alles beobachtenden Götter zu hintergehen.« Weiter verstrich die Zeit. Ohne daß man sich's gewahr wurde, waren drei Jahre um.

»Mir ist ein Gerücht zugetragen worden«, sagte Luan eines Tages zu Tante Tsau, »Herr Tschau habe in eine andere Familie hineingeheiratet. Ich kann nicht prüfen, ob das stimmt oder nicht. Immerhin steht fest, daß er nach drei Jahren noch nicht zu mir zurückgekommen ist. Darum befürchte ich, daß seine Gesinnung sich geändert hat und er mich nicht mehr liebt. Doch werde ich ihm die Treue halten, solange ich keine Gewißheit habe.«

»Möchtest du nicht einmal Sin-kju selbst nach Wu-kjang schicken? Gib ihm zu den Reisekosten noch eine kleine Summe zum eigenen Verbrauch! Hat Herr Tschau seine Gesinnung nicht geändert, so mag Sin-kju bei ihm verweilen, bis sie zusammen hierher zurückkehren können. Das ist doch ein guter Vorschlag!«

»Ein ausgezeichneter Vorschlag sogar!« erklärte Luan. »Ich denke genauso. Nur möchte ich gern, daß meine Tante Tsau Herrn Ting-tschang ebenfalls in einigen Zeilen bittet, ohne weitere Zeitversäumnis seine Rückreise hierher zu bewerkstelligen. Dieser Vorschlag ist sicher gut.« Beim letzten Wort schickte sich Djau-luan bereits an, einen Brief in Versen aufzusetzen. Tante Tsau schilderte in ihrem Brief den Zustand, in den Djau-luan durch das ständige quälende Denken an den Geliebten und die immer wieder enttäuschte Hoffnung auf seine Wiederkehr geraten sei. Die beiden Briefe wurden zusammen in einen Umschlag getan und Sin-kju anvertraut, der sofort aufbrach. Er reiste tagsüber und ruhte in der Nacht. Wohlbehalten in Wu-kjang angelangt, verließ er die Dschunke an der Jenling-Brücke und postierte sich an deren einem Ende. Er sorgte sich nämlich, daß der Brief nicht in die Hand des Empfängers gelangen könnte, wenn er ihn an jemanden im Hause Tschau abgeben müßte, und wollte ihn darum nur Ting-tschang persönlich aushändigen.

Ting-tschang sah Sin-kju warten. Das Blut stieg ihm ins Gesicht, als er auf ihn zuging. Ohne nach seinem Ergehen zu fragen, nahm er ihm den Brief ab, verbarg ihn im Ärmel und ging eilig ins Haus zurück. Eine kleine Weile danach richtete ein Dienerjunge Sin-kju eine Bestellung aus.

»Mein gnädiger Herr Tschau«, sagte er, »hat vor drei Jahren die Tochter des Herrn Wee, eines hohen Mandarins, geheiratet. Die Reise nach Nan-jang ist weit und beschwerlich; er wird wohl kaum noch einmal dorthin kommen. Einen Brief zu schreiben ist eine heikle Angelegenheit, und mein Herr will lieber, daß Ihr diese mündliche Botschaft von ihm übermittelt. Hier habe ich ein feines Halstuch aus Seidentüll und ein Dokument, das einen Ehevertrag darstellt. Beides gehört dem Fräulein Wang Djau-luan. Mein gnädiger Herr bittet Euch, diese Gegenstände der Eigentümerin zurückzugeben, damit sie keine Veranlassung mehr habe, an ihn zu denken. Er wollte Euch noch zum Essen einladen; aber er befürchtet, daß der alte gnädige Herr, sein Vater, peinliche Fragen stellen und sich erregen könnte. Darum schickt er euch fünf Silberkaesch als Beitrag zu den Reisekosten. Er nimmt an, daß Ihr nicht zum zweiten Mal unnötig solche weite Reise auf Euch nehmt.«

Die Rede des Dienerjungen versetzte Sin-kju in größten Zorn. Voller Unmut warf er die Silbermünzen auf die Erde, lief vor das Haupttor des Hauses und brachte mit lauter Stimme eine heftige Anklage vor. »Du unbarmherziger und ungerechter Schuft! Raubtiere und Raubvögel sind nicht so bösartig wie du. Welch ein Jammer! Du hast das Vertrauen des jungen Fräuleins Djau-luan schmählich hintergangen. Aber die hohen Götter werden dir angesichts deines frevelhaften Verhaltens ihren Schutz entziehen.«

Sin-kju war so aufgeregt, daß er in lautes Weinen ausbrach. Die Menschen, die des Weges kamen, drängten sich um ihn zusammen und fragten ihn aus, worauf er ihnen haargenau alles, was sich zugetragen hatte, berichtete. In wenigen Minuten wurde Ting-tschangs ehrloses Verhalten überall in der Stadt, sogar in der Umgegend bekannt, und jeder anständige Mensch begegnete ihm fortan mit Verachtung. Das Sprichwort behielt recht:

> Begeht der Mensch im alltäglichen Leben keine Handlung, die sein Gewissen ablehnt,
> Braucht er nicht zu befürchten, daß irgendwen in der Welt bei seinem Anblick der Zorn packt.

Wir wollen nun weiter von Sin-kju berichten. In Nan-jang angelangt, suchte er sofort Ming-sja auf. Er weinte und jammerte in einem fort vor sich hin.

»Ist dir auf der Reise ein Unglück zugestoßen?« fragte ihn Ming-sja. »Oder ist etwa gar unser junger gnädiger Herr Tschau tot?«

Sin-kju verneinte durch ein Kopfschütteln, holte tief Luft und begann, über alle Einzelheiten seiner Begegnung mit Tschau Ting-tschang zu berichten: Wie dieser ihm entgegengetreten sei, keinen schriftlichen Bescheid habe mitgeben wollen, nur das feine Halstuch aus Seidentüll und den Ehevertrag zurückschicke, damit das Fräulein nicht mehr an ihn zu denken brauche.

»Nicht für mein Leben würde ich die inneren Räume betreten und mit dem gnädigen jungen Fräulein selbst sprechen!« schloß er seine Rede. Tief seufzend und die Tränen aus den Augen wischend, verließ er das Haus.

Ming-sja wagte nicht, ihrer Herrin etwas von dem, was sie erfahren hatte, zu verschweigen, sondern wiederholte ihr den Bericht bis ins kleinste. An dem feinen Halstuch aus Seidentüll, dem Liebesunterpfand früherer glücklicher Jahre, erkannte Luan, daß Sin-kju die Wahrheit gesprochen hatte. Die Empörung ließ ihr Herz sich zusammenkrampfen und trieb ihr die Schamröte ins Gesicht. Sie bat Tante Tsau, sie in ihrem Zimmer aufzusuchen, und erzählte ihr alles genau. Die Tante bemühte sich, ihre Nichte zu beruhigen, und redete ihr zu, diesen Schlag des Schicksals gelassen zu ertragen. Aber Luan war nicht zu beschwichtigen. Drei volle Tage und Nächte ließ sie ihren Tränen freien Lauf. Immer wieder nahm sie das Halstüchlein in die Hand, betrachtete es und erinnerte sich der vielen glückseligen Stunden vergangener Zeiten. Sie ging sogar mit der Absicht um, sich das Leben zu nehmen, ließ sich aber von folgender Überlegung zurückhalten: ›Ich bin die geliebte Tochter einer angesehenen Familie, galt für eine Schönheit und soll mancherlei Talente besitzen. Würde ich da nicht meinem treulosen Geliebten einen großen Dienst erweisen, wenn ich jetzt in aller Stille der Vergessenheit anheimfiele?‹ Nachdem sich Luan entschlossen hatte, am Leben zu bleiben, verfaßte sie ein langes Abschiedsgedicht, in dem sie von ihrer Jugend und ihrer Liebe berichtete, von dem Haß und der Verachtung, die ihr Herz gegen Ting-tschang erfüllte, und von ihrem Entschluß, aus dem Leben zu scheiden. Sie fertigte eine wunderschöne Abschrift der Verse an und beschloß, sie mit mehreren anderen Gedichten zusammen wiederum in einem Brief durch Sin-kju befördern zu lassen. Aber der Sergeant wollte unter keiner Bedingung zum zweitenmal den Botendienst übernehmen, und eine andere Möglichkeit, die Sendung an Ting-tschang gelangen zu lassen, hatte Luan nicht. Der Zufall fügte es, daß ihr Vater in diesen Tagen an einem Fieber erkrankte und sie beauftragte, einige Staatsdokumente für ihn zu sichten und zu erledigen. Eine der Akten betraf einen Soldaten, der aus dem Kreis Wu-kjang desertiert und in der Garnison Nan-jang gestellt worden war. In Luan reifte sofort ein Entschluß. Sie vereinigte all ihre Gedichte, dabei auch das zuletzt entstandene, zu einem Büchlein und legte die beiden Exemplare des Ehevertrages, die sie in Händen hatte, unter den Buchdeckel. Das alles packte sie in der Form eines amtlichen Berichts zusammen, siegelte den Umschlag und versah ihn mit der Aufschrift: »Hauptmann Wang, der das Dienstsiegel der Garnison in Nan-jang führt, an den Bezirksintendanten von Wu-kjang.«

Diesen Brief übergab sie einem zuverläßigen Boten zur Besorgung. Ihrem Vater, Hauptmann Wang, sagte sie nichts davon.

Am Abend dieses Tages wusch sich Djau-luan besonders sorgfältig, legte frische Gewänder an und befahl Ming-sja, ihr Tee zu bereiten. Nachdem sie die Dienerin mit diesem Auftrag aus dem Zimmer entfernt hatte, verriegelte sie die Tür, stieg auf einen Schemel, warf das eine Ende einer langen Leibbinde über einen Querbalken und knüpfte beide Enden fest miteinander zusammen. Darauf schlang sie sich das feine Halstuch aus Seidentüll, aus dem all ihr Leid erwachsen war, eng um den Hals und verknotete es leicht mit der Binde. Sie stieß den Schemel unter sich fort, schwebte zwischen Himmel und Erde – in einem einzigen Augenblick schwebten ihre drei Seelen im weiten Raum, sanken ihre sieben Geister in die einsame Tiefe. Sie war einundzwanzig Jahre alt geworden.

Ein feines Halstuch aus Seidentüll ist ihrer Geschichte Anfang und Ende.

Mittlerweile hatte Ming-sja den Tee gebrüht und wollte ihn ihrer Herrin bringen. Sie fand die Tür verriegelt, klopfte ein paarmal, natürlich vergeblich, und sagte Tante Tsau Bescheid. Diese eilte mit Frau Tschau zu Luans Zimmer – die Tür wurde aufgebrochen – es gibt keine Worte, den Schreck, den Jammer zu beschreiben, von dem sie bei dem furchtbaren Anblick, der sich ihnen bot, gepackt wurden. Auch der alte Herr Wang wurde von dem entsetzlichen Geschehen benachrichtigt und gesellte sich den beiden Damen zu. Von dem Wehklagen, das alsbald anhob, braucht nichts gesagt zu werden. Weder der alte Herr noch seine Gattin ahnten die Gründe, die ihre geliebte Tochter zu dieser Tat getrieben hatten. Ihre erste Sorge galt jetzt der Beerdigung. Es wurde ein Sarg herbeigeschafft und Djau-luan darin unter dem Wehklagen der Familie und der Dienerschaft bestattet.

Es sei nun von dem Bezirksintendanten von Wu-kjang, Herrn Kju, erzählt. Er erhielt den Bericht aus der Garnison Nan-jang und war darüber höchst erstaunt. Ein so merkwürdiger Fall war ihm von den ältesten Zeiten bis zur Gegenwart noch nicht zu Ohren gekommen. Der Zufall fügte es, daß sich gerade in diesen Tagen der Provinzialrichter, Exzellenz Fan-dji, auf einer Inspektionsreise im Bezirk Wu-kjang aufhielt und zu seiner Begleitung Herr Tschau gehörte. Da Herr Kju und Herr Tschau zusammen studiert hatten und seitdem befreundet waren, trug Herr Kju den so außergewöhnlichen Fall Herrn Tschau vor. Dieser prüfte den Bericht eingehend und ordnete an, daß er – wegen der darin angeführten unerhörten Tatsachen – dem Provinzialrichter selbst vorgelegt werde. Exzellenz Fan-dji las alle Gedichte, auch das lange Abschiedsgedicht, mehrmals durch, ebenso den Ehevertrag. Er bemühte sich, alles möglichst genau zu erfassen und die näheren Umstände herauszufinden. Es erschütterte ihn, daß der hoch begabten Djau-luan kein besseres Los zuteil geworden war, und Tschau Ting-tschangs Unbarmherzigkeit empörte ihn. Herr Tschau wurde beauftragt, insgeheim nach dem Verbrecher zu fahnden: Bereits am Tag darauf wurde er ergriffen und dem Gericht des Provinzialrichters übergeben. Exzellenz Fan-dji führte persönlich die Verhandlung.

Ting-tschang behauptete, daß alles unwahr sei. Aber als er durch den Ehevertrag überführt wurde, gab er das Leugnen auf. Der Provinzialrichter war so aufgebracht, daß er ihm von den Gerichtsdienern sofort fünfzig Hiebe mit Bambusstöcken versetzen und ins Gefängnis abführen ließ. Zugleich sandte er eine Anfrage an die Garnison in Nan-jang: Er wollte in Erfahrung bringen, ob Djau-luan sich tatsächlich erhängt habe. Die Antwort traf bald ein, sie enthielt die näheren Angaben über den frühen Tod der unglücklichen Luan. Darauf ließ der Provinzialrichter Ting-tschang zum zweiten Mal vor das Gericht führen. Seine Stimme bebte vor Wut, als er das Urteil verkündete:

»An der Tochter eines hohen Mandarins leichtfertig oder ehrlos zu handeln, ist ein Verbrechen.

Mit einer Frau bereits die Ehe eingegangen zu sein und eine andere zu heiraten, ist ebenfalls ein Verbrechen.

Einen Ehebruch zu begehen, der den Tod des Ehepartners herbeiführt, ist ein drittes Verbrechen.

In deinem Ehevertrag heißt es: ›Hintergeht der Mann seine Frau, sollen zahllose Pfeile ihn durchbohren.‹ Ich habe keine Pfeile, um deinen Körper zu durchbohren, aber« – und der Provinzialrichter sprach besonders laut und nachdrücklich weiter – »ich werde dich mit Stöcken totschlagen lassen wie einen Hund. Du sollst allen gewissenlosen Schuften zur Warnung dienen!«

Seinem letzten Wort ließ der Richter einen lauten Ruf folgen – das war das Zeichen für die darauf wartenden Gerichtsdiener. Allesamt stürzten sie sich im gleichen Augenblick auf den Verbrecher und schlugen mit Bambusstöcken auf ihn ein. Fetzen Fleisch flogen nach allen Seiten durch die Gerichtshalle. Nach wenigen Minuten war der, der Wang Djau-luan verraten hatte, eine blutige, grauenerregende Masse.

Jeder in der Stadt sah in dieser Strafe die gerechte Buße für unbarmherzige Grausamkeit. Ting-tschangs Vater, der Vorsteher des Prüfungsamtes, sank bei der Nachricht, von Entsetzen und Gram überwältigt, tot zu Boden. Die Witwe seines Sohnes, die schöne Tochter des Herrn Wee, heiratete kurze Zeit danach zum zweitenmal.

Leser! Warum ließ sich Tschau Ting-tschang von Reichtum und Schönheit einer zweiten Frau verführen und mißachtete sein Gelübde? Welchen Nutzen hat sein Verhalten ihm eingebracht? In einem Gedicht heißt es:

Sind zwei in einer Nacht Mann und Frau geworden,
Sollen sie es für immer bleiben.
Betrügst du eines jungen Mädchens Herz, das dir vertraut –
Welchen Nutzen erhoffst du dir davon?
Meinst du, es gäbe keine Vergeltung für den,
Der seine Geliebte treulos hintergeht?
Lies die Geschichte von der Ewigen Rache,
Die sich vor vielen Jahren in Wahrheit zugetragen.

SJÄ-DAU,
DIE
SCHÖNE
KURTISANE

Während der Regierungszeit des Ming-Kaisers Hung Wu lebte in der Stadt Kanton ein junger Mann namens Tjän, der Meng-I gerufen wurde. Sein Vater, Tjän Bai-lu, wurde als Inspektor des Schulwesens in die Stadt Tscheng-tou versetzt und nahm seine Familie an seinen neuen Wohnort mit.

Meng-I war ein schlanker junger Mann, immer guter Laune und seinen Altersgenossen in allen Dingen überlegen. Er verstand, ebenso schön zu schreiben wie zu malen und spielte Gitarre und Schach gleich ausgezeichnet. Alle Studenten waren ihm zugetan und pflegten täglich mit ihm zu verkehren.

Ein Jahr nach der Übersiedlung wollte der Vater den Sohn nach Kanton zurückschicken. Aber die Mutter, die Meng-I zärtlich liebte, wollte sich nicht von ihm trennen. Da Herr Tjän zudem nur ein niedriges Einkommen hatte und die Reise sich sehr teuer stellte, überlegte er mit einigen Studenten, die bereits eine oder mehrere Prüfungen bestanden hatten, ob Meng-I wohl seine Studien in Tscheng-tou fortsetzen und daneben Geld verdienen könnte. Dann vermöchte er nach einiger Zeit, die Reisekosten selbst zu bestreiten, und es wäre ein doppelter Vorteil erreicht. Die Befragten mochten Meng-I gut leiden und wünschten sehr, daß er in ihrer Stadt bliebe. Darum sahen sie sich überall nach einer Stelle für ihn um und brachten in Erfahrung, daß ein sehr reicher und vornehmer Mann, Herr Tschang, der vor der Stadt wohnte, einen Hauslehrer für seine Kinder suchte. Sie empfahlen Meng-I, und Herr Tschang übertrug ihm den Posten. Er sollte zu Beginn des neuen Jahres, gleich nach dem Laternenfest, mit dem Unterricht beginnen.

Am festgesetzten Tage machte sich Meng-I, von seinem Vater und zahlreichen Freunden begleitet, die bereits einen akademischen Grad erlangt hatten, auf den Weg zum Hause des Herrn Tschang. Da dieser Herr Tschang viele Jahre hindurch das Amt eines Postkommissars innegehabt hatte, lebte er in recht bequemen Verhältnissen. Er freute sich sehr, daß der würdige Herr Professor Tjän mit den vielen gebildeten jungen Leuten zu ihm kam, und lud sie alle zum Mittagsmahl ein. Nach dem Essen verabschiedeten sich die Gäste, und Meng-I bezog das Zimmer, das ihm für den Unterricht angewiesen wurde.

Zum Frühlingsfest wollte Meng-I seine Eltern besuchen und bat Herrn Tschang um die Erlaubnis dazu. Der war einverstanden und schenkte ihm sogar zwei Silberkaesch. Meng-I verwahrte die Münzen im Ärmelfutter seines

Gewandes und trat die Wanderung zur Stadt an. Nach einiger Zeit gelangte er zu einem Hain von Pfirsichbäumen, die in voller Blüte standen. Der Weg hatte ihn bislang im Schatten und an Feldern entlanggeführt, und der Anblick der Blütenpracht war eine solche Freude, daß er stehenblieb, um sie eine Minute lang zu genießen. Dabei wurde er gewahr, daß sich zwischen den Blütenzweigen ein schönes junges Mädchen zu verbergen trachtete. Überzeugt, daß es die gute Sitte wahren wollte, mochte er nicht genauer hinsehen, sondern schickte sich sofort zum Weitergehen an. Unwillkürlich nahm er eine sichere Haltung und einen leichten Gang an. Während er die Arme im Takt des Gehens hin- und herschwingen ließ, glitten aus dem einen Ärmel die beiden Silberstücke heraus und fielen zur Erde, ohne daß er es merkte. Die junge Dame aber hatte den Vorgang beobachtet. Sie ließ ihre Dienerin das Geld aufheben und es dem Eigentümer hinbringen. Der lachte vor Freude, als er es in Empfang nahm, dankte und wanderte weiter.

Am folgenden Morgen ging er absichtlich den gleichen Weg. An der bewußten Stelle sah er wieder die junge Dame: Sie stand mit der Dienerin vor der Tür ihres Hauses. Während er nahe an ihnen vorbeiging, wies das Mädchen mit dem Finger auf ihn und sagte zu seiner Herrin: »Seht, Herrin, da geht der junge Herr vorüber, der gestern sein Geld verloren hat.«

Die Dame trat in die Tür zurück. Meng-I brachte die Bemerkung sofort mit dem kleinen Zwischenfall vom Tage zuvor in Verbindung, tat einige Schritte auf das Haus zu und sagte:

»Ich bin euch zu großem Dank für die Freundlichkeit verpflichtet, daß Ihr gestern das Geld, das ich verloren hatte, aufheben und mir bringen ließet. Ich gehe heute absichtlich hier vorbei, um euch meinen Dank auszusprechen.«

Die junge Dame hörte sich diese Worte an und ließ Meng-I durch ihre Dienerin bitten, für einige Augenblicke in den Empfangsraum zu kommen – sie wolle ihn begrüßen.

Diese Aufforderung beglückte Meng-I. Er rückte sich die Mütze zurecht, strich glättend über sein Gewand und trat in die Haustür. Die junge Dame erwartete ihn und ging mit ihm in den Empfangsraum. Sie tauschten die von der Sitte vorgeschriebenen Verbeugungen und höflichen Wendungen aus, und die Dame fragte:

»Seid Ihr nicht der Hauslehrer des früheren kaiserlichen Postkommissars, des Herrn Tschang?«

»Der bin ich«, antwortete Meng-I. »Gestern hatte ich mit dem Unterricht ausgesetzt, um einen Besuch in meinem Elternhaus abzustatten. Unterwegs verlor ich den kleinen Betrag, den Ihr mir gütigerweise nachbringen ließet, und ich bitte Euch, für den Dienst, den Ihr damit erwiesen, meinen aufrichtigen Dank entgegenzunehmen.«

»Ich bin ein Mitglied der Familie Tschang«, führte die Dame die Unterhaltung weiter, »und darum für deren Hauslehrer wie für meinen eigenen besorgt. Eine solche Geringfügigkeit wie die Zustellung Eures Geldes bedarf keines Dankes.«

»Erlaubt mir«, sagte Meng-I darauf, »nach Euerm geehrten Familiennamen und der verwandtschaftlichen Beziehung zwischen Euch und meinem Gönner, Herrn Tschang, zu fragen.«

»Der Name meiner unbedeutenden Familie«, antwortete die Dame, »ist Ping. Sie ist seit langem in der Stadt Tscheng-tou ansässig. Ich bin die Tochter eines gewissen Sjä aus Mun-sjau und war mit Ping Kang verheiratet. Mein Gatte ist leider kurze Zeit nach unserer Hochzeit gestorben, und ich habe mich als Witwe in dieses Landhaus zurückgezogen. Eben auf meiner Verheiratung beruht die verwandtschaftliche Beziehung zu Euerm hochgeschätzten Gönner.«

Als Meng-I erfahren hatte, daß die Dame eine Witwe sei, verbot ihm die gute Sitte, länger zu verweilen. Er leerte die zweite Schale Tee, erhob sich und wollte sich höflich verabschieden. Aber die Dame hielt ihn zurück.

»Verbringt Euern Abend bei mir, junger Herr«, sagte sie. »Wenn es Euerm hochgeschätzten Gönner zu Ohren käme, daß Ihr in meinem Hause gewesen seid und ich Euch nicht gastfreundlich aufgenommen hätte, würde er das übel vermerken.«

Darauf gab sie den Auftrag, das Abendessen aufzutragen, und wenige Augenblicke später lud sie ihn ein, mit ihr an einem reichgedeckten Tisch Platz zu nehmen. Während des Essens nötigte sie ihn zum Trinken und plauderte zwanglos. Meng-I führte dieses Benehmen auf die enge Verwandtschaft mit seinem Gönner, Herrn Tschang, zurück und befleißigte sich selbst der größten Zurückhaltung. In Wirklichkeit konnte er seiner Begehrlichkeit kaum Herr werden.

»Man hat mir von der eleganten Sicherheit Eures Auftretens und Euren vielen Talenten berichtet«, bemerkte die Dame zwischendurch, »aber heute abend tragt Ihr die griesgrämige Miene eines Schulmeisters zur Schau. Ich kann auch einige Lieder singen, wenn ich auch keine besondere Begabung dazu habe. Da mich der Zufall aber heute mit einem Kenner schöner Musik zusammengeführt hat, möchte ich von allzu großer Bescheidenheit absehen und Euch einige Proben vorlegen, auch einige Lieder mit Euch zusammen singen. Ich wäre überglücklich, wenn Euer Urteil über mich nicht allzu geringschätzig ausfallen möchte.«

Und sogleich befahl sie ihrer Dienerin, die Abschriften zu holen, die sie von Gedichten berühmter Dichter aus der Tang-Zeit angefertigt hatte, und legte sie ihrem Gast vor.

Meng-I sah die Abschriften sorgfältig durch und stellte fest, daß es Texte berühmter Dichter aus der Epoche der Tang-Dynastie, wie Juan-Tschin, Tu-Mu und Gau-Bjän, waren. Sie wirkten, als wären sie eben erst mit dem Pinsel geschrieben worden, und er war so entzückt von dem Anblick, daß er sich kaum entschließen konnte, sie aus der Hand zu lassen.

»Das sind ja kostbare Seltenheiten!« rief er aus. »Ihr befaßt Euch mit dem, was die Dichter des Altertums geschaffen haben!«

Die Dame dankte sehr bescheiden für diese Anerkennung. Es entwickelte sich eine geistreiche Unterhaltung, und ohne daß sie es gewahr geworden, war die zehnte Abendstunde herangekommen. Da lehnte Meng-I ab, sich noch weiter dem Weingenuß hinzugeben. Die schöne Dame aber geleitete ihn in ihr Schlafzimmer, legte dort ihren Schmuck ab und sagte:

»Schon seit langer Zeit lebe ich in diesem Hause in völliger Einsamkeit. Nun habe ich heute abend Eure Höflichkeit und Liebenswürdigkeit kennengelernt, und ich kann mir nicht versagen, Euch ein wenig meine Liebe zu bezeigen. Darum schlage ich Euch vor, mir heute nacht Gesellschaft zu leisten.«

»Das ist mein sehnlichster Wunsch«, rief Meng-I aus. »Aber ich hätte niemals gewagt, Euch darum anzugehen.«

Darauf entkleideten sie sich und gingen gemeinsam auf das Bett zu. Sie waren glücklich wie zwei im Wasser spielende Fische und vergaßen über ihrer Liebe die Welt um sich herum. Sich wohlig auf den Kissen streckend, legte die

schöne Dame Meng-I eindringlich ans Herz, vorsichtig zu sein und nichts auszuplaudern.

»Wenn dein hochgeschätzter Gönner von unserem Zusammensein erfährt«, sagte sie warnend, »ist es um meinen guten Ruf und deine Ehre geschehen!«

Am Morgen beschenkte die schöne Dame Meng-I mit einem kostbaren Briefbeschwerer aus Jade, der einen schlafenden Löwen darstellte, geleitete ihn zur Tür und sagte:

»Wenn Ihr nichts Besseres vorhabt, so kommt heute abend wieder! Nehmt Euch kein Beispiel an herzlosen und unzuverläßigen Menschen!«

»Einer solchen Ermahnung bedarf es bei mir nicht!« entgegnete Meng-I. Nach der Rückkehr in das Haus des Herrn Tschang belog er den Vater seiner Zöglinge, indem er sagte:

»Meine Mutter kann sich nicht an meine Abwesenheit gewöhnen und wünscht, daß ich daheim schlafe. Ich möchte ihr gehorchen und darum fortan morgens zum Unterricht in Euer Haus kommen und abends nach Hause gehen.«

Herr Tschang war überzeugt, daß Meng-I die Wahrheit spräche, und erklärte sich einverstanden.

Während Meng-I Herrn Tschang vorspiegelte, daß er über Nacht daheim sei, waren seine Eltern sicher, daß er in seinem Schulzimmer schliefe. Auf diese Weise konnte er unbesorgt jede Nacht in dem Landhause der schönen Dame zubringen.

Sechs Monate vergingen, ohne daß die Liebenden merkten, wie die Zeit dahinfloß. Sie betrachteten die Blumen und schauten zum Mond auf, sie sangen und schlürften Wein und versagten sich keinerlei menschliche Freude. Zum Singen begleiteten sie sich abwechselnd, beim Dichten schufen sie gemeinsam. Sie verfaßten das eine Mal ein langes Gedicht von vierundzwanzig Strophen auf die herabfallenden Blüten, das andere Mal verherrlichten sie in fünfzig Strophen die Nacht des silbernen Vollmonds.

Eines Abends schrieb die schöne Dame vier Vierzeiler nieder:

Blütenranken verflechten sich ineinander,
Weidengerten neigen sich spielend im Wind.
Hinter den Bergeshängen im Westen
Scheidet die Sonne in glühendem Rot.
Das ist der Frühling!

Eisvögel kehren in Scharen zurück, sich zu paaren,
Quellen sprudeln und spenden erquickende Kühle,
Die Luft ist geschwängert mit lieblichen Düften,
Durchs Papierfenster schimmert silbern der Vollmond.
Das ist der Sommer!

Auf das dichte Schilf fallen die Herbstregen,
Auf den Berghängen entblättert der Sturm die Bäume.
Ängstlich sucht der verirrte Wanderer ein schützendes Obdach,
Strebt die einsame Wildgans dem fernen Nest zu.
Das ist der Herbst!

Hagelschauer prasseln morgens gegen das Tor,
Schneestürme umtoben abends die Stadt.
Rotglühende Kohlen im Herd spenden Wärme,
Aus dem jaspisgrünen Kessel gibt's dampfenden Tee.
Das ist der Winter!

Nach diesem Vorbild verfaßte nun auch Meng-I vier Vierzeiler.

Rote Blüten fallen wie Tropfen vom Baum,
Bambustriebe schaukeln erschrocken im Wind,
Goldgelb brechen die Kätzchen auf,
Blütenstaub rieselt wie Schnee hernieder.
Das ist der Frühling!

In der dörrenden Glut erquickt die Melone.
Vom nephritgrünen Bach weht ein kühlender Wind.
Über den Steinstufen wölbt sich das Laubwerk des Bambus.
Auf dem winzigen Teich leuchten die Blüten des Lotos.
Das ist der Sommer!

Verwitterten Stein bedeckt reifüberzogenes rotes Laub,
Feiner Nebel hüllt abends den Wald in bläulichen Schimmer.
Mit langgezogenem Klageschrei streicht der Fasan dahin,
Aufgescheucht aus lieblichem Traum, flattert der Schmetterling ziellos umher.
Das ist der Herbst!

Der Sturm treibt Schneeschleier daher, setzt dem Fischen ein Ende,
Im Silberglanz des Mondes lähmt klirrender Frost den Atem der Stadt,
Würziger Weinduft entquillt der randvollen Schale,
Auf dem papiernen Fenster geistert des Pfirsichbaums Astwerk.
Das ist der Winter!

Durch ihr Wetteifern um Geschicklichkeit und Eleganz vervollkommneten sie sich ständig in der Kunst des Verseschreibens und schufen eine große Zahl schöner Gedichte. Die schöne Dame freute sich, daß Meng-I nicht hinter ihr zurückblieb, und es muß gesagt werden, daß sich in diesem Fall ein junger Mann von hoher Begabung und eine Frau von seltener Schönheit im Geschmack für das Auserlesene gegenseitig überboten. Die Seligkeit der beiden läßt sich im einzelnen gar nicht beschreiben.

Aber das Unglück will es, daß das Gute niemals von Dauer ist. So mußte auch für diese beiden Liebenden das Ende ihres Glücks herankommen.

Eines Tages begegnete der ehemalige kaiserliche Postkommissar Tschang vor dem Eingang zum Schulamt dem würdigen Professor Tjän Bai-lu und sprach ihn an.

»Jeden Abend laßt Ihr Euern Sohn nach Hause kommen. Dieser weite Hin-

und Rückweg ist anstrengend. Weshalb soll er nicht in meinem Hause schlafen? Das wäre weitaus bequemer für ihn.«

»Seitdem mein Sohn den Unterricht übernommen hat«, entgegnete Herr Tjän, »hat er doch immer in Euerm Hause geschlafen. Ich habe ihn nur einmal für kurze Zeit bei uns behalten, als meine Frau krank war. Seitdem ist er nicht mehr zu uns gekommen. Ich weiß also gar nicht, wie ich Eure Rede verstehen soll.«

Der Postkommissar merkte, daß in dieser Angelegenheit etwas unklar war. Da er Meng-I keine Unannehmlichkeiten bereiten wollte, sagte er nichts weiter und setzte seinen Weg nach einer Verbeugung fort.

Am Abend verabschiedete sich Meng-I, wie gewöhnlich, um zu den Eltern zu gehen. Herr Tschang erwiderte diesmal nichts darauf und schickte einen Diener hinter Meng-I her. Er sollte achtgeben, wohin der Hauslehrer ginge. Der Diener tat, wie ihn geheißen, aber mitten auf dem Weg hatte er Meng-I plötzlich aus den Augen verloren. Schnellen Schrittes lief er hier lang und dort lang, um ihn aufzufinden. Er entdeckte aber nirgends eine Spur von ihm, ging nach Hause und erstattete seinem Herrn Bericht.

»Er ist noch jung und darum leichtsinnig«, bemerkte Herr Tschang.

»Wahrscheinlich ist er in einem übel beleumdeten Haus verschwunden.«

»Aber auf diesem Weg gibt es nicht ein einziges solches Haus«, widersprach der Diener.

»Dann geh zum Haus seines Vaters«, befahl der Kommissar, »und erkundige dich dort nach seinem Verbleib.«

»Aber es wird bereits dunkel«, versetzte der Diener. »Die Stadttore werden bald geschlossen, und ich fürchte, ich schaffe den Heimweg nicht mehr.«

»Dann mußt du diese Nacht in Herrn Tjäns Haus zubringen«, bestimmte der Kommissar, »und bringst mir erst morgen früh Nachricht.«

Aber am nächsten Morgen konnte der Diener nur melden, daß Meng-I über Nacht nicht bei den Eltern gewesen sei. ›Wo, zum Teufel, mag er sich nur aufhalten?‹ überlegte Herr Tschang. Gerade in diesem Augenblick trat Meng-I ein.

»Wo hast du in dieser Nacht geschlafen?« fragte ihn Herr Tschang. »Im Hause meiner Eltern!« war die Antwort.

»Ausgeschlossen!« rief der Kommissar. »Als du gestern abend von hier fortgingst, habe ich einen Diener hinter dir hergeschickt. Mitten auf der Straße warst du plötzlich nicht mehr zu sehen. Darauf hat er im Schulamt nach dir gefragt, aber auch dort warst du nicht. Wie kannst du es wagen, mir Märchen aufzutischen!«

»Ich habe unterwegs einen Freund getroffen und so viel Zeit mit ihm verplaudert, daß ich erst nach Mitternacht bei meinen Eltern eintraf.«

Jetzt mischte sich der Diener ein.

»Euer Diener hat die ganze Nacht im Hause Eures würdigen Herrn Vaters zugebracht und ist erst heute früh hierher zurückgekehrt«, sagte er. »Euer würdiger Herr Vater war durch meine Nachfrage in große Unruhe geraten und hat sich sofort auf die Suche nach Euch begeben. Wie könnt Ihr behaupten, daß Ihr im elterlichen Haus geschlafen habt?«

Bei diesen Worten wurde Meng-I leichenblaß. Er wußte nicht mehr, wie er sich herausreden könnte.

»Ich bitte dich, wahrheitsgemäß zu sagen, wie sich die Dinge verhalten!« redete ihm der Kommissar zu.

Meng-I sah ein, daß es keinen Ausweg für ihn gab, und berichtete von seiner zufälligen Bekanntschaft mit der schönen Dame aus der Familie Ping. »Ich hätte wohl niemals so gegen den Anstand gehandelt«, schloß er seine Rede, »wenn diese Dame nicht eine Verwandte des Herrn Postkommissars wäre.«

»Aber ich habe in dieser Gegend überhaupt keine Verwandten«, widersprach Herr Tschang, »und kein Zweig meiner Familie führt den Namen Ping. Hinter deinem Erlebnis steckt sicher ein Spuk. Ich rate dir dringend, vorsichtig zu sein und unter keinen Umständen noch einmal dieses Landhaus aufzusuchen.«

Meng-I versprach dem Kommissar, seinen Worten zu folgen. Aber in Wirklichkeit glaubte er ihm nicht, und am Abend besuchte er, wie er es gewohnt war, seine schöne Geliebte. Nachdem er ihr berichtet hatte, daß ihre Beziehung zueinander bekannt geworden wäre, sagte sie tröstend: »Ich wußte bereits, was

sich zugetragen hat, lieber Freund. Nimm es dir nicht allzu sehr zu Herzen. Aber das Schicksal ist nun nicht mehr aufzuhalten.«

Danach leerten sie einige Schälchen Wein miteinander, und in der Nacht gaben sie sich ihrer Liebe hin. Aber als der Morgen heraufdämmerte, begann sie, bitterlich zu weinen, und sagte: »Wir werden auf immer getrennt sein.« Danach holte sie einen Kasten aus kostbarem Achat hervor, der Pinsel und Tuschstein enthielt, und überreichte ihn Meng-I mit den Worten: »Verwahre diese wertvolle Arbeit aus der Tang-Epoche sorgfältig. Sie sei dir ein Andenken an mich!« Unter heißen Tränen nahmen sie voneinander Abschied.

Der Kommissar hatte mit Sicherheit vorausgesehen, daß sein Hauslehrer auch in der Nacht nach seiner Unterredung mit ihm wieder fortgehen würde. Er hatte zwar, um sich zu vergewissern, im Schulzimmer nachsehen lassen, natürlich ohne Ergebnis. »Diese dunkle Angelegenheit wird geklärt werden, mein werter Herr Hauslehrer«, sagte Herr Tschang vor sich hin. »Als Hausherr bin ich dazu verpflichtet. Außerdem muß ich seinen Vater informieren.«

Der kaiserliche Postkommissar Tschang begab sich zum Schulamt und erstattete Herrn Bai-lu genau Bericht über das Vorgefallene. Dieser geriet in größte Aufregung und schickte sofort einen Amtsdiener zum Schuldiener des Herrn Tschang. Die beiden Männer sollten gemeinsam nach Meng-I forschen.

Um diese Stunde hatte sich Meng-I von seiner schönen Geliebten verabschiedet und den Heimweg angetreten. Im Gehen redete er in einem fort vor sich hin: »... Sie hat von einer Trennung auf immer gesprochen – –, sicher nur, weil sie um ihren guten Ruf besorgt ist ... ich werde mich für einige Wochen zurückziehen, sie dann erst wieder besuchen – – bestimmt werde ich sie wiedersehen ...«

In derlei Überlegungen versunken, wurde er zu seinem Vater beordert. Die Sitte gebot ihm, dem Befehl zu gehorchen und seinen Vater sofort aufzusuchen.

»Du beschäftigst dich nicht mehr mit deinen Studien und treibst dich in den Nächten herum!« schrie ihm der Vater bereits entgegen, als er das Zimmer betrat. Ihm fiel nichts ein, was er hätte antworten können; er nahm nur wahr, daß auch Herr Tschang im Zimmer war. Schon hatte der Vater nach seinem Bambusstock gegriffen, versetzte ihm damit ein paar heftige Hiebe über den Kopf und schrie von neuem: »Sag die Wahrheit!«

So in die Enge getrieben, gestand Meng-I sein Abenteuer und wies das Büchlein Gedichte vor, die sie zusammen verfaßt hatten, ebenso den Briefbeschwerer und das Kästchen mit dem Schreibgerät, die er als Geschenk erhalten.

»Ist es nicht ganz natürlich«, fragte er dabei, »daß solch eine schöne Dame einen in Entzücken versetzt? Warum wollt Ihr das Eurem Sohn als Verbrechen anrechnen?«

Bai-lu nahm die beiden Geschenke und den Gedichtband und betrachtete jeden Gegenstand eingehend. Der Jadestein hatte den Glanz, den dieses Gestein bei jahrhundertelangem Lagern in der Erde annimmt. Auf dem Deckel des Schreibzeugkastens war in altmodischen Schriftzeichen eingraviert:

> Schreibgerät, sich damit zu vergnügen.
> Sein Eigentümer ist Gau in der Stadt Fohai.

Als Bai-lu danach das Büchlein Seite um Seite durchblätterte und prüfend beschaute, ließ sein Ärger nach.

»Diese Dinge sind jedes eine Seltenheit und von bewunderungswürdiger Schönheit. Die Verse haben einen anmutigen Inhalt und sind in elegantem Stil abgefaßt. Hier liegt wirklich kein gewöhnliches Geschehen vor. Ich will mich, von meinem zuchtlosen Sohn geführt, selbst an jenen Ort bemühen und nachforschen.«

Sie gingen zu dritt aus der Stadt und schlugen den Weg zu dem Pfirsichhain ein. Dort angelangt, sagte Meng-I an einer Stelle: »Hier ist es!« und bog in einen Pfad ein, der tief in das Gehölz hineinführte. Ganz außer sich rief Meng-I: »Das Haus ist ja nicht mehr da!« Sein Vater und der Herr Kommissar reckten den Hals: Rundum sahen sie nur glitzerndes Wasser und bewaldete Hügel – nichts weiter. Vor ihnen ragte ein Dickicht mit Pfirsichbäumen auf, zwischen dem Untergehölz schimmerte ein einfaches Grabdenkmal.

»Ja – das ist die Stelle – – –«, sagte Herr Tschang, nachdenklich den Kopf schüttelnd. »Es wird erzählt, daß sich an dieser Stelle das Grab einer Kurtisane aus der Tang-Epoche befindet. Sjä-dau war ihr Name. In einer späteren Generation erinnerten sich die Menschen eines Verses des Dichters Tsching-Ku:

›Zarte Pfirsichblüten bedecken Sjä-daus Grab‹,

und sie pflanzten an dieser Stelle mehrere hundert Pfirsichbäume an, damit sie zur Blütezeit darunter lustwandeln könnte. Die schöne Dame, der Euer geschätzter Sohn begegnete, ist zweifellos Sjä-dau gewesen.«

»Welche Beweise habt Ihr für diese Annahme?« wollte Bai-lu wissen.

»Die Dame hat angegeben, sie sei mit Pings Sohn Kang verheiratet gewesen. Damit hat sie das Sackgäßchen Ping-Kang gemeint. Weiter hat sie den Namen Mun-sjau genannt. Es gibt keine Straße dieses Namens in der Stadt. Wenn man aber die beiden Schriftzeichen für Mun und Sjau in einem Zeichen zusammenschreibt, wird dieses Schriftzeichen Kjau gelesen. Eine Straße dieses Namens gibt es, und von ihr geht das vorher genannte Sackgäßchen Ping-Kang ab. In eben diesem Sackgäßchen haben in der Zeit der Tang-Dynastie die Kurtisanen gewohnt. Schließlich hat die Dame noch den Namen Sjä erwähnt. Wer soll sie also gewesen sein, wenn nicht Sjä-dau, die berühmte Kurtisane? Und noch eines: auf den Pinseln ist der Name Gau eingraviert. Der Gouverneur der Provinz Setschuan hieß Gau-Bjän, und Sjä-dau war seine Konkubine. Man kann wohl mit Sicherheit annehmen, daß er ihr die beiden wertvollen Geschenke gemacht hat. Sjä-dau ist schon jahrhundertelang tot, aber ihr Geist ist anscheinend der gleiche geblieben. Es ist ratsam, dieser Sache nicht weiter nachzugehen.«

Bai-lu stimmte der Auffassung des Kommissars zu, und da er besorgt war, sein Sohn möchte noch immer unter dem Zauber der Sjä-dau stehen, entschied er sich dafür, ihn nach Kanton zurückzuschicken.

Meng-I studierte weiter und bestand auch die höchste Prüfung, mit der er den Grad eines Tschin-tschi, eines Doktors, erwarb. Er wurde nicht müde, sein abenteuerliches Erlebnis zu erzählen, und wies dabei immer seine wertvollen Geschenke und das Bändchen Gedichte vor. Aber wie oft er auch an die schöne Geliebte dachte – er hat sie nicht wiedergesehen.

JANG
DJAU-AI
OPFERT
SEIN
LEBEN
DER
FREUNDSCHAFT

Heute will ich von zwei Freunden erzählen, die sich unerwartet im Leben begegnet und wie zwei Brüder miteinander verbunden waren.

Jüan, der König von Tschu, hegte höchste Achtung vor den Literaten und ließ eine Einladung ergehen, daß sie in sein Land kommen möchten. Alle Gelehrten in dem weiten China, die davon Wind bekamen, wollten diese günstige Gelegenheit nützen.

Im Djischih-Bergland, das zur Provinz Sikiang gehört, lebte ein hochbegabter Gelehrter, der den Familiennamen Dso trug. Sein persönlicher Name bestand aus zwei Schriftzeichen und lautete: Bai-dau. Schon von frühester Jugend an war er ohne Vater und Mutter. Er hatte fleißig studiert und sich besonders in den Staatswissenschaften Kenntnisse angeeignet, also in den Wissenschaften, die Mittel und Wege weisen, das Volk zu beschwichtigen. Was sein Alter betrifft, näherte er sich dem Ende des vierten Jahrzehnts.

Im Reich der Mitte bekämpften sich alle Fürsten gegenseitig. Klein war die Zahl derer, die ihre Regierung auf Gerechtigkeit aufbauten; groß dagegen die Zahl derer, die auf Macht und Gewalt pochten. Als Dso Bai-dau von der Einladung des Königs Jüan von Tschu an talentierte Gelehrte erfuhr, bekleidete er noch kein Staatsamt. Er huckte sich einen Packen Bücher auf den Rücken, verabschiedete sich von seinen Freunden und Nachbarn und wanderte auf Nebenwegen in Richtung auf den Staat Tschu los. Bis zum Bezirk Jung kam er gut voran. Da aber setzte der Winter mit Sturm und Regen ein. In dem Buch Si-kjang-jü heißt es von Winterhimmel und Regenlandschaft:

Unaufhörlich schneidet der Wind ins Gesicht,
Durchnässt feiner Regen die Kleidung.
In Eis und Schnee offenbart sich die Kälte,
Nichts ist ihrem Hauch vergleichbar.
Die Farbe des Mondes ist verschwommen, die Sonne verfinstert,
Weil das vom Himmel fallende Wasser zum Himmel
zurückkehrt,
Und der Wanderer bereut,
Den Weg angetreten zu haben.

Dso Bai-dau kämpfte gegen Sturm und Regen an und wanderte noch einen Tag lang weiter. Es war schon spät geworden, die Sonne untergegangen, seine Kleidung völlig durchweicht. Da erblickte er vor sich den Eingang zu einem Dorf. Durch ein schadhaftes Papierfenster leuchtete das Licht einer Lampe. Schnellen Schrittes ging er darauf zu. Eine niedere Hecke schloss einen Garten ein, in dem eine schilfgedeckte Hütte stand. Dso Bai-dau zwängte sich durch die Hecke und pochte an die Tür. Ein Mann öffnete die Tür und trat vor die Hütte.

Dso Bai-dau war unter der Regenrinne stehengeblieben. Er vollführte voller Verlegenheit eine tiefe Verbeugung und sagte, indem er sich wieder aufrichtete:

»Dieser unbedeutende Mensch stammt aus der Provinz Sikiang. Sein Familienname ist Dso, seine beiden persönlichen Namen Bai-dau. Auf dem Wege nach dem Königreich Tschu ist er vom Regen überrascht worden. Er ist an keiner Herberge vorbeigekommen und bittet, ihn für eine Nacht aufzunehmen. Morgen früh wird er weiterwandern. Aber er weiß nicht, ob seiner Bitte entsprochen werden kann.«

Der Mann hörte diese Worte an, erwiderte die Verbeugung und hieß Dso Bai-dau eintreten. Dieser schaute sich in der Hütte um. Er gewahrte ein Bett und darauf einen Haufen Bücher aufgestapelt, sonst gar nichts weiter. Daran erkannte er sogleich, daß der Mann ein Literat war, und schickte sich an, die vorgeschriebenen Verbeugungen auszuführen.

Der andere aber sagte:

»Diese Höflichkeiten sind nicht nötig. Ihr müßt jetzt Eure Kleidung am Feuer trocknen.«

Dabei rückte er ein Gestell aus Bambusstäben an das Feuer, und Dso Bai-dau trocknete seine Kleider. Der Mann brachte inzwischen gewärmten Wein und etwas zu essen und lud seinen Gast mit größter Höflichkeit ein, zuzulangen. Dso Bai-dau fragte ihn nach seinem Familiennamen.

»Dieser unbedeutende Mensch trägt den Familiennamen Jang und die persönlichen Namen Djau-ai. Seit frühester Jugend ist er ohne Vater und Mutter und lebt einsam für sich. Sein Leben lang hat er sich mit den Wissenschaften beschäftigt und darum die Arbeit als Landwirt aufgegeben. Ein glücklicher Tag hat heute von weither einen erfahrenen Gelehrten zu ihm geführt. Aber leider ist sein Haus kalt und verwahrlost, und er bittet um Nachsicht dafür.«

Dso Bai-dau entgegnete:

»Mitten in solchem trüben Regenwetter habe ich bei Euch gastliche Aufnahme und Bewirtung gefunden. Niemals kann ich meine Dankesschuld dafür vergessen.«

Am Abend legten sich die beiden Männer zum Schlafen nieder. Aber sie unterhielten sich über wissenschaftliche Fragen und schliefen bis zum Ende der Nacht nicht ein. Bei Tagesanbruch hatte der Dauerregen noch immer nicht aufgehört. Djau-ai nötigte Bai-dau, weiter in seinem Hause zu bleiben. Er gab her, was er hatte, und versorgte seinen Gast aufs beste. Weil er fünf Jahre jünger als Bai-dau war, erwies er diesem alle Ehrerbietung, die unter zwei Brüdern der jüngere dem älteren schuldet.

Als Bai-dau drei Tage in Djau-ais Hause geweilt hatte, hörte der Regen auf, und das Wasser auf den Wegen verlief sich. Bai-dau sagte:

»Mein hochgeschätzter jüngerer Bruder besitzt die Fähigkeiten für den Posten eines königlichen Ministers, dazu Talent zum Organisieren. Daß er diese Gaben nicht nützt, ist tief zu beklagen.«

Darauf erwiderte Djau-ai:

»Es ist nicht an dem, daß ich kein Amt ausüben will. Mir hat sich nur bisher keine Gelegenheit dazu geboten.«

»Zur Zeit ist König Jüan von Tschu sehr darum bemüht, Gelehrte zu gewinnen«, entgegnete Bai-dau. »Mein jüngerer Bruder und ich sind gleicher Gesinnung. Warum gehen wir nicht zusammen?«

»Ich bin gewillt, dem Befehl meines älteren Bruders zu folgen«, antwortete Djau-ai.

Nachdem Djau-ai einigen Mundvorrat für unterwegs besorgt hatte, verließen die beiden Männer die schilfgedeckte Hütte und machten sich in südlicher Richtung auf den Weg. Sie waren gerade zwei Tage gewandert, als wieder Regenwetter einsetzte. Daher kehrten sie in eine Herberge ein, in der sie ihren Mundvorrat bis auf ein Paket aufbrauchten. Dieses letzte Paket teilten sie zu gleichen Teilen untereinander und machten sich, dem Regen trotzend, wieder auf den Weg. Der Regen ließ nicht nach; dazu wehte ein scharfer Wind. Und eines Tages verwandelten sich die Regengüsse in Schneefälle. Wie es da zuging? Ihr sollt es erfahren:

Der Wind wurde immer heftiger, der Schnee immer eisiger. Die Gewalt des Windes wirbelte den Schnee durch die Luft, zerzauste die Weidenkätzchen, trieb die Daunen der Gänse in wildem Ungestüm vor sich her. Der Himmel war ein einziges Kampfgetümmel, nicht mehr in Süden, Norden, Westen, Osten aufzuteilen. Seine Färbung wechselte von Blau und Schwefelgelb in Rot und Schwarz. Jeder Wanderer wünscht an solchen Tagen sein Leben in Sicherheit zu bringen.

Die beiden Männer gelangten bis Tji-jang und von dort zum Ljang-Gebirge. Bei Holzfällern erkundigten sie sich nach der Gegend. Die Männer antworteten, daß auf dem weiteren Wege über mehr als hundert Li Entfernung hin keine einzige Rauchsäule aus einer menschlichen Behausung aufsteige. Es gebe nur einsame Gebirgsketten und weite, öde Ebenen mit Rudeln von Wölfen und Tigern. Die Wanderer täten am besten, die Reise abzubrechen.

Da sagte Bai-dau zu Djau-ai:

»Wie denkt mein geschätzter jüngerer Bruder darüber?« Worauf Djau-ai antwortete:

»Das Sprichwort sagt: ›Leben und Tod sind vom Schicksal vorausbestimmt.‹ Wir sind bis hierher gelangt und müssen darauf bedacht sein, weiterzukommen. Es wäre falsch, an die Rückkehr zu denken.«

Die beiden Männer legten also wieder einen Tagesmarsch zurück. Die Nacht verbrachten sie in einem verfallenen Grabgewölbe. Sie waren nur dünn angezogen; der eisige Wind ging ihnen durch und durch bis auf die Knochen. Am nächsten Morgen fiel der Schnee noch dichter; auf den Gebirgspfaden lag er einen Fuß hoch. Dso Bai-dau konnte die Kälte nicht länger ertragen. »Auf hundert Li im Umkreis gibt es keine menschliche Behausung«, sagte er. »Unser Mundvorrat geht zu Ende. Zu dünn angezogen sind wir auch. Einer von uns beiden kann den Weg bis zum Königreich Tschu schaffen. Gehen wir aber beide weiter, so wird uns entweder bald der Tod überraschen, oder wir werden unterwegs allmählich verhungern. Welchen Nutzen bringt es uns, wie die Pflanzen zu sterben?! Ich will meine Kleidung ausziehen und sie meinem hochgeschätzten jüngeren Bruder überlassen. Er möge sich dann allein von unseren Vorräten ernähren, damit er die Kraft zum Wandern aufbringt. Wenn er den Weitermarsch angetreten hat, will ich mich nicht mehr bewegen. Hier auf dieser Stelle will ich sterben und liegen bleiben. Mein hochgeschätzter jüngerer Bruder wird bei dem König von Tschu ein hohes Amt erhalten und hierher zurückkommen, um mich zu bestatten.«

Jang Djau-ai entgegnete:

»Wie sollte das wohl richtig sein? Wir beide stammen zwar nicht von denselben Eltern, aber Treue ist stärker als Blutsbande. Wie könnte ich es übers Herz bringen, allein weiterzuwandern und mich um ein hohes Amt zu bemühen?«

Bai-dau gab nach. Djau-ai stützte ihn, und sie setzten ihren Weg fort. So legten sie weitere zehn Li zurück. Da sagte Bai-dau: »Wind und Schnee sind noch heftiger geworden. Wie soll ich es fertigbringen, weiterzukommen? Wir wollen uns nach einem Platz zum Ausruhen umsehen.«

Am Wegrand sahen sie einen hohlen Maulbeerbaum. Ein einzelner Mensch hatte Platz darin und konnte sich gegen den Schnee schützen. Mit Djau-ais Hilfe kroch Bai-dau in die Höhlung hinein und kauerte sich nieder. Darauf befahl er Djau-ai, mit Steinen Funken zu schlagen und aus abgeschlagenen Zweigen ein Feuer zum Schutz gegen die Kälte zu entfachen. Djau-ai brachte auch wirklich ein kleines Feuer zustande. Dann sah er zu Bai-dau hinüber: der hatte sich inzwischen völlig ausgezogen und alle Kleidungsstücke zu einem Haufen zusammengelegt.

Ganz erschrocken rief Djau-ai:

»Warum hat mein älterer Bruder das getan?!«

»Ich habe es mir wohl überlegt«, versetzte Bai-dau. »Mein jüngerer Bruder wolle mich richtig verstehen. Er soll jetzt meine Kleider überziehen, das Paket mit dem Mundvorrat auf den Rücken nehmen und sogleich die Wanderung fortsetzen. Ich bleibe hier und warte auf meinen Tod.«

Djau-ai widersprach.

»Wir stehen wie älterer und jüngerer Bruder zueinander. Also müssen wir unsern Weg gemeinsam fortsetzen oder gemeinsam sterben.«

»Und wer soll unsere Leichname bestatten, wenn wir beide gemeinsam gestorben sind?« fragte Bai-dau.

Darauf Djau-ai:

»In Anbetracht dieses Umstandes kommt es mir zu, meine Kleidung abzulegen und sie meinem älteren Bruder zu geben. Er soll auch den Mundvorrat an sich nehmen und soll weitergehen, während ich hier sterben werde.«

Wieder hatte Bai-dau einen Einwand.

»Ich bin mein Leben lang schwächlich gewesen. Mein jüngerer Bruder ist kräftig; im Vergleich zu mir sogar sehr kräftig. Außerdem hat er mehr Studien getrieben und ist bedeutend gelehrter als ich. Wenn er sich dem König von Tschu vorstellt, wird er das Amt eines Ministers erhalten. Ist es da der Mühe wert, sich über meinen Tod Gedanken zu machen? Mein jüngerer Bruder darf sich nun nicht länger versäumen – er muß sich sofort wieder auf den Weg machen.«

Djau-ai zögerte.

»Mein älterer Bruder erwartet in dem Maulbeerbaum seinen Tod, und ich soll weiterwandern, um ein hohes Amt zu erhalten? Es steht einem Gerechten nicht an, so zu handeln.«

»Es war mein eigener Wille«, nahm Bai-dau wieder das Wort, »daß ich aus dem Djischih-Bergland fortging. Als ich das Haus meines jüngeren Bruders betrat, wußte ich sogleich, daß er über große Gelehrsamkeit verfügt. Darum gab ich ihm den Rat, sich nach einem hohen Amt umzusehen. Leider stellen sich Wind und Regen uns entgegen. Mir ist dieses vom Schicksal im voraus bestimmt – ich muß mich damit abfinden. Ich darf aber keine Schuld am Tode meines jüngeren Bruders auf mich laden.«

Bei seinen letzten Worten schleppte sich Bai-dau an den in der Nähe vorüberströmenden Fluß und wollte sich hineinstürzen. Djau-ai umschlang ihn fest mit beiden Armen und hielt ihn am Ufer zurück. Bitterlich weinend hängte er ihm die Kleider um und schleppte ihn in die Höhle in dem Maulbeerbaum zurück. Bai-dau warf die Kleider wieder ab. Djau-ai sprach ihm gütlich Mut zu. Dabei beobachtete er, daß Bai-dau anfing, schwerer zu atmen, und sein Gesicht die Farbe wechselte. Die Kälte hatte bereits Besitz von ihm ergriffen. Schon konnte er nicht mehr sprechen und bedeutete ihm mit der Hand, zu gehen. Djau-ai breitete die Kleidungsstücke wieder über Bai-dau, aber dessen Hände und Füße erstarrten bereits – das Leben wich allmählich aus ihm. Djau-ai überlegte: »Bleibe ich hier und klage, werde ich auch erfrieren. Wer soll meinen älteren Bruder bestatten, wenn ich tot bin?«

Darauf kniete er in den Schnee nieder und bezeigte seinem älteren Bruder die gebührende Verehrung.

»Euer unwürdiger jüngerer Bruder«, sagte er, »bricht jetzt auf. Er hofft, daß

der Schatten des älteren Bruders ihm Kraft verleihen wird. Aber sobald er ein kleines Amt erhalten hat, wird er Euch bestimmt ein vornehmes Begräbnis ausrichten.«

Bai-dau nickte zustimmend – im gleichen Augenblick tat er den letzten Atemzug. Djau-ai konnte nichts anderes mehr tun, als die Kleidungsstücke und den Mundvorrat an sich nehmen und sich auf den Weg machen. Wehklagend und weinend wandte er den Blick noch einmal zurück. Dso Bai-dau lag tot in der Höhle im Maulbeerbaum. Die Nachwelt besingt ihn in einem Gedicht. Es lautet:

> Es kam die Kälte. Drei Fuß hoch lag der Schnee.
> Wohl an die tausend Li legte der Mann zurück.
> Lang war der Weg und kalt der Schnee.
> Was soll werden ohne Reis im Sack?
> Wanderte einer, reichte der Vorrat zum Leben.
> Wanderten zwei, mußten beide sterben.
>
> Was soll der Tod beider nützen?
> Einer mußte sein Leben hingeben.
> Durch sein Opfer erwies Dso Bai-dau
> Die vollendete Schönheit des Menschen.

Jang Djau-ai kämpfte mutig gegen Kälte und Eis an. Halb verhungert erreichte er schließlich das Königreich Tschu und quartierte sich in einer Herberge ein. Am nächsten Tage ging er in die Hauptstadt. Dort bat er einen Einwohner um Auskunft. »Der König von Tschu hat talentierte Gelehrte aufgefordert, zu ihm zu kommen. Wo muß man sich melden?«

»Vor dem Palasttor ist eine Empfangshalle eingerichtet. Dort erwartet Bee Dschung, ein Mandarin ersten Grades, die Gelehrten Chinas«, war der Bescheid.

Darauf begab sich Djau-ai zu der Empfangshalle. Als er dort ankam, entstieg Bee Dschung gerade seiner Sänfte. Jang Djau-ai trat auf ihn zu, erhob die Hände bis zur Stirn und verbeugte sich tief. Bee Dschung wurde wohl gewahr, wie ärmlich und abgetragen Jang Djau-ais Kleidung war, aber er erkannte den klugen Menschen darunter. Darum grüßte er höflich zurück und fragte:

»Woher kommt der geschätzte Gelehrte?«

Jang Djau-ai antwortete:

»Dieser Niedriggeborene trägt den Familiennamen Jang und die persönlichen Namen Djau-ai und stammt aus dem Bezirk Jung. Er kommt auf die Einladung an die Gelehrten und möchte sich vorstellen.«

Darauf ging Bee Dschung mit Jang Djau-ai in die Empfangshalle, wo er ihm Speisen und Wein vorsetzen und ein Quartier anweisen ließ. Am folgenden Tage kam Bee Dschung wieder in die Empfangshalle. Er stellte Jang Djau-ai vielerlei Fragen, um ihn zu prüfen. Aber Jang Djau-ai wußte auf hundert Fragen hundert Antworten und redete so fließend wie ein Fluß. Bee Dschung war höchlichst befriedigt und berichtete dem König dieses Ergebnis.

Darauf ließ der König Jang Djau-ai zu sich kommen und fragte ihn nach Methoden, mittels deren er den Reichtum des Königreichs und sein eigenes Ansehen fördern könne. Jang Djau-ai machte sogleich zehn Vorschläge, die allen Umständen Rechnung trugen. Der König war außerordentlich glücklich darüber und veranstaltete eine prunkvolle Feier zu Jang Djau-ais Ehren. Zugleich ernannte er ihn zum Mandarin zweiten Grades und beschenkte ihn mit hundert Tael in Gold und hundert Stück Seide in verschiedenen Farben. Jang Djau-ai verbeugte sich wieder und wieder; dabei stürzten ihm die Tränen aus den Augen.

König Jüan fragte verwundert:

»Was versetzt meinen Minister in so tiefe Traurigkeit?«

Darauf berichtete Jang Djau-ai dem König, wie Dso Bai-dau seine Kleidung und seinen Anteil an den Mundvorräten für ihn geopfert habe. Der König war schmerzlich ergriffen von dem Gehörten, und die Mandarine ersten Grades fühlten tiefes Mitleid.

»Was wünscht mein Minister nun?« fragte der König.

»Euer Minister erbittet Urlaub«, antwortete Jang Djau-ai. »Er will Dso Bai-daus Leichnam bestatten. Danach wird er zurückkehren und dem großen König dienen.«

König Jüan ernannte den toten Dso Bai-dau zum Mandarin zweiten Grades, übernahm alle Kosten für die Bestattung und stellte Jang Djau-ai eine Sänfte mit Gefolge zur Verfügung.

Jang Djau-ai verabschiedete sich vom König und machte sich sofort auf den Weg zu dem Maulbeerbaum in der Gegend des Ljang-Gebirges. Er fand Dso Bai-daus Leichnam in genau derselben Lage, wie er ihn verlassen hatte. Das Gesicht wirkte wie das eines Lebenden. Jang Djau-ai kamen die Tränen, und er verbeugte sich tief. Darauf sammelte er seine Begleiter um sich und befahl ihnen, die Ältesten aus dem Bezirk zusammenzurufen – er wolle mit deren Hilfe eine geeignete Grabstätte am Ufer des Pu-Flußes ausfindig machen. Von dem Platz, für den sie sich entschlossen, überblickte man vor sich den breiten Strom; auf der Rückseite grenzte er an eine hohe Gebirgswand; auf der rechten und linken Seite ragten Berggipfel auf. Er lag wirklich ausgezeichnet. Die Männer wuschen den Leichnam mit wohlriechenden Wassern und setzten ihm den Beamtenhut eines Mandarins zweiten Grades auf. Darauf betteten sie ihn in einen Doppelsarg, setzten diesen feierlich auf dem Begräbnisplatz bei und warfen einen Erdhügel darüber auf. Um den Hügel herum errichteten sie eine Lehmmauer und pflanzten Bäume. Dreißig Schritte vor dem Grabhügel wurde ein kleiner Ahnentempel errichtet und darin eine Büste von Dso Bai-dau aus gebranntem Ton aufgestellt. Über den Eingang zu dem Tempel wurde, wie es die Sitte vorschrieb, das Täfelchen mit dem Namen des Verstorbenen aufgehängt und rings um den Tempel Blumen und Bäume gepflanzt. An die eine Seitenwand des Tempels wurde aus Ziegelsteinen ein kleiner Nebenraum angebaut. Schließlich wurden noch mehrere Männer gedingt, die das Grab und die Begräbnisstätte in Ordnung halten und bewachen sollten. Nachdem die ganze Anlage fertiggestellt war, wurden die vorgeschriebenen Opfer gebracht. Alle Leidtragenden bezeigten große Trauer, und die Ältesten sowie deren Gefolgsleute brachen in lautes Wehklagen aus.

Jang Djau-ai wachte die Nacht hindurch beim Schein mehrerer Lampen. Er weinte und seufzte ohne Aufhören. Plötzlich erhob sich ein heftiger Windstoß, und alle Lampen verlöschten. Als sie wieder angezündet waren, bemerkte er im Hintergrund eine Gestalt. Einmal schien es, als wolle sie sich nähern; dann wieder, als wolle sie sich zurückziehen. Dabei seufzte sie immerfort leise vor sich hin.

»Wer ist da?« rief Jang Djau-ai. »Wer wagt es, mitten in der Nacht in dieses Gemach einzudringen?«

Es erfolgte keine Antwort. Jang Djau-ai stand auf und tat ein paar Schritte auf die Gestalt zu: Es war Dso Bai-dau!

Erstaunt rief Jang Djau-ai:

»Welchen Grund hat es, daß der Schatten meines älteren Bruders sich nicht an einen stillen Ort zurückgezogen hat, sondern mich hier aufsucht?«

Darauf antwortete Dso Bai-dau:

»Ich danke meinem jüngeren Bruder, daß er meiner eingedenk geblieben ist und nach seiner Ernennung als erstes Anliegen den Wunsch vorgetragen hat, meinen Leichnam zu bestatten. Er hat große Ausgaben dafür gemacht und mir eine würdige Sterbekleidung angelegt. Die beiden Särge und die Bettdecken sind von untadeliger Schönheit. Es gibt nur einen unglücklichen Umstand: Meine Grabstätte liegt dicht bei der des Djing Ko, der in seinem mißglückten Aufstand gegen den König von Tjing ums Leben kam. Gau Tjän-li brachte seinen Leichnam in Sicherheit und setzte ihn hier in unmittelbarer Nähe bei. Nun erscheint Djing Ko jede Nacht mit einem Schwert in der Hand. Er gebärdet sich sehr gebieterisch und gekränkt und beleidigt mich mit seinen Vorwürfen.

›Du bist ein verhungerter und erfrorener armseliger Kerl‹, schmäht er. ›Wie kannst du dich erdreisten, dich auf meine Schultern zu betten und mich aus meiner Ruhestätte zu verdrängen? Trolle dich schnellstens von hinnen. Sonst werde ich dein Grab ausheben und deinen Leichnam herauszerren und in den Sumpf werfen lassen.‹ Nun bin ich heute hierher gekommen und bitte meinen jüngeren Bruder, mich vor dem Unglück, das mir angedroht ist, zu bewahren. Er möge meinen Leichnam auf einem andern Begräbnisplatz bestatten.«

Jang Djau-ai wollte einige Fragen stellen. Da erhob sich plötzlich wiederum ein Windstoß, und der Schatten verschwand. Voller Verwunderung sah sich Djau-ai nach allen Seiten um. Er erlebte alles, was geschehen war, noch einmal, zwar wie im Traum, aber ganz deutlich.

Schon in der Morgendämmerung des nächsten Tages ließ er die Ältesten aus dem Bezirk von neuem zusammenrufen und fragte sie, ob es in der Nähe von Dso Bai-daus Ruhestätte eine andere gäbe. Sie antworteten, daß in unmittelbarer Nachbarschaft im Schatten der Wacholderbäume das Grab des Djing Ko liege und auch ein Ahnentempel davorstehe.

»Wie ist es gekommen«, fragte Jang Djau-ai, »daß dieser Mann hier seine Grabstätte erhalten hat? Ist er doch in seinem mißglückten Aufstand gegen den König von Tjing ums Leben gekommen!«

Die Ältesten antworteten:

»Gau Tjän-li, ein Mann aus dieser Gegend, erfuhr, daß Djing Ko besiegt und getötet und sein Leichnam in einen Sumpf geworfen worden sei. Er holte den Leichnam heimlich aus dem Sumpf heraus und setzte ihn auf dieser Stätte bei. Da Djing Ko ein sehr berühmter Mann war, haben ihm die Bewohner aus der ganzen Gegend einen Tempel errichtet und bringen ihm alljährlich die Opfer der vier Jahreszeiten dar. Damit wollen sie für sich selbst Reichtum und Wohlergehen erlangen.«

Dieser Bericht überzeugte Jang Djau-ai, daß ihm Dso Bai-daus Geist wirklich in der Nacht erschienen sei. Er begab sich mit seinem Gefolge und allen Ältesten in Djing Kos Ahnentempel, stellte sich vor die Büste des Verstorbenen und erging sich in Beleidigungen.

»Du gemeiner Schuft aus dem Staate Jen! Der Thronnachfolger des Staates Jen bestach dich, indem er dir eine gefeierte Schönheit überließ und eine hohe Belohnung versprach. Dafür wollte er deine Kunst im Ränkespiel ausnützen. Du solltest einen Aufstand gegen den König von Tjing entfachen. Aber du hast dabei dein Leben eingebüßt und die Pläne des Königreichs zuschanden gemacht. Nachdem du hier bestattet worden bist, hast du das Volk in der Umgegend verzaubert, daß sie meinen, sie müßten dir Opfer darbringen. Mein älterer Bruder Dso Bai-dau gehört zu den angesehensten Zivil-Mandarinen unserer Zeit. Er ist ein gütiger und gerechter Mensch und ein untadeliger Gelehrter. Wie kannst du dich erdreisten, ihm zu drohen? Wagst du das noch einmal zu tun, so lasse ich deinen Ahnentempel und deine Grabstätte zerstören, die Bäume fällen und ihre Wurzeln roden.«

Nachdem Jang Djau-ai diese Beschimpfungen vorgebracht hatte, begab er sich zu Dso Bai-daus Grabstätte, sprach ein Gebet und sagte zum Schluß:

»Wenn Djing Ko in der nächsten Nacht meinem älteren Bruder wieder erscheint, so soll er es mich wissen lassen.«

Auch in der kommenden Nacht ließ Jang Djau-ai die Lampen brennen und wachte. Und tatsächlich erschien ihm Dso Bai-dau ein zweites Mal und sagte traurig: »Ich danke meinem jüngeren Bruder für das, was er jetzt für mich getan hat. Djing Ko verfügt aber über zahlreiche Anhänger, und alles Volk aus der Umgegend opfert ihm. Mein jüngerer Bruder möge aus getrocknetem Schilf Strohmänner anfertigen, sie in bunte Gewänder kleiden, ihnen Waffen in die Hand geben und sie vor der Grabstätte verbrennen lassen. Das wird Djing Ko zurückschrecken, mir ein Unheil anzutun.«

Bei dem letzten Wort entschwand die Gestalt.

Jang Djau-ai dingte sofort Leute, die für die nächste Nacht Strohmänner aufbauen und in Seidenkleider hüllen mußten. Danach ließ er alle Strohpuppen mit Speeren und Schwertern ausstaffieren, in Zehnerreihen vor der Grabstätte aufstellen und in Brand stecken. Er selbst sprach die Opfergebete und schloß mit den Worten:

»Wenn dieses Opfer keinen Erfolg hat, so möge mein älterer Bruder mir von neuem erscheinen und es mich wissen lassen.«

In der nächsten Nacht meinte Jang Djau-ai zu hören, wie Sturm und Regen tobten und Soldaten miteinander kämpften. Er ging dem Lärm nach und stieß auf Dso Bai-dau, der ihm entgegenkam und klagte:

»Es hat mir nichts genützt, daß mein jüngerer Bruder Strohmänner verbrennen ließ. Djing Ko hat sich Gau Tjän-li zu Hilfe geholt. Mein jüngerer Bruder muß meinen Leichnam ausgraben und auf einer andern Ruhestätte beisetzen lassen. Er wird sonst in kürzester Frist aus der Erde gerissen und beiseite geworfen werden. Ich hoffe zuversichtlich, daß mein jüngerer Bruder meinem Leichnam diese Schmach ersparen wird.«

»Wie kann dieser gemeine Schuft sich erdreisten, meinen älteren Bruder so zu beleidigen!« rief Jang Djau-ai. »Ich werde ihm selbst mit meinem Schwert zu Hilfe eilen!«

»Mein jüngerer Bruder lebt im Reich des Lichts, wir aber im Reich des Schattens«, erklang es als Antwort. »Der Lebende ist mutig und kräftig, um gegen die irdische Welt zu kämpfen. Wie aber soll er gegen die Welt der Schatten angehen? Nicht einmal die Strohmänner, die von lauten Drohrufen unterstützt wurden, vermochten die Geister zu verjagen.«

»Mein älterer Bruder möge sich jetzt zur Ruhe begeben«, entgegnete Jang Djau-ai. »Er wird bestimmt in der nächsten Nacht nicht wieder erschreckt werden.«

In der Frühe des nächsten Tages ging Jang Djau-ai wiederum in Djing Kos Ahnentempel. Er überhäufte ihn von neuem mit Beleidigungen und schlug dabei seine Büste kurz und klein. Darauf befahl er, den Tempel niederzubrennen. Da aber mischten sich die Ältesten aus dem Bezirk ein und baten Jang Djau-ai dringend, davon Abstand zu nehmen.

»Dieser Tempel gehört zum Dorf«, erklärten sie ihm. »Läßt du ihn zerstören, wird der Bevölkerung großes Unheil widerfahren.« Währenddessen kamen auch schon alle Dorfbewohner herbei und erhoben Einwendungen. Es blieb Jang Djau-ai nichts anderes übrig, als von seinem Plan abzulassen.

Er kehrte zu Dso Bai-daus Tempel zurück und setzte einen ausführlichen Bericht an den König von Tschu auf. Darin führte er folgendes aus:

»Einst übergab Dso Bai-dau Euerm Minister seinen Vorrat an Lebensmitteln. Er erhielt ihm dadurch das Leben und ermöglichte es ihm, sich seinem erhabenen Gebieter und Herrn vorzustellen. Dieser verlieh ihm huldvoll ein wichtiges Amt und einen hohen Titel. Für sein ganzes Leben war er befriedigt! Erlaubt Euerm Minister, daß er sich Euern Diensten erst in einem späteren Leben widme und sein jetziges opfere, um die ihm erwiesene Wohltat zu vergelten.«

Jang Djau-ai hatte seinen Bericht klar abgefaßt. Er übergab ihn seinem Gefolge und stieg in Dso Bai-daus Gruft hinab. Unter bitteren Tränen trug er dort folgendes vor:

»Mein älterer Bruder Dso Bai-dau wird von Djing Kos mächtigem Geist verfolgt und kann nicht zur Ruhe kommen. Solches konnte ich nicht geschehen lassen und wollte Djing Kos Grab zerstören und seinen Ahnentempel niederbrennen lassen. Aber den Einwendungen der Dorfbewohner mußte ich mich fügen. So ist es für mich richtig, zu sterben, damit ich in einen Geist der neun Quellen verwandelt werden und als solcher meinem älteren Bruder im Kampf gegen die feindlichen Geister beistehen kann. Mein Leichnam soll an der rechten Seite dieser Grabstätte beigesetzt werden. Wir wollen im Tode die gleiche Stellung zueinander einnehmen wie im Leben. Mein Wunsch ist, die mir erwiesene Freundschaft zu vergelten. Mein Gefolge möge heimgehen und dem König von Tschu meinen Bericht übergeben und ihm dabei sagen: ›Ich lasse den König bitten, die Vorschläge seines Ministers zu befolgen: nämlich ständig um die Verbesserung der Äcker auf den Hügeln und der Flußläufe bemüht zu sein und auf diese Weise die Götter der Erde und des Getreides zu ehren und dem Volk gewogen zu stimmen.‹«

Als Jang Djau-ai geendet hatte, erdolchte er sich selbst und sank tot nieder. Sein Gefolge bestattete ihn rechts neben Dso Bai-daus Grab.

In der Nacht danach tobten heftiger Wind und Regen. Mehrere Li im Umkreis erdröhnte Schlachtgeschrei, rollte Donner und zuckten Blitze. Djing Kos Grabmal barst auseinander, wie vom Blitz getroffen; die Gebeine wurden weithin über die Sümpfe verstreut. Der Wacholderbaum neben dem Grabmal wurde mit allem Wurzelwerk herausgerissen, und aus dem Ahnentempel loderte plötzlich eine Flamme empor. Voller Erstaunen begaben sich alle Ältesten aus dem Bezirk zu den Ruhestätten von Dso Bai-dau und Jang Djau-ai, verbrannten Weihrauch darauf und vollführten tiefe Verbeugungen. Jang Djau-ais Gefolge kehrte in das Königreich Tschu zurück und berichtete dem Herrscher alles, was sich ereignet hatte. König Jüan beauftragte einen Mandarin erster Klasse, sich zu Jang Djau-ais Grab zu begeben und dort einen Ahnentempel für den aus dem Leben geschiedenen Minister zu errichten. Um die Verdienste des Ministers zu würdigen, ernannte er ihn nachträglich zum Mandarin erster Klasse. Für den Ahnentempel wurde eine Stiftungsurkunde ausgestellt, in der als Name festgelegt wurde:

»Tempel der Gerechtigkeit und der Treue.« Außerdem wurde eine Tafel aufgehängt, auf der alles, was geschehen war, verzeichnet stand. Und noch heutigentags werden die vorgeschriebenen Opfer dargebracht.

Von Stund an aber verfiel Djin Kos Seele dem Tode und blieb ihm verfallen, obwohl die Dorfbewohner es nicht versäumten, an den Festtagen der vier Jahreszeiten die Opfer für die Erlösung seiner Seele darzubringen.

EINE
GESCHICHTE
VON
DER
TREUE
NACH
DEM TODE

Es wird berichtet, daß gegen Ende der Dschou-Epoche ein weiser Mann, namens Dschuang, lebte, der den Ehrennamen Dse Sju-ku führte und aus der Stadt Sung-guo-möng stammte. Er verwaltete den ›Garten der Lackbäume‹ für den Kaiser.

Der Lehrer dieses berühmten Mannes war ein großer Heiliger, der die Lehre vom Dau aufgestellt hatte. Sein Familienname war Li, sein Rufname Örl und sein Ehrenname Bai-jang, und weil er mit weißem Haar auf die Welt gekommen war, nannte man ihn Lau-dse, das bedeutet: das alte Kind.

Dschuang hatte Wachträume, in denen er sich in einen Schmetterling verwandelt sah, der zwischen den Bäumen und Blumen des Gartens umherschwebte. Immer wieder hatte er diese Vorstellung, und wenn er erwachte, spürte er noch, daß seine Schultern und Arme in schwingender Bewegung waren wie ein Paar Flügel. In seinem tiefsten Innern war er darüber sehr erstaunt, und als er wieder einmal diesen Traum gehabt hatte und nicht lange danach ein Gespräch mit Lau-dse führte, erzählte er diesem davon.

Da Lau-dse ein vollkommener Heiliger war und den Ablauf der drei Phasen des menschlichen Lebens, Vergangenheit, Gegenwart und Zukunft, zu verstehen vermochte, erklärte er Dschuang, welche Ursachen die Existenz habe und daß er selbst, Dschuang, im Anfang des Chaos ein weißer Schmetterling gewesen sei. »Die erste Geburt des Himmels«, sagte Lau-dse, »brachte das Wasser, die zweite die Bäume hervor; dem Wasser ist die Entstehung der nützlichen Pflanzen und der Blumen zuzuschreiben. Jener weiße Schmetterling lebte in ewiger Unsterblichkeit, seitdem er die Essenz der Blumen gesammelt und die feinsten Stäubchen der Sonne und des Mondes in sich eingesogen hatte. Er entfaltete seine Schwingen und flog bis an die Ufer des Sees im Paradies. Verstohlen Nahrung suchend, glitt er in die Blume und zwischen den Blütenstaub des ›Fremden Pfirsichs‹. Dabei wurde er von dem Grünen Phönix verschluckt, der unter dem Thron der Königsmutter die Blumen bewacht. Aber die Seele des Schmetterlings wurde nicht mit zerstört. Ihr wurde vielmehr das Los zuteil, von neuem in der Welt zu erscheinen und Dschuang zu werden. Und das ist der Grund dafür, daß er über einen ungewöhnlichen Verstand verfügt und sein Herz fest im Dau ist, so daß er Lau-dse dienen und die Lehre von der Reinheit studieren und das Nichts zu seiner Beschäftigung machen kann.«

Als Dschuang diese Offenbarung über die Entwicklung seines früheren Lebens von Lau-dse erhalten hatte, erkannte er, wie aus einem Traum erwachend, daß der Wind, der seine Schultern und Arme in schwingende Bewegung versetzte, das Symbol des Schmetterlings sei. Die weltlichen Begriffe der Ehre und Schande begrub er in seinem Herzen. Er sah in ihnen nichts anderes als eine vorübergleitende Wolke oder einen vorüberfließenden Strom, und er wollte nicht das geringste Teilchen von ihnen besitzen. Nachdem Lau-dse festgestellt hatte, daß Dschuangs Geist erwacht war, holte er das geheimgehaltene Vermächtnis der fünftausend Schriftzeichen des Dau-dö-djing aus seiner Hülle hervor und übergab es Dschuang mit der Weisung, es auswendig zu lernen, aufzusagen und auszuüben. Er werde auf diese Weise den höchsten Grad der Läuterung erreichen und danach des Körpers Licht und Schatten zu trennen vermögen; seine göttliche Natur werde entwickelt und verwandelt werden. Darauf legte Dschuang sein Amt als Verwalter des Gartens der Lackbäume nieder, nahm Abschied von Lau-dse und machte sich auf die Wanderschaft, um das Dau zu suchen.

Wenn nun Dschuang auch der Lehre des Lau-dse anhing, so verneinte er doch nicht die Verwandtschaft zwischen Mann und Weib und heiratete nacheinander drei Frauen. Die erste verfiel in eine böse Krankheit und starb frühzeitig. Von der zweiten trennte er sich wegen eines von ihr begangenen Fehltritts. Die dritte, von der ich im folgenden berichten will, hieß Tjän-tji und war eine Tochter der Familie Tjän aus dem Königreich Tsu. Als Dschuang durch das Königreich Tsu reiste, gab ihm Tjän, von größter Ehrfurcht vor seinen Kenntnissen erfüllt, seine Tochter zur Frau. Sie übertraf die beiden ersten Frauen bei weitem an Schönheit. Ihr Gesicht hatte den Schimmer von Eis oder Schnee und weckte Liebe wie zu einem Engel. Dschuang hatte irdischer Lust entsagt, aber ihre Schönheit überwältigte ihn, und er ergötzte sich an ihr wie ein Fisch am Wasser.

Der König Wee des Staates Tsu hatte von Dschuangs wunderbaren Talenten gehört. Er ließ ihm durch Boten hundert Barren Gold, tausend Stück feinste Seide und einen leichten vierspännigen Wagen senden, weil er ihn als seinen ersten Minister zu gewinnen trachtete. Aber Dschuang sagte mit einem tiefen Seufzer:

»Wenn der mit bestickter Seide geschmückte Stier, Heu und Kräuter wiederkäuend, den Büffel kraftlos und abgezehrt vor dem Pflug erblickt, preist er sich wegen der Ehren, die man ihm bezeigt, glücklich. In dem Augenblick jedoch, in dem er in den Tempel geführt wird und vor sich Messer und Beil sieht, möchte er den Pflug ziehen. Aber sein Wunsch bleibt unerfüllt!«

Und er wies die Geschenke zurück und zog mit seinem Weib in den Staat Sung, wo er sich im Süden von Taut-schou in der Nähe der Nantschua-Berge niederließ.

Eines Tages erging sich Dschuang am Fuß der Berge und entdeckte dort eine ganze Anzahl verwilderter Grabhügel, die dicht nebeneinander lagen. Er seufzte tief auf und sagte:

»Greise und Junge, Weise und Narren – alle müssen sie hierher zurückkehren! Wie kann ein Mensch wiederum Mensch werden, nachdem er einmal ins Grab gestiegen ist?!«

Nachdem er eine Zeitlang geklagt hatte, ging er ein Stückchen weiter und befand sich plötzlich vor einem frischen Grabhügel, dessen Erde noch nicht trocken geworden war. Eine junge Frau, von Haupt bis Fuß schlicht gekleidet, saß neben dem Hügel und bewegte gleichmäßig einen einfachen Fächer darüber hin und her. Als sie diese Beschäftigung auch nicht für einen Augenblick unterbrach, wunderte sich Dschuang und fragte sie:

»Wer liegt hier begraben? Und warum fächelt Ihr unabläßig den Hügel?«

Die Frau erhob sich nicht. Sie fuhr fort zu fächeln und sagte, leise vor sich hinkichernd, einige Worte. Der Sinn ihrer Worte war:

Im Augenblick, da die Menschen die Worte vernahmen, öffneten sie
den Mund zum Lachen.
Den Sinn der Worte erwägend, fanden sie sie über alle Maßen
schändlich.

»Der in diesem Grabe ruht«, fuhr die Frau fort, »ist mein armer närrischer Mann. Er hatte das Mißgeschick, sterben zu müssen, und seinen Leichnam hierher zu betten befohlen. Er hat seine Frau sein Leben lang sehr geliebt. Darum wollte er auch im Tode nicht von ihr lassen. In seinem letzten Willen hat er mich verpflichtet, mit einer neuen Heirat zu warten, bis die Bestattung vollzogen und die Erde seines Grabhügels trocken geworden sei. Nun möchte ich jetzt heiraten! Aber die Erde ist eben erst aufgeschüttet worden. Wie soll sie da bald trocknen?! Und das ist der Grund, weshalb ich hier sitze und sie fächele.«

Dschuang mußte ein Lächeln unterdrücken. ›Diese Frau‹, ging es ihm durch den Sinn, ›hat ein hastiges Wesen. Es wundert mich, von ihr zu hören, daß während der Dauer ihrer Ehe ein so gutes Einvernehmen zwischen ihr und ihrem Mann bestanden haben soll. Wäre das nicht der Fall gewesen, könnte ich mir ihr jetziges Verhalten leichter erklären.‹ Und er fuhr laut fort:

»Es läßt sich schon bald erreichen, daß diese Erde sich erwärmt und trocknet. Nur sind Eure Hände und Handgelenke nicht kräftig genug, um gehörig zu fächeln. Ich will die Arbeit für Euch tun.«

Die Frau stand auf und machte eine Verbeugung. »Das Glück sei mit Euch!« sagte sie, indem sie den einfachen Fächer mit beiden Händen faßte – zum Zeichen der Höflichkeit – und ihn Dschuang überreichte. Der breitete seine Hände nach den Vorschriften der Dau-Lehre aus und fächelte eine kleine Weile über dem Grabhügel hin und her. Das Wasser verdunstete, und der Boden wurde trocken. Die Frau begann zu lachen. Sie lachte so lange, bis ihr Gesicht ganz klein wurde, so klein, daß man es mit einer Hand hätte bedecken können.

»Ich habe Euch bemüht, mein Herr«, sagte sie, »Eure Zauberkraft anzuwenden – – –«, und sie zog mit ihrer zarten Hand eine silberne Haarnadel aus ihrem Haar und bot sie Dschuang mitsamt dem Fächer. Dabei dankte sie ihm, so gut sie es nur vermochte. Dschuang wies die Haarnadel ab, den Fächer nahm er an.

Die Frau ging frohen Gemüts ihres Weges. Dschuang kehrte beschwerten Herzens in sein Haus zurück. Er setzte sich in seine mit Reisstroh gedeckte Halle, und auf den Fächer blickend, seufzte er:

»Es ist kein Haus des Zwists, aber auch nicht des Zusammenlebens.
In einem Haus des Zwists lebt man nicht lange miteinander.
Nach dem Tode erkennt man schnell, daß keine Zuneigung bestand:
Es ist die Liebe, die im Leben verbindet.«

Seine Frau Tjän-tji stand hinter ihm. Als sie ihren Mann seufzen und vor sich hinsprechen hörte, trat sie vor und begehrte zu wissen, was seine Worte bedeuteten.

»Mein Meister!« sagte sie – als ein Gelehrter des Dau wurde er so angesprochen –, »was bewegt meinen Meister, daß er seufzt, und woher stammt dieser Fächer?«

Da berichtete ihr Dschuang alles von der Frau, die das Grab gefächelt habe, daß die Erde bald wieder trockne, damit sie heiraten könne. »Diesen Fächer«, sagte er, »hat sie benutzt, um das Grab zu fächeln, und weil ich ihr dabei geholfen habe, hat sie ihn mir geschenkt.« Als Tjän-tji das hörte, wurde sie zornrot. Diese Frau habe überhaupt kein Gemüt, sagte sie und stieß eine Flut von Schmähungen aus, die sie mit der Behauptung schloß: »Es gibt nur wenige Frauen in der Welt, die diesem gefühlsrohen Weibe gleichen!«

Wiederum seufzte Dschuang:

»Jede spricht bei Lebzeiten voller Hingabe.
Jede will nach dem Tode den Grabhügel fächeln.
Man kann das Äußere von Tiger und Drachen malen, aber nicht ihr Inneres.
Kennt man das Gesicht der Menschen, kennt man noch nicht ihr Herz.«

Darüber geriet Tjän-tji in Erregung. Ein altes Sprichwort sagt: ›Groll verringert die Zuneigung, Ärger kennt keine Rücksicht‹, und so war es bei Tjän-tji. Sie verlor jede Haltung und ließ sich zu leidenschaftlichem Aufbrausen hinreißen. »Die Männer sind alle gleich!« rief sie aus. »Es gibt keinen Unterschied zwischen Weisen und Narren! Wie kannst du so leichtfertig urteilen und behaupten wollen, alle Frauen hätten die gleichen Grundsätze? Auf eine einzige Frau ohne Tugenden kommen immer mehrere Frauen mit ausgezeichneten Eigenschaften. Gibst du zu, daß du dich geirrt hast?«

Dschuang antwortete: »Ich will weder in den Wind reden noch wie die Enten schnattern. Sollte es das Unglück wollen, daß ich bald sterbe – würdest du dann, deren Schönheit einer Blume oder einem kostbaren Edelstein vergleichbar ist, drei oder sogar fünf Jahre warten wollen, ehe du wieder heiratest?«

Darauf entgegnete Tjän-tji: »Ein treuer Minister dient nicht zwei Königen. Eine tugendhafte Frau heiratet nicht zum zweiten Mal. Wann hat man gesehen, daß eine ehrsame Frau in zwei Häusern Tee trinkt? Oder in den Betten zweier

Familien schläft? Sprich nicht von drei oder fünf Jahren, wenn dieses Unglück mich treffen sollte! Ich werde mein ganzes Leben lang verwitwet bleiben. Sogar im Traum werde ich an dich denken.«

»Das ist unmöglich!« widersprach Dschuang.

»Nach deiner Meinung sind wir Frauen genauso wie ihr Männer: ohne Tugend, ohne Gefühl für die Gerechtigkeit«, entgegnete Tjän-tji höhnisch. »Ist die erste Frau gestorben, haltet ihr nach der zweiten Ausschau. Von dieser scheidet ihr euch und nehmt die dritte. Dabei gibt es nur eine einzige Entschuldigung für euch: Jede Frau ist genauso trefflich wie die vorhergehende. Aber das eine soll dir klarwerden: Wir Frauen glauben, daß derselbe Sattel immer nur für dasselbe Pferd taugt. Wir sind in unserm Kopf so sicher wie auf unseren Füßen. Was für einen Sinn hätte es, euch Männern auf euer Gerede zu antworten und den Spott und die Verachtung der kommenden Geschlechter heraufzubeschwören! Übrigens seid Ihr ja in diesem Augenblick nicht tot! Ihr seid nur von der Annahme ausgegangen, daß Ihr tot wäret.«

Während ihrer letzten Worte trat Tjän-tji auf Dschuang zu, griff nach dem einfachen Fächer in seiner Hand und riß ihn kurz und klein.

»Es war keinerlei Veranlassung gegeben, daß du dich erregtest«, sagte Dschuang, »ich habe nur einen Wunsch: Du mögest dich ebenso aufrichtig erweisen, wie du jetzt entrüstet bist.«

Weiter tat oder sagte Dschuang nichts. Nach einigen Tagen erkrankte er ganz unerwartet. Sein Zustand verschlimmerte sich von Tag zu Tag, schließlich wurde er bedenklich. Tjän-tji wehklagte am Kopfende seines Krankenlagers.

»Da es so schlecht um mich steht«, sagte Dschuang, »muß ich Abschied für immer von dir nehmen. Es wird dir bald leidtun, daß du den Fächer zerfetzt hast. Hättest du ihn gelassen, wie er war, könntest du ihn gut gebrauchen, um mein Grab damit trocken zu fächeln.«

»Ich bitte dich, Meister«, wehrte ihm Tjän-tji, »dir deswegen keine Gedanken zu machen. Ich kenne die Vorschriften der Sitte genau: Die Frau soll einem Mann anhängen, keinem mehr! Ich schwöre dir, daß ich genauso denke. Wenn du mir aber nicht glaubst, so will ich mich vor deinen Augen töten, um dich damit von meinen Gefühlen zu überzeugen.«

»Ich vermag deine Gefühle schon zu erkennen«, sagte Dschuang. »Ich werde jetzt sterben, es wird mir dunkel vor den Augen.« Bei dem letzten Wort hörte er auf zu atmen. Tjän-tji strich mit der Hand leicht über den Körper und brach in Wehklagen aus. Sie hatte kaum noch die Kraft, die Nachbarn aufzusuchen und ihre Hilfe bei der Beerdigung zu erbitten.

Tjän-tji legte Trauerkleidung an. Sie gab sich manchen Tag ihrem Gram hin und weinte jede Nacht. Immerfort mußte sie daran denken, wie liebevoll und freundlich Dschuang zeit seines Lebens zu ihr gewesen war. Schlaf und Appetit schwanden; sie war wie ein Mensch, der von einer schweren Erkrankung befallen ist oder dem man Gift beigebracht hat.

Nach Dschuangs Tode sprach es sich herum, daß er ein Gelehrter gewesen war, der in der Welt nicht von sich reden gemacht hatte, weil er die Stille liebte. Alle Bewohner aus der Umgebung der Nan-tschua-Berge statteten seinem Hause ihren Besuch ab, um dadurch ihre Ehrerbietung und Trauer zu bezeugen. Es ging in dem Hause so lebhaft zu wie auf einem Markt. Am siebenten Tag nach Dschuangs Tode stellte sich ein überraschender Gast ein: ein vornehmer junger Student, mit einem Gesicht wie gemalt und Lippen wie mit Zinnoberrot gefärbt. Er wirkte unsagbar elegant, wie ein Jüngling aus der vornehmsten Gesellschaft. Zu seiner Kleidung gehörte ein langer Rock aus farbigem Nanking-Tuch mit einem bestickten Gürtel, rote Schuhe und eine schwarzseidene Mütze. Er war von einem alten Diener begleitet und gab an, ein Prinz aus dem Königreich Tsu zu sein. Im vergangenen Jahr habe er Dschuangs Bekanntschaft gemacht. Danach sei der Wunsch in ihm wach geworden, sein Schüler zu werden, und er habe ihn jetzt besuchen wollen, um sich nach seinem Ergehen zu erkundigen. Nun er ihn als Leiche vorfinde, bleibe ihm nur die Pflicht, seine Trauer zum Ausdruck zu bringen und sogleich seine farbige Kleidung abzulegen. Darauf befahl er dem alten Diener, Trauergewänder aus der Reisetruhe herauszunehmen, wandte sein Gesicht der Halle zu, in welcher der Tote lag, verbeugte sich viermal und sagte:

»Meister Dschuang! Es ist mir vom Schicksal verwehrt worden, Euch wiederzusehen und Eures Unterrichts teilhaftig zu werden. Einhundert Tage will ich um meinen Meister trauern und damit meine Verehrung für ihn bezeugen.«

Danach verbeugte sich der Prinz wiederum viermal tief bis zum Fußboden, wobei ihm die Tränen über das Gesicht flossen, richtete sich auf und ließ Tjän-tji bestellen, daß er sie begrüßen möchte. Sie war nicht gewillt, ihn zu empfangen. Aber er ließ ihr sagen: »Nach alter Sitte ist es nicht üblich, daß die Frau oder die Konkubine sich den nahen Freunden ihres Mannes entzieht. Ich und Dschuang waren durch das Verhältnis Meister und Schüler eng miteinander befreundet.« Darauf kam Tjän-tji aus der Halle heraus, wo sie bei dem Toten gewacht hatte, um die Begrüßung des Prinzen entgegenzunehmen. Beim Austausch der üblichen Höflichkeiten betrachtete sie den Besucher verstohlen. Seine Vornehmheit ließ in ihrem Herzen Liebe wach werden, und es war ihr peinlich, daß sie keinen Dienerknaben im Hause hatte, um dem Gast aufzuwarten. »Der Meister ist tot«, sagte der Prinz, »aber ich muß noch immer an sein freundliches Wesen denken. Ich habe den Wunsch, hundert Tage als Gast in seinem Hause zu verweilen, um die Bestattung ausführen zu lassen und festzustellen, was er an Schriften hinterlassen hat. Als sein Schüler möchte ich diese Arbeiten durchsehen und mir seine letzten Lehren aneignen.«

»Wer wäre wohl nicht gern bereit«, sagte Tjän-tji darauf, »einen teuren Freund eine Zeitlang als Gast um sich zu haben?«

Sie ließ ein Mahl für zwei richten, und sie ergingen sich in gemeinsamem Wehklagen.

Nach dem Essen holte Tjän-tji Dschuangs Hinterlassenschaft herbei und überreichte sie dem Prinzen. Es war das Nan-tschua-djing, sein Gesamtwerk in zehn Bänden, und das zweibändige Werk des Lau-dse, das Dau-dö-djing, in dem dieser mit fünftausend Schriftzeichen seine Lehre vom Dau und Dö aufgezeichnet hatte. Der Prinz bedankte sich wiederholt und suchte dann den Platz für die Namenstafel des Verstorbenen aus. In tiefem Schweigen vollführte er auf der linken Seite des Totenbettes eine Verbeugung bis zur Erde. Tjän-tji erschien Tag für Tag auf derselben Seite des Totenbettes. Indem sie sich den Anschein gab, um den Verstorbenen wehklagen zu wollen, knüpfte sie mit dem Prinzen ein Gespräch an. Mit jeder Begegnung wuchs ihre gegenseitige Liebe. Sie suchten sich mit den Blicken; das Streben zueinander ließ sich kaum noch unterdrücken. Allerdings war der Prinz nur halb im Bann der Liebe, dagegen erlag Tjän-tji ihm völlig. In der Stille, die sie beide umgab, hätte sie keine üble Nachrede zu befürchten brauchen, wenn sie so kurze Zeit nach Dschuangs Tod sich mit dem Prinzen eingelassen hätte. Aber sie mußte ihn ja erst ganz für sich gewinnen, und keine Frau kann dem Mann ein solches Vorhaben auch nur mit einem Wort verraten.

Eine Reihe von Tagen – wohl nicht ganz einen halben Monat hindurch – unterdrückte diese Frau, die doch über die erste Jugend hinaus war, ihre Leidenschaft. Dann aber konnte sie wie eine Äffin ihr Herz nicht mehr bezähmen, wie ein Pferd ihre Gedanken nicht länger zügeln. In aller Heimlichkeit ließ sie den alten Diener des Prinzen in ihr Zimmer kommen, setzte ihm schweren Wein vor, umgarnte ihn mit liebenswürdigen Worten und stellte endlich die Frage, auf die sie von Anfang an hinausgewollt hatte: »Ist Euer Herr verheiratet?«

»Mein Herr ist noch unverheiratet«, war die Antwort.

»Ist Euer Herr für seine Ehe schon an eine Frau gebunden?« fragte sie weiter.

Der alte Diener hatte bereits ein wenig über den Durst getrunken, und so antwortete er:

»Mein Herr hat gesagt, sein Herzenswunsch sei, eine so berühmte Schönheit wie Euch zu heiraten.«

»Waren das wirklich seine Worte?« sagte die Witwe aufgeregt, »oder lügst du mir etwas vor?!«

»Wie könnte ein Chinese, der so alt geworden ist wie ich, es fertigbringen zu lügen!« verteidigte sich der Diener.

»Ich bitte dich, mein Vermittler zu sein«, sagte Tjän-tji darauf. »Es ist mein Herzenswunsch, mich mit deinem Herrn zu verheiraten, wenn der Verbindung keine Schwierigkeiten im Wege stehen.«

»Mein Herr hat sich über diese Angelegenheit bereits mit mir unterhalten. Er hält diese Ehe an sich für ausgezeichnet, aber er befürchtet, daß sie im Hinblick auf das Verhältnis Meister – Schüler bei den Leuten Anstoß erregen und seinem Ruf schaden könnte.«

»Genaugenommen hat dein Herr mit meinem verstorbenen Mann keine Beziehungen unterhalten und nicht persönlich bei ihm studiert. Er kann eigentlich gar nicht von einem Verhältnis Meister – Schüler sprechen. Außerdem liegt diese Hügelgegend abseits und unser Wohnhaus besonders einsam und ziemlich entfernt von den Nachbarhäusern. Wer sollte also wohl Anstoß nehmen?! Diese Befürchtungen mußt du fallen lassen. Erheitere dich, bitte, mit diesem süffigen Wein.«

Der alte Diener ließ sich nicht zweimal auffordern. Als er sich schließlich anschickte, das Zimmer zu verlassen, rief ihn Tjän-tji zurück.

»Wenn dein Herr einverstanden ist, komm sofort noch einmal in mein Zimmer, damit ich es gleich erfahre. Ob es Tag oder Nacht ist, macht nichts aus. Ich warte ungeduldig auf dich.«

Nachdem der alte Diener fortgegangen war, legte sich Tjän-tji nieder, um auszuruhen. Aber sie konnte nicht einschlafen. Ganz allein lag sie in der Einsamkeit und quälte sich mit der Sorge, ob sie es schaffen würde, den schlanken Fuß des vornehmen Jünglings mit dem roten Faden der Liebe an sich zu binden. Als der Abend dämmerte, konnte sie die Aufregung kaum noch ertragen. In der Nacht erhob sie sich und ging in das Sterbezimmer. Links vom Sarge her klang deutliches Atmen an ihr Ohr, vom Kopfende des Sarges gab es ein Echo zurück. Sie schrak zusammen. »Der Geist des Verstorbenen kehrt zurück!« kreischte sie. An allen Gliedern zitternd, hastete sie in ihr Zimmer, zündete eine Öllampe an und leuchtete in das Sterbezimmer hinein: Auf dem Ruhebett neben dem aufgebahrten Leichnam schlief der alte Diener seinen Rausch aus! Sie brachte nicht den Mut auf, ihn zu wecken. Die Sekunden zählend, harrte sie in dieser Nacht des Ablaufs der Nachtwachen.

In den Morgenstunden sah Tjän-tji den alten Diener hin- und hergehen. Aber er kam nicht zu ihr ins Zimmer, um die Antwort auf ihren Vorschlag zu bringen! Schließlich konnte sie ihre Ungeduld nicht mehr zügeln, rief ihn zu sich und fragte ihn geradeheraus.

»Es geht nicht! Es geht nicht!« sagte der alte Diener.

»Warum soll es nicht gehen?!« entgegnete sie. »Habe ich Euch gestern abend nicht alles genau dargelegt?«

»Ich habe meinem Herrn alles berichtet«, entgegnete der alte Diener. »Er hat darauf treffend erwidert: Eure Schönheit und Euer Betragen seien untadelig. Er wolle auch das Verhältnis Meister – Schüler nicht mehr vorbringen, weil er nicht bei dem Meister studiert habe. Aber es bestehen drei andere ungünstige Momente, und ich soll sie Euch vortragen.«

»Was für Momente sind das?« fragte Tjän-tji.

»Mein Herr«, nahm der alte Diener wieder das Wort, »sagt folgendes: ›Zum ersten bin ich hier während der Vorbereitungen zu einer Begräbnisfeier angekommen. Eine Hochzeit, die inmitten solcher Umstände stattfindet, kann keinen frohen Charakter tragen und kein Glück bedeuten. Zum andern haben Dschuang und diese Dame als Mann und Frau miteinander gelebt. Dschuang war ein berühmter Philosoph der Dauisten, und meine Gelehrsamkeit reicht bei weitem nicht an die seine heran. Ich muß also befürchten, daß sie mich verachtet. Schließlich habe ich einen großen Teil meines Gepäcks unterwegs abgestellt und kann es in absehbarer Zeit nicht herschaffen; wo von soll ich die Brautgeschenke und die Hochzeit bezahlen? Ich kenne hier niemand, von dem ich mir Geld leihen könnte. Das sind die drei Momente, derentwegen die Heirat ausgeschlossen ist.‹«

»Wegen dieser drei Momente braucht sich Euer Herr keine Gedanken zu machen!« versuchte Tjän-tji den Diener zu beschwichtigen. »Ein Leichnam hat mit Glück nichts zu schaffen. Ich kann ihn von einigen Männern in eine unbenutzte Kammer an der Hinterseite des Hauses schaffen lassen. Damit wäre das erste Moment bereits beseitigt. Zum andern: Wohl ist mein verstorbener Mann ein berühmter Philosoph der Dauisten gewesen, aber moralisch einwandfrei war er nicht, denn er wollte sich von seiner Frau lossagen. Mögen die Menschen seine hohle Tugendhaftigkeit rühmen und der König von Tsu seinen hohlen Namen für sich haben gewinnen wollen! Er beabsichtigte, ihn durch kostbare Geschenke als Minister zu gewinnen; aber mein verstorbener Mann war sich darüber klar, daß seine Fähigkeiten und Kräfte nicht ausreichten, und zog sich darum in diese einsame Gegend zurück. Vor einigen Monaten ging er einmal am Fuße der Hügel spazieren und stieß auf eine Witwe, die einen Grabhügel befächelte, um die Erde schneller zum Trocknen zu bringen. Nach dem Willen ihres verstorbenen Mannes mußte nämlich die Erde über seinem Grabhügel völlig trocken geworden sein, ehe sie zum zweiten Mal heiraten durfte. Närrisch, wie mein Mann war, trieb er seine Kurzweil mit ihr und befächelte für sie das Grab. Den Fächer nahm er mit nach Hause, und da habe ich ihn zerrissen. Als mein Mann wenige Tage später erkrankte und schon im Sterben lag, hat er mich noch deswegen schmählich beschimpft. Worin bestand also seine Liebe zu mir? Euer Herr ist ihm durch seine Jugend und hervorragende Gelehrsamkeit weit überlegen. Zudem ist er königlichen Geblüts, und ich selbst bin Tjäng-tsungs Tochter, wir stehen also im gleichen Rang. Daß er jetzt hier eingetroffen ist, hat der Himmel gefügt, weil er uns beide zur Ehe miteinander bestimmt hat. Und was schließlich die Ausgaben für die Brautgeschenke und die Ausrichtung der Hochzeitsfeierlichkeiten betrifft: Es ist niemand im Hause, der Anspruch auf ein Brautgeschenk hätte, denn Herrin im Haus bin ich, und für die Hochzeitskosten komme ich selbst auf. Ich habe gut zwanzig Unzen Silber hier in meinem Zimmer bereitliegen. Die gebe ich dir für deinen Herrn mit, er soll sich davon neue Kleidung schaffen. Suche ihn sogleich auf und sage ihm, es sei heute gerade der günstige Tag, unsere Angelegenheit zu regeln, denn auf heute abend falle die glückverheißende Stunde für den Vollzug der Ehe.

Der alte Diener nahm die zwanzig Unzen Silber und kehrte zu dem Prinzen zurück. Der vermochte nun nicht mehr auszuweichen und erklärte sich zur Eheschließung bereit.

Der alte Diener übermittelte Tjän-tji die Zusage seines Herrn. Die Witwe glich in ihrer Freude darüber einem seligen Himmel und einer glücklichen Erde. Sie wechselte alsbald ihre Trauerkleidung gegen neue bunte Gewänder aus und zeigte ein frohes Mienenspiel und ihre purpurroten Lippen von früher. Einige Bauern aus der Nähe, die der alte Diener auf Tjän-tjis Geheiß herbeigeholt hatte, schafften den Sarg mit Dschuangs Leichnam in einen verfallenen Schuppen hinter dem Hause, säuberten die Besuchshalle und richteten sie für die Hochzeitsfeier her. Es gibt ein Gedicht aus diesen Tagen:

Die schöne Witwe und der vornehme Jüngling haben unterschiedliche
Reize:
Den Prinzen zeichnet Verstand, die Frau Lieblichkeit aus.
Wer spricht noch davon, daß derselbe Sattel nur zu demselben Pferd
passe?
All ihr Denken kreist um den Abend, zu dem sie den Bräutigam lud.

Tjän-tji selbst richtete die Brautkammer für die Hochzeitsnacht her und verteilte die Öllampen und Kerzen in der Halle.

Der Prinz trug an der Spitze der Atlasmütze den vorgeschriebenen Knopf, der seinen Rang bezeichnete; zu seiner Festtracht gehörten lange Beinkleider und ein breiter gestickter Gürtel. Tjän-tji hatte Beinkleider und darüber ein langes gesticktes Übergewand angelegt. Als das Paar im Schein der mit Blumen geschmückten Kerzen stand, glich es einem in Gold gefaßten Edelstein. Es bot ein Bild von unbeschreiblicher Schönheit. Sie absolvierten alle vorgeschriebenen Zeremonien der Eheschließung und tauschten die üblichen Zärtlichkeitsbezeigungen aus. Danach faßten sie sich an der Hand und betraten die Brautkammer. Sie leerten noch ein Schälchen Wein und schickten sich an, sich niederzulegen.

Plötzlich zogen sich die Augenbrauen des Prinzen schräg aufwärts. Er war unfähig, auch nur einen Schritt zu tun, stürzte zu Boden und preßte beide Hände krampfhaft gegen das Herz. Er brachte nur mühsam heraus, daß er quälende Herzschmerzen habe. Tjän-tji, die den Prinzen aufrichtig liebte, war äußerst betroffen, daß ihre Ehe auf diese Weise verhindert zu werden drohte. Sie umschlang den Prinzen mit beiden Armen, rieb ihn und fragte besorgt nach der Ursache dieses unerwarteten Geschehens. Der Prinz hatte so heftige Beschwerden, daß er kein Wort sagen konnte. Es trat ihm Schaum vor den Mund, das Bewußtsein schwand. In diesem Augenblick trat der alte Diener in die Brautkammer.

»Hat dein Herr solchen Anfall schon einmal gehabt?« fragte ihn Tjän-tji.

»Ja«, antwortete der alte Diener. »Es tritt alle zwei bis drei Jahre auf. Es gibt keine Medizin, die ihn heilen kann; eine einzige Möglichkeit allein vermöchte ihn zu retten.«

»So sag, was du haben mußt!« flehte Tjän-tji.

»Aus dem Hirn eines menschlichen Leichnams muß das Mark herausgelöst und mit Wein verkocht werden. Wenn er diese Masse zu sich nimmt, wird der Anfall behoben. Bei der ersten Erkrankung bat der Fürst, des Prinzen Vater, den König von Tsu, daß er ihm einen zum Tode verurteilten Verbrecher überlasse. Diesen Mann ließ er selbst töten und ihm das Gehirn herausschälen. Aber hier mitten im Gebirge läßt sich keine Hilfe für ihn finden. Er muß sterben.«

»Das Gehirn eines lebenden Menschen kann ich allerdings nicht beschaffen«, sagte Tjän-tji darauf. »Könnte aber das Gehirn eines Toten nicht dieselbe Wirkung haben?«

»Freilich«, erwiderte der alte Diener. »Der Arzt hat gesagt, man könne auch das Gehirn eines Toten verwenden. Der Tod darf aber höchstens neunundvierzig Tage zurückliegen, und das Gehirn darf nicht ausgetrocknet und auch nicht zerbröckelt sein.«

»Mein verstorbener Mann«, sagte Tjän-tji, »ist erst zwanzig Tage tot. Könnte man also sein Gehirn verwenden, wenn man den Sarg aufbricht?«

»Das ginge«, antwortete der alte Diener. »Aber ich befürchte, daß Ihr das nicht zulassen werdet.«

»Ich und der Prinz sind Mann und Frau geworden«, widersprach Tjän-tji. »Die Frau dient dem Mann mit ihrem Körper und achtet dabei nicht des eigenen Lebens. Was sollte sie davon abhalten, einen Totenschädel aufzubrechen?«

Tjän-tji befahl dem alten Diener, auf den kranken Prinzen achtzugeben. Sie selbst holte ein Beil, das sie mit der rechten Hand umklammerte, während sie in die Linke eine brennende Lampe nahm, und ging festen Schrittes in den verfallenen Schuppen hinter dem Hause. Dort stellte sie die Lampe oberhalb des Sarges ab, streifte die Ärmel in die Höhe, faßte das Beil fest mit beiden Händen und führte es hoch. Mit zusammengebissenen Zähnen, die Augen starr auf das Kopfende des Sarges gerichtet, ließ sie das Beil mit voller Wucht immer wieder niedersausen.

Wie sollte wohl die Kraft eines einzigen schwachen Armes es fertigbringen einen Sarg aufzubrechen?! Dschuang hatte aber lange vor seinem Tode Tjän-tji angewiesen, nur einen ganz billigen Sarg für ihn zu verwenden. So kam es, daß beim einunddreißigsten Schlag ein Stück vom Sargdeckel absprang, und mit ein paar weiteren kräftigen Beilhieben zersplitterte Tjän-tji den Sargdeckel völlig. Keuchend von der Anstrengung stand sie still und rang nach Luft. Da richtete sich Dschuang langsam auf, seufzte tief und schob den Sargdeckel beiseite. Tjän-tji war eine kaltblütige Natur, aber in diesem Augenblick wurde sie von weibischem Grausen gepackt. Ihr Herz glich plötzlich einem verworrenen Hanfknäuel; die Knie wurden ihr weich; sie ließ das Beil fallen und wandte sich zur Flucht.

»Frau! Hilf mir, daß ich heraussteigen kann!« rief Dschuang hinter ihr her. Wie unter einem Zwang mußte Tjän-tji ihm aus dem Sarg helfen. Er nahm ihr das Licht ab und schritt zu ihrem Schlafgemach. Sie folgte ihm. Kalter Schweiß stand ihr auf der Stirn – waren doch der Prinz und der alte Diener in dem Zimmer! Hatte sie einen Schritt getan, wich sie zwei zurück. Aber als sie mit Dschuang in die Tür trat, erblickte sie wohl all die Vorbereitungen für die Hochzeitsnacht, aber vom Prinzen und dessen Diener war keine Spur zu sehen. Das war ihr unheimlich. Doch schnell gefaßt gab sie sich ein keckes Auftreten und suchte Dschuang mit Lügen zu umgarnen.

»Seit Ihr gestorben seid, mein Gemahl«, heuchelte sie, »sitze ich, Eurer gedenkend, neben Euerm Sarg. Heute nacht hörte ich plötzlich ein Geräusch, das ein Echo aus dem Sarg zurückgab. Da fielen mir die Geschichten aus alter Zeit von den Seelen ein, die am einundzwanzigsten Tage zu ihren Trägern zurückkehrten, und ich überlegte, daß Eure Seele wohl auch zu Euch zurückkehren würde und Ihr zum Leben erwachen wolltet. So holte ich flugs ein Beil und öffnete Euern Sarg. Dem Himmel und der Erde sei Dank, daß Ihr zu meinem großen Glück tatsächlich ins Leben zurückgekehrt seid.«

»Ich danke dir, Frau, daß du alles so ausgezeichnet überlegt hast!« sagte Dschuang. »Aber es kommt mir merkwürdig vor, daß du Beinkleider trägst und deine Jacke bestickt ist, obwohl du in der Trauerzeit bist.«

»Als ich mir in der Gewißheit, daß etwas Beglückendes eintreten würde, vornahm, den Sarg zu öffnen«, heuchelte Tjän-tji weiter, wie um sich zu entschuldigen, »wollte ich das nicht in Kleidern von Unheil kündender Farbe tun. Deswegen zog ich meine gestickte Gewandung an, die zugleich eine glückverheißende Vorbedeutung hat.«

»Wirklich sehr gut!« lobte Dschuang. »Aber mir kommt noch etwas anderes merkwürdig vor: Mein Sarg steht nicht mehr in der Halle, sondern ist in den verfallenen Schuppen geschleppt worden. Sollte das auch eine glückverheißende Vorbedeutung haben?«

Darauf blieb Tjän-tji die Antwort schuldig.

Dschuang stellte weiter fest, daß ein Krug Wein und Schälchen auf dem Tisch standen. Aber er fragte nicht nach der Veranlassung dazu. Er bat Tjän-tji, ihm etwas Wein zu wärmen, er sei durstig. Darauf leerte er mehrere Schälchen nacheinander. Tjän-tji war sehr unruhig, wie sich dies alles weiterentwickeln würde; im stillen hegte sie die Hoffnung, daß der alte Herr sie von neuem zur Frau nehmen werde. Deswegen bediente sie ihn eilfertig mit Wein und ließ ihrer Schmeichelkunst freien Lauf. Mit süßlichem Geschwätz suchte sie ihn zu bestimmen, sich zur Ruhe zu begeben. Dschuang jedoch wurde von dem Wein benommen. Er nahm ein Blatt Papier und schrieb einen Vierzeiler nieder:

Von Anfang an gab es in unserm Haus keine Liebe, nur Feindschaft.
Ich liebte dich, doch hegtest du keine Liebe zu mir.
Lebten wir fortan wieder zusammen als Mann und Frau,
Hätte ich Angst, du möchtest mit dem Beil meine himmlische Seele
  zertrümmern.

Tjän-tji las die Verse und erglühte vor Scham. Sie konnte kein Wort hervorbringen. Dschuang aber fuhr fort zu schreiben:

Welches Verhältnis besteht zwischen Mann und Frau nach Hunderten
  gemeinsamer Nächte?
Jedes neue Gesicht läßt sie das gewohnte sofort vergessen.
Nichts hält sie zurück, den Sarg mit dem Beil gewaltsam zu öffnen,
Nichts drängt sie zu warten, bis der Grabhügel trocken gefächelt.

»Sieh jetzt diese beiden!« sagte Dschuang und wies mit dem Finger auf die Tür: Der Prinz und dessen Diener kamen auf die offene Tür zugeschritten, waren im Begriff, in das Zimmer einzutreten – Tjän-tji drohte der Atem vor Angst fortzubleiben – sie wandte den Kopf zu Dschuang zurück: Er war verschwunden! Sie wandte den Kopf wieder zur Tür: Auch der Prinz und der alte Diener waren verschwunden!

Wie solches möglich war? Dschuang hatte das Gesetz von der Teilung in Wesen und Schatten praktisch angewandt und sich gespalten: Der Prinz und der alte Diener waren von ihm ausgegangen.

In diesem Augenblick erkannte Tjän-tji, daß es für sie keine Möglichkeit mehr gab, am Leben zu bleiben. Zitternd vor Aufregung löste sie den breiten gestickten Gürtel, den sie zu ihrer Feiergewandung angelegt hatte, schlang ihn über einen Balken und erhängte sich daran.

Tjän-tji gab sofort den Geist auf. Sie erlitt den wirklichen Tod. Als Dschuang festgestellt hatte, daß der Tod eingetreten war, schnitt er die Leiche los und warf sie in den zertrümmerten Sarg. Danach lehnte er sich an den Sarg und sang ein Lied, zu dem er auf einer Flöte präludierte:

»Das große Es hat kein Herz, es zeugte sie und mich.
Hätte sie meine Frau sein können, wäre ich nicht ihr Gatte gewesen?
Wir sind uns durch Zufall begegnet – unser gemeinsames Los ist nun ausgespielt.
Vereint und getrennt zu werden ist nicht das Verdienst der Menschen.
Das wahre Gefühl offenbart sich erst, wenn Leben oder Tod die Gefühle aufrühren.
Hätte sie sterben können, wenn sie nicht geboren wäre?
Bei meiner Rückkehr in das Dunkel bezeigte sie ihre Trauer um mich mit wuchtigem Beilhieb,
Meiner Trauer um sie gebe ich Ausdruck in diesem Lied zu ihrem Trost.
Ist es zu Ende gesungen, wird sie es spüren.
Wehe, o wehe! Ich zerbreche meine Flöte, weil ich sie nicht mehr spielen werde.
Was ist sie? Und wer bin ich?«

Dschuang hatte das Lied beendet. Von neuem hob er an zu singen:

»Du bist tot, und ich muß dich bestatten.
Als ich tot war, mußtest du auf die Freite gehen.
Wäre ich wirklich tot gewesen,
Hätte es lauter Gelächter gegeben.«

Dschuang lachte gellend auf. Er zerbrach seine Flöte, nahm einen Feuerbrand aus der Halle, setzte damit das Haus in Brand und verbrannte den Sarg. Alles verwandelte sich in Asche.

Aber zwei Dinge verbrannten nicht. Das waren die Handschriften des Nantschua-djing und das Dau-dö-djing. Bauern aus den Bergen nahmen sie in Verwahrung und überlieferten sie der Nachwelt. Dschuang wanderte gen Westen. Er hat nicht wieder geheiratet. Es wird berichtet, daß er am Hankou-Fluß Laudse begegnet sei, danach das Dau (die wahre Humanität) sich angeeignet habe und als ein reiner Geist aus diesem Leben geschieden sei.

DJIN
JÜ
STRAFT
IHREN
GELIEBTEN

Hoch über die Ostseite der Mauer hinaus strebt der Zweig in die Höhe,
An der Westseite entlang schweben im Spiel der Winde seine Blüten zur Erde.
Der Zweig, der seine Blüten verstreut, vermag neue zu treiben,
Aber die einmal abgefallene Blüte findet niemals zum Zweig zurück.

Diese vier Zeilen wurden vor vielen Jahren im Unmut über eine treulose Frau geschrieben. Denn eine Frau steht zu ihrem Mann in der gleichen Beziehung wie eine Blüte zu ihrem Zweig. Die Blüten fallen ab, und der Zweig treibt neue; aber für die einmal abgefallene Blüte gibt es keine Rückkehr zum Zweig. Darum sei die Frau überall in der Welt zur Treue gegenüber ihrem Manne ermahnt. Sie schafft sich sonst für spätere Zeiten Ursache zu bitterer Reue.

Es sei jetzt die Rede von einem berühmten Minister aus der Zeit der Han-Dynastie. Dessen Frau hatte Augen, die ›nicht scharf genug waren, einen Berg zu erkennen‹. Sie ging von ihm fort, ehe er einen großen Namen erlangt hatte, und bereute ihre Handlungsweise später jeden Tag von neuem. Ihr fragt: Woher stammte dieser Minister? Welches war sein Familienname, und wie wurde er gerufen? – Nun, der Familienname des Ministers war Dschu, seine Rufnamen Mai-scheng, und er war aus dem Bezirk Kwai-dji gebürtig. Solange er noch arm und unbekannt war, wohnte er mit seiner Frau in einer engen, winkligen Gasse in einer armseligen Hütte. Tag für Tag ging er in das Gebirge hinauf, das sich vor dem Dorf hinzog, um Brennholz zu schlagen. Das schaffte er dann auf den Schultern zum Verkauf auf den Markt, und so erwarb er für sich und seine Frau den Lebensunterhalt. Weil er von dem Drang nach Wissen erfüllt war, hielt er immer ein Buch in der Hand und lernte daraus.

Selbst wenn er mit der Tragstange über der Schulter, von der zwei schwere Packen Brennholz herabhingen, dahinwanderte, las er laut vor sich hin. Den Marktkunden, die seine Art kannten, verriet der Klang seiner Stimme schon von weitem, daß er im Anmarsch sei. Sie kauften gern von dem armseligen Gelehrten, der ihnen leid tat, und da Dschu niemals einen übertriebenen Preis verlangte, setzte er sein Brennholz schneller als alle anderen Händler ab. Oftmals umringten ihn albernes junges Volk oder Kinder und machten sich über den studierten Holzfäller lustig. Aber das überhörte er gelassen. Als jedoch Dschus

Frau eines Tages zum Brunnen ging, um Wasser hochzuziehen, beobachtete sie, wie eine Horde Kinder um ihren Mann herumhopste, in die Hände klatschte und ihn auslachte. Sie fand das abscheulich, und als Dschu vom Markt heimkam, zeterte sie sofort los:

»Wenn du studieren willst, kannst du kein Brennholz verkaufen! Und wenn du Brennholz verkaufen willst, kannst du nicht studieren! Du bist doch kein Dummkopf, und verrückt bist du auch nicht! Wie kannst du dich nur so aufführen? Schämst du dich gar nicht vor dir selbst?«

»Ich verkaufe Brennholz, damit wir Geld zum Leben haben, und ich studiere, weil ich dadurch ein reicher und berühmter Mann werden will«, entgegnete Dschu. »Man kann beides gut miteinander verbinden. Was ficht es mich an, wenn andere sich darüber lustig machen?«

Dschus Frau stieß ein verächtliches Lachen aus.

»Wenn du das Zeug hättest, ein reicher und berühmter Mann zu werden, würdest du dich nicht mit dem Verkauf von Brennholz abgeben! Hast du schon mal gehört, daß ein Holzfäller Minister geworden ist? Was für Unsinn du nur daherredest!«

»Es gibt eine Periode des Reichtums und eine der Armut«, widersprach Dschu. »Ein Wahrsager hat mir prophezeit, ich würde mit fünfzig Jahren berühmt werden. Du mußt immer des Sprichworts eingedenk bleiben: ›Das Meer läßt sich nicht mit einem Eimer ausschöpfen.‹ Und du solltest deinen Mann nicht derart niedrig einschätzen.«

»Der Wahrsager hat sich einfach über dich lustig gemacht, weil er gemerkt hat, daß du ein Dummkopf bist!« trumpfte die Frau auf. »Glaub doch nicht an solchen Unsinn! Wenn du erst fünfzig bist, wirst du nicht mal mehr die Packen Holz schleppen können, und wir werden beide kläglich verhungern! Minister! Ein leibhaftiger Minister! Der Höllenkönig wird dich zu seinem Minister ernennen. Einen andern Weg, Minister zu werden, sehe ich für dich nicht.«

»Djang Tai-gung war noch mit achtzig Jahren Fischer am Weefluß; dann erst ließ ihn König Wen aus der Dschou-Dynastie abholen und verlieh ihm den Titel eines ›ehrwürdigen Vaters‹. Und unter unserer gegenwärtigen Tschau-Dynastie hütete der Ministerpräsident Gung Hai-hung mit neunundfünfzig Jahren noch in Dunghai Schweine. Erst in seinem sechzigsten Lebensjahr wurde er von unserm jetzigen König in den Adelsstand erhoben. Wenn ich als Fünfzigjähriger anfange, ein bekannter Mann zu werden, erreiche ich mein Ziel zwar weit später als Gan Lo, der bereits mit zwölf Jahren Minister wurde, aber doch bedeutend eher als die beiden anderen Staatsbeamten. Du mußt schon noch ein wenig Geduld aufbringen.«

»Hör bloß mit deinem Gerede aus der Geschichte von anno dazumal und heutzutage auf!« keifte die Frau. »Der Fischer und der Schweinehirt – das waren eben zwei hervorragend studierte Männer. Du vergräbst dich in ein paar Bücher. Und wenn du studierst, bis du hundert Jahre alt bist, du wirst immer der gleiche Grünschnabel bleiben. Ausgerechnet so einen Mann wie dich mußte ich heiraten! Wenn sich die Kinder über dich lustig machen, verliere ich mein Gesicht genauso wie du. Willst du nicht auf mich hören und von den Büchern lassen, bleibe ich nicht länger bei dir. Es ist besser, daß jeder von uns seinen eigenen Weg geht, statt daß wir uns gegenseitig das Leben schwer machen.«

»Ich werde in diesem Jahr dreiundvierzig«, erklärte Dschu. »In sieben Jahren bin ich fünfzig. Du brauchst also gar nicht mehr so sehr lange zu warten. Wie kannst du da nur so lieblos sein, mich verlassen zu wollen? Es wird sicher die Zeit kommen, da du den Entschluß bitter bereust.«

»Es gibt übergenug Holzfäller in der Welt«, widersetzte sich die Frau. »Was sollte ich wohl bereuen? Bleibe ich bei dir, so werde ich lange vor Ablauf der sieben Jahre Hungers gestorben sein. Du tätest klüger, wenn du mich gehen ließest, damit nicht eines schönen Tages meine Leiche vor deiner Tür liegt.«

Dschu merkte, daß seine Frau fest entschlossen war, von ihm fortzugehen, und nichts, was er noch sagen würde, sie davon abzubringen vermöchte.

»Wie du willst!« sagte er mit einem tiefen Seufzer. »Hoffentlich findest du einen besseren Ehemann, als ich einer war.«

»Das sollte nicht schwer sein!« murrte die Frau, verneigte sich leicht und ging selbstsicher davon. Nicht einen einzigen Blick warf sie zurück. Noch einmal entrang sich Dschus Brust ein tiefer Seufzer. Dann malte er Zeichen um Zeichen auf die Wand:

Auch wenn der Mann bitterarm ist,
Soll die Frau ihm treu bleiben.
Nicht, daß ich ihr die Treue gebrochen hätte – –
Sie hat mich böswillig im Stich gelassen.

Dschu stand im fünfzigsten Lebensjahr, als Kaiser Wu aus der Han-Dynastie in einer Bekanntmachung befähigte Männer aufforderte, sich bei ihm zu melden. Dschu Mai-scheng wanderte zur Hauptstadt und legte mehrere Pläne vor. Er wurde für einen Beamtenposten geeignet befunden, und ein Landsmann aus seiner Heimatprovinz, mit Namen Jen Dschu, verbürgte sich für ihn. Der Kaiser überlegte, daß Dschu mit den Verhältnissen in seinem Wohnbezirk Kwai-dji gut vertraut sein müsse, und ernannte ihn deswegen zum Bezirkspräfekten von Kwai-dji. Dschu Mai-scheng machte sich in einer Sänfte auf die Heimreise, um in der Bezirkshauptstadt sein Amt anzutreten. Als die Beamten dort von der bevorstehenden Ankunft des neuen Bezirkspräfekten erfuhren, setzten sie sofort eine Menge Zwangsarbeiter ein, um die zur Stadt führende Landstraße auszubessern. Unter den zur Zwangsarbeit Ausgehobenen war auch der zweite Ehemann von Dschus ehemaliger Frau. In abgerissener Kleidung und barfuß war diese eines Tages gerade auf dem Weg zu ihrem neuen Mann, um ihm das Mittagessen zu bringen, als unter großem Getöse ringsum die Sänfte des Präfekten sichtbar wurde. Die Frau vermochte vom Wegrand aus einen Blick auf die Sänfte zu werfen und erblickte darin ihren ersten Mann! Im gleichen Augenblick hatte auch der Präfekt aus seiner Sänfte heraus sie wahrgenommen und befahl sofort seiner Begleitung, sie in einem Tragstuhl in seinen Amtssitz bringen zu lassen. Die Frau wagte vor Scham nicht, aufzusehen, und verbeugte sich so tief, daß sie mit der Stirn den Boden berührte. Dschu Mai-scheng verlangte, ihren jetzigen Mann zu sehen. Der war schnell zur Stelle geschafft. Er kniete nieder und war so verlegen, daß er nicht ein einziges Mal die Augenlider hob.

Dschu lachte laut auf.

»Na, der Bursche sieht auch keinen Deut imponierender aus, als Dschu Mai-scheng ausgesehen hat!« bemerkte er, sich seiner Frau zuwendend.

Die vollführte drei tiefe Verbeugungen: Sie wolle nun bis an ihr Lebensende dem Bezirkspräfekten unterwürfig als Sklavin oder Konkubine dienen. Mai-

scheng ließ einen Eimer voll Wasser herbeibringen und das Wasser über die Stufen ausschütten. Dabei sagte er zu der Frau:

»Verschüttetes Wasser kann man nicht wieder einsammeln – ebenso wenig kannst du zu mir zurückkehren. Ich bleibe aber dessen eingedenk, daß du einige Jahre lang meine erste Frau gewesen bist, und darum überlasse ich dir und deinem jetzigen Mann im Hintergarten meines Hauses ein Stück Land, damit ihr es bestellen und euch davon ernähren könnt.«

Gefolgt von ihrem Mann, verließ die Frau den Amtssitz des Bezirkspräfekten. Alle Leute wiesen mit dem Finger auf sie. »Die war früher die Frau des neuen Bezirkspräfekten …«

Da wollte sich die Frau nicht mehr vor den Menschen sehen lassen. Als sie mit ihrem Mann im Hintergarten an den Fluß kam, stürzte sie sich hinein und ertrank.

Was für eine unnatürliche Frau, die von ihrem Mann fortgeht,
Einen tugendsamen Gelehrten im Stich läßt, weil er arm ist!
Sie hatte nicht überlegt, daß verschüttetes Wasser verloren ist,
Sonst hätte sie ihn bei seinen Studien belasssen.

Es gibt noch ein Gedicht, das besagt, wie weit verbreitet die Neigung ist, Reichtum über alles zu schätzen und Armut zu verachten. Dschus Frau war keineswegs die einzige Ehefrau, die ihren Mann seiner Armut wegen verließ.

Wird nicht jedermann nach seinem Erfolg oder Mißerfolg hoch
oder niedrig eingeschätzt?
Ist wohl ein Drache im Sumpf leicht auffindbar?
Doch da es Frauen gibt, die ihrem Mann in jeder Not treu
bleiben,
Sei eine einzelne ihrer Blindheit wegen nicht geschmäht.

Das war eine alte Geschichte von einer Ehefrau, die ihrem Mann fortlief. Wir wollen nun von einem Ehemann berichten, der seiner Frau nicht die Treue hielt. Auch er verachtete Armut und schätzte Reichtum über alles, erwies sich als wortbrüchig und undankbar. Seine Herzlosigkeit trug ihm allgemein Verachtung ein.

Es wird erzählt, daß es in Hang-tschau, der Hauptstadt der Sung-Dynastie, um die Mitte des zwölften Jahrhunderts eine Unmenge Bettler gab, obwohl die Stadt ein blühendes, wohlhabendes Gemeinwesen darstellte. Diese Bettler hatten einen Anführer, der sich ›Häuptling‹ titulieren ließ und sie alle überwachte. Von dem, was sie zusammenbettelten, ganz gleich, in welchem Stadtviertel, beanspruchte er seine täglichen Prozente. Wenn aber Regen- oder Schneewetter sie am Betteln verhinderte, so lud er sie in sein Haus und bewirtete sie mit dünnem Hirsebrei. Er versorgte sie auch mit abgelegten Kleidungsstücken. Die Bettler waren darauf bedacht, ihrem Häuptling in allem zu Willen zu sein, geduckt wie Sklaven, die keinen Widerstand wagen. Mit den regelmäßig von den Bettlern abgelieferten Abgaben betrieb der Häuptling Wuchergeschäfte, und ein Häuptling, der sein Geld nicht verspielte oder für Singmädchen vertat, konnte es leicht zur Wohlhabenheit bringen. Die Einnahmequellen sickerten so zuverläßig, daß kein Häuptling mit gesundem Menschenverstand je daran gedacht hätte, seinen Posten aufzugeben. Nur war ein einziger empfindlicher Nachteil damit verbunden: Der Titel hatte keinen guten Klang! Ein Bettlerhäuptling mochte über ein wer weiß wie großes Vermögen verfügen, sich mit wer weiß wie vielen begüterten Ahnen brüsten – Ansehen genoß er nur bei den Bettlern. Für den ehrbaren Bürger war er verfemt. Kein Mensch außerhalb seiner Familie bezeigte ihm Achtung; nur in seinem eigenen Hause konnte er den Mächtigen spielen. Aber wie dem auch sein mag – es bleibt bestehen, daß die Gesellschaft in zwei große Klassen zerfällt: in die ›achtbaren‹ und die ›niederen‹ Leute.

Zu der zweiten Klasse gehören die Prostituierten, Schauspieler, Leibeigenen und alle, die ein ehrloses Gewerbe ausüben, nicht aber die Bettler. Ein Bettler mag kein Geld besitzen, aber seinem Namen haftet kein Makel an. Erinnert euch nur einmal des Wu Dse-ssü, von dem Kungfutse in den ›Frühlings- und Herbstannalen‹ berichtet, daß er aus seiner Heimat flüchtete und auf den Märkten im Königreich Wu mit Flöteblasen sein Essen zusammenbettelte. Oder des Tscheng Jüan-ho in der Tang-Epoche, der lange als singender Bettler lebte, allmählich zu Wohlstand gelangte und unter seidenen Decken schlief.

Solche Männer tragen zur Hebung ihres Gewerbes bei. Mag die Bettlerzunft auch verächtlich von oben herab angesehen werden, so steht sie doch zweifellos über Prostituierten, Schauspielern, Leibeigenen und Angehörigen unehrlicher Berufe.

Aber kehren wir zum Thema zurück. Es sei die Geschichte des Bettlerhäuptlings Djin Lau-da erzählt, dessen Familie diesen Posten schon durch sieben oder acht Geschlechter innegehabt hatte. Djin war ein vermögender Mann. Er besaß schöne Häuser, fruchtbares Ackerland und elegante Kleidung; er konnte sich schmackhaft ernähren und in seinen Speichern Reisvorräte stapeln und seine Taschen mit Geld füllen. Eine Schar von Knechten und Mägden wartete ihm auf. Er war zwar nicht der reichste Mann, wohl aber einer der Wohlhabendsten in der Stadt. Da er großen Wert darauf legte, zu den angesehenen Bürgern gerechnet zu werden, überließ er seinen Posten als Bettlerhäuptling einem Landsmann, namens Djin Lai-dse, aus seiner Heimat; er zog sich von allen Geschäften zurück, führte ein bequemes und geruhiges Dasein und brach die anrüchigen Beziehungen zur Bettlerzunft völlig ab. Er hatte die Fünfzig überschritten. Seine Frau war bereits gestorben. Sie hatte ihm keinen Sohn hinterlassen, wohl aber eine Tochter, namens Jü – ein Mädchen von vollendeter Schönheit. Wo gibt es eine solche Anmut noch einmal zu sehen? Ein Gedicht besingt sie:

Die Maid hatte mit dem makellosen Jadestein die Seltenheit
gemeinsam,
Mit der Blume im Maienmond die Lieblichkeit.
In fürstliche Gewandung gehüllt, glich sie
Einer Schönheit aus vergangenen Zeiten.

Djin schätzte seine Tochter höher als alle Juwelen. Schon das junge Kind hatte er Schreiben und Lesen gelehrt. In ihrem fünfzehnten oder sechzehnten Lebensjahre konnte Jü bereits Gedichte in verschiedenen Versmaßen abfassen und aus dem Stegreif dichten. Sie war außerdem sehr geschickt in feinen Handarbeiten und spielte mehrere Musikinstrumente meisterhaft. In allem, was sie tat, leistete sie Hervorragendes. Djins Sinnen und Trachten war darauf gerichtet, sie mit einem vornehmen Mann zu verheiraten. Aber obwohl selbst in alten bekannten Familien eine Schönheit ihresgleichen kaum zu finden war, stellte sich doch kein geeigneter Bewerber ein – sie war eben die Tochter eines Bettlerhäuptlings! Und da ihr Vater sie nicht einem gewöhnlichen Kaufmann zur Frau geben wollte, kam es soweit, daß sie mit achtzehn Jahren noch nicht verlobt war. Unerwartet suchte ihn eines Tages ein Nachbar auf.

»An der Taiping-Brücke«, erzählte der Mann, »wohnt ein Student. Sein Familienname lautet Mo, sein Rufname Dji. Er ist zwanzig Jahre alt und ein befähigter junger Mann, aber noch unverheiratet, weil seine Eltern bereits gestorben sind und seine Sippe sehr arm ist. Kürzlich hat er aber die Zulassungsprüfung für die Kaiserliche Akademie bestanden, was ihn nach alter Sitte berechtigt, in eine wohlhabende Familie hineinzuheiraten. Er wäre bereit, nach der Verheiratung in der Familie seiner Frau zu leben. Dieser junge Mann und Eure Tochter würden gut zueinander passen. Möchtet Ihr ihn nicht als Schwiegersohn annehmen?«

Darauf antwortete Djin Lau-da: »Darf ich Euch bitten, die Vermittlung der Heirat zu übernehmen?«

Der Nachbar war einverstanden. Er machte sich sofort auf den Weg zur Taiping-Brücke, um dem Studenten Mo Dji einen Besuch abzustatten.

»Ich will offen sprechen und Euch nichts verheimlichen«, sagte er zu Mo Dji. »Die Vorfahren der Familie sind durch Generationen Bettlerhäuptlinge gewesen. Aber der jetzige Herr Djin hat diesen Posten nicht mehr inne. Er ist nun mal ehrgeizig für seine bildhübsche Tochter, und die Familie ist reich. Wenn Ihr als Hochgebildeter nichts dagegen einzuwenden habt, will ich gern die Sache mit Jü für Euch vermitteln.«

Mo Dji stimmte zwar nicht sofort zu, aber im stillen überlegte er: ›Ich bin weder in der Lage, mich selbst zu ernähren und zu kleiden, noch habe ich die Möglichkeit, selbst für mich eine Heirat zustande zu bringen. Warum sollte ich mich da nicht zu einer Verbindung mit dieser Familie herablassen und mir mit einem Schlag beides verschaffen?‹ Und ohne zu bedenken, daß er sich mit diesem Entschluß dem Spott und der Verachtung aussetzen könnte, sagte er zu dem Vermittler:

»Euer Vorschlag ist geradezu wunderbar! Nur bin ich zu arm, um die üblichen Geschenke zu kaufen. Wie ließe sich das erledigen?«

»Ihr werdet nicht einmal das Papier für das Heiratsdokument zu besorgen haben«, war die Antwort. »All das obliegt dem Vermittler.«

Der Heiratsmakler ging mit dem Bescheid zu Djin Lau-da zurück. Die beiden Männer wurden schnell einig und suchten einen glückverheißenden Tag für die Hochzeit aus. Djin sandte dem Schwiegersohn neue Kleidung, und als Mo Dji in das Haus des Schwiegervaters kam und feststellte, daß Jü ebenso liebreizend wie klug war, geriet er vor Freude außer sich. Ohne einen einzigen Kaesch auszugeben, war er in den Besitz einer wunderschönen Frau gelangt, verfügte über prächtige Kleidung und reichliches Essen und Trinken – hatte also alles, was er sich in seinen Träumen gewünscht hatte. Seine Freunde wußten, aus was für einer armen Familie er stammte, und keiner von ihnen machte sich über ihn lustig.

Einen Monat nach der Hochzeit bereitete Djin-Lau-da ein üppiges Festmahl vor und bat seinen Schwiegersohn, alle seine Studienfreunde einzuladen, das Haus mit ihrem Besuche zu beehren. Sechs oder sieben Tage lang schmausten sie und tranken guten Wein dazu. Darüber ärgerte sich Djin Lau-das Verwandter, Djin Lai-dse. Er hatte ja auch guten Grund dazu.

»Du bist Bettlerhäuptling genauso gut wie ich«, sagte er aufgebracht vor sich hin. »Nur hat deine Familie diesen Posten durch einige Generationen hindurch innegehabt und ein Vermögen dabei zusammengebracht. Wir stammen von der gleichen Sippe, gehören also zusammen. Es hätte sich gehört, mich zu den Hochzeitsfeierlichkeiten für meine Nichte einzuladen. Jetzt hast du, einen Monat nach der Hochzeit, ein Gelage veranstaltet, das schon gut seine sieben Tage dauert. Alle möglichen Leute hast du eingeladen, für mich hat es nicht einmal zu einer drei Zoll langen und einen Zoll breiten Einladungskarte gelangt! Willst du mich schneiden, weil dein Schwiegersohn einmal Mandarin sein wird? Bin ich etwa nicht auch sein Onkel? Steht mir etwa nicht der erste Platz auf der Gästebank zu? Du bist wirklich ein Mensch ohne Gefühl für das, was sich ziemt! Ich werde denen etwas einbrocken, das ihnen ihre Festivität gründlich verdirbt!«

Er holte fünfzig bis sechzig Bettler zusammen und zog mit dieser Horde vor Djins Haus. Stellt euch vor:

Auf dem Kopf einen zerfledderten Hut, um den Körper schmutzige
Lumpen,
Abgetretene Teppiche und zerschlissene Matten gewickelt,
In den Händen Bambusstöcke und angeschlagene Hirsenäpfe,
Drängelten sie sich vor dem Tor zu des Reichen Haus,
Entboten ihm mit furchterregendem Geschrei ihren Gruß,
Als ob Affen kreischten, Hunde jaulten, Schlangen zischten,
Grölten zu Holzklappern, daß jedes Ohr beleidigt war.
Die Gesichter mit rotem Ziegelmehl beschmiert,
Glichen sie der Hölle entsprungenen Teufeln,
Die selbst der Teufelsbeschwörer Tschung Gwee nicht hätte bändigen
können.

Djin Lau-da hörte den Lärm und ließ das Tor öffnen, um zu erfahren, was es draußen gäbe. Dabei erzwang sich der ganze Haufen Bettler Eingang und drang geradewegs in die Festhalle ein. Lai-dse versorgte sich sofort mit den allerbesten Gerichten und Weinen und rief mit vollem Munde: »Meine Nichte und mein Neffe sollen kommen und ihren Onkel gebührend begrüßen!« Die anwesenden Gelehrten und Studenten brachten sich in größter Eile in Sicherheit, Mo Dji schloß sich ihnen an. Djin Lau-da wußte sich keinen andern Rat, als sich ein über das andere Mal bei dem Verwandten zu entschuldigen.

»Heute war mein Schwiegersohn der Gastgeber«, sagte er, »ich hatte dabei nicht mitzureden. Nächstens werde ich selbst ein Festessen geben, das wird für dich sein.«

Darauf verteilte er reichlich Geld unter die Bettler und gab ihnen zwei Krüge guten Wein und einige Hühner und Gänse, womit sie sich im Hause ihres Bettlerhäuptlings einen Schmaus bereiten sollten.

Erst bei Einbruch der Dunkelheit zogen die Störenfriede ab. So lange hielt die Unruhe in Djin Lau-das Hause an. Jü war so aufgeregt, daß sie in ihrem Zimmer vor sich hin schluchzte. Mo Dji verbrachte die Nacht im Hause eines Freundes und kehrte erst in der Frühe des folgenden Tages heim. Djin Lau-da geriet beim Anblick seines Schwiegersohnes in tödliche Verlegenheit; er wußte, daß er sein Gesicht eingebüßt hatte. Auch aus Mo Djis Herzen war die Freude so gut wie verschwunden, aber wie sein Schwiegervater sagte auch er kein einziges Wort. Es ist nun einmal so:

> Beißt der Stumme auf einen Zedernkern,
> Weiß nur er selbst um den bittern Geschmack.

Jü schämte sich, daß ihre Familie keinen guten Ruf hatte. Sie wollte die Dinge selbst in die Hand nehmen, daß sie zu einem geachteten Namen käme, und ermunterte ihren Mann unablässig, emsig zu studieren. Keine Ausgabe war ihr zu groß, um all die klassischen und modernen Bücher zu kaufen, die ihm nützlich sein konnten. Auch sparte sie nicht mit Geld, um Gelehrte zu gewinnen, die ihren Mann in der Abfassung gelehrter Abhandlungen praktisch unterwiesen und die klassischen Werke mit ihm durcharbeiteten. Außerdem gab sie ihm ein großzügig bemessenes Taschengeld, so daß er Verkehr mit zahlreichen Freunden pflegen und sich dadurch viele Verbindungen schaffen konnte. Auf diese Weise erweiterte Mo Dji seine Gelehrsamkeit und wurde bekannt. Mit dreiundzwanzig Jahren bestand er die höchste der vorgeschriebenen Prüfungen für die Beamtenlaufbahn und wurde sogar der kleinen Zahl bester Kandidaten zugeteilt, die in die Hanlin-Akademie aufgenommen wurden. Aus den Mitgliedern dieser Akademie wählte der Kaiser seine verantwortlichen Beamten. Von dem zu Ehren der neuen Akademiemitglieder veranstalteten Fest aus ritt Mo Dji, angetan mit dem Gewand der Palastbeamten und einem Umhang aus schwarzer Seide, siegesbewußt heimwärts. Als er sich Djin Lau-das Haus näherte, wurden ihn die Leute auf der Straße gewahr. Sie blieben stehen und gafften ihm nach, und die Kinder zeigten mit dem Finger auf ihn und johlten: »Haha! Bettlerhäuptlings Schwiegersohn ist Beamter geworden!«

Mo Dji blieb nichts anderes übrig, als seinen Ritt schweigend fortzusetzen: Er konnte ja unmöglich auf offener Straße Lärm schlagen! Als er seinen Schwiegervater erblickte, wahrte er ihm gegenüber sogar die äußerste Höflichkeit. Wohl aber zogen ihm erbitterte Gedanken durch den Kopf: ›Hätte ich vorausgesehen, was für Erfolge ich haben würde, könnte ich heute in eine vornehme Familie hineinheiraten. Statt dessen habe ich jetzt einen Bettlerhäuptling zum Schwiegervater. Bis an mein Lebensende wird mir dieser Makel anhaften. Und wenn wir Kinder

haben, wird es von ihnen heißen, sie stammten von einem Bettlerhäuptling ab, und die Leute auf der Straße werden verächtlich mit dem Finger auf sie weisen. Nun – geschehene Dinge sind nicht mehr zu ändern. Meine Frau benimmt sich einwandfrei: Sie hat kein einziges der sieben Vergehen begangen, die zu einer Ehescheidung berechtigen. Es hat schon seine Richtigkeit mit dem Sprichwort: Überleg dir jede Entscheidung dreimal, du mußt sie sonst ewig bereuen.‹

Von solchen Gedanken beschwert, wurde Mo Dji völlig freudlos, Jü fragte ihn verschiedentlich, warum er so bedrückt sei; doch gab er ihr keine Antwort und ließ sie nicht wissen, was er dachte. Über seinen Erfolgen war die Erinnerung daran, wie seine Frau für ihn gesorgt hatte, als er noch ein Mann ohne Namen und Verdienste war, zerschmolzen wie Eis.

Es dauerte gar nicht lange, so erhielt Mo Dji seine Ernennung zum Schatzmeister des Bezirks Wu-wee. Sein Schwiegervater gab ein Abschiedsessen für ihn. Diesmal wagten die Bettler nicht, das Fest zu stören. Der Bezirk Wu-wee war nicht weit von der Hauptstadt Hang-tschau entfernt und auf dem Flußweg zu erreichen. Deshalb beschloß Mo Dji, seine Frau mitzunehmen. Sie reisten in einer Dschunke und erreichten nach einigen Tagen den Dsaischifluß, an dessen Nordufer sie für die Nacht anlegten. Über der Landschaft lag das helle Licht des Vollmondes, und Mo Dji konnte nicht einschlafen. Er kleidete sich wieder an und genoß, am Bug der Dschunke sitzend, den silbernen Mondschein. Kein Mensch war zu sehen. Wieder mußte er daran denken, daß er einen Bettlerhäuptling zum Schwiegervater hatte, und brütete verdrossen vor sich hin. Mit einem Mal durchzuckte ein verruchter Gedanke seinen Kopf: ›Wenn meine Frau tot wäre, könnte ich eine andere heiraten und wäre für immer dieses Makels ledig …‹

Kaum hatte er diesen Gedanken zu Ende gedacht, stieg er schon in die Kajüte hinunter, um seine Frau zu wecken, damit sie mit ihm zusammen den Vollmond bewundere. Jü schlief fest; aber Mo Dji ließ nicht eher nach, als bis sie schließlich aufwachte. Sie sträubte sich, aufzustehen – endlich kleidete sie sich an und trat an die Kabinentür, wo sie den Kopf hob, um zum Mond aufzusehen. Von seinen bösen Gedanken getrieben, drängte Mo Dji sie plötzlich auf das Deck der Dschunke und weiter bis zum Bug und stieß sie über Bord in den Fluß hinunter. Darauf rüttelte er die Ruderer wach und befahl ihnen: »Rudert die Dschunke sofort ein Stück flußaufwärts! Ich zahle euch eine gute Belohnung, wenn ihr es schnell schafft!« Ohne zu ahnen, was vorgefallen war, lichteten die Männer in aller Eile die Anker und ruderten ohne Unterbrechung gut zehn Li stromaufwärts. Dann machten sie die Dschunke wieder fest, und da erst erzählte ihnen Mo Dji, daß seine Frau in den Fluß gestürzt sei, während sie zusammen den Mond bewunderten. Es sei ihm unmöglich gewesen, sie zu retten. Während er sprach, gab er jedem der Männer drei Silbertael Trinkgeld.

Die Dschunkenleute dachten sich ihr Teil, aber keiner von ihnen tat den Mund auf. Es waren auch noch einige Dienerinnen auf der Dschunke, einfältige Dinger, die tatsächlich glaubten, daß ihre Herrin durch einen unglücklichen Zufall ins Wasser gefallen sei. Sie vergossen einige Tränen, damit war die Sache für sie abgetan, und es wurde überhaupt kein Wort mehr über den Zwischenfall verloren.

Aber es gab dennoch Zeugen für das Geschehene! Ihr mögt sagen, ein glücklicher Zufall habe es so gewollt: Gerade als Mo Djis Dschunke flußaufwärts abgefahren war, ließ der neuernannte Präfekt für die Präfektur Huai-ssi, Herr Ssü Dö-hou, seine Dschunke am Nordufer des Dsaischiflusses, an genau der Stelle, an der Mo Dji seine Frau ins Wasser gestoßen hatte, vor Anker gehen. Vor dem Schlafengehen plauderten Ssü Dö-hou und seine Frau bei einem Schälchen Wein und betrachteten durch das Kajütenfenster den Vollmond. Da vernahmen sie vom gegenüberliegenden Ufer her Weinen und Klagen – es klang, als ob eine Frauenstimme herzzerreißend jammere. Ssü befahl sogleich mehreren Ruderern, an das Ufer überzusetzen und Umschau zu halten. Die Männer fanden eine Frau, die allein am Ufer saß, und brachten sie auf die Dschunke. Befragt, was ihr zugestoßen, berichtete sie, daß sie die Ehefrau des Schatzmeisters für den Bezirk Wu-wee sei. Sie sei in den Fluß gestürzt und habe im ersten Augenblick, von Angst überwältigt, gemeint, sie müsse sterben. Aber dann habe sie Grund unter den Füßen gespürt, sich vom Wasser gehoben und dem Ufer zugetragen gefühlt und es fertiggebracht, an der Böschung hochzuklettern und das Ufer zu erreichen. Vom Land aus habe sie festgestellt, daß die Dschunke verschwunden war und vor ihr nur eine weite, leere Wasserfläche lag. In dem Augenblick sei ihr klargeworden, daß ihr Mann sie hatte ertränken wollen, weil er, zu Ansehen gelangt, sie verachtete und beabsichtigte, eine Frau aus vornehmer Familie zu heiraten. Wohl sei sie mit dem Leben davongekommen, doch wohin solle sie nun gehen? Und von ihrer Not überwältigt, sei sie in bitteres Weinen ausgebrochen.

Als Jü diesen kurzen Bericht geendet hatte, stellte ihr Herr Ssü mehrere Fragen, worauf sie ihm, unter Tränen, ausführlich ihre Geschichte von Anfang bis zu Ende erzählte. Tief bewegt hörten Herr Ssü und seine Frau zu.

»Du brauchst dir keine Sorgen mehr zu machen«, trösteten sie Jü. »Wir nehmen dich an Tochter Statt an und werden dir helfen.«

Jü verbeugte sich tief zum Zeichen ihrer Dankbarkeit. Darauf trug Herr Ssü seiner Frau auf, Jü trockene Kleidung zu geben, damit sie sich umziehen könne, und ihr die hintere Kajüte zum Ausruhen zu überlassen. Die Dienerschaft wies er an, Jü mit ›Fräulein‹, der Anrede für die Tochter des Hauses, anzusprechen, und der Dschunkenmannschaft befahl er, kein Wort über die Geschehnisse in der Nacht verlauten zu lassen. Am folgenden Tag langte der Präfekt in seinem Amtssitz in der Präfektur Huai-ssi an. Da der Bezirk Wu-wee zu seinem Dienstbereich gehörte und somit dessen Schatzmeister ihm unterstand, war auch Mo Dji unter den zahlreichen Mandarinen, die sich zur Begrüßung des neuen Präfekten eingefunden hatten. ›Was für ein Jammer, daß dieser befähigte junge Mensch sich zu solch einem Verbrechen hinreißen ließ‹, ging es dem Präfekten durch den Sinn, als er Mo Dji gewahrte.

Einige Monate danach wandte sich Herr Ssü mit folgenden Worten an seine Unterbeamten: »Ich habe eine Tochter, die hübsch anzusehen und klug ist. Sie schmückt sich bereits mit der das heiratsfähige Alter anzeigenden Haarnadel, und ich möchte einen Schwiegersohn finden, der bereit ist, im Elternhaus seiner Frau zu leben. Könnt ihr mir einen geeigneten jungen Mann nennen?«

Allen Beamten war bekannt, daß der Schatzmeister Mo Dji seine Frau verloren hatte, und sie meinten, daß er seiner außergewöhnlichen Fähigkeiten wegen wohl besonders geeignet sei, der Schwiegersohn des Präfekten zu werden.

»An diesen Mandarin habe ich selbst auch schon gedacht«, antwortete Herr Ssü. »Aber wer bereits in der Jugend solche Erfolge erreicht hat, ist sicher anspruchsvoll und nicht gesonnen, im Elternhaus seiner Frau zu leben.«

»Er stammt aber aus einer sehr armen Familie«, widersprachen die Beamten. »Müßte es nicht ein großes Glück für ihn bedeuten, in Euer Haus aufgenommen zu werden? Ihr wäret gleichsam der festverwurzelte Baum, an den sich der schwanke Schilfhalm anlehnt. Wie sollte es möglich sein, daß er die Aufnahme in Eure Familie ablehnt?«

»Nun – wenn euch die Verbindung möglich scheint, so unterhaltet euch mit dem Schatzmeister darüber«, schlug Herr Ssü vor. »Tut es so, als ob der Gedanke von euch ausginge. Ihr merkt dann, wie er sich dazu stellt. Erwähnt nicht, daß ich die Heirat gutheißen würde; er soll nicht in Verlegenheit gebracht werden.«

Die Beamten nahmen den Auftrag an und trugen ihn Mo Dji als ihren eigenen Vorschlag vor, wobei sie sich zugleich als Heiratsvermittler anboten. Mo Dji wünschte sich nichts sehnlicher, als mit hohen Beamten in Beziehung zu treten. Aber in die Familie seines höchsten Vorgesetzten einzuheiraten, hätte er in seinen kühnsten Träumen nicht erhofft.

»Wenn ihr diese Heirat für mich vermitteln könntet«, antwortete er, »würde ich euch mein Leben lang zu größtem Dank verpflichtet sein.« Er war ganz aufgeregt vor Freude.

»Wir schaffen es bestimmt«, versicherten ihm die Beamten und kehrten zum Präfekten zurück, um diesem Bericht zu erstatten.

»Es ist sehr gütig von Mo Dji, auf den Vorschlag einzugehen«, stellte Herr Ssü fest. »Die Schwierigkeit ist nur die, daß wir unsere Tochter zärtlich lieben und sehr verwöhnt haben. Darum ist es unser Wille, daß sie nicht von uns fortgeht, wenn sie heiratet. Mo Dji ist jung und wird sich daher oftmals nicht beherrschen wollen. Daraus könnten Verstimmungen in der Ehe entstehen, was uns großen Kummer bereiten würde. Wir wollen diese Schwierigkeit von vornherein klären. Nur wenn Mo Dji uns zusagt, daß er seine Frau stets rücksichtsvoll behandeln wird, wollen wir es wagen, ihn als Schwiegersohn in unser Haus aufzunehmen.«

Wieder nahmen die Beamten den Auftrag an und informierten Mo Dji entsprechend. Der gestand alles zu. Und da er jetzt nicht mehr der arme Student war, sondern ein Zivilmandarin, sandte er sofort die vorgeschriebenen Geschenke und aus Goldpapier ausgeschnittene Blumen in das Haus der Braut. Darauf wurde ein glückverheißender Tag für die Hochzeit festgesetzt. Mo Dji verging fast vor Ungeduld, der Schwiegersohn des Präfekten zu werden.

Inzwischen hatte Herr Ssü seine Frau beauftragt, Jü mitzuteilen, daß er, der Präfekt, nicht wünsche, daß sie, eine junge Frau, als Witwe lebe. Er habe bereits einen jungen Mandarin als Ehemann für sie ausersehen, sie möge sich damit einverstanden erklären. Aber Jü widersprach. »Ich stamme zwar aus einer verachteten Familie«, sagte sie, »aber ich weiß trotzdem, wie ich mich zu verhalten habe. Ich habe Mo Dji geheiratet und muß ihm durch mein ganzes Leben die Treue halten. Das ist meine Pflicht, obwohl er mich meiner niederen Herkunft wegen verachtete und grausam an mir gehandelt hat. Ich würde ein großes Unrecht begehen, wenn ich nun einen andern Mann heiratete.« Dabei strömten ihr die Tränen über das Gesicht. Frau Ssü merkte, daß Jü aus Überzeugung sprach, und erklärte ihr, wie sich die Dinge in Wirklichkeit verhielten.

»Der junge Mandarin ist niemand anders als Mo Dji! Mein Mann ist über sein gemeines Verhalten gegen dich sehr erzürnt. Aber er will euch wieder vereinen und hat deswegen seine Unterbeamten beauftragt, die Heirat zu vermitteln, wobei er dich als seine Tochter ausgegeben hat. Mo Dji ist sofort auf den Vorschlag eingegangen und wird heute abend unser Schwiegersohn werden. Wenn er in die Hochzeitskammer eintritt, soll dir Genugtuung werden!«

Jü hörte auf zu weinen. Sie legte die vorgeschriebene Hochzeitsgewandung an und puderte und schminkte ihr Gesicht. Auch Mo Dji kleidete sich festlich. An dem schwarzen Beamtenhut trug er eine Blume aus Goldpapier, über die eine Schulter hatte er eine rote Atlasschärpe geworfen. Gegen Abend bestieg er ein edles Pferd, dessen Sattel mit reicher Stickerei verziert war, und ritt zum Hause des Präfekten. Vor ihm her zogen zwei Reihen Musikanten, hinter ihm her gingen alle Beamten, und zu beiden Seiten der Straßen, die der Zug passierte, drängten sich Zuschauer und jubelten dem Bräutigam zu.

Seht den schönen vornehmen Bräutigam
Auf stattlichem Schimmel, mit Zimbeln und Trommeln vorweg!
Nichts bindet ihn mehr an den Bettlerhäuptling,
Keine Trauer um sein unglückliches Weib bedrückt ihn.

Zur Feier des Abends war das Haus des Präfekten verschwenderisch mit Teppichen und buntseidenen Wandbehängen geschmückt. Trompeten und Trommeln verkündeten mit lautem Getöse das Herannahen des Bräutigams. Vor dem Tor stieg Mo Dji vom Pferd; Herr Ssü kam ihm in voller Beamtentracht mit der vorgeschriebenen Gürtelschnalle als Abzeichen seines Mandaringrades entgegen und hieß ihn willkommen. Danach verabschiedeten sich die Beamten, die Mo Dji das Geleit gegeben hatten, und Mo Dji wurde durch mehrere Höfe in die Empfangshalle geführt. Darauf geleiteten zwei Dienerinnen die Braut, deren Gesicht ein dichter roter Tüllschleier verhüllte, in die Halle. Der Zeremonienmeister forderte das Brautpaar auf, die vorgeschriebenen Verbeugungen auszuführen: vor Himmel und Erde, vor Vater und Mutter der Braut und voreinander. Damit war die Ehe geschlossen, und das junge Paar mußte sich in die Hochzeitskammer begeben, wo ein Festmahl im Kerzenschein seiner harrte. Der Sitte gemäß betrat die junge Frau als erste die Kammer. Als Mo Dji ihr folgen durfte, erfüllte ihn plötzlich ein unbeschreibliches Glücksgefühl. Ihm war, als lösten sich seine Füße vom Erdboden, als schwebe er auf einer Wolke dem Himmel entgegen. Aber in dem Augenblick, da er die Tür durchschritt, umringten ihn sieben oder acht kräftige Mägde, die sich offenbar hinter der Tür verborgen gehalten hatten. Manche von ihnen waren jung, manche alt; alle umklammerten sie mit beiden Händen dicke Knüppel und Bambusstäbe. Wie Hagelschauer prasselten ihm kräftige Hiebe auf Schultern und Rücken. Es dauerte gar nicht lange, da fiel sein schwarzer Beamtenhut zerknittert auf die Erde, und die Schmerzen entlockten ihm lautes Stöhnen und Jammern. Flucht war ausgeschlossen. Mit dem Aufschrei: »Schwiegereltern! Helft mir!« fiel er längelang hin. Da sagte eine Frauenstimme: »Genug der Schläge! Schafft den Kerl zu mir her!« Augenblicks stellten die Mägde das Prügeln ein. Ihn an den Ohren ziehend und an den Armen schleppend, zerrten und stießen sie ihn zum Platz der Braut hin. Sein Rufen: »Was habe ich nur getan, daß ich so behandelt werde?!« beachteten die Mädchen gar nicht. Unvermittelt blieben sie stehen – Mo Dji sah auf: vor ihm saß im hellen Schein der Festkerzen seine totgeglaubte Frau! »Ein Geist! Ein Geist!« schrie er, fassungslos vor Entsetzen. Die Mägde brachen in lautes Gelächter aus. Der Präfekt betrat die Kammer. »Beruhigt Euch!« sagte er zu Mo Dji. »Die Gestalt vor Euch ist meine Tochter, die ich am Ufer des Dsaischiflusses an Kindes Statt angenommen habe – kein Geist!«

Mo Dji meinte, sein Herzschlag setze aus. Er sank in die Knie, legte die Hände aneinander und verneigte sich tief, mit der Stirn den Boden berührend. »Ich, Mo Dji, bekenne mich schuldig und erflehe Eure Vergebung!« stammelte er.

»Mir steht keine Entscheidung zu!« verwies ihn der Präfekt. »Darüber könnt Ihr nur mit meiner Tochter sprechen.«

Jü aber spie ihrem Mann ins Gesicht und verfluchte ihn. »Du herzloser Schuft! Warst du der Mahnung des Sung Hung nicht mehr eingedenk:

> Ein Mann darf niemals seine Freunde aus der Zeit der Armut
> vergessen,
> Ein Mann im Glück niemals seine Frau, die seine Not mit ihm geteilt,
> verlassen.

Du hattest nichts in den Händen, als meine Familie dich aufnahm. Nur dank unserer Hilfe konntest du studieren und dir einen Namen machen, dem du deine heutige Stellung verdankst. Ich habe geglaubt, daß ich dein Glück mit dir teilen würde; nicht aber, daß du dich undankbar erweisen und Vergangenheit vergessen könntest. Uneingedenk meiner Liebe zu dir hast du Gutes mit Bösem vergolten und mich in den Fluß gestoßen! Doch der Himmel erbarmte sich meiner und hieß den Präfekten Ssü mich retten und an Tochter Statt annehmen. Wie konntest du es nur übers Herz bringen, mich zu ermorden, damit du eine neue Ehe schließen könntest?! Wagst du überhaupt, mir heute in die Augen zu schauen?«

Jü schwanden die Kräfte. Sie brach in lautes Schluchzen aus und überschüttete ihren Mann mit Verwünschungen wegen seiner Undankbarkeit und Grausamkeit. Von Scham überwältigt, vermochte Mo Dji kein einziges Wort zu seiner Entschuldigung hervorzubringen. Er verharrte in kniender Haltung und bat mit tief gesenktem Kopf um Vergebung. Der Präfekt Ssü hielt schließlich den Augenblick für gekommen, daß Jü ihren Zornesausbrüchen Einhalt gebieten müsse. Er half Mo Dji, sich aufzurichten, und sagte zu Jü: »Zürne nicht mehr, meine Tochter! Dein Mann hat seiner Reue Ausdruck gegeben, und ich bin überzeugt, daß er dir fortan mit größter Rücksicht begegnen wird. Ihr waret zwar schon durch die Ehe miteinander verbunden, aber heute beginnt ihr eine neue Ehe. Ich bitte dich, jetzt die Anklagen gegen deinen Mann einzustellen.« Und zu Mo Dji gewandt, fuhr der Präfekt fort: »Was heute abend geschah, habt Ihr nur Euch selbst zuzuschreiben. Niemand sonst könnt Ihr dafür verantwortlich machen. Die Strafe war gerecht, und Ihr müßt sie hinnehmen. Aber ich will Eure Schwiegermutter bitten, für Euch zu vermitteln.«

Der Präfekt verließ die Hochzeitskammer. Gleich darauf trat seine Frau ein. Sie überzeugte Jü, daß es nun für sie an der Zeit sei, ihrem Mann zu vergeben. Am folgenden Tag veranstaltete der Präfekt ein großes Festessen für seinen Schwiegersohn und gab die Hochzeitsgeschenke zurück, die Mo Dji ihm geschickt hatte. »Ein Mädchen kann nur einmal Hochzeitsgaben annehmen«, sagte er zur Erklärung. »Die Familie Djin hat sicher Geschenke von Euch erhalten, also stehen mir keine zu.« Mo Dji blickte zur Erde. Er war keiner Erwiderung fähig, und der Präfekt fuhr in seiner Rede fort: »Ihr habt Euren Schwiegervater so verachtet, daß Ihr darüber Eure Ehe zerstörtet und beinahe eine entsetzliche Schuld auf Euch geladen hättet. Ich bin nur ein Präfekt, und ich sorge mich, daß dieser Rang Euch nicht vornehm genug dünken möchte.« Mo Dji errötete über und über vor Scham und versuchte unter tiefen Verbeugungen, diesen Vorwurf zurückzuweisen.

Er träumte von der Verbindung mit der vornehmen Familie,
Ahnungslos, daß er seiner Frau noch einmal begegnen würde.
Doch unter der Last der Schläge, der Flüche und der Schmach
Erkannte der Ruchlose die Sinnlosigkeit seines ehrgeizigen Strebens.

Fortan führten Mo Dji und Jü ein glücklicheres Leben als in den Jahren zuvor. Präfekt Ssü und seine Frau behandelten Jü wie ihre eigene Tochter, Mo Dji wie ihren eigenen Schwiegersohn. Jü achtete das ehrwürdige Ehepaar wie ihre eigenen Eltern, und unter dem Einfluß dieser Vorbilder bat Mo Dji den alten Djin Lau-da, seinen Lebensabend bei ihnen zu verbringen. Nach dem Tode des Herrn Ssü und seiner Frau trauerte Jü um die beiden, wie eine Tochter um die eigenen Eltern trauert, um auf diese Weise ihrem Dank für die ihr erwiesene Güte Ausdruck zu geben. Die beiden Sippen Mo und Ssü blieben durch viele Generationen hindurch eng miteinander verbunden.

Ein ehrenhafter Mann erlangt Achtung durch seine Lebensführung.
Fluch über den, der die Liebe seiner Frau mißachtet,
Sein Versuch, der Götter Plan zu durchkreuzen, mißlingt.

DIE
SCHELMENSTREICHE
DES
LAN LUNG

Aus längst vergangenen Zeiten wird berichtet, daß der edle Herr Meng Tschang dreitausend Schützlinge gehabt habe. Die meisten von ihnen waren Nachtschwärmer und Langfinger. Einmal geschah es, daß der König von Djin den edlen Herrn Meng Tschang in festem Gewahrsam hielt, so energisch dieser auch dagegen Einspruch erhob. Von einer der Lieblingsfrauen des Königs bekam er folgende Botschaft:

»Mir ist zu Ohren gekommen, daß der edle Herr Meng Tschang einen Weißfuchspelz im Wert von tausend Goldkaesch besitzt. Wenn er geneigt ist, ihn mir zu überlassen, bin ich bereit, sein Fürsprecher zu sein und zu erwirken, daß er heimkehren darf.«

Nun hatte aber der edle Herr Meng Tschang diesen Weißfuchspelz, den einzigen, den er besaß, bereits dem König von Djin zum Geschenk gemacht. Woher sollte er einen zweiten nehmen? Einer seiner langfingrigen Schützlinge wußte Rat.

»Ich kann stehlen wie ein Hund«, sagte dieser Pfiffikus. »Ich werde ihn aus dem Palast herausholen.«

Stehlen wie ein Hund – was wollte er damit sagen? Nun, damit wollte er sagen, er könne wie ein Hund bellen. Indem er also einen Hund vortäuschte, setzte er so leicht, als ob er Flügel hätte, über die Palastmauern und stahl den Weißfuchspelz. Danach erreichte die Konkubine mit ihren Bitten Meng Tschangs Freilassung. Noch in der darauffolgenden Nacht begab sich Meng Tschang zum Hanku-Paß, wo er sofort die Grenze überschreiten wollte. Die Sorge, der König könnte seinen Entschluß ändern und ihm nachsetzen lassen, trieb ihn zur größten Eile. Aber am Grenztor erfuhr er, daß es bis zum ersten Hahnenschrei geschlossen sei. Er geriet ganz außer sich darüber.

Da sagte ein anderer Schützling: »Ich kann so gut wie ein Hahn krähen. Und das ist im Augenblick wichtig.«

Er brachte ein langes Kikerikiiii heraus, täuschend ähnlich dem eines Hahns. Einmal – zweimal – beim dritten Mal fingen alle Hähne in der Nachbarschaft an zu krähen, und die Wächter öffneten die Tore. Der edle Herr Meng Tschang war in Sicherheit! Viele Schützlinge hatte er; aber aus der Hand des Königs von Djin befreiten ihn diese beiden Gaukler. Man muß wirklich zugeben, daß jede Kunst, mag sie noch so unbedeutend scheinen, ihren Nutzen hat. Heute liegen die Dinge ja nun so, daß einzig und allein das Bestehen der vorgeschriebenen Prüfungen den Zugang zur Beamtenlaufbahn erschließt; andere Kenntnisse werden überhaupt nicht gewertet. Bietet sich aber einem Mann von hervorragender Klugheit und Geschicklichkeit kein Spielraum zur Betätigung, so gerät er leicht auf Abwege. Würde man ihn seinen Fähigkeiten entsprechend beschäftigen, könnte er sich nützlich erweisen. Das würde ihn davor bewahren, zum Dieb zu werden und aus der Gesellschaft ausgeschlossen zu werden.

Zur Zeit der Sung-Dynastie gab es in Hang-tschou einen Dieb, der unter dem Spitznamen ›Ich-war-da‹ stadtbekannt war. Wenn er nämlich in einem Haus über Nacht einen Diebstahl begangen hatte, hinterließ er keinerlei Spuren. Er schrieb nur die drei Schriftzeichen für ›Ich war da‹ groß an eine Wand. Erst wenn die Hausbewohner in der Frühe diese Zeichen gewahr wurden, hielten sie Umschau und stellten fest, was sie eingebüßt hatten. Wären nicht diese Schriftzeichen gewesen, hätte überhaupt kein Mensch gemerkt, daß er im Hause gewesen war, so ein gerissener Dieb war er. Die Bürger lebten ständig in Angst vor diesem Einbrecher. Viele von ihnen beklagten sich darüber bei der Stadtverwaltung, und der Bürgermeister befahl der Polizei, aufs genaueste nach ›Ich-war-da‹ zu fahnden. Aber ohne den Namen des Diebes zu wissen, konnten die Polizisten ihn ja nicht verhaften. Ihr Versagen trug ihnen jedoch Bestrafung ein, worauf sie ihre Nachforschungen verstärkten. Und ein Dieb kann noch so verschlagen vorgehen, auf die Dauer kann er sich nicht verborgen halten; früher oder später spürt die Obrigkeit ihn doch auf. Die Polizisten ließen nichts unversucht. Eines schönen Tages schnappten sie den Mann tatsächlich und führten ihn vor den Bürgermeister. »Wir haben ›Ich-war-da‹ festgenommen«, meldeten sie. Den Namen des Mannes wußten sie zwar nicht; aber daß er der gesuchte Übeltäter war, stand für sie außer Zweifel. »Welche Beweise habt ihr?« fragte der Bürgermeister.

»Wir haben genaue Nachforschungen angestellt, gnädiger Herr«, sagte der eine Polizist. »Ein Irrtum ist ausgeschlossen.«

»Ich bin ein ehrenwerter Bürger«, wehrte sich der Verhaftete, »und nicht dieser ›Ich-war-da‹. Die Polizeibeamten waren darauf versessen, jemanden zu verhaften, und sind eben auf mich verfallen.«

Der Polizist blieb bei seiner Behauptung. »Dieser Mann ist der Gesuchte!« sagte er. »Hört nicht auf das, was ein Dieb vorbringt, gnädiger Herr!«

Die anderen Polizisten merkten, daß der Bürgermeister noch immer zweifelte, und mischten sich ein. »Laßt Euch von seinem Gerede nicht einwickeln, gnädiger Herr! Wir werden ihn nicht zum zweiten Mal erwischen, wenn Ihr ihn jetzt laufen laßt!«

Der Bürgermeister war geneigt, den Verhafteten freizulassen; zugleich konnte er sich des Gefühls nicht erwehren, es möchte doch etwas an dem sein, was seine Beamten vorbrachten. Ließ er sich den wahren Dieb jetzt entgehen, konnte er ihnen beim besten Willen nicht auftragen, ihn zum zweiten Mal festzunehmen. Der Mann wurde also abgeführt. Im Gefängnis suchte er sofort seinen Aufseher für sich zu gewinnen. »Mir ist bekannt, daß ein Gefangener gleich bei der Einlieferung seinem Aufseher ein Geldgeschenk zu machen pflegt«, sagte er. »Aber die Polizisten haben mir alles Geld, was ich bei mir hatte, abgenommen. Ich habe aber noch eine kleine Menge Silbergeld. Es liegt sicher versteckt im Tempel des Berggottes unter einem zerbrochenen Ziegel des Altarschreins. Ich bin willens, dir diesen Betrag zu geben, lieber Bruder, um dir meine Hochachtung zu beweisen. Du kannst ja tun, als ob du Weihrauch darbringen willst, und bei der Gelegenheit das Geld an dich nehmen.«

Der Aufseher war sich nicht sicher, ob er diesen Worten Glauben schenken könnte. Er lief aber schnell zu dem Tempel hin, um nachzuschauen, und fand tatsächlich ein Päckchen, das über zwanzig Silbertael enthielt! Fortan behandelte er seinen Gefangenen mit dem größten Entgegenkommen, und die beiden Männer wurden im Lauf der Zeit gute Freunde.

»Ich habe nichts bei mir, womit ich mich für die große Freundlichkeit, die du mir erweist, erkenntlich zeigen könnte«, sagte der Gefangene eines Tages. »Aber ich habe noch ein Päckchen unter der Brücke versteckt. Das sollst du zum Zeichen meiner Hochschätzung haben.«

»Auf der Brücke gehen immerfort viele Passanten hin und her«, wandte der Aufseher ein. »Wie soll man es fertigbringen, etwas fortzunehmen, wenn einen so viele Menschen beobachten?«

»Du mußt einen Korb voll Kleidungsstücke mitnehmen und so tun, als wüschest du sie im Fluß«, riet der Gefangene. »Wenn du das Päckchen gefunden hast, versteckst du es im Korb zwischen den Kleidungsstücken. Das läßt sich doch leicht bewerkstelligen!«

Der Aufseher befolgte diese Vorschläge. Er schaffte das Päckchen beiseite, ohne dabei gesehen zu werden. Als er feststellte, daß es weit über einhundert Silbertael enthielt, war er über alle Maßen erfreut und dankbar zugleich. Er fühlte sich dem Gefangenen wie einem Verwandten zugetan und besuchte ihn am Abend, um ein Kännchen Schnaps mit ihm zu leeren. Während sie tranken, sagte der Gefangene:

»Heute nacht möchte ich gern einmal nach Hause gehen. Ich verspreche dir, daß ich vor Tagesanbruch wieder hier sein werde. Wärest du einverstanden, mich herauszulassen?«

›Hm. Abschlagen kann ich ihm die Bitte nicht gut‹, überlegte der Aufseher. ›Dafür habe ich schon zuviel von ihm angenommen. Was soll aber werden, wenn er sich nicht wieder sehen läßt?‹

Der andere spürte das Zögern. »Du brauchst dich nicht zu sorgen«, beschwichtigte er ihn. »Die Polizisten haben mich als Ersatzmann für den ›Ich-war-da‹ eingeliefert. Aber der Bürgermeister kann mich nicht verurteilen, weil er gar keine Schuldbeweise dafür in Händen hat. Früher oder später werde ich sowieso freigelassen. Weshalb sollte ich da zu fliehen versuchen? Du kannst also völlig beruhigt sein: Es dauert keine vier Stunden, bis ich wieder hier bin.«

Dem Aufseher leuchtete die Richtigkeit dieser Worte ein. ›Sie haben ihn nicht für schuldig befunden, das ist schon richtig‹, dachte er. ›Selbst wenn er Fersengeld gibt, wird die Sache nicht allzu gefährlich für mich. Ich könnte ja auch etwas von dem Silbergeld, das er mir gegeben hat, drangeben, um die Sache zu vertuschen. Und außerdem besteht doch durchaus die Möglichkeit, daß er zurückkommt.‹ Diese Überlegung bestimmte ihn, den Gefangenen gehen zu lassen.

Der Häftling ging nicht zur Tür hinaus. Er schwang sich vielmehr mit einem Satz aufs Dach, wobei er nicht das geringste Geräusch auf den Ziegeln verursachte, und verschwand. Der Morgen graute noch kaum, als er vom Dach aus schon wieder in die Zelle hineinsprang und den Aufseher, der seinen Schnapsrausch ausschlief, an der Schulter rüttelte.

»Ich bin wieder da! Ich bin wieder da!« sagte er.

Der Aufseher fuhr in die Höhe. »Ihr habt also Euer Versprechen gehalten!« rief er überrascht.

»Wie hätte ich fertigbringen können, fortzubleiben und dir dadurch Unannehmlichkeiten zu verursachen?« entgegnete sein Freund. »Ich bin dir wirklich zu großem Dank dafür verpflichtet, daß du mich fortgelassen hast. Einen kleinen Beweis meiner Dankbarkeit habe ich bei dir zu Hause zurückgelassen. Das beste wäre, du würdest ihn gleich verwahren und sofort hierher zurückkommen. Ich werde dir wahrscheinlich über kurz oder lang Lebewohl sagen, denn ich rechne mit meiner baldigen Freilassung.«

Der Aufseher wußte zwar nicht, was er von diesen Worten halten sollte, aber er lief, so schnell er konnte, heim.

»Ich wollte dir gerade Bescheid sagen lassen, daß du herkommen möchtest«, sagte seine Frau. »Es war noch ganz dunkel heute früh, als ich es auf dem Dach poltern hörte, und gleichzeitig wurde ein Paket mitten ins Zimmer geworfen.

Ich machte es auf: lauter Gold- und Silberbarren! Solch ein Paket können uns nur die Götter geschickt haben!«

Dem Aufseher war sofort klar, daß das Paket das Geschenk von einem Gefangenen war, und er bedeutete seiner Frau, zu schweigen.

»Pst! Leg das Paket sorgfältig fort! Wir wollen die Barren später einzeln verkaufen«, sagte er und eilte zu seinem Freund zurück, um sich zu bedanken.

Bald darauf begann der Bürgermeister seine Sprechstunde. Eine Reihe von Besuchern berichtete von Diebstählen. Es waren sechs Familien, die man in der letzten Nacht bestohlen hatte. Bei jeder hatte der Dieb auf das Dach ihres Hauses die Zeichen ›Ich war da‹ geschrieben. Die Bürger waren sehr aufgeregt und drangen darauf, daß die verantwortlichen Stellen den Verbrecher schleunigst verhaften ließen.

»Meiner Ansicht nach ist der Mann, den wir neulich ins Gefängnis gesteckt haben, gar nicht der Dieb«, sagte der Bürgermeister. »›Ich-war-da‹ läuft doch anscheinend noch frei umher, und wir haben einen Unschuldigen zu Unrecht eingesperrt.«

Er befahl dem Gefängnisaufseher, den Häftling sofort freizulassen, und setzte für die Polizisten ein Datum fest, bis zu dem sie den wahren Dieb festzunehmen hätten. Daß er vielleicht dem richtigen die Freiheit wiedergäbe, kam ihm überhaupt nicht in den Sinn. Der Aufseher aber war sich völlig klar darüber. Nur war er von der ungewöhnlichen Verschlagenheit des Diebes so verblüfft und wirkungsvoll ›geschmiert‹, daß er den Mund hielt.

Urteilt selbst, Leser: Hätte man einen so gewitzten Dieb nicht für nützlichere Aufgaben gebrauchen können? Aber nun sei es genug mit solchen Erzählungen aus den Zeiten früherer Dynastien.

Unter unserer jetzigen Dynastie gab es während der Dja-Djing-Periode in der Stadt Ssootschou einen wunderbar geschickten Dieb. Er hieß Lan Lung, und es waren viele Geschichten über ihn in Umlauf. Auf der einen Seite war er ein Räuber, auf der anderen seinen Freunden gegenüber großzügig, und da er viel Sinn für Humor hatte, sind die Berichte von den Streichen, die er vollbracht hat, oft recht unterhaltsam.

Meint ihr, ein Dieb liebt nur zu stehlen?
Solche Dreistigkeit wäre zum Verwundern.
Seine Güte, seine vornehme Art, sich zu geben,
Tragen ihm hohen Ruhm und hohes Lob ein.

Dieser Mann wohnte im Ostbezirk der Stadt Ssootschou, am Anfang der ersten Gasse vor dem Ssuan-miau-Tempel. Seinen wahren Namen wissen wir nicht; er selbst nannte sich Lan Lung, ›Der träge Drache‹, und war allen Leuten unter diesem Spitznamen wohlbekannt. Seine Mutter lebte in einem Dorf. Eines Tages wurde sie unterwegs von einem Regenguß überrascht und suchte in einem verfallenen Tempel zu Ehren des Gottes der Bambusschuhe Zuflucht. Damals trug sie kein Kind. Der Regen ließ nicht nach, über dem Warten schlief sie ein. Im Traum erhielt sie den Besuch des Gottes. Neun Monate danach gebar sie Lan Lung. Er war von frühester Kindheit an klein von Gestalt, aber ausdauernd, verschlagen und gutherzig.

Seine Gliedmaßen waren geschmeidig, als ob ihnen die Knochen
fehlten.
Er schritt leichtfüßig dahin, wie von einem sanften Wind getragen.
Mit einem einzigen Satz schwang er sich auf Dächer und Balken,
Kletterte mühelos an einer Mauer hoch oder über ein Geländer.
Wie der einzelne Fall es erheischte, ging er vor,
Fand blitzschnell ein sicheres Versteck für seine Beute.
Er quiekte wie eine Ratte, miaute wie eine Katze, krähte wie ein Hahn,
Ahmte den Ton von Trommel und Flöte nach.
Er stellte Menschen aller Art so naturgetreu dar,
Daß, wer sie sah, meinte, sie wären es wirklich.
Er kam und verschwand wie ein Wirbelwind –
Ihr kennt keinen zweiten so edlen Dieb.

Lan Lung war nicht nur außerordentlich gewandt, er verfügte auch noch über einige andere beachtliche Talente und Gewohnheiten.

Von Kindheit an konnte er mit Schuhen eine Mauer erklimmen und den

Tonfall aus dreizehn Provinzen nachahmen. Er konnte, wie ein Einsiedler, nächtelang ohne Schlafen oder auch nur Ausruhen, ebenso tagelang ohne Essen und Trinken auskommen. Es kam vor, daß er bei einer einzigen Mahlzeit sich mit einem Scheffel Reis und ein paar Litern Schnaps füllte und trotzdem sein Appetit noch nicht gestillt war.

Ein andermal aß und trank er mehrere Tage lang nichts, ohne Hunger und Durst zu spüren. Um lautlos zu laufen, schüttete er die Asche von Reisstroh auf seine Schuhsohlen. Wenn er mit jemand focht, drehte und wendete er sich schnell wie der Wind. Nicht einmal der weiße Affe aus dem Märchen der Tang-Zeit oder der Trommelfloh aus dem Roman von den edlen Räubern im Moor hätte flinker sein können.

Natürlich blieben Lan Lungs Fähigkeiten nicht verborgen, und da sich, wie es das Sprichwort besagt, gleich und gleich gern gesellt, tat er sich mit anderen jungen Windbeuteln zusammen und ergab sich dem Diebeshandwerk. Es gab damals einige besonders gerissene Diebsgesellen: ›Schilfrohr‹, so genannt, weil er so lang und dünn wie ein Schilfrohr war; ›Habicht‹, der sich hinter Balken verstecken konnte; und ›Hosenbund‹, der an seinem Hosenbund einen Eisenhaken als Kletterwerkzeug befestigt hatte. Diese drei genossen einen ganz besonderen Respekt in Ssootschou. Aber gleich beim ersten Bekanntwerden mit Lan Lungs Fixigkeit wurde ihnen klar, daß sie ihren Meister gefunden hatten.

Lan Lung hat niemals viel sein eigen genannt. Seitdem er unter die Diebe gegangen war, hatte er keine feste Wohnung mehr, sondern zog von Dorf zu Dorf. Keiner wußte, wo er zu finden war. Man sah immer nur seinen Schatten vorüberhuschen, niemals wurde man ihn selbst gewahr – ganz gleich, ob er sich am hellichten Tag mitten unter den Menschen auf der Straße bewegte oder in ein Haus hineinschlüpfte.

Es kam oft vor, daß er sich für die Nacht im Hause eines reichen Mannes einquartierte. Wie ein Igel rollte er sich im Dachgebälk oder unter den Stufen zu einem Gartenpavillon zusammen, manchmal auch hinter einem Vorhang oder in einem Winkel der Eingangshalle – wie es ihm die Laune gerade eingab. Und er stahl, wo immer sich eine Gelegenheit dazu bot.

Weil Lan Lung sich immerfort ein anderes Aussehen beilegte und meistens den Tag verschlief, hatten die Leute ihm den Spitznamen ›Träger Drache‹ gegeben. Er war aber auch unter dem Namen ›Pflaumenblüte‹ bekannt. Sobald er irgendwo irgend etwas gestohlen hatte, zeichnete er nämlich, immer mit den gleichen Strichen, eine Pflaumenblüte an eine Mauer, an eine helle mit Holzkohle und an eine dunkle mit weißer Kreide.

Anfangs der Dja-Djing-Periode wütete ein furchtbarer Orkan. Aus dem Tungting-See wurden die Seeschlangen herausgeschleudert und trieben in den Bergen am Ufer ihr Unwesen. Ein Felsen, der in den Taihu-See hineinragte, zerbarst. Dadurch wurde eine alte Gruft freigelegt, in der ein rotlackierter Sarg stand. Die vielen kostbaren Juwelen, die er barg, wurden natürlich sofort gestohlen. Als die Kunde von diesem Diebstahl nach Ssootschou gelangte, machte Lan Lung gerade mit Freunden eine Segelpartie. Stracks fuhr er zu der Grabstätte. Die Stricke um den Sarg waren zerschnitten. Im Sarg lag nur noch ein Gerippe. Neben der Grabstätte fand sich eine zerbrochene Steinplatte mit einer unleserlichen Inschrift. Lan Lung nahm an, daß es sich um den Sarg eines Vornehmen aus alter Zeit handle. Voller Mitgefühl für den Toten verschloß er den Sarg sorgfältig und dingte einige Arbeiter aus dem nächsten Dorf, um einen neuen Erdhügel über dem Sarg aufzuschütten. Über den neuen Hügel goß er eine Opferschale Wein. Danach schickte er sich zum Fortgehen an. Mit einem Mal stieß er mit dem Fuß auf etwas Hartes im Gras. Er bückte sich und sah einen altertümlichen Spiegel. Von den anderen unbemerkt, versteckte er ihn schnell im Strumpf. In der Stadt suchte er sofort ein Versteck auf und säuberte den Spiegel. Das Glas hatte höchstens vier bis fünf Zoll Durchmesser. Der Rahmen und der Griff waren auf der Rückseite mit Figuren von Seeungeheuern, Fischen und Drachen verziert und mit einer dicken grünen Patinaschicht überzogen. Wenn man an den Spiegel klopfte, gab es einen hellen metallischen Klang. Lan Lung erkannte sofort, daß dieser Spiegel eine Seltenheit war, und verbarg ihn in seiner Kleidung. Als er ihn in der Dunkelheit wieder hervorholte, stellte er fest, daß von dem Glas ein Leuchten, so hell wie Tageslicht, ausging.

Fortan trug er den Spiegel immer und überall bei sich und hatte großen Nutzen davon, denn er brauchte ja nun niemals mehr ein Licht, wenn es dunkel war. Während die anderen die Dunkelheit fürchteten, ging er in der Nacht so sicher wie am Tage und konnte in aller Bequemlichkeit stehlen.

Obwohl Lan Lung das Stehlen zu seinem Beruf gemacht hatte, wies er doch gute Charaktereigenschaften auf. Er tat zum Beispiel keiner Frau ein Leid an, verübte keinen Diebstahl bei hilfsbereiten oder notleidenden Menschen und stand immer zu seinem Wort. Man konnte wirklich von ihm sagen, daß er gerecht und großmütig war und sein Diebesgut unter arme Leute verteilte. Mit seinen Diebereien wollte er immer nur die reichen Geizhälse und die Geldsäcke, die ihren Besitz auf unrechte Weise erlangt hatten, ärgern. So kam es, daß er Zulauf hatte, wo er sich sehen ließ, und sein guter Ruf sich weithin verbreitete. »Ich brauche weder Eltern noch Familie zu unterhalten«, sagte er oft lachend. »Ich borge mir also etwas vom Überfluß der Reichen, damit ich den Armen helfen kann. ›Wer hat, soll dem geben, der nichts hat.‹ Das ist nicht meine Auffassung von der Gerechtigkeit, sondern die des Himmels.«

Eines Tages wurde Lan Lung hinterbracht, daß ein reicher Großkaufmann tausend Silbertael in seinem Hause für einen gewissen Weber Tschou bereitgelegt hatte, und beschloß, sich in den Besitz des Geldes zu setzen. Am Abend war er aber nicht ganz nüchtern und irrte sich in den Häusern. So kam es, daß er in das Haus eines armen Schluckers eindrang, in dem ein großer Tisch das einzige Möbelstück war. Da er aber nun einmal in dem Haus war, wollte er sich nicht sofort wieder hinausschleichen. Er versteckte sich darum unter dem Tisch. Bald darauf setzte sich der Hausherr mit seiner Frau an den Tisch. Sie wollten zu Abend essen, aber es war eine recht dürftige Mahlzeit, und die Frau machte ein bekümmertes Gesicht.

»Die Schuldrate ist fällig«, sagte der Mann zur Frau. »Aber ich habe kein Geld, um sie zu zahlen. Es bleibt mir nichts anderes übrig, als mir das Leben zu nehmen.«

»Aber du wirst dich doch nicht selbst ums Leben bringen!« widersprach die Frau. »Du kannst mich verkaufen und mit dem Geld einen kleinen Handel anfangen.«

In diesem Augenblick fuhren sie erschrocken in die Höhe: Lan Lung kam mit einem Satz unter dem Tisch hervor. Wie Regen strömten den beiden die Tränen übers Gesicht.

»Habt keine Angst!« sagte er. »Ich bin Lan Lung und aus Versehen zu euch geraten. Ich war auf das Haus eines reichen Großkaufmanns aus. Ihr scheint

Sorgen zu haben. Ihr sollt zweihundert Silbertael von mir bekommen, damit ihr euch über den Berg helfen könnt! Beruhigt euch also, und begeht nicht etwa einen verzweifelten Schritt!« Mann und Frau, denen der Name Lan Lung wohlvertraut war, verbeugten sich tief. »Wenn Ihr uns diese Freundlichkeit erweisen wollt«, sagten sie, »so werden wir euch unser Leben verdanken.«

Lan Lung verließ das Haus. Zwei Stunden später polterte es an die verriegelte Haustür. Das Ehepaar sah nach: auf der Erde lag ein Beutel mit zweihundert Silbertael – die waren von dem Geld, das Lan Lung eben dem Kaufmann gestohlen hatte. Die beiden tanzten durchs Haus vor Freude. Danach stellten sie eine kleine Holztafel auf, auf die der Name ›Lan Lung‹ gepinselt war, und zeitlebens machten sie davor zu bestimmten Zeiten des Tages eine Verbeugung.

Eines Tages begegnete Lan Lung auf der Straße einem notdürftig in Lumpen gehüllten Mann. Er kam ihm bekannt vor, und tatsächlich war es ein Jugendfreund Lan Lungs. Der Mann hatte sein Hab und Gut eingebüßt. Er hielt sich den Fächer vor das Gesicht und wollte schnell an Lan Lung vorbeigehen. Aber der stellte ihn. »Ich kenne dich doch?« sagte der Dieb. Der Arme gab das verlegen zu. »So heruntergekommen bist du?« rief Lan Lung. »Morgen abend gehe ich mit dir in das Haus eines reichen Mannes, damit du zu etwas Geld kommst. Du darfst aber mit niemand darüber sprechen!« Der andere wußte, wie geschickt Lan Lung war und daß Verlaß auf ihn war. Er machte ihn also am nächsten Abend ausfindig und ging mit ihm mit zu dem Haus eines hohen Mandarins.

Die Krähen flatterten durch die Dunkelheit,
Die dicht belaubten Bäume verschwanden im Nebel.
Kein Lebewesen bewegte sich, kein Laut war zu hören,
Totenstille herrschte in Wald und Wiese.

Lan Lung ließ seinen Freund warten. Er selbst kletterte auf einen Baum und sprang von dort über die Grundstücksmauer. Er blieb lange fort. Der arme Kerl, der allein zurückgeblieben war, wartete mit verhaltenem Atem vor der Mauer. Plötzlich hörte er Hunde kläffen. Mit weit aufgerissenen Mäulern kamen sie angesetzt. Voller Angst rannte er an der Mauer entlang um das Grundstück herum. Von jenseits der Mauer hörte er ein dumpfes Aufklatschen. Gleich danach einen Plumps, als wenn ein Wasservogel sich mit ausgebreiteten Schwingen vom Baum abstößt: Vor ihm stand Lan Lung! Pitschnass und völlig verstört!

»Beinahe hätte ich deinetwegen das Leben eingebüßt!« brachte er keuchend heraus. »In dem Hause gibt es ja haufenweise Gold! Scheffeln kannst du es! Aber als ich es gerade eingepackt hatte, schlugen die Hunde an. Die Leute im Hause wurden wach und kamen mir sofort auf die Spur. Da blieb mir nichts anderes übrig, als den Beutel mit Gold liegen zu lassen und mich aus dem Staube zu machen. Das ist wirklich eine böse Sache für dich!«

»Du erreichst gewöhnlich immer, was du dir vorgenommen hast«, versetzte der Freund. »Da kann es nur an meiner Pechsträhne liegen, daß die Sache heute nicht geklappt hat.« Er seufzte und war sehr bekümmert.

»Mach dir keine Gedanken!« sagte Lan Lung. »Ich tue ein andermal etwas für dich.«

Der Freund ging niedergeschlagen von dannen. Über ein Monat war vergangen, als Lan Lung ihn wiederum auf der Straße traf.

»Ich komme wirklich nicht mehr durch«, sagte der arme Kerl jammernd. »Heute war ich beim Wahrsager und bekam ein sehr günstiges Horoskop. Der Mann verhieß mir, daß ich dank der Hilfe eines Freundes plötzlich zu Geld kommen würde. Ich denke mir, daß du dieser Freund bist! Wer sollte es sonst wohl sein?«

»Ja, richtig!« sagte Lan Lung lachend. »Das hätte ich fast schon vergessen. Neulich hatte ich eine Schatulle mit Gold und Silber für dich herausgeholt. Aber plötzlich bekam ich es mit der Angst zu tun: Der Mandarin würde am Ende einen Steckbrief erlassen, und du könntest deinen Schatz vielleicht nicht sicher verwahren. Da habe ich, um ganz sicher zu gehen, die Schatulle schnell in den Teich auf dem Innenhof seines Grundstücks geworfen. Das ist ja nun schon über einen Monat her, und er hat gar keinen Staub deswegen gemacht. Vermutlich hat er überhaupt nicht damit gerechnet, wieder in den Besitz der Schatulle zu gelangen. Es wäre also jetzt ein leichtes, sie aus dem Teich herauszuholen. Heute nacht wollen wir mal beide zu dem Teich gehen.«

Bei Einbruch der Dunkelheit traf sich der arme Schlucker mit Lan Lung. Sie brauchten gar nicht lange, um an den Teich heranzugelangen.

Wie ein Vogel, mit einem einzigen Flügelschlag,
Setzte er über das Dickicht am Ufer.
Tollkühn, wie ein Drache die Meereswogen,
Zerteilte er die Fluten des Teiches.

Schnell wie der Blitz war Lan Lung mit einer auf dem Rücken festgebundenen Schatulle wieder zur Stelle. Die beiden Männer suchten ein sicheres Versteck auf, brachen die Kassette auf und leuchteten mit dem Wunderspiegel hinein: Sie war mit Gold und Silber vollgepfropft. Lan Lung nahm keinen Deut für sich heraus. Er hatte nicht einmal Interesse daran, ihren Inhalt im einzelnen festzustellen. So, wie sie war, gab er sie seinem armen Freund.

»Mit diesem Reichtum müßtest du dein Leben lang auskommen können«, sagte er. »Mach guten Gebrauch davon! Nimm dir nicht den törichten Lan Lung zum Vorbild, der es niemals fertiggebracht hat, sein Geld zusammenzuhalten.«

Der arme Kerl dankte Lan Lung und versprach, den Rat zu befolgen. Er richtete sich mit dem Geld ein Geschäft ein und gelangte bald zu Wohlstand. Sich so großmütig zu zeigen gehörte zu Lan Lungs guten Eigenschaften.

Ihr mögt sagen: Lan Lung war bestimmt ein recht wendiger Bursche. Hat er denn aber kein einziges Mal Scherereien gehabt?

Nun, liebe Leser: man muß schon zugeben, daß sein Glück ihn manchmal im Stich ließ und er in eine arge Klemme geriet. Gewöhnlich konnte er sich dank seinem Mutterwitz immer wieder aus der Schlinge ziehen. So war er einmal in ein Haus eingedrungen und hatte beim Umschauen einen offen stehenden Garderobenschrank entdeckt. Er versteckte sich darin mit der Absicht, nachts daraus einige Kleidungsstücke mitgehen zu lassen. Aber vor dem Zubettgehen sperrten die Hausbewohner den Schrank mit einem Vorlegeschloß zu! Da saß er nun in der Falle! Kaum hatte er das gemerkt, grübelte er auch schon, wie er herauskommen könnte. Er wickelte mehrere Kleidungsstücke um sich herum. Andere packte er zu einem dicken großen Bündel zusammen und stellte es gegen die Tür. Darauf ahmte er das Quietschen einer Ratte nach, die Stoff benagt.

Der Hausherr hörte das Geräusch und rief nach einer Magd.

»Du hast eine Ratte in den Garderobenschrank eingeschlossen!« schrie er sie an. »Sollen all unsere Kleider kaputtgehen? Mach schnell – schließ den Schrank auf, und scheuch das Tier heraus!« Die Magd zündete eine Kerze an und sperrte den Schrank auf. Als sie die eine Tür öffnete, fiel das Kleiderbündel nach vorn und auf den Fußboden. Gleich hinterher schob sich Lan Lung heraus und schlug der Magd die Kerze aus der Hand, daß sie entsetzt aufkreischte. Voller Angst, daß die Leute im Hause zusammenlaufen und ihn am Entwischen hindern könnten, griff Lan Lung schnell nach dem Bündel Kleider auf dem Fußboden, stellte dem Mädchen ein Bein, daß es längelang hinschlug, und verschwand in der Dunkelheit. Als der Hausherr hinzukam und über die Magd stolperte, meinte er, den Dieb vor sich zu haben, und traktierte sie mit Schlägen und Fußtritten. Sie stimmte ein gellendes Geschrei an, so daß alle Hausbewohner aufwachten und angerannt kamen. Sie zündeten Kerzen an und entdeckten den Hausherrn, der sich mit einer seiner eigenen Mägde herumschlug. Bis sich die Lage geklärt hatte, war Lan Lung längst in Sicherheit.

Das Gerücht, daß Lan Lung ein Dieb mit übernatürlichen Kräften sei, verbreitete sich überall im Land. Schließlich kam es auch dem Polizeidirektor Tschang zu Ohren, und er ließ sich Lan Lung von einem Polizisten vorführen.

»Bist du der Anführer der Diebe?« fragte er ihn.

»Ich bin kein Dieb, geschweige denn der Anführer der Diebe«, versetzte Lan Lung. »Ich bin noch niemals vor Gericht gestellt worden oder in eine Diebesaffäre verwickelt gewesen. Der Zufall hat es gefügt, daß ich mit einigen Kniffen vertraut geworden bin, und seitdem spiele ich gelegentlich Freunden und Verwandten einen Schabernack. Sollte ich damit ein Unrecht begangen haben, bitte ich Euer Gnaden, mir das zu verzeihen. Solltet Ihr Euch gelegentlich meiner Künste bedienen wollen, so seid versichert, daß ich für Euch durch Wasser und Feuer gehen würde, um Euch zu Gefallen zu sein.«

Lan Lungs behendes und offenes Wesen verfehlte nicht seinen Eindruck auf den Polizeidirektor. Zudem sagte er sich, daß er diesen Mann niemals eines Diebstahls würde überführen können, wenn er nicht sichere Beweise dafür in Händen hätte. Und da Lan Lung ihm seine Dienste zusagte, die ihm vielleicht einmal von Nutzen sein mochten, beschloß er bei sich, ihn nicht einsperren zu lassen. Während er sich noch mit ihm unterhielt, bekam er von einem gewissen Lu, der in der Nähe des Westtors wohnte, einen rotschnäbligen, grünen Kakadu überbracht und hieß Lan Lung, die Kette, die dem Vogel um das Bein gelegt war, an der Dachtraufe befestigen. »Man hat mir Wunder von deiner Langfingerigkeit berichtet«, sagte er dabei lächelnd zu ihm. »Du behauptest allerdings, du hättest immer nur gelegentlich einen Schelmenstreich vollführt und niemals gestohlen, aber du hast im Lauf der Jahre sicher schon bei allerlei Leuten dies und jenes entwendet. Ich bin zwar gesonnen, dir Gnade widerfahren zu lassen, aber ich möchte gern einmal deine Geschicklichkeit auf die Probe stellen. Ich verspreche dir, dich laufen zu lassen, wenn du es schaffst, in der kommenden Nacht meinen Kakadu wegzunehmen, und ihn mir morgen wieder herbringst.«

Lan Lung war sofort einverstanden.

»Das sollte mir nicht schwerfallen! Gestattet, daß ich Euch jetzt verlasse. Morgen vormittag schaffe ich Euern Kakadu wieder her.« Er vollführte eine tiefe Verbeugung und verließ die Amtsstube. Der Polizeidirektor befahl zwei Polizisten, sorgfältig auf den Kakadu Obacht zu geben, und drohte ihnen für den Fall, daß dem Vogel irgend etwas zustoßen würde, schwere Bestrafung an. Die beiden Wachposten verharrten darum wie festgenagelt auf ihren Plätzen. Die Augenlider wurden ihnen vor Müdigkeit immer schwerer, aber sie gaben sich alle erdenkliche Mühe, nicht einzuschlafen. Sie dösten vor sich hin und fuhren bei dem geringsten Geräusch auf. So schlich eine Stunde nach der andern langsam dahin. Um die Zeit der fünften Nachtwache, wenn die Morgendämmerung schon beginnt, hob Lan Lung eine Öffnung im Dach aus und ließ sich in die Bibliothek des Polizeidirektors hinunter. Auf dem Tisch lag eine Mandarinmütze; an einem Kleiderständer hing ein Umhang aus dunkelbrauner Seide und an der Wand eine Laterne, auf deren Scheibe die Schriftzeichen: ›Polizeidirektor von Ssootschou‹ gemalt waren. Er hängte sich den Umhang über, stülpte sich die Mandarinmütze auf und setzte mit einem Stückchen schwelenden Feuerschwamm, den er bei sich hatte, die Laterne in Brand. Er hielt die Laterne so, daß ihr Schein nicht auf sein Gesicht fiel, und ging zum Zimmer hinaus den langen Gang entlang. Dabei ahmte er den alten Polizeidirektor in Gang und Haltung täuschend echt nach. Der Mond warf nur ein spärliches Licht, und die beiden Posten dösten im Dunkel auf ihren Plätzen erschöpft vor sich hin. Lan Lung schlug ihnen auf die Schulter. »Es dämmert schon«, sagte er. Seine Stimme klang genau wie die des Polizeidirektors. »Ihr braucht nicht mehr Wache zu halten. Trollt Euch!«

Dabei nestelte Lan Lung die Kette des Kakadus los und ging sicheren Schrittes mit dem Vogel auf der Hand zur Bibliothek zurück. Die beiden Wachtposten hatten die ganze Zeit über schwer gegen ihre Müdigkeit ankämpfen müssen. Dieses unerwartete Heimgeschicktwerden war ihnen so willkommen wie einem verurteilten Verbrecher ein Gnadenerlaß des Kaisers. Sie verzogen sich so schnell wie ein Rauchwölkchen. Auch nicht eine Sekunde lang überlegten sie, ob die Sache wohl in Ordnung ginge.

Bald war es hell. Der Polizeidirektor trat aus seinem Zimmer: Der Kakadu war verschwunden! Er rief – die beiden Polizisten ließen sich nicht blicken. Sie wurden eilends zur Stelle geschafft. Immer noch verschlafen, standen sie vor ihm.

»Ich habe euch befohlen, den Kakadu zu bewachen!« schnauzte er los. »Wo ist er jetzt? Wieso habt ihr eure Posten verlassen?«

»Aber Euer Gnaden ist um die Zeit der fünften Nachtwache selbst herausgekommen!« suchten sich die Polizisten zu rechtfertigen. »Euer Gnaden nahm den Vogel mit ins Haus und schickte uns fort. Wie sollen wir nun wissen, wo der Vogel ist?«

»Dummes Zeug!« brüllte der Polizeidirektor. »Wann soll ich rausgekommen sein? Ihr habt wohl einen Geist gesehen!«

»Aber nein! Es war bestimmt Euer Gnaden selbst. Wir standen doch zu zweit hier. Wie könnten wir denn beide etwas gesehen haben, was gar nicht da war?«

Dem Polizeidirektor kam ein leiser Verdacht. Dann sah er auf dem Rückweg zur Bibliothek zufällig hoch: Dabei wurde er das Loch im Dach gewahr. Sofort wußte er, wie der Dieb ins Haus gelangt war. Während er noch überlegte, wie die Sache wohl weiter verlaufen sein müßte, wurde ihm gemeldet, Lan Lung sei gekommen, um den Kakadu zurückzugeben. Der Polizeidirektor mußte lächeln. Er ging hinaus, um zu erfahren, wie Lan Lung die Sache angestellt habe. Voller Staunen und Genugtuung hörte er sich dessen Schilderung an, wie er sich mit des Polizeidirektors Mandarinumhang und -mütze verkleidet und den Kakadu in die Bibliothek geschafft habe. Er ließ reichlich Essen und Wein für Lan Lung auftragen, und da der fortan auf des Polizeidirektors Gunst vertrauen konnte, überbrachte er seinerseits dem hohen Herrn mehrere Geschenke. Es ist eine tief zu beklagende, aber allgemein verbreitete Tatsache, daß die Polizeidirektoren den Dieben ihren Schutz angedeihen lassen.

Warum läßt sich eine Katze herbei, mit Mäusen zu schlafen?
Weil es beide nach den gleichen Leckerbissen verlangt!
Sind diejenigen, denen es obliegt, Diebe zu verhaften, selbst Diebe,
Nehmen natürlich die Diebe überall überhand.

Eines schönen Tages stand Lan Lung mit einigen Spießgesellen vor einer Schenke am Nordtor. Die Dschunke eines vornehmen jungen Mannes aus der Provinz Fukien war soeben am Flußufer vor Anker gegangen, und der Jüngling hatte seiner Dienerschaft befohlen, seine Kleidungsstücke und sein Bettzeug an Deck zu lüften. Jeder, der die glänzenden Seiden- und Atlasstoffe erblickte, war wie geblendet davon. Die größte Bewunderung erregte eine Schlafdecke aus einem kostbaren ausländischen Stoff, den man in dieser Gegend nur selten zu sehen bekam. Lan Lungs Freunde beobachteten, wie der junge Herr mit seinem Reichtum protzte.

»Wenn wir dem diese ausländische Decke ausspannen könnten – das würde was heißen! Hier kannst du endlich mal eine Probe von deiner Geschicklichkeit ablegen, Lan Lung. Mach los! Worauf wartest du eigentlich noch?«

»Es soll mir nichts ausmachen, euch die Decke heute abend zu verschaffen«, schmunzelte Lan Lung. »Morgen bringt ihr sie dem Eigentümer zurück und laßt euch ein gutes Trinkgeld geben.«

Lan Lung suchte ein öffentliches Badehaus auf, wo er sich blitzsauber wusch, und ging zum Flußufer zurück, um eine günstige Gelegenheit abzupassen. Er mußte bis zum späten Abend warten. Zur Zeit der zweiten Nachtwache machten sich der reiche Jüngling aus Fukien und seine Freunde – allesamt beschwipst und taumelnd vor Müdigkeit – mit ihrem Bettzeug auf dem Fußboden der Kajüte ihr Lager zurecht, löschten die Öllampe und legten sich hin. Blitzschnell sprang Lan Lung an Bord der Dschunke, schlüpfte in die Kajüte und kuschelte sich auch unter die Decken. Er wälzte sich immerfort von einer Seite auf die andere und schwatzte unaufhörlich im Fukiener Dialekt. Die anderen schimpften, weil sie nicht schlafen konnten; Lan Lung brabbelte im Fukiener Dialekt weiter und schob sich mal hierhin, mal dorthin. Schließlich gab es einen großen Tumult, in dem Lan Lung sich der ausländischen Bettdecke bemächtigen konnte. Er rollte sie zusammen, gelangte mit dem Bündel zur Kajütentür hinaus und sprang ans Ufer. Keiner der Dschunkenleute und Fahrgäste hatte gemerkt, was eigentlich vor sich gegangen war.

Erst im Morgengrauen wurde das Fehlen der wertvollen Bettdecke bemerkt. Es gab eine gewaltige Aufregung an Bord. Der vornehme Jüngling besprach sich mit seinen Freunden über die Angelegenheit. Sie war es ihm zwar nicht wert, vor Gericht gebracht zu werden, aber sie auf sich beruhen zu lassen, lag ihm auch nicht. Er setzte also eine Belohnung von eintausend Silberkaesch aus, zahlbar an den, der ihm die Decke zurückbringen würde.

Lan Lung und seine Freunde gingen zu der Dschunke.

»Wir haben die Bettdecke gefunden!« sagten sie. »Wenn Ihr uns die Belohnung auszahlt, damit wir uns Schnaps kaufen können, so stehen wir dafür ein, daß Ihr die Decke zurückerhaltet.«

Der vornehme junge Herr ließ sich sofort eintausend Silberkaesch bringen und versprach, daß sie Zug um Zug gegen Rückgabe der Decke Eigentum der Männer würden.

Lan Lung schlug dem Herrn vor, einen Diener mitzuschicken, um die Schlafdecke abzuholen. Der gab seinem Kammerdiener den entsprechenden Befehl, und die Männer gingen zusammen zu einer Pfandleihe. Dort lag die Decke aus.

»Die gehört auf unsere Dschunke!« sagte der Kammerdiener. »Wie kommt sie hierher?!«

»Ein Unbekannter kam heute früh damit her«, antwortete der Pfandleihbesitzer. »Als wir feststellten, daß es sich um ein ausländisches Erzeugnis handelt, rochen wir Lunte und wollten dem Mann kein Geld darauf geben. ›Wenn ihr mir nicht traut‹, sagte er darauf, ›werde ich einen Freund von mir bitten, mein Bürge zu sein. Wägt nur das Silber schon ab, derweilen ich ihn hole.‹ Damit waren wir einverstanden. Er verließ den Laden und ließ sich nicht mehr blicken. Daraus schließen wir mit Sicherheit, daß es sich bei der Schlafdecke um Diebesgut handelt. Wenn sie auf Eure Dschunke gehört, nehmt sie mit. Und wenn sich dieser Kerl hier noch einmal sehen läßt, halten wir ihn fest und führen ihn zu Euch.«

Die Männer brachten die Schlafdecke gemeinsam zu dem reichen Herrn aus Fukien zurück und berichteten ihm, was der Pfandleiher gesagt hatte.

»Wir sind hier fremd«, sagte der junge Herr, »und ich bin zufrieden, daß ich mein Eigentum zurückerhalten habe. Weshalb soll ich mir da noch Mühe wegen des Diebes machen?«

Darauf gab er Lan Lung und dessen Freunden die zugesagten eintausend Silberkaesch, und die verjubelten sie in der Schenke. Natürlich hatte der Mann, der die Schlafdecke versetzte, in Lan Lungs Auftrag gehandelt. Die Decke sollte in der Pfandleihe sicher verwahrt liegen, während Lan Lung mit seinen Kumpanen die Belohnung einheimste.

Ein kleiner Diebstahl ist noch lange kein Verbrechen,
Auch nicht, wenn Literaten einen Toten berauben[1].
Haben doch große Philosophen erklärt:
Lange Finger macht man nur zum Spaß.

Ein Witzbold, wie Lan Lung, der mit allen Wassern gewaschen ist, versteht jedem einzuheizen, der ihn ärgert. Einmal lud ihn eine Diebesclique zu einer Dschunkenpartie zum Hudju-Berg ein. Dort wollten sie ein Saufgelage veranstalten und sich an der schönen Landschaft ergötzen. In Schandang legten sie an der Rückseite eines Reisgeschäftes an und gingen nach vorn durch den Laden auf die Straße, um Brennholz und Schnaps einzukaufen. Dem Reishändler paßte es nicht, daß die Dschunke an der Rückseite seines Grundstücks vor Anker gegangen war und diese lockeren Gesellen durch das Grundstück hin- und hergingen. Er fuhr sie böse an und versuchte, sie fortzujagen. Die Diebe setzten sich entrüstet zur Wehr. Aber Lan Lung machte ihnen ein Zeichen, daß sie schweigen sollten.

»Wozu erregt ihr euch?« fragte er. »Wenn der Mann nicht will, daß wir durch seinen Laden gehen, fahren wir eben noch ein Stückchen weiter flußabwärts und suchen uns einen andern Landungsplatz.«

Und schon ließ er die Dschunkenleute weiterfahren. Aber die Diebsgesellen waren noch immer schlechter Laune.

›Es hat gar keinen Sinn, sich mit solchen Leuten auf Auseinandersetzungen

1 Bezieht sich auf konfuzianische Gelehrte, die als Grabschänder verrufen waren.

einzulassen‹, überlegte sich Lan Lung. ›Heute abend werde ich mit ihnen ins reine kommen.‹

Die Diebe fragten ihn, was er vorhabe.

»Beschafft mir einen Kahn für heute Abend«, antwortete Lan Lung. »Überlaßt mir außerdem ein Fäßchen Schnaps, einen Korb Eßwaren und ein Kohlenbekken mit der nötigen Holzkohle, damit ich den Schnaps wärmen kann. Ich will zurückrudern und die schöne Mondnacht genießen. Morgen wird euch klar sein, was ich vorhabe. Es ist überflüssig, euch das jetzt zu erklären.«

Am Abend tat sich die ganze Gesellschaft am Fuß des Hudju-Berges gütlich. Danach trennten sie sich und schlugen entgegengesetzte Richtungen ein. Lan Lung wollte sich früh am nächsten Morgen wieder bei der Hauptgesellschaft einfinden. Er behielt einen einzigen Mann bei sich. Der war ein tüchtiger Ruderer und dazu ein wackerer Zechkumpan und ruderte in dem kleinen Kahn mit Lan Lung zusammen zu dem Haus des Reishändlers zurück. Der Laden war schon geschlossen. An diesem Abend fuhren ausnahmsweise viele Dschunken auf dem Fluß hin und her. Die Fahrgäste spielten Flöte und sangen dazu und erfreuten sich an dem Mondenschein. Im Hause des Reishändlers sagte man sich, daß bei diesem Leben und Treiben auf dem Wasser bestimmt niemand etwas Böses gegen sie im Schilde führen könne, und legte sich seelenruhig schlafen. Lan Lung vertäute seinen Kahn ganz nahe bei der Hintertür des Reisladens. Bei Tage hatte er nämlich bemerkt, daß in der einen Ladenecke, ganz dicht an der Hintertür, etwas höher als der Wasserspiegel des Flußes, ein gewaltig großer Reisbehälter aus Bambusgeflecht stand. Jetzt zog er aus seinem Ärmel ein Taschenmesser hervor, schnitt damit eine kleine Öffnung in die hölzerne Hintertür, stieß eine lange Bambusröhre, die er aus seiner Tasche herausholte, durch das Loch in den Reisbehälter hinein und bewegte sie vorsichtig ein wenig hin und her. In demselben Augenblick geriet der Reis in dem Behälter in Bewegung und glitt wie ein Wasserfall durch die Bambusröhre abwärts. Das dadurch hervorgerufene Rascheln übertönte Lan Lung, indem er, wie in einem leichten Schwips, dem Mond zuprostete und laut lachte und sang. Niemand auf den vorüberfahrenden Dschunken merkte, was da in Wirklichkeit vor sich ging; noch viel weniger wurden es die Schläfer im Hause des Reishändlers gewahr.

Um die fünfte Morgenwache herum glitt kein Reis mehr aus der Bambusröhre heraus. Das war für Lan Lung das Zeichen, daß der Reisbehälter sich geleert hatte. Die Kajüte auf seinem Kahn dagegen war bis oben hin voll Reis! Er befahl also seinem Begleiter, den Kahn loszubinden, und zu zweit ruderten sie gemächlich los. Nach einer Weile kamen sie an eine versteckt liegende Wiese am Ufer, zu der die anderen Diebe, wie am Abend zuvor verabredet, gerudert waren. Lan Lung berichtete ihnen, was er angestellt hatte. Sie schrien vor Lachen und klatschten begeistert in die Hände, und Lan Lung verbeugte sich für den Beifall.

»Teilt euch in den Reis!« sagte er zum Schluß. »Ich überlasse ihn euch als Ausdruck meines Dankes für eure Bewirtung gestern abend.« Für sich nahm er kein Korn.

Die Gehilfen des Reishändlers merkten erst beim Öffnen des Reisbehälters, daß er leer war. Es blieb ihnen unerklärlich, wann und wohin der Reis verschwunden war.

Es gab eine Zeit, da waren in Ssootschou Mützen mit einer langen Quaste die große Mode, und jeder junge Mann, der auf sich hielt, paradierte mit solcher Mütze durch die Straßen. Auch die Mönche aus dem taoistischen Kloster zur Weißen Wolke in der Nähe der Stadt Nanjuan beschafften sich insgeheim solche Mützen und setzten sie auf, wenn sie einmal über die Stränge schlagen wollten und sich dazu als Bürger verkleideten. An einem schönen Sommertag beschlossen sie, am folgenden Morgen zum Hudju-Berg zu fahren. Sie mieteten also eine Dschunke und bestellten einen Festschmaus. Der dritte Sohn des Webers Wang war gut Freund mit diesen Mönchen und machte eine solche Landpartie, auf der jeder für seine Zeche selbst aufkam, oft mit. Mit der Zeit aber gewöhnte er sich an, damit zu rechnen, daß die Mönche für ihn bezahlten, und gierte außerdem immer nach Wein. Darum verabredeten sich die Mönche, daß sie den Burschen diesmal nicht mitnehmen würden. Das kam dem jungen Wang zu Ohren. Gekränkt darüber, daß die Mönche ihn übergingen, wollte er ihnen mit Lan Lung einen Streich spielen und ihnen den Tag verderben. Lan Lung war sofort bereit dazu. Er schlich sich in das Kloster zur Weißen Wolke und stahl sämtliche Mönchskappen.

»Warum hast du ihnen denn nicht die neuen Quastenmützen fortgenommen?« fragte der junge Wang. »Was willst du bloß mit diesen Mönchskäppis anfangen?«

»Hätten sie die neuen Mützen eingebüßt, könnten sie doch morgen früh nicht zum Hudju-Berg fahren!« belehrte ihn Lan Lung. »Und was wäre dann aus dem Streich geworden, den wir ihnen spielen wollen? Mach dir keine Gedanken. Wart's nur ab, was ich denen morgen einbrocke!«

Wang konnte sich nun überhaupt keinen Vers mehr machen und ließ Lan Lung tun, wie der wollte.

In der Frühe des folgenden Tages staffierten sich die Mönche wie feine junge Herren in langen hellen Jacken und modernen Mützen heraus und traten ihren Ausflug mit der Dschunke an. Lan Lung ging hinter ihnen an Bord. Er hatte eine kurze schwarze Jacke an und setzte sich in die Nähe des Steuers. Die Mönche hielten ihn für einen von der Dschunkenmannschaft, und diese glaubte, er wäre der Diener der Mönche. Die Dschunke hatte sich kaum in Bewegung gesetzt, als die Mönche schon ihre hellen Jacken auszogen und die Quastenmützen abnahmen und zu trinken und Witze zu machen anhoben. Lan Lung benutzte diese günstige Gelegenheit, um sich der neuen Mützen zu bemächtigen. Er versteckte sie in seinen Jackenärmeln und legte statt ihrer die Mönchskappen hin, die er am Tag zuvor gestohlen und in seinen Taschen verwahrt hatte. In dem Augenblick, als die Dschunke an der Brücke anlegte, sprang er mit einem Satz ans Ufer und verschwand. Im Begriff, ihre hellen Jacken anzuziehen und die Mützen aufzusetzen, um sich am Ufer zu ergehen, entdeckten die Mönche, daß ihre modernen Kopfbedeckungen verschwunden waren und statt ihrer die seidenen Priesterkäppchen, die sie tagtäglich trugen, dalagen. Jedes war ordentlich zusammengefaltet.

»Merkwürdig!« riefen sie wie aus einem Munde. »Wo sind unsere neuen Mützen?!«

»Das könnt ihr uns doch nicht fragen!« wehrten die Dschunkenruderer ab. »Ihr habt sie selbst neben euch gelegt, und die Dschunke hat kein Loch. Sie können also nicht spurlos verschwunden sein.« Die Taoistenmönche sahen noch einmal überall sorgfältig nach, entdeckten aber keine Spur von ihren Quastenmützen.

»Da saß so ein kleiner Bursche in dunkler Jacke, der schon an Land gegangen ist«, sagten sie zu den Ruderern. »Ruft ihn doch zurück, bitte. Vielleicht hat er unsere Mützen gesehen.«

»Der gehört nicht zu uns«, versetzten die Männer. »Er ist mit euch zusammen gekommen.«

»Mit uns hat der gar nichts zu tun«, riefen die Mönche im Chor; »ihr steckt mit einem Dieb unter einer Decke, damit ihr unsere neuen Mützen stehlen konntet! Von diesen Mützen kostet jede mehrere Silbertael. Denkt ja nicht, daß ihr so mit uns umspringen könnt!«

Die Mönche packten die Dschunkenmänner und hielten sie fest. Die erhoben ein Geschrei, und am Ufer sammelte sich eine neugierige Menge. Ein junger Bursche setzte mit einem Sprung auf die Dschunke. »Warum schlagt ihr solchen Lärm?« fragte er.

Darauf berichteten die beiden Parteien, jede in ihrer Auffassung der Lage. Die Priester kannten den Mann und waren überzeugt, daß er sich auf ihre Seite stellen werde. Statt dessen setzte er eine entrüstete Miene auf und erging sich in Schmähungen gegen sie.

»Ihr seid allesamt Taoistenpriester. Da müsst ihr also mit Taoistenkäppchen auf dem Kopf an Land gehen. Eure richtigen Käppchen sind ja auch alle hier! Wie solltet ihr zu modernen Quastenmützen gekommen sein? Warum wollt ihr eigentlich diese Dschunkenmänner erpressen?!«

Die Gaffer hörten aus dieser Rede heraus, daß die Fahrgäste auf der Dschunke taoistische Mönche seien, die ihre eigenen Mönchskappen in der Hand hielten, aber die Dschunkenruderer beschuldigten, andere Mützen gestohlen zu haben. Sie schrien sofort Zetermordio.

Ein paar Strolche und Straßenbummler traten sogar aus der Menge heraus und drohten den Mönchen mit der Faust.

»Zum Teufel mit diesen Mönchshalunken!« riefen sie. »Man sollte ihnen eine Tracht Prügel verabfolgen und sie zur Polizei schleppen!«

»Prügeln gibt's nicht!« rief der junge Mann dazwischen und hob abwehrend die Hand gegen die Schreier. »Lasst die Mönche laufen!« Beim letzten Wort sprang er von der Dschunke wieder ans Ufer.

Die Mönche befürchteten Unannehmlichkeiten, wenn sie an Land gehen würden, und wollten sofort wieder zurückfahren. Sie trieben die Dschunkenmänner zur Eile an. Ohne ihre neuen Mützen und als Mönche erkannt, konnten sie sich ohnehin nicht auf den Berg wagen. Mürrisch traten sie also die Heimfahrt an. Ihr schönes Geld hatten sie umsonst vertan, ihr Vergnügen war ihnen verdorben.

Wer war nun der junge Bursche gewesen, der auf die Dschunke gesprungen war? Niemand anders als der junge Wang! Lan Lung hatte ihm Bescheid gesagt, nachdem er die Mützen mit den Käppchen vertauscht hatte, und während die Mönche Spektakel schlugen, ging Wang zu der Dschunke mit der Absicht, den Priestern eine Lektion zu erteilen. Als die Mönche daheim angelangt waren, wollten sie die Ruderer noch immer nicht laufen lassen. Schließlich ließ Wang die Mützen von einem Boten zurückholen und den Mönchen aushändigen.

»Wenn sie wieder etwas Nettes planen und dazu die modernen Quastenmützen aufsetzen wollen, sollen sie nicht versäumen, Wang dazu aufzufordern!« ließ er ihnen bestellen. Bei dieser Warnung merkten die Mönche, daß der junge Wang ihnen einen Possen gespielt und sich dazu der Geschicklichkeit Lan Lungs bedient hatte. Von Lan Lungs Ruf hatten sie gehört, und daß er Wangs Freund war, wußten sie auch.

Damals gab es in dem Nachbarkreis Wusih einen Mandarin, der wegen seiner Habgier weit bekannt war.

»Der Mandarin von Wusih hat haufenweise Gold und Juwelen in seinem Amtssitz aufgestapelt«, erzählte jemand eines Tages Lan Lung. »Und all seinen Reichtum hat er auf unredliche Weise zusammengebracht. Erleichtere ihn doch mal um einen Teil seiner Besitztümer, und verteil den unter die Armen!«

Das schien Lan Lung ein guter Gedanke zu sein. Er wanderte nach Wusih und schlich sich eines Abends in das Haus des Mandarins ein. Von der Pracht, die er dort zu sehen bekam, gingen ihm die Augen reinweg über.

Die Truhen voll gepackt mit Seiden und Tuch,
Auf den Borden Schatullen mit Edelsteinen,
Silberbarren auf jedem Fußboden verstreut.
Kein einziger irdener Topf,
Nur Gefäße aus Gold und Silber,

Jeder Feuerhaken aus Elfenbein,
Jeder Löffel aus seltenem Horn.
Dieses Mandarins Habgier stürzte fürwahr
Viele Familien in bitterste Not.
Sein verruchtes Regiment raubte die Stadt völlig aus.
Und während er immer noch mehr zu raffen trachtete,
Ließ er sich Schützer der Armen nennen.

Lan Lung hätte unmöglich den Wert all der Reichtümer in diesem Hause zu errechnen vermocht.

Er überlegte: ›Die Tore sind verriegelt. Die Wächter patrouillieren mit Glokken und Holzklappern durch das Grundstück. Es wird schwierig werden, viel zusammenzupacken.‹

Ein kleiner Kasten fiel ihm auf. Er war so schwer, daß man annehmen mußte, er sei mit Gold- und Silberbarren gefüllt. Gerade hatte er ihn sich angeeignet, als ihm der Gedanke durch den Kopf ging, daß er ja in einem Dienstgebäude war. Er mußte verhüten, daß der Mandarin am nächsten Tag Unschuldige verhaften ließ. Er holte also seinen Pinsel hervor und zeichnete neben den betreffenden Bord eine Pflaumenblüte. Darauf verließ er das Haus geräuschlos auf dem Weg über das Dach.

Zwei oder drei Tage danach kontrollierte der Mandarin einmal wieder all seine Reichtümer und stellte dabei fest, daß ihm ein kleiner Kasten mit über zweihundert Unzen Gold, die gut tausend Silbertael wert waren, fehlte. Sein Blick fiel auf die Pflaumenblüte an der Wand. Er war sprachlos.

›Das hat keiner von meinen Leuten fertiggebracht‹, überlegte er. ›Wer kann denn aber nur hier eingedrungen sein und kaltblütig solche Pflaumenblüte als Besuchskarte an der Wand hinterlassen? Das war bestimmt kein alltäglicher Dieb. Den Kerl muß ich zu fassen bekommen.‹

Der Mandarin ließ einige Polizeibeamte kommen, die ihm als besonders scharfsinnig bekannt waren, und zeigte ihnen das Signum des Täters. Die Polizisten waren höchst erstaunt.

»Wir wissen wohl, wer das ist, Euer Gnaden«, sagten sie. »Aber fassen kann man diesen Mann nicht. Das hat Lan Lung, der Diebeskünstler aus Ssootschou, vollbracht. Überall, wo er hinkommt, pinselt er eine Pflaumenblüte an die Wand. Er besitzt außergewöhnliche Fähigkeiten: Er kann überall auf geheimnisvolle Weise eindringen und sich wieder davonmachen. Seinen Freunden hilft er, wann und wie er nur kann, und daher sind ihm viele Menschen treu ergeben. Wenn wir uns bemühen, ihn zu erwischen, so schafft das mehr Unruhe als der Verlust einer kleinen Menge Gold oder Silber. Euer Gnaden tun besser, den Mann laufen zu lassen. Es ist gefährlich, ihn zu reizen.«

»Feiges Gesindel!« schnauzte der Mandarin. »Ihr kennt den Kerl und könnt ihn nicht erwischen?! Da steckt ihr wohl unter einer Decke mit ihm und schützt ihn?! Ich habe nicht übel Lust, euch eine Tracht Prügel verabfolgen zu lassen. Ich lasse euch jetzt noch frei, damit ihr den Mann suchen und verhaften könnt. Aber das eine laßt euch gesagt sein: Führt ihr mir den Dieb nicht binnen zehn Tagen vor, büßt ihr es mit euerm Leben!«

Die Polizeibeamten wagten keine Widerrede. Der Mandarin ließ zweien von ihnen von seinem Schreiber einen Haftbefehl ausstellen und dem Mandarin in Ssootschou und anderen zuständigen Stellen mitteilen, daß er die Festnahme des Verbrechers Lan Lung verlange.

Die beiden Polizeibeamten machten sich recht widerwillig auf den Weg nach Ssootschou. In dem Augenblick, als sie die Stadt durch das Westtor betraten, wurden sie Lan Lung gewahr. Er stand auf der Straße. Sie klopften ihm auf die Schulter.

»Guten Tag, Freundchen!« sagten sie. »Wir haben gar nichts dagegen, daß du unserm Mandarin allerlei stiehlst. Wozu mußt du dich aber durch die Pflaumenblüte ausweisen? Nun hat er uns den Befehl mitgegeben, dich für ein Weilchen einzusperren. Was sagst du dazu?«

»Macht euch deswegen keine Sorgen, Freunde!« antwortete Lan Lung gelassen. »Kommt mit mir mit. Wir wollen uns in eine Schenke setzen und uns ein bisschen darüber unterhalten.«

Lan Lung führte die beiden Polizeibeamten in eine Schenke. Sie suchten sich einen Tisch aus und fingen an zu trinken.

»Ich mache euch einen Vorschlag«, sagte Lan Lung. »Da euer Mandarin die Stirn hat, mich verhaften zu lassen, will ich euch eure Aufgabe nicht erschweren. Aber gebt mir einen Tag Aufschub. Ich will ihm eine Nachricht schicken, auf die hin er den Haftbefehl gegen mich widerrufen wird. Wie denkt ihr darüber?«

»Das ist gut gesagt«, meinten die Polizeibeamten. »Die Sache ist nur die, daß du ihm wirklich eine ganze Menge gestohlen hast – alles reines Gold, behauptet er –, wie sollte er wohl dazu kommen, die Sache fallen zu lassen? Und wenn wir ohne dich heimkehren, haben wir böse Scherereien.«

»Und wenn ihr darauf besteht, daß ich mit euch mitgehe«, verhandelte Lan Lung weiter, »so habe ich deswegen das Gold doch nicht mehr.«

»Wo ist es denn hin?«

»Sobald ich es in der Hand hielt, habe ich es mit euch geteilt.«

»Mach keine Witze, alter Junge!« schnitten sie ihm die Rede ab; »vor Gericht wirst du bald merken, daß es bei dieser Angelegenheit nichts zu lachen gibt.«

»Ich habe in meinem ganzen Leben noch nicht ein einziges Mal gelogen!« verteidigte sich Lan Lung, »und ich mache jetzt keinen Spaß. Ihr braucht nur zu euch nach Hause zu gehen und nachzusehen.« Flüsternd setzte er hinzu: »Ihr findet die Goldbarren in euerm Rinnstein.«

Lan Lungs Geschicklichkeit war den Polizeibeamten gut bekannt. ›Wenn er das vor Gericht aussagt und es sich als wahr erweist, daß wir Diebesgut im Hause haben, wird man uns für seine Komplizen halten‹, überlegten sie.

»Das ist ausgezeichnet!« pflichteten sie Lan Lung bei. »Wir wagen nicht, dich zu bitten, daß du uns begleitest. Was, meinst du, sollen wir jetzt tun?«

»Ihr geht vor«, antwortete Lan Lung. »Ich folge euch auf dem Fuß. Ich stehe euch dafür ein, daß der Mandarin es nicht wagt, Dampf hinter die Angelegenheit zu machen. Niemals würde ich das geringste tun, was euch in Ungelegenheiten verwickeln könnte.« Während er das sagte, holte er aus seiner Gürteltasche zwei Goldbarren heraus und gab sie den Polizeibeamten.

»Zehrgeld für unterwegs!«

Wie Fliegen vom Blut, so werden Beamte vom Geld angezogen. Beim Anblick des rötlich gleißenden Goldes funkelten die Augen der Polizeibeamten. Vergnügt grinsend, nahmen sie es und steckten es sicher fort. Der Argwohn, daß dieses Gold höchstwahrscheinlich aus der Schatulle des Mandarins stammte, hinderte sie mehr als jede andere Überlegung daran, Lan Lung zu verhaften.

Die Polizeibeamten gingen ihres Wegs. Lan Lung machte sich abends auf den

Weg nach Wusih. Er wanderte die ganze Nacht hindurch. Morgens erreichte er die Stadt. Bei Anbruch der Dunkelheit schlich er sich in das Haus des Mandarins. Der hatte eine Ehefrau und eine Konkubine. In dieser Nacht schlief er mit seiner Frau, so daß die Konkubine in ihrem Bett allein lag. Lan Lung zog den Bettvorhang vorsichtig ein wenig zur Seite und tastete herum, bis er das glatte Haar, das in Drachenform aufgesteckt war, unter seiner Hand spürte, und schnitt die lange Rolle behutsam ab. Nach einigem Suchen entdeckte er die Siegelschatulle des Mandarins, stemmte sie auf, legte den Haarschwanz hinein und drückte den Deckel wieder zu. Schließlich pinselte er wiederum eine Pflaumenblüte an die Wand und schlich aus dem Zimmer. Er hatte nicht den geringsten Gegenstand weiter berührt.

Am nächsten Morgen war die Konkubine beim Erwachen sehr erstaunt, daß ihr das Haar lose in den Nacken hing. Als sie ihren Kopf betastete, merkte sie, daß sie keine langen Haarsträhnen mehr hatte. Sie kreischte so laut vor Schreck, daß das ganze Haus in Unruhe geriet und jeder angelaufen kam, um zu sehen, was es gebe.

»Wer hat mir nur diesen furchtbaren Streich gespielt und mir das Haar abgeschnitten?« jammerte die Konkubine.

Der Mandarin wurde sofort benachrichtigt und lief eilends zum Zimmer der Konkubine. Als er sie kahl geschoren wie eine Nonne in ihrem Bett liegen sah, war er außerstande, sich vorzustellen, was geschehen war. Der Verlust des schönen Haars, das die Konkubine wie dunkle Wolken umhüllt hatte, betrübte und entsetzte ihn. ›Beim letzten Diebstahl ging es um Gold, und der Dieb ist noch nicht einmal gefasst …‹, so ging es ihm durch den Sinn. ›Jetzt ist schon der zweite Schuft hier gewesen. Wenn der Dieb nur nicht mein Dienstsiegel entwendet hat[1]!‹

In aller Eile ließ er sich seine Siegelschatulle zureichen: Sie war versiegelt und verschlossen wie vorgeschrieben. Er öffnete sie und atmete erleichtert auf: Das Dienstsiegel lag im obersten Fach. Zugleich aber fand er einige einzelne Haare, und als er das oberste Brettchen heraushob, kam darunter eine dicke Haarsträh-

1 Der Verlust des Amtssiegels brachte dem Mandarin schwere Bestrafung, unter anderem verlor er seine Stellung. Gewöhnlich hatte die Frau oder die erste Nebenfrau des Mandarins das Amtssiegel in Verwahrung.

ne zum Vorschein. Er kontrollierte seine anderen Wertsachen: Kein Stück fehlte. Aber danach stellte er die zweite Pflaumenblüte an der Wand fest – sie bildete mit der ersten zusammen ein Blütenpaar. »Was denn – schon wieder!« stotterte der Mandarin bestürzt. »Da hat er gemerkt, daß ich hinter ihm her bin, und mir zur Warnung diesen Streich gespielt. Schneidet meiner Konkubine das Haar ab! Damit will er sagen, daß er mir den Kopf abschneiden kann. Legt das Haar in die Siegelschatulle! Damit will er sagen, daß er mir mein Amtssiegel stehlen kann. Dieser Mann ist ja höchst gefährlich. Die Polizeibeamten hatten durchaus recht, als sie mir vor einigen Tagen den Rat gaben, diesen Kerl nicht zu reizen. Wenn ich nicht nachgebe, werde ich mir die größten Unannehmlichkeiten auf den Hals ziehen. Auf das bißchen Gold kommt es wirklich nicht an, da brauche ich nur ein paar Reiche zu schröpfen. Es ist schon am besten, ich unternehme gar nichts mehr in dieser Sache!«

Er erteilte sofort den Befehl, die beiden Polizeibeamten aus Ssoo-tschou zurückzurufen, und hob den Haftbefehl auf.

Die beiden Beamten waren nach der Unterhaltung mit Lan Lung sofort nach Hause geeilt und hatten dort, wie Lan Lung angedeutet, den Rinnstein auf ihrem Grundstück untersucht. Und wahrhaftig: Jeder von ihnen fand ein versiegeltes Päckchen Goldbarren, das in einer Ecke das Datum trug, an dem der Diebstahl im Amtsgebäude des Mandarins vor sich gegangen war. Da sie nicht wußten, wann Lan Lung das Gold bei ihnen versenkt hatte, blieb ihnen vor Staunen wirklich der Mund offen.

»Nur gut, daß wir ihn nicht verhaftet haben«, sagten sie beide. »Wenn er gestanden und das Gericht das Diebsgut bei uns gefunden hätte – wir wären niemals in der Lage gewesen, unsere Unschuld nachzuweisen. Mit hundert Zungen hätten wir das nicht geschafft. Welchen Bescheid sollen wir bloß dem Mandarin geben?«

Die beiden waren noch mit ihren Gehilfen beim Überlegen, als ein Amtsdiener eintrat. Sie meinten nicht anders, als daß er einen Haftbefehl gegen sie abgeben solle, weil sie den Dieb in der ihnen gestellten Frist nicht verhaftet hatten, und gerieten in höchste Angst. Aber es stellte sich heraus, daß er eine Gegenorder brachte. Sie fragten nach dem Grund dafür, worauf er ihnen den Vorfall im Amtsgebäude berichtete.

»Der Mandarin fürchtet für sein Leben!« fügte er hinzu. »Wie konnte er sich auch unterfangen, gegen Lan Lung einen Haftbefehl zu erlassen!«

Den beiden Polizeibeamten war klar, daß Lan Lung seine Zusage durch seinen Besuch im Amtsgebäude und den Streich dort wahr gemacht hatte.

Gegen Ende der Dja-Djing-Periode war der höchste Mandarin in Wudjang ein heimtückischer, brutaler Mensch, der weit und breit wegen seiner Habgier und Bestechlichkeit berüchtigt war. Einmal schickte er einen Eilboten nach Ssootschou, der Lan Lung Geschenke überreichen und ihn bitten sollte, den Mandarin in Wudjang zu besuchen. Lan Lung nahm die Geschenke an und begab sich zu dem Mandarin.

»Was für einen Dienst kann ich Euer Gnaden erweisen?« fragte er.

»Deine Geschicklichkeit ist mir seit langem bekannt«, sagte der Mandarin darauf. »Ich möchte dir einen Geheimauftrag anvertrauen.«

»Ich bin ein Landstreicher. Wenn Euer Gnaden meine Geschicklichkeit schätzt, so will ich durch Wasser und Feuer gehen, um Eure Befehle auszuführen.«

Der Mandarin schickte seine Beamten aus dem Zimmer, weil er offen sprechen wollte, und sagte:

»Der kaiserliche Tao Tai inspiziert zur Zeit meinen Bezirk und ist mit meiner Amtsführung nicht zufrieden. Du sollst ihm sein Amtssiegel aus seinem Amtsgebäude stehlen, dann kann ich ihn um seinen Posten bringen. Das würde mir eine Genugtuung bereiten, kann ich dir sagen! Wenn du das fertigbringst, gebe ich dir zur Belohnung hundert Silbertael.«

»Das Amtssiegel schaffe ich zur Stelle«, entgegnete Lan Lung. »Darauf könnt Ihr Euch verlassen.«

Lan Lung blieb die halbe Nacht fort. Bei der Rückkehr überreichte er dem Mandarin das Siegel des Tao Tai. Der größeren Höflichkeit wegen hielt er es auf beiden Händen. Der Mandarin strahlte vor Freude. »Wie geschickt du bist!« rief er. »Nicht einmal die schöne Hung Ssiän in der Geschichte aus der Tang-Periode, die es schaffte, eine goldene Schatulle zu stehlen, hätte mehr geleistet.«

In aller Eile belohnte der Mandarin Lan Lung mit hundert Silbertael und befahl ihm, sofort in einen andern Bezirk zu gehen.

»Ich danke Euer Gnaden für das Geschenk und erlaube mir die Frage, was Euer Gnaden mit dem Amtssiegel vorhat.«

»Mit diesem Amtssiegel in der Hand kann ich jede Amtshandlung gegen mich verhindern«, schmunzelte der Mandarin.

»Ich würde Euer Gnaden gern einen Rat geben, um meine Dankbarkeit zu beweisen«, sagte Lan Lung darauf.

»Was für ein Rat wäre das?«

»Ich saß die halbe Nacht lang im Dachgebälk des Amtsgebäudes versteckt«, antwortete Lan Lung. »Von oben her konnte ich den Tao Tai beobachten. Er las beim Schein einer Öllampe Dokumente durch und schrieb schnell seine Anweisungen dazu. Daran erkennt man, daß er schnell denkt und handelt und sich nicht übers Ohr hauen läßt. Ich schlage Euer Gnaden Folgendes vor: Schickt dem Tao Tai das Amtssiegel morgen zurück und laßt dazu ausrichten: Der Wächter habe es in der Nacht gefunden, der Dieb sei leider entwischt. Vielleicht schöpft der Tao Tai ein wenig Verdacht – in jedem Fall aber ist er Euch verpflichtet und wird auf der Hut sein wollen. Er wird nichts mehr an Euch auszusetzen finden.«

Der Mandarin sah das nicht ein. »Wenn ich dem Tao Tai das Siegel zurückgebe, habe ich doch keine Handhabe, daß er nichts gegen mich unternimmt!« sagte er. »Nein, nein. Was du mir vorschlägst, hat keinen Sinn. Geh deiner Wege, und zerbrich dir meinetwegen nicht den Kopf.«

Lan Lung traute sich nicht, noch etwas zu sagen, und ging aus dem Zimmer.

Am andern Tag entdeckte der Tao Tai, daß seine Siegelschatulle leer war. Die Dienerschaft mußte sofort das ganze Haus von oben bis unten durchsuchen. Das Siegel war nirgends zu finden.

›Der Mandarin von Wudjang weiß, daß ich ihn nicht schätze‹, überlegte er. ›Natürlich hat er überall seine Späher, und da ich mich hier in seinem Bezirk befinde, hat er mir das Siegel entwenden lassen. Na – mit dem werde ich fertig!‹

Der Tao Tai befahl allen Dienern, kein Wort über das Verschwinden des Siegels verlauten zu lassen, und versiegelte die Schatulle, wie es vorgeschrieben war. Darauf beurlaubte er sich unter dem Vorwand einer Erkrankung von der Führung seiner Amtsgeschäfte und übergab sämtliche Dokumente dem Polizeidirektor. Der Mandarin wußte natürlich, daß der Tao Tai in Wirklichkeit gar nicht krank war, und frohlockte insgeheim. Nach einigen Tagen mußte er, den Vorschriften der Beamtenetikette entsprechend, seinem Vorgesetzten einen Besuch abstatten und sich nach dessen Befinden erkundigen. Als dem Tao Tai die Ankunft des Mandarins gemeldet wurde, befahl er, ihn durch einen Nebeneingang in das Zimmer zu führen, in dem er zu Bett lag. Er unterhielt sich sehr höflich mit seinem Besucher über Fragen der Verwaltung, Höhe der Steuern und Abgaben, auch über mancherlei heimische Sitten und Gebräuche. Dabei gab er sich zwanglos und liebenswürdig und ließ dem Mandarin ein Schälchen Tee nach dem andern vorsetzen. Der Mandarin hatte eine solche freundliche Aufnahme nicht erwartet und geriet allmählich in Verlegenheit. Mitten in die Unterhaltung hinein wurde dem Tao Tai plötzlich gemeldet, daß in der Küche ein Feuer ausgebrochen sei. Diener, Boten, Köche – alle kamen sie angelaufen.

»Das Feuer nimmt seinen Weg hierher!« riefen sie. »Rettet Euch, Euer Gnaden! Rettet Euch!«

Der Tao Tai war sichtlich erschrocken. So schnell er es vermochte, erhob er sich, griff nach der verschlossenen und versiegelten Stempelschatulle und überreichte sie dem Mandarin.

»Ich bitte Euch um die Gefälligkeit, diese Schatulle in Euerm Amtszimmer vorübergehend für mich zu verwahren!« sagte er. »Und schickt, bitte, sofort einen Trupp Männer her, um das Feuer zu löschen.«

Dem Mandarin blieb vor Schreck der Atem fort. Es war ausgeschlossen, der Bitte nicht zu entsprechen; er mußte, wohl oder übel, mit der leeren Schatulle in der Hand fortgehen. Mittlerweile war schon die örtliche Feuerwehr eingetroffen und löschte den Brand. Es stellte sich heraus, daß nur die Küchenräume ausgebrannt, die Diensträume dagegen unversehrt geblieben waren. Darauf ließ der Tao Tai alle Tore verriegeln. Alles war genau nach den Anweisungen verlaufen, die er seit dem Verschwinden seines Amtssiegels gegeben hatte.

Der Mandarin überlegte hin und her auf dem Heimweg: ›Der Tao Tai hat mir die leere Siegelschatulle mitgegeben. Wenn ich sie ihm leer zurückgebe, entdeckt er beim Öffnen, daß das Amtssiegel fehlt, und macht mich dafür verantwortlich.‹ – Es kam ihm kein rettender Gedanke, so sehr er sich auch den

Kopf zerbrach. Schließlich weichte er vorsichtig die Siegelmarken ab, legte das gestohlene Amtssiegel auf seinen Platz zurück und versiegelte die Schatulle von neuem. Am Vormittag des folgenden Tages hielt der Tao Tai wieder die öffentliche Sprechstunde ab. Der Mandarin begab sich zu ihm und überreichte ihm die Schatulle. Der Tao Tai bat ihn höflich zu warten: Er wolle gleich das Amtssiegel herausnehmen! Darauf setzte er unter alle Schriftstücke, die während der letzten Tage liegen geblieben waren, Amtssiegel und gab darauf seine Abreise aus Wudjang bekannt.

Über den Siegeldiebstahl erstattete er dem Provinzgouverneur ausführlich Bericht. Danach legten die beiden hohen Beamten gemeinsam der Kaiserlichen Regierung ein Protokoll über die schlechte Amtsführung des Mandarins vor und ließen ihn absetzen.

Er wollte einem andern Schaden zufügen
Und mußte den Schaden selbst erdulden.

Lan Lung war so bekannt geworden, daß man ihm gelegentlich einen Diebstahl zuschrieb, den jemand anders begangen hatte. So waren eines Tages aus der Schatzkammer der Präfektur von Ssootschou zwölf Silberbarren verschwunden. »Es ist keine Spur von dem Dieb zu entdecken«, sagten die Beamten. »Wahrscheinlich war es Lan Lung.«

In Wirklichkeit hatte aber Lan Lung mit diesem Diebstahl nicht das geringste zu tun. Als ihm zu Ohren kam, daß er verdächtigt wurde, beschloß er, die Angelegenheit zu klären. Sein Verdacht fiel auf den Wächter der Schatzkammer. Er versteckte sich eines Abends in einem Winkel des Dienstgebäudes und kletterte in der Nacht an der Regentraufe entlang vor das Fenster des Wächters.

»Gleich nachdem ich das Silber gestohlen hatte«, sagte der Wächter zu seiner Frau, »beschuldigten sie alle Lan Lung. Das ist ausgezeichnet für mich. Lan Lung wird sich natürlich nicht schuldig bekennen. Ich will darum gleich morgen früh dem Präfekten eine genaue Liste aller Diebstähle, die Lan Lung verübt hat, vorlegen. Daraufhin wird er sicher verhaftet werden und mag sehen, wie er durchkommt.«

›Das sind schlimme Aussichten‹, dachte Lan Lung. ›Da habe ich mit dieser

Sache gar nichts zu tun, und so ein Wächter, der Silber stiehlt, das er zu bewachen hat, will sich herausreden, indem er mir den Diebstahl anhängt. Wie soll ich meine Unschuld nachweisen? Die Beamten halten alle wie Pech und Schwefel zusammen, und meine Akte ist ja wirklich nicht ganz einwandfrei. Das beste wird wohl sein, ich kneife aus. Ich habe keine Lust, mich für etwas hängen zu lassen, was ich nicht verbrochen habe.‹

Noch in der gleichen Nacht machte sich Lan Lung auf den Weg nach Nanking. Dort zog er als blinder Wahrsager durch die Straßen. Als er schon einige Zeit dort war, stieß zufällig ein gewisser Herr Tschang auf ihn. Dieser Mann stammte aus dem Bezirk Tai-tschang in der Präfektur Ssootschou und war ein Spezialist im Aufspüren von Dieben. Eine Dienstreise hatte ihn nach Nanking geführt.

›Dieser Blinde macht einen verdächtigen Eindruck‹, stellte Tschang bei sich fest. Er sah sich den Mann genau an: Kein Zweifel – das war Lan Lung in Verkleidung. Er führte ihn ein Stückchen abseits. »Ich habe einen Haftbefehl gegen dich in der Hand«, sagte Tschang. »Du hast das Silber aus der Schatzkammer der Präfektur gestohlen! Deswegen hast du dich hierher geflüchtet und dich so verkleidet. Aber mir kannst du nichts vormachen!«

Lan Lung ergriff Tschangs Hand.

»Ihr kennt mich gut«, sagte er. »Es wäre euch ein leichtes, diese Angelegenheit für mich zu klären, statt mit den übrigen in das gleiche Horn zu blasen. Die Silberbarren, um die es geht, hat nämlich der Wächter der Schatzkammer gestohlen! Ich habe ihn belauscht, als er mit seiner Frau im Bett lag und es ihr erzählte. Ich schwöre Euch, daß ich die Wahrheit sage. Er hatte sich ausgedacht, wie der Diebstahl mir zugeschrieben werden könnte, und aus Angst, daß der Präfekt ihm Glauben schenken würde, bin ich hierher geflüchtet. Wenn Ihr das, was ich euch gesagt habe, in der Präfektur vortragt, bekommt Ihr die ausgeschriebene Belohnung und entlastet mich zugleich. Ich würde Euch dann von mir aus ein Geschenk zukommen lassen. Tut meinem Gewerbe hier jetzt keinen Abbruch!«

Tschang war tatsächlich von der Präfektur beauftragt, den Silberdieb zu ermitteln. Da ihm die erhaltenen Angaben zuverläßig erschienen, ließ er Lan Lung laufen und kehrte nach Ssootschou zurück. Auf seinen Bericht hin wurde der

Wächter der Schatzkammer verhört, wobei das Silber in seinem Hause gefunden und Lan Lungs Unschuld erwiesen wurde. Tschang erhielt die ausgeschriebene Belohnung und reiste noch einmal nach Nanking. Er traf Lan Lung wieder als blinden Wahrsager auf der Straße und hielt ihn an.

»Deine unangenehme Angelegenheit in Ssootschou ist aufgeklärt«, sagte er. »Denkst du noch an das Versprechen, das du mir kürzlich gegeben hast?«

»Natürlich denke ich daran«, versetzte Lan Lung. »Durchsucht nur einmal den Kehricht vor Eurem Hause, darin werdet Ihr ein bescheidenes Zeichen meiner Dankbarkeit finden.«

Tschang war darob höchst erfreut, denn er wußte, daß Lan Lung niemals log. Er verabschiedete sich von ihm und kehrte geradewegs heim. In dem Kehrichthaufen vor seinem Hause fand er zwischen der Asche tatsächlich ein Päckchen mit Gold- und Silbermünzen! Dicht daneben lag ein scharfgeschliffener Dolch! Tschang geriet außer sich vor Schrecken und Ärger.

»Dieser Lan Lung ist wirklich gefährlich!« murmelte er vor sich hin. »Da legt er mir neben sein Geschenk diesen Dolch! Warnt mich, noch einmal mit ihm anzubändeln! Weiß der Kuckuck, wann er diese Sachen hier hat verstecken können! Er ist von einer erstaunlichen Verschlagenheit! Ich lasse mich bestimmt kein zweites Mal mit ihm ein!«

Nachdem Lan Lung von Tschang erfahren hatte, daß sich in Ssootschou seine Unschuld herausgestellt hatte, fühlte er sich nicht mehr bedroht. Aber er befürchtete, daß man ihn schließlich doch einsperren würde, wenn er weiter auf Diebereien ausginge. Deswegen entschloß er sich, mit dem Stehlen ganz aufzuhören und sich seinen Lebensunterhalt mit der ehrlichen Arbeit eines Wahrsagers zu erwerben. Er wohnte im Tschangkan-Tempel und starb nach einigen Jahren an Altersschwäche.

Obwohl Lan Lung als Dieb berühmt war, ist er nicht ein einziges Mal zu Stockschlägen verurteilt worden, hat kein einziges Mal ein Erkennungsmal auf den Arm eingebrannt bekommen, und noch heute haben alle Leute in Ssootschou ihren Spaß daran, von seinen zahllosen Streichen zu erzählen. Ein Fürst der Diebe ist allen hohen Amtspersonen, die das Gegenteil von dem sagen, was sie meinen, und zur Befriedigung ihrer persönlichen Habgier jedes Unrecht zu begehen bereit sind, moralisch weit überlegen. Hätte man Lan Lung einmal hinter der feindlichen Front als Späher verwendet oder ihm die Führung eines nächtlichen Angriffs übertragen: Er hätte Heldentaten vollbracht.

Es ist zu bedauern, daß er in einer Zeit gelebt hat, in der nur die Leistungen der Literaten hoch eingeschätzt wurden und seine Schelmenstreiche nur dem Geschwätz Stoff lieferten.

FÜNFZEHN
STROHSCHNÜRE
KAESCH

Manch einem ist Klugheit angeboren,
Manch einer verbirgt dies Himmelsgeschenk.
Ein einziger Blick mag dir Feinde schaffen,
Ein harmloses Wort zu Totschlag führen.
Des Menschen Herz ist tückisch, dem Strom vergleichbar,
Sein Antlitz verdeckt von einem Visier.
Den König zu stürzen vermögen Weiber und Wein,
Nur Gelehrsamkeit hat noch niemals geschadet.

Diese Verse legen dar, wie schwierig es für einen Mann ist, sich mit Anstand zu bewegen; denn das Leben der Menschen ist von vielerlei Gefahren bedroht, und ihre Herzen sind abgrundtief. Seitdem sie den Lebensweg der Alten verloren haben, schlagen sie in ihrer Sucht nach Gewinn viele verschiedene Pfade ein und beschwören dabei oft Kummer und Sorge über sich herauf. Und mannigfacher Art ist das Unglück, das einen Mann und seine Familie heimsuchen kann. Es hat schon seine Richtigkeit, das Wort der Alten: ›In jedem Stirnrunzeln und in jedem Lächeln verbirgt sich eine Bedeutung, und deshalb sollte ein Mann gut Obacht geben, wie er die Stirn runzelt und wie er lächelt.‹

Ich will euch von einem Mann berichten, der mit einigen wenigen Bemerkungen, die er in der Trunkenheit zum Scherz hervorbrachte, sein eigenes Leben einbüßte, seine Familie ins Unglück stürzte und den Tod mehrerer anderer Menschen herbeiführte. Aber als Einführung will ich euch zuvor eine andere Geschichte erzählen.

Unter der Regierung des Juan Feng (1078–1085) lebte ein junger Literat mit Namen Wee Peng-dschu. Als er achtzehn Jahre alt und noch keinen vollen Monat mit einer liebreizenden jungen Frau verheiratet war, wurde der Termin für die Frühjahrsprüfung bekanntgegeben. Er mußte also seine Sachen zusammenpacken, seine Frau verlassen und sich in die Hauptstadt begeben. Beim Abschied beschwor die Frau ihren Mann, ihrer Liebe zueinander eingedenk zu bleiben und zu ihr zurückzukehren, sobald er es ermöglichen könnte, ohne Rücksicht darauf, ob er eine Anstellung als Beamter erhalten würde oder nicht.

»Mach dir keine Sorgen meinetwegen!« entgegnete Wee Peng-dschu, »Ruhm und Reichtum erwarten mich!« und machte sich auf den Weg zur Hauptstadt.

Tatsächlich bestand er die Prüfung als neunter in der ersten Gruppe und erhielt einen hohen Posten in der Hauptstadt zugesprochen. Sogleich meldete er das seiner Frau in einem Brief. Er ließ das Schreiben durch seinen Diener an Ort und Stelle bringen und gab zugleich den Auftrag, daß der Diener die junge Frau Wee in die Hauptstadt geleite. Wee Peng-dschu hatte den Brief mit den vorgeschriebenen Höflichkeitsfloskeln eingeleitet, von seiner Ernennung zum Mandarin berichtet und anschließend geschrieben: »Da ich hier in der Hauptstadt ganz allein war und niemand hatte, der sich meiner fürsorglich annahm, habe ich mir eine Konkubine gesucht. Nun warten wir beide auf deine Ankunft, damit wir Reichtum und Ansehen zusammen genießen können.«

Wees Diener nahm den Brief an sich und ging schnurstracks in die Heimatstadt zurück. Er begrüßte die junge Frau, die Tai-tai, beglückwünschte sie zu den Erfolgen ihres Gemahls und übergab ihr den Brief. Sie öffnete ihn sogleich. Aber alsbald schrie sie erregt auf. »Wie konnte dein Herr nur solcher Lieblosigkeit fähig sein!« rief sie. »Kaum zum Mandarin ernannt, nimmt er sich schon eine Nebenfrau!«

»Solange ich in der Hauptstadt war, Herrin«, sagte der Diener beschwichtigend, »ist mir davon nichts zu Ohren gekommen. Der gnädige Herr hat sicher nur einen Scherz machen wollen. Reist nur erst in die Hauptstadt, so werdet Ihr das selbst feststellen können. Macht euch keine unnötige Sorge!«

»Ich will annehmen, daß es so ist, wie du meinst«, versetzte die junge Frau.

Während sie auf die Abfahrt einer Dschunke nach der Hauptstadt wartete, richtete sie ihr Gepäck und sandte mit einem andern Diener einen Antwortbrief an ihren Gatten. Bei seiner Ankunft in der Hauptstadt erkundigte sich der Bote sogleich nach dem Landsmannschaftsheim, in dem Herr Wee Peng-dschu logierte, übergab ihm selbst den Brief, nahm eine Mahlzeit zu sich und trat sofort den Heimweg an. Wee öffnete den Brief und wunderte sich, noch ehe er zu lesen begann, über dessen Kürze. Dann las er: »Da du dir in der Hauptstadt eine Konkubine genommen hast, habe ich mir hier daheim auch einen Freund gesucht. Wir kommen in den nächsten Tagen zusammen nach der Hauptstadt.« Das war alles, was in dem Brief stand.

Wee hielt diese Nachricht für einen Scherz seiner Frau und machte sich weiter keine Gedanken darüber. Er legte den Brief nicht gleich sorgfältig beiseite.

Unmittelbar darauf meldete der Diener ihm einen Besucher, einen ebenfalls gut durch die Prüfung gekommenen Kandidaten. Nun hat man in einem Landsmannschaftsheim in der Hauptstadt nicht so viele Räume zur Verfügung wie im eigenen Hause, und da der Besucher zu Wees guten Freunden gehörte und wußte, daß dieser seine Frau nicht bei sich hatte, trat er ohne weiteres in das Wohnzimmer ein und setzte sich. Die beiden Freunde plauderten ein paar Minuten über belanglose Dinge, worauf Wee sich für einen Augenblick zurückzog. Der andere warf einen flüchtigen Blick auf den mit Schriftstücken bedeckten Arbeitstisch und wurde dabei den Brief der jungen Frau gewahr. Höchst amüsiert las er ihn laut vor. Wee, der inzwischen wieder ins Zimmer zurückgekehrt war, hatte keine Möglichkeit, den Brief noch schnell an sich zu nehmen. Er wurde ganz rot vor Verlegenheit. »Das ist natürlich reiner Unsinn! Ich hatte ihr nämlich eine Falle gestellt und darauf antwortet sie mit solchem Scherz.« So suchte er den Freund abzulenken.

Der aber lachte laut auf. »Na, nach einem Scherz sieht das ja gerade nicht aus!« meinte er und verabschiedete sich von ihm.

Der Freund war ein schwatzhafter junger Bursche, und im Handumdrehen war der Inhalt von Frau Wees Brief in allen Landsmannschaftsheimen der Hauptstadt in Umlauf. Einige Literaten, die darauf neidisch waren, daß dem noch so jungen Wee Peng-dschu eine hohe Auszeichnung zuteil geworden war, bauschten die Angelegenheit auf. Ein hoher Mandarin schickte einen Bericht an den Kaiser und zog die Konsequenz daraus, daß Wee Peng-dschu zu jung und zu leichtfertig sei, um ein wichtiges Amt zu bekleiden. Er erreichte damit, daß Wees Ernennung zurückgenommen und ihm nur eine Stellung in der Provinz übertragen wurde. Wee bereute seinen törichten Streich bitter, aber damit konnte er nichts mehr ändern. Dieses Vorkommnis schnitt ihm ein für allemal jede Aussicht auf Beförderung ab; seine so verheißungsvoll begonnene Laufbahn hatte ein jähes Ende gefunden.

Nachdem ich euch vorgetragen habe, wie ein einziger törichter Scherz einen Mann seiner hohen Mandarinwürde verlustig gehen ließ, will ich euch von einem vornehmen Mann erzählen, der wegen eines einzigen Scherzes in der Trunkenheit seines Lebens in der Blüte seiner Jahre verlustig ging und noch dazu die Schuld an dem Tode zweier oder dreier unschuldiger Menschen auf sich lud.

Wie kam es dazu? Ein Vierzeiler erklärt es euch:

Unser irdisches Leben ist voller Gefahren,
Wenn auch viele nach Herzenslust schwatzen und lachen.
Auch Silbergewölk ist nicht Herr seines Schicksals,
Ein Windstoß treibt es, wie es ihm paßt.

Der Kaiser Gan Dschung (1127–1162) verlegte die Hauptstadt des Reiches der Mitte südwärts nach Hang-tschou, das an Reichtum und Pracht sehr bald mit der ehemaligen Hauptstadt im Norden des Reiches wetteiferte. Auf der linken Seite der Schih-Brücke in Hang-tschou lebte ein gewisser Herr Lin Gwee. Er stammte aus einer begüterten Familie, aber von dem Augenblick an, in dem er sein Erbe angetreten hatte, war das Glück ihm unhold geworden, so daß er sein Studium aufgeben und sich dem Handel zuwenden mußte. Da er aber nicht von Beruf Kaufmann war, ging ihm der Sinn für geschäftliche Dinge ab, und in kurzer Zeit hatte er sein gesamtes Vermögen eingebüßt. Es fing damit an, daß er sein großes Haus verkaufen und ein kleines kaufen mußte. Danach mußte er auch das kleine Haus verkaufen und sich mit zwei oder drei gemieteten Räumen begnügen. In denen lebte er mit seiner Frau aus der Sippe der Wang, die er als junger Mann geehelicht hatte, und einer Nebenfrau, die er in späteren Jahren geheiratet hatte, weil seine erste Frau ihm keinen Sohn gebar. Die Nebenfrau kam aus der Familie Tschen und war die Tochter eines Pastetenhändlers. Lin Gwee hatte sie zur Konkubine genommen, als er noch in leidlich bequemen Verhältnissen lebte. Er und seine erste Frau nannten sie Mee-mee, unsere »zweite Schwester«, und sie bildeten zu dritt eine Familie. Lin war ein umgänglicher Mensch; seine Nachbarn mochten ihn alle sehr gern und sagten oftmals zu ihm:

»Ihr lebt jetzt in einer Pechsträhne, Herr Lin. Verliert nur nicht den Mut, es kommen sicher bald bessere Zeiten.«

Aber es hatte leider nicht den Anschein, daß diese tröstliche Voraussage sich je erfüllen würde. Lin mochte nicht mehr aus dem Hause gehen, so bedrückt war er, daß er keinerlei Möglichkeit sah, aus seiner schwierigen Lage herauszukommen.

Als er eines Tages wieder einmal vor sich hinbrütete, trat der Diener seines Schwiegervaters in sein Zimmer.

»Heute ist der Geburtstag unseres gnädigen Herrn«, sagte der siebzigjährige Mann zu Lin. »Er schickt mich her, damit ich Euch und der Tai-tai seine Einladung ausrichte, seine Gäste zu sein.«

»So weit ist es gekommen«, fuhr Lin erschrocken auf, »daß ich über all meinen Sorgen den Geburtstag des alten Herrn vergessen habe!«

Sogleich legten Lin und seine Frau einige notwendige Kleidungsstücke zurecht, packten sie zusammen und gaben das Bündel dem Diener zum Tragen. Darauf baten sie Mee-mee, gut auf das Haus zu achten, weil sie erst am nächsten Abend zurückkehren würden, und machten sich auf den Weg. Nach einem Marsch von etwa acht Li gelangten sie zu dem Hause des alten Herrn Wang, das außerhalb der Stadt lag. Lin begrüßte seinen Schwiegervater, aber in Gegenwart der vielen Gäste konnte er nicht mit ihm über seine Nöte sprechen. Nach dem Fortgang der Besucher lud der alte Herr Wang jedoch den Schwiegersohn und die Tochter ein, die Nacht im Gastzimmer seines Hauses zu verbringen, und am nächsten Morgen unterhielt er sich mit Lin über dessen wirtschaftliche Lage.

»Du darfst die Dinge nicht weiter so treiben lassen«, hielt er ihm vor. »Ein altes Sprichwort lautet: ›Ein Mann, dessen einzige Beschäftigung das Essen ist, wird schließlich einen Berg vertilgt haben. Der Schlund des Menschen ist abgrundtief wie das Meer, und die Zeit flitzt dahin wie ein Weberschiffchen.‹ Du mußt ernstlich darangehen, dir eine Existenz zu gründen. Meine Tochter hat dich unter der Voraussetzung geheiratet, daß du in der Lage bist, sie zu ernähren. Du mußt zugeben, daß es so nicht weitergehen darf.«

»Ich muß Euch recht geben«, antwortete Lin mit einem tiefen Seufzer. »Aber Ihr werdet mir auch zugeben, daß es leichter ist, im Gebirge einen Tiger zu fangen, als in der Not einen Freund zu finden. Wer in der ganzen Welt außer Euch hat Verständnis für mich? Es bleibt uns beiden nichts anderes übrig, als uns mit der Armut abzufinden. Es wäre eine nutzlose Mühe, irgendwo Hilfe zu erbitten!«

»Es liegt wohl etwas Wahres in deinen Worten«, entgegnete der Schwiegervater. »Aber ich will nicht länger untätig zusehen, wie du die Dinge gehen läßt. Ich bin bereit, dir etwas Geld zu leihen, damit du dir einen Krämerladen einrichten und damit euren Lebensunterhalt verdienen kannst. Wie denkst du über meinen Vorschlag?«

»Ich finde keine Worte, meinem Dank Ausdruck zu verleihen«, antwortete Lin. »Das ist bestimmt die beste Lösung für uns!«

Nach dem Frühstück brachte der alte Herr Wang fünfzehn Reisstrohschnüre Kaesch und händigte sie Lin aus.

»Nimm zunächst diesen Betrag für den Anfang. Sobald du den Laden in Gang gebracht hast, sollst du weitere zehn Schnüre Kaesch bekommen. Deine Frau mag noch einige Tage bei mir bleiben. Sobald du einen Tag für die Eröffnung des Ladens festsetzen kannst, werde ich sie selbst heimgeleiten, sofern dir das recht ist, und dir meine Glückwünsche darbringen.«

Lin versicherte den Vater zu wiederholten Malen seiner größten Dankbarkeit, hängte sich die fünfzehn schweren Strohschnüre Kaesch über die Schulter und machte sich auf den Rückweg. Er erreichte die Stadt erst am späten Nachmittag. Sein Weg führte ihn am Hause eines Freundes vorbei, von dem er wußte, daß er ebenfalls beabsichtigte, ein Geschäft aufzumachen. Er überlegte, daß es vielleicht recht nützlich sein könnte, seinen eigenen Plan mit dem Freunde zu besprechen, und pochte an das Tor. Eine Stimme von drinnen antwortete, gleich danach erschien der Freund, hieß ihn willkommen und fragte nach der Ursache seines späten Besuches.

Lin setzte dem Freund sein Vorhaben auseinander.

»Ich betreibe zur Zeit noch kein Geschäft«, sagte der Freund darauf. »Ich will dir gern behilflich sein, wenn du meinst, daß du mich in deinem Unternehmen brauchen kannst.«

»Abgemacht!« war Lins Antwort.

Als die beiden das geschäftliche Gespräch beendet hatten, lud der Freund seinen Besucher zum Abendessen ein. Es gab reichlich zu essen und zu trinken, und Lin trank mehrere Schälchen Hirseschnaps. Aber er war das Trinken nicht gewohnt und spürte bald, wie ihm der Alkohol zu Kopfe stieg. Deswegen brach er bald auf und verabschiedete sich von dem Freund mit den Worten:

»Ich habe deine Gastfreundschaft über Gebühr in Anspruch genommen. Erweise mir die Ehre, mich morgen in meinem bescheidenen Hause aufzusuchen. Dann können wir uns in Ruhe über die noch unerledigten Fragen unterhalten.«

Der Freund geleitete ihn bis zur nächsten Straßenecke, und sie verabschiedeten sich voneinander.

Lin schwankte heimwärts, die schweren Schnüre über der Schulter, und pochte kräftig an die Haustür. Die Zeit, in der die Lampen angezündet wurden, war längst gekommen. Die Konkubine, die allein in dem Haus geblieben war und nichts zu tun hatte, war vor der Lampe eingenickt, nachdem sie bis zur Dunkelheit vergeblich auf die Rückkehr von Lin und dessen Frau gewartet und schließlich die Haustür verschlossen hatte. Lin mußte mehrere Male mit dem Holzklöppel gegen die Tür schlagen, ehe sie aufwachte.

»Ich komme schon! Ich komme!« rief sie laut und stand auf, um Lin eintreten zu lassen.

»Woher hast du denn das viele Geld? Und was hast du damit vor?« fragte sie, während sie Lin die schweren Schnüre abnahm und auf den Tisch legte.

Leicht angetrunken und dazu verärgert, weil sie ihn so lange vor der Tür hatte warten lassen, reizte es Lin, ihr einen Schreck einzujagen.

»Ich will es dir sagen, aber du wirst dich darüber aufregen«, entgegnete er. »Andererseits darf ich es dir nicht verschweigen. So laß dir gesagt sein: Ich bin in so großer Bedrängnis, daß mir kein anderer Ausweg bleibt, als dich einem Bekannten zu verpfänden. Ich habe mir nur diese fünfzehn Reisstrohschnüre Kaesch dafür geben lassen, denn ich wollte nicht etwa ein gutes Geschäft mit dir machen, und sobald ich zu Geld gekommen sein werde, löse ich dich aus und zahle auch die fälligen Zinsen. Sollte ich aber weiter in einer so argen Klemme wie bisher bleiben, muß ich dich endgültig und für immer fortgeben.«

Mee-mee traute ihren Ohren nicht, als sie Lin so sprechen hörte. Aber auf dem Tisch, vor ihren Augen, lagen diese fünfzehn Schnüre Kaesch! Was war nur plötzlich in Lin gefahren, daß er so brutal mit ihr umsprang? Solange sie zusammenlebten, hatte Lin kein einziges böses Wort zu ihr gesagt! Mit seiner Frau stand sie auf gutem Fuß!

»Du hättest zumindest meinen Eltern sagen müssen, was du vorhattest!« wandte sie ein, immer noch an der Wahrheit seiner Worte zweifelnd.

»Deine Eltern hätten bestimmt Einspruch gegen meinen Plan erhoben«, entgegnete Lin. »Ich werde ihnen morgen durch einen Boten erklären lassen, was mich zu diesem Schritt getrieben hat. Aber ehe ich das tue, mußt du dich schon in das Haus meines Bekannten begeben haben, damit sie mich nicht mehr von meinem Entschluß abbringen können.«

»Wo hast du denn heute abend gezecht?«

»Bei dem Bekannten, dem ich dich als Pfand überlassen habe. Nachdem wir den Pfandvertrag aufgesetzt und unterzeichnet hatten, tranken wir einige Schälchen. Danach bin ich heimgegangen.«

»Wie kommt es, daß Dse, meine ältere Schwester, nicht mit dir zusammen zurückgekehrt ist?«

»Weil sie es nicht übers Herz bringen konnte, unter solchen Bedingungen von dir Abschied zu nehmen. Sie wird das Haus erst morgen wieder betreten, nachdem du es verlassen hast. In meiner Lage blieb mir kein anderer Ausweg, und ich habe alles unabänderlich fest abgesprochen.«

Lin lachte bei seinem Gerede heimlich in sich hinein. Als er geendet hatte, warf er sich angezogen auf die Lagerstatt und verfiel sofort in tiefen Schlaf.

Die junge Konkubine war völlig außer Fassung. »Was für ein Mann mag das nur sein«, sprach sie vor sich hin, »dem er mich verkauft hat? Ich will erst einmal zu Vater und Mutter gehen und ihnen alles berichten. Wenn er mit dem anderen Mann verabredet hat, daß der mich morgen früh abholen soll, mögen die beiden zu meinen Eltern gehen und alles mit denen regeln.«

Als Mee-mee mit dieser Überlegung fertig war, ging sie in das Nachbarhaus zur Linken, das einem gewissen Dschu gehörte, um die Nacht bei Frau Dschu zu verbringen.

»Ohne jeden Grund hat mich mein Herr heute verkauft!« erzählte sie der Frau Dschu. »Ich will zu meinen Eltern gehen und sie davon in Kenntnis setzen. Seid so freundlich, meinem Herrn morgen früh zu sagen, wohin ich gegangen bin. Der Mann, der mich gekauft hat, möge mit Herrn Lin zu meinen Eltern gehen, um mit ihnen über diese Angelegenheit zu verhandeln und genaue Regelungen abzusprechen.«

»Wir werden es ausrichten«, entgegnete Frau Dschu. »Gleich nachdem Ihr fortgegangen seid, werde ich Herrn Lin benachrichtigen.«

Früh am nächsten Morgen machte sich Mee-mee auf den Weg zu ihrem Elternhaus.

> Wie ein Fisch vom Angelhaken sich frei macht,
> So glitt sie dahin, ohne rückwärts zu schauen.

Gegen Mitternacht wachte Herr Lin aus seinem tiefen Schlaf auf. Die Lampe brannte noch, seine Konkubine lag nicht neben ihm. Er vermutete sie noch in der Küche, vielleicht noch mit Hausarbeiten beschäftigt. »Bring mir heißen Tee!« rief er laut. Als keine Antwort kam, rief er noch einmal und dann noch ein paar Mal ... Schließlich entschloss er sich aufzustehen. Aber da er noch immer völlig benommen war, fiel er auf den Kang zurück und schlief sogleich weiter.

Um diese Zeit schlenderte ein Mann, der nichts Gutes im Schilde führte, die Straße entlang. Er hatte all sein Geld im Spiel durchgebracht und schlich durch die dunkle Nacht, um auszukundschaften, wo es etwas zu stehlen gebe. Schließlich gelangte er an das Haus des Herrn Lin. Mee-mee hatte bei ihrem eiligen Fortgehen die Tür nur leicht angezogen, statt sie zu verschließen. Es war dem Dieb ein leichtes, sie aufzustoßen und in das Haus zu schlüpfen. Er gelangte in das Schlafzimmer. Die Lampe brannte noch immer, er erspähte nichts, was des Mitnehmens wert war. Aber dann kam er an den Kang! Da sah er einen Mann in tiefem Schlaf. Das Gesicht hatte er der Wand zugekehrt, am Fußende des Lagers lag ein Bündel Strohschnüre Kaesch. Vorsichtig machte er sich daran, ein paar Schnüre herauszuziehen. Im gleichen Augenblick fuhr Lin schlaftrunken in die Höhe und rief: »Heda! Untersteh dich! Dieses Geld habe ich mir gerade von meinem Schwiegervater geborgt, damit wir etwas zum Leben haben. Was soll aus uns werden, wenn du es uns jetzt wegnimmst?!«

Als Antwort darauf holte der Dieb zu einem kräftigen Schlag in Lins Gesicht aus. Aber der wehrte den Dieb geschickt ab und sprang vom Lager auf, um den Eindringling zu packen. Der Dieb merkte sofort, wie gewandt und kräftig sein Gegner war, und flüchtete aus dem Zimmer. Lin sprang ihm nach, erwischte ihn in der Küche und schrie dabei gellend um Hilfe, damit die Nachbarn aufwachen möchten. Der Dieb sah sich in die Enge getrieben und war schon nahe daran, das Spiel aufzugeben, als er im letzten Augenblick im Griffbereich seiner

Hand eine blanke Axt leuchten sah. In seiner Verzweiflung griff er danach und schwang sie gegen Lins Kopf. Lin stürzte zu Boden, der Dieb versetzte ihm noch einen zweiten Axthieb, und der unglückselige Lin war tot.

Der Dieb atmete schwer vor Aufregung und Anstrengung.

»Es gab kein Halten mehr für mich«, brachte er mühsam hervor, »nachdem du mich gefaßt hattest. Du hast mich dazu getrieben – ich habe dein Leben nicht gewollt!«

Während er diese Worte vor sich hinredete, ging er noch einmal in das Schlafzimmer. Dort packte er die fünfzehn Schnüre Kaesch in ein Bettuch und machte sich schleunigst davon. Die Haustür schlug er heftig zu.

Als die Nachbarn am frühen Morgen ihr Tagewerk begannen, war Lins Haustür noch immer fest geschlossen, und im Haus regte sich nichts. »Lin Gwee! Lin Gwee!« riefen sie mit schallender Stimme: »Ihr habt die Zeit verschlafen!«

Als keine Antwort kam, drückten sie die Haustür ein und gingen durch die Wohnung. In der Küche fanden sie Herrn Lin tot auf dem Fußboden liegen. Seine Frau war zwei Tage zuvor zu ihren Eltern gegangen, das wußten sie. Wo aber war Mee-mee, die Konkubine?

Es entstand eine große Aufregung, die sich erst ein wenig legte, als der alte Dschu, der Nachbar zur Linken des Herrn Lin, in dessen Haus die junge Meemee die vergangene Nacht verbracht hatte, das Wort ergriff und sagte:

»Die Konkubine kam gestern abend zu uns und blieb über Nacht. Sie erzählte, der Herr Lin habe sie ohne jeden Grund verkauft, und sie wolle zu ihren Eltern zurückkehren. Zugleich bat sie uns, Herrn Lin von ihr auszurichten, er möge mit ihrem neuen Herrn zu ihren Eltern kommen und mit denen die Angelegenheit regeln. Wir sollten ihr Nachricht geben, daß sie hierher zurückkehrt, damit wir das Geschehene klären können. Wir müssen auch Lin Tai-tai zurückholen lassen. Vorher können wir nichts unternehmen.«

»Der alte Dschu hat recht!« riefen die Leute. Zuerst wurde ein Bote zu Herrn Wang geschickt, um diesem die traurige Nachricht zu überbringen. Der alte Mann und seine Tochter brachen in Tränen und Klagen aus.

»Als er uns gestern verließ«, sagte Lins Schwiegervater, »war er guter Dinge. Ich hatte ihm fünfzehn Reisstrohschnüre Kaesch gegeben, damit er sich einen Handel einrichten könnte. Wie kann es nur zu diesem Mord gekommen sein?!«

Darauf hob der Bote an zu berichten.

»Herr Lin kam in der Dunkelheit betrunken nach Hause. Keiner von uns wußte etwas von dem vielen Geld, das er bei sich hatte. Wir können auch nicht mit Sicherheit sagen, wie spät es war, als er daheim eintraf. Heute morgen war seine Haustür zugeschlagen. Wir drangen in das Haus ein und fanden ihn ermordet auf dem Fußboden liegen. Von den fünfzehn Kaesch-Schnüren war nichts zu sehen, und die Konkubine war auch nicht auffindbar. Wir waren so aufgeregt und redeten so viel durcheinander, daß der alte Herr Dschu aus dem Nachbarhaus zur Linken herauskam. Er berichtete, daß die Konkubine die Nacht mit seiner Frau zusammen geschlafen habe. Herr Lin habe sie ohne den geringsten Grund verkauft und sie wolle zu ihren Eltern und die Sache mit denen besprechen. Heute morgen hat sie sich schon in aller Frühe auf den Weg gemacht. Wir beschlossen, zuerst Euch von dem traurigen Ereignis in Kenntnis zu setzen und mehrere Männer auf den Weg zu bringen, die die Konkubine auf der Landstraße einholen sollen. Gelingt ihnen das nicht, werden sie bis zum Haus ihrer Eltern gehen. Sie müssen die Konkubine unter allen Umständen zurückbringen, damit die Wahrheit an den Tag kommt. Ihr selbst tätet am besten, gleich mit Eurer Tochter in das Haus des Herrn Lin zu gehen, um dessen Tod sühnen zu helfen.«

Der alte Herr Wang und seine Tochter bewirteten den Boten mit Essen und Schnaps und packten einige Sachen für die Reise zusammen. Dann gingen sie zu dritt, so schnell ihre Füße sie trugen, der Stadt zu.

Was war nun mit der Konkubine? Sie hatte schon in der Morgenfrühe das Haus des Nachbarn Dschu verlassen, um zu ihren Eltern zu gehen. Als sie etwa zwei bis drei Li zurückgelegt hatte, fingen die Füße bereits an, sie zu schmerzen, und sie setzte sich an den Rand der Landstraße, um ein Weilchen zu rasten. Just zu dieser Zeit kam ein junger Mann die Landstraße daher. Er hatte eine buntbestickte Mütze keck auf dem Kopf sitzen und trug eine lose lange Jacke, saubere Strümpfe und Seidenschuhe. Über die eine Schulter hatte er einen kleinen Sack mit Kaesch gehängt. Als er an der Konkubine vorbeiging, stellte er bei sich fest, daß die junge Frau keine große Schönheit war, aber hübsche Augenbrauen und blendendweiße Zähne hatte, ihre Haut rosig schimmerte und ihre Augen ihn einladend anblickten. Kurz und gut – er fand sie ganz reizvoll.

Eine Feldblume kann einen Mann in Verwirrung bringen,
Ein Kornschnaps ein schwaches Gemüt überwältigen.

Der Bursche stellte seinen Geldsack auf die Erde, ging auf die junge Frau zu, machte dicht vor ihr eine höfliche kleine Verbeugung und sagte: »Ihr wandert ganz allein Eures Weges? Darf ich wissen, welches Euer Ziel ist?«

Mit einem leichten Kopfnicken antwortete die Konkubine:

»Ich bin auf dem Weg zu meinem Elternhaus, und weil ich ermüdet war, wollte ich mich ein wenig ausruhen. Und darf ich fragen, woher Ihr kommt und wohin Ihr geht?«

Der junge Mann bewegte die aneinandergelegten Hände höflich in Brusthöhe hin und her und antwortete in sehr ruhiger, bescheidener Art:

»Ich stamme vom Lande. Jetzt habe ich gerade in der Stadt Seidenstoffe verkauft, und mit dem Geld, das ich dafür bekommen habe, will ich nach Dschu-dja-tang.«

»Ai-ai! Meine Eltern wohnen in der Nähe von Dschu-dja-tang! Es wäre eine große Annehmlichkeit für mich, wenn Ihr ein Stück des Weges mit mir zusammengehen möchtet.«

»Sicher möchte ich das tun, wenn Ihr es wünscht«, erwiderte der junge Mann. »Es beglückt mich, Euch zu begleiten.«

So setzten die beiden ihren Weg gemeinsam fort. Sie hatten noch keine drei Li zurückgelegt, als sie hinter sich lautes Rufen vernahmen. Zwei Männer kamen angerannt, schwitzend und atemlos, die Jacken über der Brust aufgeknöpft.

»Stehen bleiben! Bleibt stehen!« schrien sie aus vollem Halse. »Wir haben euch etwas Wichtiges mitzuteilen.«

Die Konkubine und der junge Mann blieben erwartungsvoll stehen. Die beiden Männer stürzten auf sie zu und packten sie ohne ein Wort der Erklärung.

»Ihr habt ja ein feines Ding gedreht! Und wohin habt ihr jetzt vor zu gehen?!«

Die beiden Männer überschrien sich gegenseitig. Im ersten Augenblick fuhr die Konkubine erschrocken zusammen. Aber dann erkannte sie in den Männern Nachbarn. Der eine war sogar der alte Dschu, in dessen Haus sie die letzte Nacht Zuflucht gesucht hatte. »Ich erzählte Euch doch gestern abend«, entgegnete sie,

»daß es meinem Herrn plötzlich eingefallen war, mich zu verkaufen, und ich deswegen zu meinen Eltern gehen will. Weshalb kommt Ihr mir nun nachgerannt?«

»Du redest ganz zwecklos daher«, wehrte der alte Dschu sie ab; »in eurem Haus ist ein Mord begangen worden, und du mußt mit uns umkehren und dich von dem Verdacht, der auf dich gefallen ist, befreien.«

»Mein Herr hat mich verkauft und das Geld, das er für mich erhalten hat, gestern heimgebracht. Was redet Ihr da von Mord?! Ich denke nicht daran, zurückzugehen.«

»Du verlegst dich auch noch aufs Leugnen!« schrie der alte Dschu die junge Frau an. »Nun gut. Wenn du dich weigerst, mit uns zurückzukehren – heda, Polizei! Hier sind zwei Mörder! Nehmt sie fest! Schließlich machen wir uns noch mitschuldig, und Ihr kommt auch nicht straflos davon.«

Der junge Mann merkte, daß die Angelegenheit böse auszugehen drohte, und mischte sich ein.

»Mir scheint, Ihr solltet lieber mit den Männern heimkehren!« sagte er zu der Konkubine. »Ich verabschiede mich hiermit von Euch!« Die beiden Nachbarn erhoben aufgeregt Einspruch. »Ihr beide seid gemeinsam unterwegs – wie sollten wir Euch wohl weitergehen lassen?! Hätten wir Euch nicht mit der Frau zusammen angetroffen, wäre das natürlich etwas anderes.«

»Was schwatzt Ihr für Unsinn!« widersetzte sich der Jüngling. »Ich habe die junge Frau soeben zufällig unterwegs auf dieser Landstraße getroffen und seitdem ein kurzes Stück Weg mit ihr zusammen zurückgelegt! Dieser Mord geht mich gar nichts an. Wozu soll ich mit Euch gehen?«

»Es ist ein Mord begangen worden«, versetzte der alte Dschu. »Denkt Ihr etwa, junger Mann, wir lassen Euch entwischen und machen uns mitschuldig?!«

Die Konkubine und der junge Mann mochten noch so viele Einwände vorbringen – die beiden Bauern ließen keinen davon gelten. Mittlerweile hatte sich eine kleine Menschenmenge angefunden. Aus dem Gedränge wurden einzelne Stimmen laut. »Ihr könnt Euch nicht einfach drücken, junger Mann!« ermahnten sie den Jüngling. »Wer ein gutes Gewissen hat, braucht nichts zu befürchten, wenn um Mitternacht an seine Tür gepocht wird. Geht mit – das ist das beste, was Ihr tun könnt.«

»Daß Ihr nicht mit uns gehen wollt«, erhoben die Nachbarn wieder ihre Stimme, »beweist, daß Ihr Euch schuldig wißt. Wir denken nicht daran, Euch laufen zu lassen.«

Und dabei packten sie den jungen Mann und die Konkubine und trieben sie vor sich her.

Vor Lins Haus schlug ihnen bereits große Unruhe entgegen. Und als die junge Konkubine nun gar erst eintrat und Lins Leichnam auf dem Fußboden erblickte und sofort bemerkte, daß die fünfzehn Schnüre Kaesch vom Fußende des Bettes verschwunden waren, da schlugen ihr die Zähne vor Entsetzen zusammen, und sie brachte kein einziges Wort heraus.

Auch der junge Bursche war zu Tode erschrocken.

»Wie entsetzlich!« rief er aus. »Weil ich zufällig mit dieser jungen Frau ein Stück Weges zusammen gewandert bin, werde ich jetzt mit einem Mord in Verbindung gebracht!«

Über all dem Trubel kamen der alte Herr Wang und seine Tochter herzu. Zuerst wehklagten sie, wie es die Sitte erforderte, vor der Leiche. Danach wandten sie sich der Konkubine zu.

»Was hat dich bewogen, deinen Herrn zu ermorden, das Geld zu stehlen und zu fliehen?« fragten sie. »Aber die Götter sind gerecht, schon bist du gestellt worden. Was hast du vorzubringen?«

»Es waren fünfzehn Reisstrohschnüre Kaesch vorhanden, das ist schon richtig«, antwortete die Konkubine. »Als Herr Lin Gwee gestern abend heimkam, erzählte er mir, daß er mich für fünfzehn Schnüre Kaesch verpfändet hätte, weil er dringend Geld brauchte. Heute schon sollte ich in das Haus meines neuen Herrn übersiedeln. Er sagte aber kein Wort darüber, in was für ein Haus er mich gegeben hatte, und darum wollte ich erst alles mit meinen Eltern besprechen. Am späten Abend legte ich die fünfzehn Schnüre Kaesch gut geordnet an das Fußende seines Lagers, schloß die Haustür und ging zum alten Herrn Dschu. Ich blieb über Nacht in dessen Haus, und heute habe ich mich in aller Frühe auf den Weg zu meinen Eltern gemacht. Beim Fortgehen bat ich den alten Herrn Dschu, meinem bisherigen Herrn auszurichten, er möge mit dem neuen Herrn, dem er mich bestimmt habe, zu meinen Eltern gehen und mit denen alles absprechen. Wie er ermordet wurde, kann ich mir nicht erklären.«

»So, so!« rief Lins Hauptfrau erregt. »Gestern hat mein Vater ihm fünfzehn Schnüre Kaesch gegeben, um damit eine Existenz für uns zu gründen. Wie sollte er denn auf den Einfall gekommen sein, dir vorzureden, er habe sich Geld geborgt und dich als Pfand dafür gegeben? Du hast bestimmt in den zwei Tagen, in denen du allein in diesem Hause warst, etwas mit einem Mann gehabt. Unsere Armut hat dir nicht mehr gepaßt, und der Anblick der fünfzehn Schnüre Kaesch hat dich dazu verführt, meinen Gatten zu ermorden und das Geld an dich zu nehmen. Wohlweislich bist du danach über Nacht bei dem alten Herrn Dschu geblieben, damit du dich frühmorgens mit deinem Liebsten aus dem Staube machen könntest. Heute bist du mit einem Mann zusammen angetroffen worden. Was willst du dagegen vorbringen? Kannst du alles etwa in Abrede stellen?«

Die Anwesenden stimmten Frau Lin zu. »Recht hat sie!« Und den jungen Mann fragten sie:

»Ihr habt bestimmt mit der Konkubine verabredet, den Herrn Lin zu ermorden, und alles so eingerichtet, daß ihr Euch danach heimlich an einer entlegenen Stelle treffen und gemeinsam fliehen würdet. Was habt Ihr dagegen vorzubringen?«

Darauf antwortete der Jüngling:

»Ich heiße Dsui Ning, und diese junge Frau habe ich nie zuvor gesehen. Gestern abend habe ich hier in dieser Stadt Seide verkauft – den Erlös daraus habe ich bei mir –, und heute morgen überholte ich auf meinem Nachhauseweg ganz durch Zufall diese junge Frau. Ich fragte sie, wohin sie wolle und wieso sie ganz allein gehe. Dabei stellte sich heraus, daß sie in derselben Richtung wie ich gehen mußte, und so ging ich mit ihr zusammen. Von dem, was hier vorgegangen ist, weiß ich überhaupt nichts.«

Meint ihr, die Menschen seien gewillt gewesen, auf seine Worte zu hören? Sie durchsuchten seinen Reisesack und fanden darin genau fünfzehn Strohschnüre Kaesch, keinen Kupferkaesch mehr und keinen weniger, und sofort erhoben sie ein großes Geschrei. »Der Schuldige entgeht niemals der strafenden Gerechtigkeit der Götter. Ihr habt den Herrn Lin ermordet, ihm sein Vermögen und seine Konkubine gestohlen und Euch davonmachen wollen. Das Verbrechen habt Ihr uns Nachbarsleuten zugeschoben.«

Frau Lin bemächtigte sich der Konkubine, der alte Herr Wang des jungen Mannes, und beide begaben sich mit ihren Gefangenen geradenwegs zum Jamen des Ortsmandarins. Die Nachbarn gingen als Zeugen mit. Als der Ortsvorsteher hörte, daß es um einen Mord ging, ordnete er sofort eine Gerichtsverhandlung an und übernahm, wie es sein Amt von ihm verlangte, den Vorsitz. Darauf befahl er den Klägern, den Fall von Anfang an vorzutragen. Der alte Herr Wang nahm zuerst das Wort:

»Euer Gnaden!« begann er. »Ich bin in diesem Bezirk beheimatet und auf dem Lande wohnhaft. Ich bin bald sechzig Jahre alt und habe nur diese eine Tochter. Vor einigen Jahren verheiratete ich sie mit dem in dieser Stadt ansässigen Herrn Lin Gwee. Da das Paar keinen Sohn hatte, nahm sich Lin Gwee eine Konkubine aus der Familie Tschen. Sie riefen sie ›Mee-mee‹ – unsere zweite Schwester –, und die drei führten ein einträchtiges Leben miteinander, ohne jeden Zank und Streit.

Vorgestern feierte ich meinen Geburtstag und schickte einen Boten zu Tochter und Schwiegersohn mit der Einladung, mich zu besuchen und eine Nacht in meinem Hause zu verbringen. Am folgenden Morgen gab ich meinem Schwiegersohn fünfzehn Strohschnüre Kaesch, weil ich wußte, daß er keine Existenz hatte. Mit diesem kleinen Kapital sollte er sich ein Geschäft einrichten, das ihm und seiner Familie genügend Geld zum Leben einbringen würde. Die Konkubine war daheim geblieben, um auf das Haus Obacht zu geben. Es hat den Anschein, als habe sie meinen Schwiegersohn bei der Heimkehr mit einem Beil erschlagen und mit einem jungen Burschen, namens Dsui Ning, die Flucht ergriffen. Sie sind aber beide ergriffen worden. Ich flehe Euer Gnaden an, sich dieses seltsamen Todes meines Schwiegersohnes anzunehmen. Der Schuft und die Ehebrecherin stehen vor Euch; das gestohlene Geld in ihrem Besitz dient als Beweis. Euer Gnaden möge in ihrer erleuchteten Weisheit ein Urteil fällen.«

Der Ortsmandarin befahl der Konkubine, vorzutreten.

»Hierher! Wie hast du die Verschwörung mit deinem Liebhaber angestellt, deinen Herrn zu ermorden, das Geld zu stehlen und euch in Sicherheit zu bringen? Antworte!«

Die Konkubine sprach:

»Herr Lin hat mich stets sehr gütig behandelt, obwohl ich nur seine Konkubine war, und auch seine Frau ist immer gut zu mir gewesen. Wie sollte ich ihm also ein Leid haben antun wollen! Aber gestern abend kam mein Herr angetrunken nach Hause. Er hatte fünfzehn Reisstrohschnüre Kaesch bei sich, und als ich ihn fragte, woher er das viele Geld habe, erzählte er mir, er habe mich für diese fünfzehn Schnüre einem fremden Mann verpfändet, weil er keine andere Möglichkeit mehr gehabt hätte, die Familie zu ernähren. Meinen Eltern hatte er nichts davon gesagt. Schon am nächsten Tag sollte ich in das Haus des fremden Mannes gehen. Ich war so aufgebracht darüber, daß ich spätabends heimlich schnell zu einem Nachbar schlüpfte, um die Nacht in dessen Haus zu verbringen, und heute habe ich mich in aller Frühe auf den Weg zu meinen Eltern gemacht. Die Nachbarsleute hatte ich bei meinem Fortgehen gebeten, Herrn Lin von mir zu bestellen, er solle mit meinem neuen Herrn zu meinen Eltern gehen und das Abkommen mit denen regeln. Auf dem Weg zu meinem Elternhaus holte mich der Nachbar, bei dem ich übernachtet hatte, ein und schleppte mich mit Gewalt zurück. Mir ist völlig unbekannt, wie mein Herr ermordet worden ist.«

»Du lügst!« schrie der Mandarin die Konkubine an. »Dein Herr hatte die fünfzehn Schnüre Kaesch von seinem Schwiegervater erhalten, und du willst behaupten, er hätte sie sich geliehen und dich dafür als Pfand gegeben. Es ist gar nicht daran zu zweifeln, daß du lügst. Und wie kann eine Frau es auf sich nehmen, in der Dunkelheit das Haus zu verlassen! Du hast vorgehabt zu fliehen. Allein hättest du das aber nicht geschafft; ein Mann wird dir den Gedanken an Mord und Diebstahl eingegeben haben. Sag die Wahrheit jetzt!«

Die junge Frau hatte noch nicht ansetzen können, zu erwidern, als schon mehrere Nachbarn vor den Mandarin traten, sich auf ein Knie niederließen und also sprachen:

»Euer Gnaden! Ihr seid allwissend wie die Götter. Die Konkubine hat die letzte Nacht im Nachbarhaus zur Linken des Hauses von Herrn Lin verbracht und es heute in aller Frühe verlassen. Als wir Herrn Lin ermordet auffanden, schickten wir sofort zwei Männer hinter ihr her. Sie holten sie auf der Landstraße ein, wie sie mit dem jungen Mann da zusammen ging. Alle beide wollten sie nicht umkehren, sie mußten mit Gewalt zurückgeschafft werden. Wir schickten auch eine Nachricht an den alten Herrn Wang und dessen Tochter und ließen beide bitten, in die Stadt zu kommen. Gleich bei seiner Ankunft berichtete uns der Schwiegervater des Herrn Lin, er habe dem Ermordeten gestern fünfzehn Schnüre Kaesch gegeben, damit er ein Geschäft aufmachen könnte. Und nun ist der Herr Lin tot und das Geld verschwunden! Die Konkubine antwortete uns auf die Frage nach den fünfzehn Schnüren Kaesch, sie habe sie zusammengepackt am Fußende des Bettes liegen lassen. Aber wir haben diese fünfzehn Schnüre Kaesch bei dem jungen Burschen gefunden! Das beweist doch, daß die Konkubine mit ihm zusammen den Mord geplant und ausgeführt hat. Angesichts dieser klaren Beweise können die beiden ihr Verbrechen nicht ableugnen wollen!«

Der Mandarin glaubte, was die Leute aussagten, und befahl dem jungen Mann, vorzutreten.

»Wie konntest du nur den Mut aufbringen, in dieser Stadt, an einem Sitz der Kaiserlichen Regierung, eine ungesetzliche Tat zu begehen? Berichte uns jetzt, wie du dich mit Herrn Lins Konkubine verabredet hast, den Mord zu begehen und die fünfzehn Schnüre Kaesch zu stehlen, und wohin ihr zusammen unterwegs waret.«

»Ich heiße Dsui Ning, und ich wohne auf dem Lande«, sagte der Jüngling. »Gestern ging ich in die Stadt, um Seide zu verkaufen. Auf diese Weise bin ich zu den fünfzehn Schnüren Kaesch gekommen. Diese junge Frau habe ich heute früh zufällig auf der Landstraße getroffen. Ich weiß nicht einmal ihren Namen, geschweige denn das allergeringste von dem Mord.«

Der Mandarin bekam einen wahren Wutanfall. »Alles Lüge!« Er überschrie sich geradezu. »Wie sollte wohl durch Zufall alles so zusammentreffen: Im Hause des Herrn Lin werden fünfzehn Schnüre Kaesch gestohlen, und du willst fünfzehn Schnüre Kaesch für deine Seide erhalten haben! Es ist gar nicht daran zu zweifeln, daß du lügst. Ein altes Wort besagt außerdem: ›Der Mann soll nicht nach seines Nachbarn Weib oder Pferd trachten!‹ Warum solltest du wohl mit der Konkubine zusammen gewandert sein, wenn sie gar keinen Wert für dich bedeutete?! Aber so ein abgefeimter Schurke wie du wird nur in der Folter ein Geständnis ablegen.«

Darauf befahl der Ortsmandarin, den Jüngling und die Konkubine zu foltern. Sie verloren ein über das andere Mal das Bewußtsein. Aber der alte Herr Wang und seine Tochter und alle Nachbarn beharrten bei der Behauptung, daß die beiden die Schuldigen seien, und der Ortsmandarin wollte die Verhandlung zum Abschluß bringen. Er ließ die beiden Unglückseligen so lange foltern, bis sie, völlig zusammengebrochen, ein Geständnis ablegten: Durch das Geld in Versuchung geführt, hätten sie Lin ermordet, sich der fünfzehn Schnüre Kaesch bemächtigt und sofort die Stadt verlassen, um sich in Sicherheit zu bringen. Die Nachbarn, die als Zeugen aufgetreten waren, malten jeder einen Kreis unter die beiden Geständnisse. Dsui Ning und die Konkubine bekamen den schweren Holzkragen umgelegt und wurden in den für die zum Tode Verurteilten bestimmten Kerker abgeführt. Die fünfzehn Strohschnüre Kaesch wurden dem alten Herrn Wang ausgehändigt, der gleich danach erfuhr, daß sie nicht ausreichten, den Ortsmandarin für die Ausübung des Richteramtes und die Gerichtsgebühren zu bezahlen.

Der Ortsmandarin setzte einen Bericht über den Fall auf und reichte ihn bei der vorgesetzten Gerichtsbehörde ein.

Nach der vorgeschriebenen Prüfung dieses Berichtes wurde ein kaiserliches Urteil erwirkt, demzufolge Dsui Ning schuldig befunden wurde, Ehebruch, Raub und Mord begangen zu haben. Man verurteilte ihn zu der dafür gesetzlich festgelegten Strafe, nämlich zum Tode durch Enthauptung. Über die Konkubine aber, die sich mit ihrem Liebhaber zusammengetan hatte, um ihren Gatten zu ermorden, und des schwersten Verbrechens für schuldig erachtet worden war, wurde der Tod durch Zerstückeln verhängt. Danach wurden die Geständnisse und die Urteile in einer öffentlichen Gerichtssitzung bekannt gegeben, anschließend Dsui Ning und die Konkubine aus dem Kerker vorgeführt, damit das Urteil an ihnen vollstreckt werde. Man führte sie auf den dafür vorgesehenen großen öffentlichen Platz, auf dem die Hinrichtungen zur Warnung für das Volk vorgenommen wurden. Einspruch zu erheben, hatten die Verurteilten niemals eine Möglichkeit.

Wehe dem Stummen, der Wermut verzehren muß,
Denn er kann dem Schreck vor der Bitternis keinen Ausdruck geben.

Meint ihr nicht auch, ehrenwerte Leser, daß die Konkubine und Dsui Ning noch in der gleichen Nacht geflohen wären, wenn sie tatsächlich Mord und Diebstahl begangen hätten? Warum hätte sich die Konkubine der Gefahr der Festnahme ausliefern sollen, indem sie die Nacht noch beim Nachbarn verbrachte und erst am Morgen den Weg zu den Eltern antrat? Wer sich das überlegte, mußte zu dem Schluß kommen, daß hier zu Unrecht verurteilt worden war. Der Ortsmandarin war eben ein Dummkopf, der in seiner Hast, den Fall zum Abschluß zu bringen, sich nicht klar machte, daß jeder Mensch, durch die Folter schließlich gezwungen, ein Geständnis ablegt. Wenn aber ein Mann eine Ungerechtigkeit begeht, werden er oder seine Nachkommen dafür leiden müssen, denn die Geister derer, denen Unrecht widerfahren ist, werden keine Ruhe geben, bis sie gerächt worden sind. Darum darf ein Richter niemand schuldig sprechen, je nachdem, wie ihm der Kopf steht, oder einen Gefangenen foltern lassen, wie es ihm beliebt. Stets muß er Weisheit und Gerechtigkeit walten lassen. Denn ein Toter kann nicht wieder ins Leben zurückgeholt, und was zerbrochen ist, nicht wieder zu einem Ganzen zusammengefügt werden.

Lin Tai-tai blieb im Hause ihres Mannes wohnen. Sie ließ einen Ahnenschrein für ihn aufstellen, vor dem sie jeden Tag die vorgeschriebene Trauerzeremonie ausführte. Ihr Vater schlug ihr einige Male vor, zu ihm zurückzukehren. Aber sie gab darauf stets die gleiche Antwort:

»Wenn ich schon nicht vorhabe, die vorgeschriebene Trauerzeit von drei Jahren innezuhalten, muß ich es wenigstens ein Jahr lang tun.«

Der Vater ließ sie gewähren. Aber die Zeit gleitet dahin wie ein Pfeil, und als die Witwe ihre klägliche Art zu leben fast ein Jahr lang durchgehalten hatte, merkte der Vater, daß sie dem nicht länger gewachsen sein würde. Er schickte seinen alten Diener, um sie zurückzuholen.

»Bitte die Herrin, ihre Sachen zusammenzupacken und ins Elternhaus zurückzukehren!« trug er ihm auf. »Sobald sie ein Jahr um ihren Gatten getrauert hat, lasse ich ihr sagen, kann sie eine neue Ehe eingehen.«

Lin Tai-tai litt unter mancherlei Schwierigkeiten. Sie überlegte sich daher des Vaters Vorschlag und nahm ihn an. Nachdem sie sich von den Nachbarn verabschiedet und zusammengepackt hatte, was ihr gehörte, verließ sie in Begleitung des Dieners, der ihr Bündel Sachen trug, die Stadt. Es war Herbst, und sie mußten, von einem plötzlichen Orkan überrascht, von der offenen Landstraße in den Wald abbiegen, wo sie geschützt waren. Dabei schlugen sie aber einen falschen Weg ein.

> Wie Schweinen und Schafen, die des Schlächters Messer sich nähern,
> Kürzte jeder Schritt, den sie taten, ihres Lebens Dauer.

Während nämlich die Frau mit dem Diener durch den Wald dahinschritten, rief plötzlich hinter ihnen jemand:

»Ich bin der König dieses Berges! Haltet an, und entrichtet den Wegezoll!«

Erschrocken blieben die beiden Wanderer stehen. Zwischen den Bäumen hindurch sprang ein Mann in langen Sätzen auf sie zu. Auf dem Kopf saß ihm ein rotes Käppi, bekleidet war er mit einem abgetragenen, geflickten Kriegerwams; um die Taille hatte er eine rote Seidenschärpe geschlungen, und seine Beine steckten in schweren dunklen Stiefeln. In der Hand schwang er drohend ein Schwert. »Ein frecher Räuber bist du, nichts anderes!« rief der alte Diener. »Ich weiß, was für ein Unwesen ihr alle treibt! Es kommt mir auf meine alten Tage nicht darauf an, dir das Handwerk zu legen!«

Und dabei lief er mit gesenktem Kopf gegen ihn an. Aber blitzschnell hatte der Räuber ihm ein Bein gestellt – der Alte stolperte und schlug längelang zu Boden.

»Vertrackter Ochse du!« brüllte der Räuber wutentbrannt und stieß dem Greis sein Schwert durch den Körper, einmal und noch einmal, daß alles Blut entströmte und den Erdboden ringsum tränkte. Es gab keinen Zweifel daran, daß der alte Mann tot war.

Beim Anblick dieses Wüterichs zitterte und bebte die Frau Lin vor Angst um ihr Leben und sann auf eine List, sich zu retten. Plötzlich hatte sie einen Einfall; sie klatschte in die Hände und rief:

»Hau – hau! Ausgezeichnet – ausgezeichnet!«

Der Räuber hielt mit seiner Stecherei inne, sah zu der Frau hinüber und rief ihr die Frage zu:

»Was hattest du mit dem zu schaffen?«

»Ich bin ein unglückliches Weib!« hob die Frau zu lügen an. »Nach dem Tode meines Gemahls gebrauchte ein Heiratsvermittler eine List, um mich mit diesem alten Mann zu verheiraten, der gar nichts mehr außer Essen und Trinken kannte. Daß Ihr ihn jetzt erstochen habt, befreit mich von einer drückenden Last.«

Der Räuber fand Gefallen an dieser hübsch anzusehenden Frau, die ihm schmeichelte, und fragte sie:

»Wollt Ihr bei mir bleiben als meine Frau?«

Frau Lin war sich darüber klar, daß sie keine andere Wahl hatte, und so antwortete sie:

»Ich will Euer Gnaden mit Freuden dienen.«

Über das Gesicht des Räubers ging ein Lächeln. Er steckte sein Schwert in die Scheide und warf des alten Mannes Leiche in einen mit Wasser gefüllten Graben. Danach führte er die Frau zu einer ärmlichen Hütte. Als sie davorstanden, hob er einen Lehmklumpen auf und schleuderte den auf das Dach der Hütte. Sofort öffnete ein Mann die Tür, und sie gingen alle zusammen in den Vorraum der Hütte. Der Räuber befahl, ein Lamm zu schlachten und zu braten und Hirseschnaps warm zu machen, und vollzog die Heirat mit Frau Lin.

Ihr mögt es nicht glauben wollen: Die beiden führten tatsächlich ein gutes Leben miteinander, denn:

> Waren sie auch nicht als Mann und Frau füreinander bestimmt,
> Zwang doch ihre Lage sie, miteinander zu leben.

Es ist merkwürdig genug: In den ersten sechs Monaten nach seiner Heirat mit der Witwe hatte der Räuber bei mehreren Überfällen großes Glück und wurde ein reicher Mann. Seine Frau erwies sich als äußerst kluge Ratgeberin.

»Höre auf das alte Sprichwort«, sagte sie zu ihm: »›Einmal zerbricht der tönerne Wasserkrug über dem Brunnen, und einmal fällt der Heerführer in der Schlacht.‹ Wir sind wohlhabend genug geworden und können bis an das Ende unserer Tage ein bequemes Leben führen. Aber wenn du jetzt immer weiter gegen die Gebote der Götter handelst, wird es ein schlechtes Ende mit dir nehmen. Du hast als Ausgestoßener ein bequemes Dasein, aber ein wirklich behagliches Leben in einer eigenen Häuslichkeit ist das doch nicht. Willst du nicht lieber ein kleines Geschäft aufmachen und deinen Lebensunterhalt künftig auf redliche Weise erwerben?«

Ganze Tage und Nächte hindurch redete sie in dieser Weise auf den Räuber ein. Schließlich hatte sie ihn so weit gebracht, daß er sich entschloss, von seinem bösen Treiben abzulassen. Er kaufte ein Haus in der Stadt und richtete sich darin einen Kramladen ein. Wenn er im Geschäft nichts zu tun hatte, betete er im Kloster zu den buddhistischen Gottheiten. Außerdem hielt er auch die Fastentage ein.

Als er einmal eines Tages in aller Ruhe daheim war, begann er ein Gespräch mit seiner Frau.

»Ich habe zwar ein Räuberleben geführt«, sagte er, »und die Menschen in Angst versetzt, daß sie mir Geld und Kostbarkeiten überließen, aber ich war mir doch stets bewußt, daß ein jeder Mensch seine Frevel büßen muß. Seitdem ich mit dir zusammenlebe, bin ich bei weitem nicht mehr solch ein Unhold gewesen, und jetzt habe ich ein völlig neues Leben begonnen. Aber von Zeit zu Zeit quält mich immer wieder die Erinnerung daran, daß ich vordem zwei Menschen grundlos ermordet und zwei unschuldige Menschen in mein Verbrechen verwickelt und zugrunde gerichtet habe. Ich habe noch niemals mit dir darüber gesprochen. Aber jetzt will ich meine Schuld sühnen und deswegen für die Seelen dieser Ermordeten von den Priestern Sutren singen lassen, damit sie aus der Hölle freikommen.«

»Wie bist du denn dazu gekommen, zwei Menschen zu ermorden?« fragte die Frau.

»Der eine war dein Gatte. Du erinnerst dich, wie er im Wald auf mich losging und ich ihn niederstach. Es war ein alter Mann, der mir nichts getan hatte, und doch habe ich ihn ums Leben gebracht und seine Frau geehelicht. Er hat keine Ruhe unter der Erde.«

»Wenn das nicht so gekommen wäre«, entgegnete die Frau, »lebten wir beide heute nicht zusammen. Mach dir über geschehene Dinge kein Kopfzerbrechen! Und der andere?«

»Daß ich den andern ermordet habe, wiegt noch viel schwerer«, war die Antwort. »Und die beiden unschuldigen Menschen, die in diesen Mord verwickelt waren, mußten ihr Leben lassen. Die Sache liegt etwa ein Jahr zurück. Ich hatte alles Geld, das ich besaß, im Spiel eingebüßt und nannte keinen Kupferkaesch mehr mein eigen. In der Nacht machte ich mich auf, um zu sehen, wo es etwas für mich zu holen gäbe. Eine Haustür, die nur angelehnt war, fiel mir auf. Ich schlich mich in das Haus. Kein Mensch wurde sichtbar. Aber im Innengemach lag ein Betrunkener auf dem Kang. Er schlief tief und fest. Am Fußende seines Lagers lag ein Haufen Schnüre Kaesch. Ich machte einige davon für mich los. Als ich gerade wieder hinausschleichen wollte, wachte der Kerl auf und schrie:

›Das Geld hat mir mein Schwiegervater gegeben, damit ich ein Geschäft einrichten kann. Meine Familie und ich, wir müssen Hungers sterben, wenn du mir das Geld fortnimmst.‹

Und dabei rannte er an die Tür und rief um Hilfe. Die Sache drohte böse für mich auszugehen. Im letzten Augenblick entdeckte ich ein Holzbeil dicht vor meinen Füßen. Ich griff sofort danach. ›Du oder ich!‹ schrie ich – schlug ihn mit zwei Hieben zu Boden und holte mir alle fünfzehn Schnüre Kaesch aus dem Schlafzimmer. Einige Zeit danach erfuhr ich, daß die Konkubine dieses Mannes und ein junger Bursche, namens Dsui Ning, zu Unrecht des Mordes und Diebstahls bezichtigt, zum Tode verurteilt und hingerichtet worden waren. All mein lebelang bin ich ein Räuber gewesen – diese beiden Freveltaten können weder Götter noch Menschen mir vergeben. Und das ist der Grund, warum ich den Seelen der von mir Ermordeten Opfer darbringen will.«

Bei dieser Rede überfiel Frau Lin tiefe Trauer. Also dieses Ungeheuer hat meinen Mann ums Leben gebracht, ging es ihr durch den Sinn, und Mee-mee und der Jüngling waren unschuldig! Wie verkehrt habe ich gehandelt, als ich darauf bestand, daß diese beiden den Mord mit ihrem Leben sühnten. Sie können mir das in der Unterwelt niemals verzeihen!

Aber sie gab sich den Anschein, als sei sie gar nicht ergriffen von dem, was sie gehört hatte, und erwiderte kein Wort darauf. Am folgenden Tage jedoch paßte sie einen geeigneten Augenblick ab, das Haus zu verlassen, und eilte zum Jamen, um bei dem Ortsmandarin Anzeige gegen den wahren Mörder ihres Mannes zu erstatten. Ein neuer Mandarin hatte erst vor einem halben Monat das Amt angetreten. Er hielt gerade eine öffentliche Sitzung ab, und die Gerichtsdiener führten sie in die Halle. Als sie sich den Stufen näherte, die zum erhöhten Sitz des Ortsmandarins emporführten, mußte sie laut schluchzen. Sie brachte ihre

Anklage gegen den Räuber vor und berichtete genau, wie er ihren Gatten Lin Gwee ermordet und der frühere Ortsmandarin den Fall nicht eingehend untersucht habe, weil er mit der Sache schnell fertig werden wollte; und wie der Unhold schließlich noch ihres Vaters alten Diener erschlagen und sie selbst gezwungen habe, seine Frau zu werden. Da nun die Gerechtigkeit eingegriffen und der Schurke ihr seine Verbrechen gebeichtet habe, bäte sie den neuen Ortsmandarin, das begangene Unrecht gutzumachen und ein gerechtes Urteil über den wirklichen Mörder zu fällen. Als sie zu sprechen aufhörte, mußte sie wiederum laut schluchzen.

Der Mandarin war von dem Bericht der Frau tief ergriffen. Er beauftragte sofort Gerichtsdiener, den Räuber festzunehmen. In der Folter gestand dieser seine sämtlichen Verbrechen ein, und was er sagte, stimmte haargenau mit dem Bericht der Frau überein. Daraufhin wurde er zum Tode verurteilt. Wie vorgeschrieben, wurde ein Bericht an das kaiserliche Gericht eingereicht. Nach Ablauf der üblichen Frist von sechzig Tagen traf der Befehl des Kaisers ein. Danach sollte der Räuber sofort, dem Gesetz entsprechend, hingerichtet werden, weil er Mord und Diebstahl begangen und unschuldige Menschen ins Verderben gebracht hatte. Der frühere Ortsmandarin sollte seines Amtes enthoben und von der Beamtenliste gestrichen werden, weil er ein falsches Urteil gefällt hatte. Den Ortsbehörden wurde aufgegeben, der Mutter von Dsui Ning und den Eltern der Konkubine, die beide ungerecht zum Tode verurteilt worden waren, ein lebenslängliches Ruhegeld zu zahlen. Das Eigentum des Räubers wurde zur einen Hälfte dem Staat, zur anderen aber der Frau Lin zum Lebensunterhalt zugesprochen, weil sie den Mord an ihrem Gatten gerächt und der Mörder sie gezwungen hatte, als seine Frau mit ihm zu leben.

Frau Lin ging zur Richtstätte und war Augenzeuge, wie das Urteil vollstreckt wurde. Den abgeschlagenen Kopf des Räubers nahm sie an sich und legte ihn als Opfergabe vor die Totenschreine ihres Gatten, der Konkubine und des jungen Dsui Ning und wehklagte viele Tage bitterlich vor den Schreinen. Danach überließ sie den ganzen Besitz, den ihr das Gericht zugesprochen hatte, einem Nonnenkloster und ließ sich als Nonne aufnehmen. Bis zum letzten Tage ihres langen Lebens sang sie jeden Morgen und jeden Abend Sutren für die Seelen der drei Toten. – Es mahnt ein Vierzeiler:

Ob schuldig oder unschuldig, sterben sie als Verdammte,
Durch ein unüberlegtes Wort im Scherz dazu verurteilt.
Darum lernt die Wahrheit zu sprechen, solange ihr jung seid,
Denn eure Zunge ist der Ursprung jeglichen Unheils.

DIE PERLENTUNIKA

Im Mittelpunkt dieser Geschichte steht ein Mann aus der Sippe der Djang, die in dem Kreis der Dsau-jang ansässig war. Er wurde Ssing-ko gerufen. Sein Vater, Djang Schih-dse, war Großkaufmann und unternahm viele Geschäftsreisen durch die Provinz Kwangtung. Er hatte seine Frau, die aus der Sippe der Lo stammte, durch den Tod verloren, als Ssing-ko eben neun Jahre alt geworden war, und außer seinem kleinen Sohn keine Angehörigen um sich, weder männliche noch weibliche. Da er nicht ohne das Kind sein mochte, um der Existenz willen aber die Reisen durch Kwangtung nicht aufgeben konnte, hatte er sich, nach sorgfältigem Abwägen von allem Für und Wider, dazu entschlossen, den Neunjährigen als seinen Begleiter mitzunehmen und ihn in die verschiedenen kaufmännischen Kniffe einzuweihen. Der Knabe war zwar noch jung an Jahren, doch von Natur waren

> Die Augen klar, die Brauen fein geschwungen,
> Die Zähne blendend weiß, die Lippen purpurrot,
> Aufrecht der Gang und klug die Rede,
> Sein Wissen dem der Literaten wohl gewachsen,
> Sein Witz dem eines Welterfahrenen nicht unterlegen.

Alle Leute bewunderten und verherrlichten Ssing-ko: er gleiche einem Kleinod von unschätzbarem Wert. Djang-Schih-dse war bange vor der Eifersucht der Menschen und führte den Knaben darum auf Reisen niemals als seinen Sohn ein, sondern gab ihn als seinen Neffen aus der Sippe der Lo aus. Auch die Los trieben Handel in Kwangtung, und zwar schon in der dritten Generation, während Herr Djang das erst in der ersten Generation tat. Daher waren die Los überall in dieser Provinz so bekannt und angesehen wie daheim.

Ursprünglich war Djang Schih-dse immer mit seinem Schwager Lo Kung zusammen gereist. Vor einigen Jahren hatte das aufgehört, weil Lo Kung mehrere schwere geschäftliche Verluste erlitten und sich darum aus dem Provinzhandel zurückgezogen hatte. Wo immer Djang Schih-dse seitdem einkehrte, wurde er mit großem Interesse nach dem Ergehen des geschätzten Herrn Lo gefragt. Als sich nun herausstellte, daß der Junge an Herrn Djangs Seite ein junger Nachkömmling aus der Sippe der Lo sei, gab es überall große Freude. Jetzt folgte also der dritten Kaufmannsgeneration aus der Lo-Sippe die vierte!

Verlieren wir also keine Zeit mit überflüssigem Gerede! Der besagte Ssing-ko war ein willfähriger Schüler seines Vaters und in den hunderterlei Geschäftsbräuchen bald ebenso bewandert wie dieser. Er hatte gerade das siebzehnte Lebensjahr vollendet, als der Vater erkrankte und starb, zum Glück daheim und nicht auf einer Reise, so daß seine Seele sofort Ruhe fand. Nachdem Ssing-ko gewehklagt hatte, wie es für den Sohn vorgeschrieben war, trocknete er seine Tränen und richtete ein großes Begräbnis aus.

Der Verstorbene wurde, wie von der Sitte vorgeschrieben, in Sterbegewänder gehüllt, in den Sarg gebettet und seine Verdienste wurden gewürdigt. Es erübrigt sich, darüber zu berichten. Während der folgenden neunundvierzig Tage fanden sich an jedem siebenten Tag alle Verwandten väter- und mütterlicherseits zum Klagen und Opfern ein. Unter den Gästen, die am einundzwanzigsten Tage zu dem mit den Opfern verbundenen Festmahl geladen waren, befand sich auch ein im Bezirk wohnhafter Herr Wang Kung, dessen Tochter schon in zarter Jugend mit Ssing-ko verlobt worden war. Es war nur natürlich, daß die Mitglieder der Familie Djang mit Herrn Wang ins Gespräch kamen. Da ihnen allen auffiel, wie gewandt der noch so junge Ssing-ko die Trauerfeierlichkeiten durchführte, wollten sie Herrn Wang Kung bestimmen, die Heirat der Tochter recht bald stattfinden zu lassen.

»Teurer Verwandter Wang Kung«, sprachen sie ihn höflich an, »Ssing-ko wirkt schon wie ein Erwachsener. Warum wollt Ihr nicht wagen, ihn jetzt schon zum Ehemann zu machen, und einen glückverheißenden Tag für die Hochzeit ansetzen?«

Aber Wang Kung wollte nicht darauf eingehen; der Tag für die Vereinigung schien ihm noch nicht gekommen. Darauf redeten die Verwandten, kaum daß die Beisetzung stattgefunden hatte, auf Ssing-ko ein. Auch Ssing-ko wollte erst nicht so recht. Aber schließlich gab er nach und beauftragte eine Heiratsvermittlerin, Herrn Wang aufzusuchen. Dieser hatte wiederum Einwände vorzubringen.

»Ich habe noch verschiedene Dinge für die Aussteuer zu beschaffen«, sagte er. »Und warum soll die Hochzeit jetzt schon stattfinden? Das würde gegen die Sitte verstoßen. Ich möchte, daß die Schlußriten des ersten Trauerjahres abgewartet werden.«

Solchen Bescheid überbrachte die Vermittlerin, und Ssing-ko mußte sich wohl oder übel fügen.

Die Zeit fliegt pfeilgeschwind dahin, ohne daß man es gewahr wird, ist ein Jahr vorbei. Ssing-ko brachte vor der Ahnentafel des Vaters das zum Ende des ersten Trauerjahres vorgeschriebene Opfer dar, legte die Trauerkleidung aus grobem Hanfgewebe ab und beauftragte die Heiratsvermittlerin, erneut mit Herrn Wang Kung zu verhandeln. Diesmal erklärte er sich bereit. Schon nach wenigen Tagen wurden die üblichen sechs Hochzeitsgeschenke ausgetauscht, und die Braut hielt Einzug in ihr neues Heim. Es verlief alles so, wie es in dem Gedicht ›Mondenschein über dem Westfluß beschrieben wird:

Das Trauerweiß der Wände ist dem Freudenrot gewichen,
Das grobe Hanfgewand dem Seidenrock.
Der Kerzen Klang erhellt die Hochzeitskammer,
Es harrt das Mahl der Gäste, der Willkommenstrunk der Braut.
Man drängt sich staunend um die Fülle der Geschenke,
Der jungen Gattin Liebreiz wird bewundert und geneidet.
So naht die Nacht des ersten Eheglücks heran.
Worauf am Morgen Gäste ohne Zahl zu gratulieren kommen.

Die junge Frau war die jüngste Tochter des Herrn Wang Kung. Ihr Kosename hatte Ssan-da gelautet, und im Alter von sieben Monaten und sieben Tagen hatte sie den Rufnamen Ssan-djau erhalten. Wang Kung hatte außer ihr noch zwei Töchter, und alle zeichneten sich durch große Anmut aus. Alle Leute im Bezirk Dsau-jang priesen ihre Schönheit und besangen sie in einem Vierzeiler:

Es gibt viele Schöne im Reich der Mitte,
So schön wie die Wang-Töchter ist keine.
Heiratet ein Mann eine von ihnen,
Wird er berühmt wie des Kaisers Schwiegersohn.

Da auch Ssing-ko ein begabter und schöner junger Mann war, bildeten die beiden ein ausnehmend gutes Paar. Sie erfreuten sich in seltenem Maße aneinander und trennten sich auch nach dem dritten Tag, an dem das alltägliche Leben wieder einsetzte, nicht. Sie blieben vielmehr noch mehrere Tage im oberen Stockwerk beisammen und ergötzten sich in Liebesbeteuerungen und zärtlichen Tändeleien. So verging ihnen die Zeit, wie das Sprichwort sagt: ›Tage der Not sind schwer zu ertragen; Tage des Glücks gleiten leicht dahin.‹

Eines Tages aber kam Ssing-ko die Überlegung, daß er seit dem Tode des Vaters nicht mehr in der Provinz Kwangtung gewesen war, also schon drei Jahre lang dort keine Rechnungen einkassiert hatte. Er setzte seiner Frau auseinander, daß er nun auf Reisen gehen müsse. Sie begann sofort bitterlich zu weinen, und auch er selbst war untröstlich bei dem Gedanken an eine lange Trennung. So wurde die Reise noch einmal aufgeschoben.

Als das folgende Jahr herangekommen war, entschloß sich Ssing-ko, sein Vorhaben auszuführen. Von Traurigkeit erfüllt, setzten sie einen günstigen Tag für den Aufbruch fest, und fünf Tage vor der Abreise fingen sie an, einzupakken, was er brauchte, wobei sozusagen ›Haus und Hof ausgeräumt‹ wurden und die Frau aufs Hinauszögern bedacht war, indem sie immerfort fragte, was noch an Proviant und Kleidung fehle und ob der zweite Monat des Jahres, in dem es nicht mehr richtig kalt, aber auch noch nicht richtig warm sei, wohl die geeignete Zeit für den Antritt der Reise sei.

»Und wenn mein Gatte jetzt fortgeht – wann wird er zurückkehren?« fragte sie schließlich. Worauf Ssing-ko antwortete:

»Von dem Zeitpunkt an, zu dem ich aufbreche, werde ich genau in einem Jahr zurückgekommen sein.«

Da deutete die Frau mit dem Finger auf den Lebensbaum vor dem Fenster.

»Von dem Augenblick an, da dieser Baum im nächsten Jahr neu treibt, werde ich gespannt die Rückkehr meines Gemahls erwarten.« Sie konnte vor Kummer kaum sprechen; die Tränen strömten ihr wie Regen über das Gesicht. Ssing-ko bedeckte die Augen mit dem Ärmel seines Gewandes, auch ihm kamen die Tränen. Beide waren sie über alle Maßen von tiefem Weh erfüllt und konnten kaum ein Wort hervorbringen. So kam die fünfte Nacht heran. Beide Gatten hatten vor Weinen und Klagen nicht geschlafen. Als der Wechte mit Trommelschlag die fünfte Nachtwache verkündete, stand Ssing-ko vom Kang auf und kleidete sich an. Danach holte er eine von seinen Vorfahren überkommene kostbare

Perlentunika hervor und überreichte sie seiner Frau. Sie möge sie in der heißen Jahreszeit zu Kühlung auf dem bloßen Körper tragen. Nachdem er noch einige Anweisungen gegeben hatte, sagte er zu ihr:

»Meine Frau soll ihre Tage in Geduld verbringen! Es geht in unserer Stadt oftmals etwas wüst her, und du bist eine Schönheit. Spiel also nicht mit dem Feuer, indem du dich ans Tor stellst!«

Die Frau erwiderte:

»Mein Gatte mache sich darüber keine Gedanken! Er gehe schnell und kehre schnell heim!«

Unter heißen Tränen trennten sie sich. Es wird mit Recht gesagt:

Der bitterste Kummer auf Erden
Ist Sterben und Verlassenwerden.

Unterwegs dachte Ssing-ko immerfort an seine Frau, den ganzen Tag fand er keine Ruhe und Rast. Es dauerte nicht allzu lange, bis er in die Provinz Kwangtung gelangte, wo er sich sofort in einen Gasthof begab. Zahlreiche alte Bekannte von früher suchten ihn auf. Er sandte vielen Freunden Geschenke und bewirtete sie üppig. Von jedermann wurde er herzlich willkommen geheißen. Einen halben Monat, ja gut zwanzig Tage lang hatte er keine ruhige Minute. Da er keine besonders kräftige Natur war und die Reise ihn ohnehin schon ziemlich angestrengt hatte, führten die vielen Zechgelage zu einer ernsten Erkrankung an Wechselfieber. Den ganzen Sommer über hatte er darunter zu leiden. Anfang Herbst kam eine Ruhr hinzu; der Arzt ließ ihn täglich zur Ader und verordnete Medikamente. Als Ssing-ko im Verlauf der Herbstmonate allmählich gesundete und, sehr geschwächt, seine Handelsgeschäfte wieder aufnahm, mußte er sich sagen, daß es unmöglich sei, nach Ablauf eines Jahres, wie er es seiner Frau zugesagt hatte, in die Heimat zurückzukehren. Es kam so, wie es im Sprichwort heißt:

Man erzielt kleine Gewinne
Und zerstört eine glückliche Ehe.

Djang Ssing-ko hatte aber kaum Muße, an sein Haus und seine Frau zu denken.

Wir wollen uns aber nicht mehr mit Ssing-ko und dessen Angelegenheiten beschäftigen. Sprechen wir von der jungen Frau Wang Ssan-djau. Eingedenk der Anordnung ihres Gatten, war sie tatsächlich all die Monate hindurch im Hause geblieben. Sie hatte keinen Blick durch das Fenster geworfen, keinen Schritt vom oberen Stockwerk die Treppe abwärts getan.

Die Zeit flog pfeilgeschwind dahin. Das Jahr ging zu Ende, Neujahr wurde gefeiert. Vor jedem Haus explodierten knatternd Feuerwerkskörper, gingen Zündfrösche los. Jede Familie feierte bei fröhlichem Gelage. Ssan-djau fühlte sich völlig verlassen. Sie gedachte des Gatten und verzehrte sich in Sehnsucht.

Am ersten Tag des neuen Jahres wollten Djing-jün und Nuan-ssüa ihre Herrin etwas aufheitern und schlugen ihr vor, sich doch einmal das Leben und Treiben auf der Straße ein wenig zu beschauen. Das Wohnhaus der Familie Djang bestand aus zwei einstöckigen Häusern, die durch einen Säulengang miteinander verbunden waren. Das eine Haus war mit der Vorderseite der Straße zugewandt, das andere stand im Garten. Im ersten Stock dieses Gartenhauses befanden sich die Frauengemächer, und in diesen lebte Ssan-djau seit der Abreise ihres Gatten. Der Vorschlag der beiden Dienerinnen bestimmte sie, sich zum ersten Mal seit vielen Monaten in das erste Stockwerk des vorderen Hauses zu begeben. Sie ließ ein Fenster öffnen und spähte, hinter einem Bambusschirm verborgen, auf die Straße hinab. Das ganze Stadtviertel war an diesem Tage von buntem Leben und Treiben erfüllt.

»Unter den vielen Menschen, die hier auf- und abwogen«, sagte sie, »ist vielleicht ein Wahrsager. Er würde mir berichten können, wo mein Gebieter sich befindet, wie es ihm geht.«

»Heute ist Neujahrsanfang. Da denken die Menschen nur ans Vergnügtsein. Wer wird da wahrsagen wollen?« wandte Djing-jün ein.

Nuan-ssüa aber sagte: »Die Herrin möge sich ganz auf mich verlassen. Binnen fünf Tagen schaffe ich ihr einen Wahrsager zur Stelle.«

Am Vormittag des vierten Tages nach diesem Gespräch ging Nuan-ssüa nach dem Frühstück die Treppe vom Oberstock hinunter. Plötzlich drang das Wirbeln einer kleinen Trommel, das sich die Straße herauf dem Haus näherte, an ihr Ohr: damit kündete ein »Ban-djün-djih«, ein blinder Wahrsager, sein Kommen an. Nuan-ssüa zögerte keinen Augenblick. Ganz aufgeregt lief sie eilig zum Tor hinaus und rief den Blinden laut an, worauf dieser seine Schritte sofort dem Hause zulenkte. In der Schnelligkeit eines Atemzuges drang die Nachricht von seinem Kommen in das obere Stockwerk zur Herrin des Hauses.

Ssan-djau hieß den Wahrsager in die Empfangshalle führen und nach seinem Honorar fragen und ging in das Erdgeschoß hinunter, um seinen Bescheid selbst zu hören. Der blinde Wahrsager fragte, was man von ihm zu wissen begehre. Inzwischen waren die beiden Küchenfrauen herzugekommen, die das lärmende Hin und Her vernommen hatten, darauf auch das übrige Gesinde, und einer von ihnen antwortete an Stelle der Herrin:

»Es handelt sich um jemand, der auf Reisen ist.«

Der blinde Wahrsager entgegnete:

»Ist damit gemeint, daß die Herrin des Hauses nach ihrem Gebieter fragt?«

Die eine Dienerin bejahte: »Ja, so ist es.«

Und der Wahrsager hob an zu sprechen:

»Der blaue Drache regiert die Welt,
Das Diagramm des Reichtums wirkt sich aus.
Da die Frau nach dem Gatten fragt:
Er ist auf halbem Wege hierher,
Bringt Gold und Stoffe in tausend Kisten,
Wind und Wellen tun ihm kein Leid.
Der blaue Drache ist Herr des Elements Holz,
Und das Holz treibt neu im Frühling.
Vorm Jahr im Frühling zog er fort.
Ist dieser Monat vorbei und beginnt der neue,
Kehrt er sicher heim, seid ihr wieder vereint.«

Ssan-djau ließ drei Unzen Silber herbeiholen und dem Wahrsager aushändigen; hochbeglückt kehrte sie in das obere Stockwerk zurück. Das alte Wort war wohl angebracht:

> Schon die Aussicht auf die Pflaume
> Richtet den Durstenden auf.
> Der Anblick der Speise auf dem Bild
> Sättigt den Hungernden.

Alle Menschen geben sich in ihrem Herzen der Hoffnung hin, aber die Hoffnung hält sie zum Narren und stürzt sie schließlich in Verzweiflung. Ssan-djau glaubte fest an die Verheißung des Wahrsagers, daß ihr Mann bald heimkehren werde. Sie hielt sich nur noch in dem einen Gemach im Obergeschoß auf, das auf die Straße hinausging, und sandte spähende Blicke gen Osten, hoffnungsvolle Gedanken gen Westen. Als aber der zweite Monat begonnen hatte und am Lebensbaum die neuen Triebe sprossen, bemächtigte sich ihrer eine wachsende Unruhe. Ohne Unterlaß stellte sie sich ihren Mann auf der Heimreise vor und schaute, zitternd vor gespannter Erwartung, tagsüber unzählige Male nach ihm aus. Und das führte zu diesem unerwarteten Erlebnis: der Begegnung mit einem jungen Herrn. Das Sprichwort sagt mit Recht:

> Und wenn tausend Li zwischen uns liegen,
> Werden wir doch zueinander finden.

Wer war nun dieser vornehme und schöne junge Herr? Er stammte nicht aus der dortigen Gegend, sondern aus dem Kreis Ssin-an im Bezirk Hui. Sein Familienname lautete Tschen, seine beiden Rufnamen Da-lang. Er war vierundzwanzig Jahre alt und eine auffallend gute Erscheinung. Die Eltern waren bereits verstorben. In jedem Jahr pflegte er mit dafür aufgespartem Kapital von zwei- bis dreitausend Silberkaesch zur Bezirkshauptstadt Sjang-jang zu reisen, um dort bestimmte Sorten Reis und Bohnen einzukaufen. Der Gasthof, in dem er regelmäßig Quartier nahm, lag außerhalb der Stadtmauer. Der Zufall führte ihn an diesem Tag in die Stadt – in die Daschih-djä, die Große Marktstraße, zu dem Leihhaus Wang-dschau-feng, in dem er über eine geschäftliche Nachricht verhandeln wollte. Dieses Leihhaus lag dem Tor zum Grundstück der Familie Djang genau gegenüber, so daß er daran vorbeigehen mußte.

Ihr erratet, was weiter geschah?

Auf Da-langs Scheitel saß ein Barett mit einer Troddel, bekleidet war er mit einem langen Gewand aus fischbauchweißem Seidenkrepp – er war Herrn Djang Ssing-kos Ebenbild!

Ssan-djau erspähte ihn, wie er die Straße heraufkam, und wähnte, ihr Mann kehre heim. Sie hob den Vorhang ein wenig und lugte auf die Straße hinab. Tschen Da-lang hob den Kopf und wurde die schöne junge Frau gewahr, die den Blick auf ihn heftete. Ein jäher Freudenrausch überkam ihn, und er zwinkerte seinerseits zu dem oberen Stockwerk hinauf. Wer konnte wissen, daß jeder der beiden einem Irrtum unterlag? Ssan-djau hatte gemeint, ihren Gatten zu sehen – nun erglühten ihre Wangen vor Scham. Eiligst ließ sie den Vorhang fallen und zog sich in den hinteren Flügel des Hauses zurück. Dort ließ sie sich auf einen Diwan nieder, ihr Puls pochte ungestüm, und das Herz schlug ihr bis in den Hals hinein. Wer konnte wissen, daß in Tschen Da-langs Seele, nachdem ihn am frühen Morgen der Blick der schönen Frau getroffen hatte, kein anderer Gedanke mehr aufkam, während er in seinen Gasthof

zurückkehrte! In seinem tiefsten Innern überlegte er: ›Meine eigene Frau hat zwar auch einen recht schönen Teint, aber kommt sie dieser auch nur annähernd gleich? Wie kann ich es nur anstellen, mit ihr zusammenzukommen? Welch ein Genuß müßte das sein! Keinen Augenblick würde ich zögern, mein Vermögen dafür hinzugeben, wäre ich dann doch nicht zwecklos auf dieser Welt gewesen!‹

Er schöpfte ein paar Mal tief Atem, und plötzlich kam ihm eine Erleuchtung: ›Von der Da-schih-djä, der Großen Marktstraße‹, erinnerte er sich, ›geht die kleine winklige Ostgasse ab, in der die betagte Frau Ssüä-Bo, die mit Perlen handelt, wohnt. Mit der habe ich schon verschiedentlich ein Geschäft gemacht. Die Alte hat eine flinke Zunge und läuft den ganzen Tag straßauf, straßab. Kein Haus, in dem sie nicht Bescheid weiß. Mit der will ich sprechen. Sie kann die Sache bestimmt in Gang bringen!‹

Die Nacht war kaum vorüber, als er sich schon anschickte, sein Vorhaben in die Tat umzusetzen. Er erhob sich in aller Frühe, bereitete nur das Notwendigste vor, ließ sich etwas frisches Wasser zum Waschen bringen, packte einhundert Lot Silber und zwei Barren Gold zusammen und ging schnellen Schrittes der Stadt zu. Als er sie erreicht hatte, schlug er sogleich den Weg durch die Große Marktstraße nach der Ostgasse ein und schlug mit dem Holzklöppel an die Haustür der Frau Ssüä-Bo. Die war noch gar nicht frisiert. Sie stand gerade auf dem Hof und sortierte Perlen, als sie den Holzklöppel an die Tür schlagen hörte. Im Nu hatte sie die Perlen eingepackt und fragte: »Wer ist da?« Sofort kam als Antwort: »Tschen, Bezirk Hui.«

Auf diese Worte hin eilte die Alte sofort geschäftig an die Tür, öffnete sie und bat den Besucher einzutreten.

»Ich alte Person bin noch nicht einmal gewaschen und kann es gar nicht wagen, Euch zu empfangen!« sagte sie. »Der gnädige Herr kommt sehr früh. Was gibt es Wichtiges?«

Tschen Da-lang antwortete: »Ich bin absichtlich so zeitig gekommen – aus Sorge, daß ich euch später vielleicht nicht antreffen könnte.«

»Habt Ihr vielleicht vor, der alten Person einen Perlenschmuck abzukaufen?« fragte Ssüä-Bo.

Tschen Da-lang erwiderte:

»Perlen will ich auch kaufen. Aber was ich vor allem von Euch möchte, betrifft eine ganz andere, sehr wichtige Angelegenheit.«

Darauf Ssüä-Bo:

»In anderen Angelegenheiten habe ich alte Person keinerlei Erfahrung.«

»Können wir hier miteinander sprechen?« wollte Tschen Da-lang wissen.

Ssüä-Bo schloß die Haustür, führte den Gast ins Besuchszimmer, bat ihn, sich zu setzen, und fragte:

»Was wünscht der gnädige Herr?«

Tschen Da-lang sah sich erst nach allen Seiten um, ob auch niemand im Zimmer sei, faßte dann vorsichtig in seinen Ärmel und brachte ein Päckchen zum Vorschein, das er behutsam auf den Tisch legte.

»Hier sind einhundert Unzen Silber für Euch, würdige Adoptivmutter. Und nun will ich wagen zu sprechen.«

Die alte Frau wußte nicht recht, ob sie solche wertvolle Gabe annehmen solle oder nicht.

»Ist es Euch zu wenig?« fragte Tschen Da-lang. Und eilfertig holte er zwei Barren Gold hervor und legte sie ebenfalls auf den Tisch mit den Worten:

»Das sind genau zehn Unzen. Bitte, nehmt beides. Es wäre mir sehr peinlich, wenn Ihr es nicht tun wolltet. Ich habe Euch heute aufgesucht, weil ich Eure Hilfe in Anspruch nehmen will. Es ist ja nicht so, als ob Ihr etwas von mir begehrtet. Es ist ein großes Geschäft, das ich vorhabe, und ohne die Hilfe meiner Adoptivmutter kann ich es nicht durchführen. Deswegen eben bemühe ich Euch. Bitte, nehmt dieses Gold und Silber getrost an. Ist es denn nicht so, daß ich Euch aufgesucht habe? In Zukunft werde ich Euch nicht wieder in Anspruch nehmen. Und schließlich bin ich ja auch nicht irgendwer.«

Werte Leser, meint ihr nicht, daß es die alte Frau bei dieser Rede nach dem Geld gelüstete? Daß sie Feuer fing bei dem Anblick der Menge von gleißendem Gold und Silber?

Ssüä-Bo lachte über das ganze Gesicht, als sie sagte:

»Gnädiger Herr, hört auf, Euch in Andeutungen zu ergehen. Ich alte Person habe mein lebelang keinen Deut von anderer Leute Gold- und Silberschätzen begehrt. Da der gnädige Herr mir alter Person heute befiehlt, dieses Geld anzunehmen, muß ich mich fügen. Kann ich den erbetenen Dienst aber nicht leisten, muß er es zurücknehmen.« Während die Alte so sprach, legte sie die Goldbarren neben das Silber, wickelte beides zusammen in das Tuch, nahm das Paket und verschwand damit in dem Zimmer gegenüber, wo sie es in einem sicheren Versteck unterbrachte. »Was sollte mir alter Person schon fehlschlagen!« hörte man sie vor sich hinreden. Geschwind kam sie wieder zum Vorschein und sagte:

»Nun möchte ich erfahren, was für ein großes Geschäft Ihr vorhabt, wozu Ihr mich alte Person braucht.«

Da-lang antwortete:

»Mein Sinnen und Trachten ist auf einen kostbaren Schatz gerichtet, der mir so wert wie mein Leben ist. Aber ich kann nicht an ihn heran; er befindet sich in einem Haus in der Da-schih-djä. Meine werte Adoptivmutter muß ihn für mich herbeischaffen!«

Die Alte lachte.

»Das ist aber mal merkwürdig. Da laufe ich alte Person gut zwanzig Jahre lang durch jede Straße und habe mein Lebtag noch nichts von einem Schatz in der Da-schih-djä gehört. Wer soll denn den Schatz haben, von dem Ihr sprecht, gnädiger Herr?«

»Gerade gegenüber vom Eingang zum Leihhaus Wang-dschau-feng steht ein hohes Haus. Wem gehört das?«

Die Alte überlegte einen Augenblick.

»Auf dem Grundstück lebt Herr Djang Ssing-ko. Der junge Herr ist auf Reisen, schon reichlich ein Jahr lang. Es lebt nur seine Frau mit ihren Dienerinnen in dem Haus.«

»Und der Schatz, den ich für mein Leben gern haben möchte, ist gerade eine von diesen Frauen.«

Und seinen Stuhl dicht an die alte Frau heranschiebend, schüttete Tschen Da-lang sein Herz aus und berichtete ihr genau, was er erlebt hatte.

Die Alte hatte genau zugehört und sagte kopfschüttelnd: »Das ist eine schwierige Angelegenheit. Djang Ssing-ko hat sich erst vor vier Jahren verheiratet, er lebt mit seiner Frau so glücklich zusammen – wie zwei Fische im Wasser! Sie hat das Haus noch kein einziges Mal verlassen, sie geht nicht einmal in das untere Stockwerk. Ssing-ko hat von früher her etwas gegen mich alte Person, und ich habe sein Haus schon lange nicht mehr betreten. Ich habe seine junge Frau noch gar nicht gesehen. Wie soll ich Euch unter solchen Umständen behilflich sein? Ich alte Person werde nicht das Glück haben, Euer Geschenk behalten zu können.«

Tschen Da-lang vernahm diese Worte und sank vor der Alten auf die Knie. Mühsam zog sie ihn mit beiden Händen wieder in die Höhe und schob ihn auf den Stuhl.

»Mein Leben und alles, was ich besitze, gehört meiner würdigen Adoptivmutter!« rief er aus. »Ihr müsst Euch einen wunderbaren Plan ausdenken, mit dem ihr mir helfen könnt. Ich verspreche Euch, daß Ihr an dem Tag, an dem Ihr das geschafft habt, noch hundert Unzen reines Silber extra bekommen sollt. Versagt Ihr mir aber Eure Hilfe, will ich noch heute sterben.«

Die Alte geriet vor Schrecken ganz außer sich.

»Schon gut, schon gut«, beschwichtigte sie. »Ihr könnt Euch auf mich alte Person verlassen. Nur bitte ich herzlich: Beruhigt Euch, gnädiger Herr! Hört, was ich alte Person Euch jetzt sage.«

Tschen Da-lang ergriff beide Hände der alten Frau.

»Was hat meine würdige Adoptivmutter vor? Lasst es mich hören!«

Ssüä-Bo hob an zu sprechen:

»Diese Angelegenheit will sehr überlegt werden; wir werden vielleicht Monate brauchen, um zum Ziel zu kommen. Einen bestimmten Termin für die Ausführung kann ich alte Person Euch nicht sagen.«

»Was machen ein paar Tage mehr oder weniger aus, wenn Ihr die Sache schafft! Aber wann und wie wollt Ihr es überhaupt anfangen?!« versetzte Tschen Da-lang.

»Morgen, nicht zu früh und nicht zu spät. Wir treffen uns nach dem Frühstück in dem Leihhaus Wang-dschau-feng. Nehmt reichlich Geld mit, gnädiger Herr, und tut so, als wolltet Ihr mit mir alten Person ins Geschäft kommen. Alles andere findet sich dann. Sobald ich alte Person durch das Tor des Grundstücks der Familie Djang gehe, ist das ein gutes Zeichen für Euch, gnädiger Herr, und Ihr könnt wohlgemut heimgehen. Steht nur nicht etwa vor dem Haus herum! Damit könntet Ihr das ganze Unterfangen zunichte machen. Ich alte Person bringe euch Bescheid, wie die Dinge sich entwickeln.«

»Ich gehorche all Euren werten Anordnungen!« erklärte Tschen Da-lang.

Vergnügt vor sich hinsingend, machte er sich auf den Rückweg zu seinem Gasthof.

Am folgenden Tag legte Tschen Da-lang seine vornehmste Kleidung an, packte drei- oder vierhundert Unzen feinsten Silbers in einen lederbezogenen Kasten, den ein Diener auf dem Rücken hinter ihm hertragen sollte, und begab sich zu dem Leihhaus Wang-dschau-feng in der Da-schih-djä, der Großen Marktstraße. Als er an dem Haus entlangging, das dem Leihhaus gegenüberlag, sah er zum oberen Stockwerk hinauf: Die Fenster waren geschlossen und die Vorhänge heruntergelassen. Er tauschte mit dem Inhaber des Leihhauses höfliche Worte der Begrüßung und nahm dann auf einer Bank vor dem Eingang zum Leihhaus Platz. Voll gespannter Hoffnung hielt er den Blick nach Osten gewandt. Und es dauerte auch gar nicht lange, so sah er bereits die alte Frau Ssüä-Bo auf das Leihhaus zukommen. Unter dem Arm trug sie einen Kasten aus feinem Bambusgeflecht.

»Was habt Ihr denn in dem Kasten?« fragte Tschen Da-lang absichtlich laut.

»Perlen und Haarschmuck. Wünscht der gnädige Herr etwas zu kaufen?« war Ssüä-Bos Entgegnung.

»Ja, das beides suche ich gerade!« spann Tschen Da-lang den Faden weiter.

Die Händlerin ging in das Leihhaus hinein, wobei sie sich recht bemerkbar machte, und öffnete ihren Kasten.

Darin lagen zehn Perlenschnüre, weiter mehrere kleine Kästchen mit Haarschmuck, der nach der neuen Mode mit Blumen aus Bambus und Eisvogelfedern verziert war, wahre Kunstwerke von Meisterhand, deren Gefunkel die Augen geradezu blendete. Tschen Da-lang suchte mehrere Schnüre mit größeren Perlen und verschiedene Haarspangen aus, legte alles auf einen Haufen und erklärte:

»Das alles will ich kaufen.«

Die Perlenhändlerin riß die Augen vor Erstaunen weit auf und rief: »Der gnädige Herr kann es gern haben. Aber ich fürchte mich geradezu davor, zu sagen, wie teuer es ist.«

Tschen Da-lang merkte, worauf sie hinauswollte. Er öffnete seinen lederbezogenen Kasten, ließ die Unzen blanken Silbers auf ein Pult gleiten und sagte mit erhobener Stimme:

»Meint Ihr nicht, daß Euch das als Kaufpreis reichen möchte?!«

Mittlerweile waren sieben oder acht Angestellte aus dem Leihhaus, die gerade nichts zu tun hatten, dazugetreten und hörten zu. Die Händlerin ließ sich nicht aus der Ruhe bringen.

»Da muß ich alte Person lachen!« brachte sie trocken heraus. »Der gnädige Herr beliebt wohl zu scherzen? Behalte er nur seine Unzen. Die sind mir nicht gut genug.«

Von den Zuhörern fanden die einen die Ansprüche der Perlenhändlerin zu hoch, die anderen dagegen noch zu niedrig. Es gab eine aufgeregte Auseinandersetzung unter ihnen. Tschen Da-lang beharrte auf den Stücken, die er sich ausgesucht hatte, tat aber auch nicht gewillt, eine Unze zu dem von ihm gebotenen Preis dazuzuzahlen. Er nahm ein Schmuckstück nach dem andern in die Hand, stellte sich damit vor das Leihhaus unter den Dachvorsprung und beäugte es prüfend von allen Seiten. Dabei erkannte er das eine als echt an und erklärte vom nächsten, es sei nicht echt. Das Funkeln und Glitzern der Perlen und Schmucksachen im hellen Tageslicht fiel natürlich den Vorübergehenden auf, dazu erregte das heftige Hin- und Hergerede ihre Neugier, und es dauerte gar nicht lange, so drängte sich eine wissbegierige Menge vor dem Eingang zum Leihhaus. Die Händlerin kam aus dem Kreischen nicht mehr heraus.

»Soll er kaufen oder es bleiben lassen!« wiederholte sie ein über das andere Mal. Aber ein Mann, der sich nicht entschließen kann, ist unausstehlich.«

»Was soll das heißen: nicht kaufen?!« echote Tschen Da-lang zurück. Und so fuhren die beiden fort, sich gegenseitig anzuschreien.

Frau Wang Ssan-djau hatte von ihrem Haus gegenüber den Lärm vor dem Leihhaus gehört und spähte vom oberen Stockwerk auf die Straße hinunter. Da sah sie die Perlen und Geschmeide in der Sonne glitzern und funkeln – sie geriet rein außer sich vor Entzücken. Aber sie bemerkte auch, daß die alte Händlerin und der Käufer über den Preis aneinandergeraten waren, und es reizte sie, Genaueres zu erfahren. Sie schickte also ihre Dienerin Djing-jün hinunter, um die Perlenhändlerin ins Haus zu holen. Djing-jün faßte die Alte am Ärmel und flüsterte ihr zu:

»Meine Herrin läßt Euch zu sich bitten.«

»Aus welchem Haus kommst du denn?« fragte Ssüä-Bo. Sie wollte sichergehen. Und als Djing-jün antwortete: »Aus dem Hause gegenüber, das dem Herrn Djang Ssing-ko gehört!« legte sie geschwind all ihre Kostbarkeiten in ihren Kasten zurück und verschloß ihn sicher.

»Ich habe nicht so lange Zeit wie Ihr, um müßige Reden zu führen!« raunzte sie dabei zu Tschen Da-lang hinüber.

»Wenn ich noch etwas dazulege – seid Ihr dann gewillt zu verkaufen?« suchte sie Tschen Da-lang aufzuhalten.

»Kaufen oder nicht kaufen – Ihr könnt mir gewogen bleiben als Käufer!« gab sie unwirsch zurück. »Wieviel Zeit habe ich alte Person schon für Euch drangegeben.«

Und ohne den Kopf noch einmal zurückzuwenden, ging sie über die Straße zum Tor des Hauses Djang.

Überglücklich packte Tschen Da-lang sein Silber wieder in den großen lederbeschlagenen Kasten und kehrte zu seinem Gasthof zurück. Ihm war so ums Herz, wie das Sprichwort sagt:

> Schon sieht das Auge Siegesfahnen wehen,
> Vernimmt das Ohr die Siegesnachricht.

Die Händlerin wurde von der Dienerin Djing-jün in das obere Stockwerk geführt, wo sie Ssan-djau vorfand. Als sie die junge Frau erblickte, sagte sie sofort zu sich:

›Sie ist wirklich eine überirdische Schönheit. Kein Wunder, daß Tschen Dalang bei ihrem Anblick sofort in Verzückung geraten ist. Wäre ich ein junger Mann, ich wäre sicher genauso durchgedreht wie er!‹

Und laut sagte sie:

»Ich alte Person begrüße die kluge und tugendhafte gnädige Dame. Aber der Grund, weshalb ich Euch einen Besuch abstatten soll, ist mir unbekannt!«

Worauf Ssan-djau fragte:

»Welches ist Euer ehrenwerter Familienname?«

Die Alte antwortete:

»Ich alte Person trage den Namen Ssüä und wohne in der Nachbarschaft der gnädigen Dame, in der Ostgasse.«

»Ihr konntet wohl soeben mit Eurem Kunden nicht handelseinig werden?« forschte Ssan-djau weiter.

Die Händlerin lachte wegwerfend.

»Ich hatte das gar nicht vor. Der Mann war nicht ernst zu nehmen. Er war ganz zufällig auf mich gestoßen. Hatte überhaupt keine Ahnung von dem Wert solcher Sachen.«

Während sie das sagte, öffnete sie ihren Kasten, entnahm ihm einige Haarspangen und gab sie Ssan-djau zum Ansehen.

»Betrachtet diese Schmuckstücke, gnädige Dame! Sie sind meisterhaft gearbeitet, mit nichts vergleichbar und kaum zu bezahlen. Sollte ich alte Person da etwa meine Zeit mit einem wildfremden Menschen vertrödeln?«

Bei den letzten Worten nahm sie einige Perlen aus dem Kasten.

»Und nun gar diese Perlen!« ging der Redeschwall weiter. »Träumen könnte man von ihnen, so schön sind sie!«

Ssan-djau fragte nach dem Preis, den der Fremde geboten, und meinte darauf:

»Da hat er euch wirklich drücken wollen!«

»Oh, liebwerteste gnädige Dame! Über was für eine Erfahrung Ihr verfügt! Ihr übertrefft diesen Jüngling ja um das Zehnfache an Urteilskraft!« sprudelte die Alte heraus.

»Aber nicht doch! Macht keine Umstände meinetwegen!« wehrte sie gleich darauf ab, als Ssan-djau einer Dienerin befahl, Tee aufzutragen. »Ich alte Person habe schon viel Zeit durch diesen Fremden eingebüßt und muß heute noch tausenderlei Dinge erledigen. Es heißt schon mit Recht: ›Wer kein Geschäft zustande bringt, muß seine Ware an der Stange über der Schulter mit sich schleppen.‹ Wird es die gnädige Dame belästigen, wenn ich diesen verschlossenen Kasten einstweilen hier lasse? Ich alte Person muß im Augenblick fort und komme schnell wieder zurück.«

Beim letzten Wort schickte sich die Alte zum Gehen an. Frau Wang Ssan-djau rief Djing-jün, daß sie den Besuch die Treppe hinunter zum Tor geleite. Die Händlerin eilte in südlicher Richtung davon. Ssan-djau verwahrte die Kostbarkeiten mit größter Sorgfalt und wartete darauf, daß die Alte käme, um sie abzuholen. Fünf Tage vergingen, ohne daß sie sich sehen ließ. Am Nachmittag des sechsten Tages, als gerade ein tüchtiger Platzregen niederging, wurde das kräftige Aufschlagen des Türklopfers vernehmbar. Die Dienerin öffnete, und die alte Frau Ssüä-Bo trat herein. Ihre Kleidung war völlig durchweicht, der Regenschirm, den sie in der Hand hielt, durchgebrochen.

»Der Himmel hat nicht gewollt, daß ich ausgehe, der Regen hat mich bis auf die Haut durchnäßt!« sagte sie, stellte den Schirm beiseite und stieg die Treppe zum oberen Stockwerk hinauf. Sie grüßte mit dem Wunsch »für zehntausendfaches Glück« und fuhr fort: »Vorgestern abend, gnädige Dame, habe ich meine Zusage, schnell zurückzukommen, nicht gehalten.«

Ssan-djau erwiderte die höfliche Begrüßung und fragte etwas erstaunt: »Wo seid Ihr nur die letzten Tage über gewesen?«

Prompt kam die Antwort.

»Zu Besuch bei meiner jüngsten Tochter. Sie hat wieder ein Kindchen geboren. Ich alte Person ging hin, um es mir anzusehen, und blieb ein paar Tage bei ihr. Als ich heute zurückkehrte, überraschte mich auf halbem Wege dieser Platzregen. Bei Bekannten borgte ich mir einen Schirm, und der ist mir nun auch noch zerbrochen. Ist das nicht Pech?«

»Wieviel Töchter habt Ihr?« wollte Ssan-djau wissen. »Nur eine, die verheiratet ist. Im ganzen vier, und davon ist sie die jüngste. Sie wohnt vor dem Nordtor in dem Salzmagazin.«

Inzwischen hatte Djing-jün Tee heraufgebracht, und beide tranken, während die Alte fortfuhr zu reden.

»Bei dem Regenwetter läßt sich heute nichts mehr erledigen. Ich alte Person bin so dreist, die gnädige Dame zu bitten, daß sie mich einmal ihren Haarschmuck ansehen läßt. Schöne Dinge anzusehen tut dem Herzen immer wohl.«

»Aber was ich habe, ist alles ganz einfach«, wandte Ssan-djau ein; »Ihr kennt so vieles Schöne und werdet Euch nur lustig machen.«

Dabei nahm sie aber schon den Schlüssel zur Hand, schloß ihre Schmucktruhe auf und holte ein Stück nach dem andern heraus: Haarnadeln, goldene und silberne Haarspangen, Gehänge; alles in verschiedenen Ausführungen. Die Händlerin erging sich in überschwenglicher Bewunderung.

»Die gnädige Dame besitzt ja Schmuck von erlesener Schönheit. So etwas ist mir alter Person noch niemals unter die Augen gekommen.«

»Ihr seid zu höflich«, widersprach Ssan-djau. »Ich wollte ja gerade mit Euch ein Geschäft abschließen.«

Die Händlerin ging sofort darauf ein.

»Ihr versteht Euch auf Werte«, sagte sie. »Welchen Preis wollt Ihr mir bieten?«

Ssan-djau nahm die Schmucksachen, welche die Alte aus ihrem Bambuskasten heraushob und auf den Tisch legte, prüfend Stück für Stück in die Hand. Bei jedem gab sie zumindest annähernd den richtigen Wert an, und die Händlerin widersprach kein einziges Mal. »Zwischen uns beiden gibt es keinen Anlaß zum Streiten«, sagte sie glückstrahlend. »Wenn ich alte Person einige Schnüre Kaesch verdiene, bin ich völlig zufrieden.«

»Es ist nur eine Schwierigkeit«, wandte Ssan-djau ein. »Ich selbst habe im Augenblick nicht den ganzen Kaufbetrag zur Hand, sondern kann Euch nur die Hälfte zahlen. Wenn mein Mann von der Reise zurückkehrt, gebe ich Euch den Rest. Darauf könnt Ihr Euch verlassen. Er wird in wenigen Tagen daheim sein.«

»Das macht gar nichts aus«, sagte die Händlerin beschwichtigend; »nur bitte ich Euch in aller Bescheidenheit, daß Ihr mir in reinem Silber auszahlt.«

»Das ist eine Kleinigkeit«, meinte Ssan-djau, nahm die so heiß begehrten Haarspangen und Perlen an sich, hieß ihre Dienerin Djing-jün Wein und Trinkschälchen bringen und ließ sich mit der Alten zum Trinken nieder.

»So nebenbei – wie verbringt Ihr Eure Tage?« fragte die Alte.

»Im allgemeinen geht es recht langweilig bei mir zu«, gestand Ssan-djau. »Wenn es Euch nichts ausmacht, kommt doch öfters zu einem Schwatz zu mir. Besucht mich, sobald Ihr nichts Wichtiges zu tun habt.«

»Vielen Dank für Eure Freundlichkeit, gnädige Dame. Ich alte Person würde mit meinem Gewäsch nur die Ruhe Eures Hauses stören.«

»Aber nein. Ihr würdet mich sicher gut zu unterhalten wissen.«

»Mitnichten. Ihr empfangt sicher jeden Tag vornehme Gäste und bewirtet sie mit Wein und feinem Reisgebäck. Ungebildete Menschen duldet Ihr nicht in Eurer Nähe.«

»Aber unsere beiden Häuser liegen so nahe beieinander. Kommt und plaudert mit mir, sooft Ihr Euch damit nicht versäumt!« beharrte Ssan-djau.

Auch die Alte blieb fest.

»Ich werde nicht den Mut aufbringen, Euch zu belästigen.«

»Eines erfahrenen Menschen Rede wird niemals lästig.«

In diesem Augenblick wurde dem Gespräch ein Ende bereitet, denn die beiden Dienerinnen brachten nacheinander für zwei Gedecke Essschalen und Essstäbchen und je zwei Näpfe mit geräuchertem Schweinefleisch, Hühnerfleisch und frisch zubereitetem Fisch. Dazu Schalen mit Früchten, Gemüsen und Reis. Im ganzen standen achtzehn Schalen mit Gerichten auf dem Tisch.

»Was für ein üppiges Mahl!« entfuhr es der alten Frau.

»Es steht alles zum Zulangen bereit!« ermunterte Ssan-djau den Gast. »Geniert Euch nicht, und bedient Euch!«

Und dabei schenkte sie bereits Reiswein in die Schälchen. Die Händlerin dankte mit höflichen Worten, und die beiden setzten sich einander gegenüber an den gedeckten Tisch. Ssan-djau sprach dem Reiswein reichlich zu, und ihr Gast ließ sich Speisen und Wein ausgezeichnet munden. So saßen sie und aßen und tranken, bis es Abend wurde. Der Regen hatte mittlerweile nachgelassen, und die Perlenhändlerin bedankte sich mit vielen Komplimenten, um heimzukehren. Ssan-djau aber ließ einen großen silbernen Weinbecher bringen, füllte ihn für die Alte und nötigte sie, mit Essen und Trinken fortzufahren.

»Behaltet doch noch Platz«, bat sie. »Ich muß ja auch noch die halbe Kaufsumme für Euch holen.«

»Es ist spät geworden«, widersprach die Alte, »und Ihr bedürft jetzt der Ruhe, gnädige Dame. Heute abend wollen wir nichts mehr erledigen. Morgen werde ich alte Person vorbeikommen und den Betrag abholen. Nur wäre es gut, wenn der Kasten bei Euch im Hause bleiben würde; er könnte im Regen durchweichen.«

»Ich hoffe also, Euch morgen wiederzusehen«, sagte Ssan-djau darauf. Die Händlerin ging die Treppe zum Erdgeschoss hinunter, griff dort nach ihrem zerbrochenen Schirm und schritt zum Tor hinaus. Mit Recht heißt es im Sprichwort:

Die redseligen Weiber in der Welt
Beschwatzen jeden, wie's ihnen gefällt.

Jetzt sei die Rede von Tschen Da-lang, der tagelang, auf Bescheid wartend, in seinem Gasthof gesessen hatte. Weil es an diesem Tage in Strömen goß, rechnete er mit Sicherheit darauf, die Perlenhändlerin daheim anzutreffen, und ging, des Unwetters nicht achtend, in die Stadt und zum Hause der Händlerin. Verärgert, daß er sie nicht antraf, genehmigte er sich in einem Ausschank drei Schälchen Schnaps und ging mit neuem Mut wiederum zu dem Haus und wiederum vergeblich. Voller Ungeduld spazierte er vor dem Hause auf und ab. Es dunkelte bereits, als er die alte Frau endlich die schmale Gasse heraufkommen sah, die Wangen von jugendlicher Röte übergossen und der Gang ein wenig schwankend. Tschen Da-lang eilte auf sie zu und fragte sofort, während er die Hände in Brusthöhe zur Begrüßung nachläßig ein paarmal hin- und herbewegte: »Wie steht es mit meiner Angelegenheit?«

»Noch zu früh. Ich habe eben erst gesät, da kann noch keine Saat sprießen. Vor fünf oder sechs Monate werdet Ihr nicht ernten und Euren Appetit stillen können. Ihr seid voreilig mit Eurer Wißbegier. Ich alte Person habe jetzt keine Zeit für müßige Fragesteller übrig.«

Tschen Da-lang merkte, daß die Alte einen kleinen Schwips hatte, und verzog sich kurzerhand. Am nächsten Morgen kaufte Ssüä-Bo frisches Gemüse, Hühner und mehrere Sorten Fisch ein, ließ alles in einer Garküche tafelfertig herrichten und packte es in zwei große Körbe. Danach besorgte sie noch einen Krug besten starken Reiswein. Zur Mittagszeit begab sie sich mit einem Jungen, der die beiden Körbe trug, zum Hause Djang. Ssan-djau schaute an diesem Tage nicht auf die Straße hinab. Aber die Dienerin Djing-jün hatte die Alte erspäht, ging ihr zum Tor entgegen und ließ sie eintreten. Im Erdgeschoß befahl die Händlerin dem Jungen, die Sachen abzustellen, und schickte ihn heim. Von der Dienerin benachrichtigt, kam Ssan-djau vom Obergeschoß hinunter und begrüßte den Gast. Ssüä-Bo sagte »zehntausendfachen Dank« für diese große Ehre und wünschte Glück und Wohlergehen.

»Heute bringe ich alte Person der gnädigen Dame ein paar Glas verwässerten Wein«, fuhr sie fort.

»Aber ich muß Euch noch meine Kaufschuld bezahlen«, wehrte Ssan-djau ab. »Da kann ich nichts von Euch annehmen!«

Die Händlerin aber ließ beide Körbe und den Krug Wein auf den Tisch stellen.

»Es geht wirklich nicht an, daß Ihr Euch so bemüht!« beharrte Ssan-djau.

Worauf die Alte erwiderte:

»Für kleine Leute gibt es nichts Besonderes, mit dem sie aufwarten könnten.«

Die beiden Dienerinnen hatten mittlerweile die Speisen und den Wein gewärmt und alles zum Mahle gerichtet.

Nach einer geraumen Weile gegenseitigen Komplimentierens setzten sich Ssan-djau und die Händlerin, diese auf den dem Gast vorbehaltenen Ehrenplatz, zum Essen nieder. Sie saßen nun schon zum dritten Mal beieinander, und es war keine Fremdheit mehr zwischen ihnen. Während der Mahlzeit sagte Ssüä-Bo:

»Es ist schon eine beträchtliche Zeit her, daß Euer Herr Gemahl von Euch fort und auf Reisen gegangen ist. Noch immer nicht hat er seine Rückkehr angekündet! Er sollte die gnädige Dame nicht so lange sich selbst überlassen.«

»Schon ein Jahr ist er fort«, fiel Ssan-djau ein. »Ich weiß nicht, was ihn zurückhält.«

Die Händlerin fing an zu sticheln.

»Ich alte Person kann dazu nur sagen, daß ein Mann eine solche Blume, eine solche Kostbarkeit wie die gnädige Dame nicht links liegen lassen dürfte! Oder soll man annehmen, daß er seine kostbare Perle gegen einen Barren Gold hergegeben hat!? So etwas kommt vor, wird gesagt.«

Nach einem Augenblick des Schweigens ging es weiter:

»Im allgemeinen richten sich die reisenden Kaufleute in der Fremde gern häuslich ein. Bei Dschu Ba-dschau, dem Mann meiner vierten Tochter, ist das zum Beispiel auch der Fall. Er hat auf der Reise immer ein kleines Mädchen zu seiner Erheiterung bei sich und denkt überhaupt nicht an sein Zuhause. Kehrt er alle drei oder vier Jahre mal heim, bleibt er höchstens ein oder zwei Monate, und schon zieht es ihn wieder hinaus in die Fremde. Seine Frau bleibt schutzlos und einsam zurück.«

»Zu dieser Sorte Männer gehört mein Gatte nicht!« sagte Ssan-djau in bestimmtem Ton, und Ssüä-Bo lenkte sofort ein.

»Ich habe ja auch nur eine verbreitete Vermutung ausgesprochen. Es gibt sicher vielfältige Möglichkeiten zwischen Himmel und Erde.«

Darauf nahmen sich die beiden Frauen ein Würfelspiel vor und tranken sich einen gehörigen Schwips an.

Von diesem Tage an gehörte die Händlerin gewissermaßen zum Hause Djang. Sie weckte immer von neuem im Herzen der jungen Frau Zweifel an der Treue des Gatten und schmeichelte sich bei den beiden Dienerinnen und dem übrigen Gesinde ein. Wenn sie sich im Laufe eines Tages nicht blicken ließ, litt Ssan-djau so unerträglich unter dem Gefühl des Verlassenseins, daß sie zum Haus der Alten schickte und sie zu sich bitten ließ. So schaffte die Händlerin unermüdlich an ihrem Vorhaben.

Es gibt in der Welt vier Menschentypen, von denen man nicht mehr loskommt, sobald man sich erst einmal mit ihnen eingelassen hat: den buddhistischen Wandermönch, den Bettler, den Bummelanten und die Kupplerin. Von diesen geben sich die ersten drei untereinander nichts nach; aber kommt die Kupplerin ins Haus, haben die Frauen keine ruhige Stunde mehr.

Unsere Perlenhändlerin war von Natur ein freundlicher Mensch, der sich in süßen Worten und geschickter Rede erging. Mit Ssan-djau war sie in so enger Freundschaft verbunden, daß es den Anschein hatte, sie ginge im Hause Djang wie in ihrem eigenen ein und aus. Es war so, wie es im Sprichwort heißt:

> Wir können einen Tiger nach seinem Fell zeichnen,
> Aber nicht nach seinem Skelett.
> Wir kennen die Menschen und ihre Gesichter,
> Aber nicht ihre Herzen.

Tschen Da-lang fragte des öfteren, wie es um seine Sache bestellt sei. Jedesmal bekam er die gleiche Antwort: Es sei noch zu früh. Es war inzwischen Mitte Mai herangekommen und damit die glühende Sommerhitze. Immer wieder stöhnte die Händlerin Ssan-djau vor, wie beengt sie in ihrem Schneckenhäuschen sei.

Im Sommer sei es schon gar nicht zum Aushalten darin, weil es nach Westen liege. Gar kein Vergleich mit den hohen, luftigen und kühlen Räumen des oberen Stockwerks, in denen die gnädige Dame lebe. Sie hatte ihre Hintergedanken dabei, und es entspann sich ein ihr recht genehmes Gespräch.

»Wenn es Euch nicht irgendwie unbequem ist«, sagte Ssan-djau, »bleibt doch über Nacht bei mir!«

»Das täte ich sehr gern, nur habe ich Angst, daß Euer Herr Gemahl zurückkommt.«

»Sicher kommt er zurück, aber bestimmt nicht um die dritte Nachtwache herum.«

»Wenn es also der gnädigen Dame nicht lästig ist, werde ich alte Person heute abend mein Bettzeug herüberbringen lassen und Euch Gesellschaft leisten.«

»Bettzeug ist genügend im Hause, Ihr braucht nichts herzuschaffen. Aber wollt Ihr nicht Eure Familie daheim wissen lassen, daß Ihr den Sommer über bei mir bleiben werdet?«

Darauf ging die Alte zu sich nach Hause und sagte ihrer Schwiegertochter Bescheid. Als sie abends zurückkam, brachte sie einen großen Toilettenkasten mit.

»Ihr seid aber schwer beladen!« sagte Ssan-djau verwundert. »Öl und Kämme und Waschbecken! Das habe ich doch alles im Hause. Warum schleppt Ihr Euch nur damit?«

»Ich alte Person bin nun einmal daran gewöhnt, mein Waschwasser und Kammzeug für mich zu haben«, entschuldigte sich Ssüä-Bo; »soll ich die gnädige Dame damit belästigen, daß ich ihre feinen Gegenstände benutze? Und den Dienerinnen will ich auch keine Mühe machen. Da habe ich lieber von zu Haus mitgebracht, was ich brauche. Hat die gnädige Dame schon bestimmt, wo ich schlafen soll?«

Ssan-djau wies auf eine kleine schmale Rohrliege, die längs des großen Bettes stand.

»Da – vor meinem Bett. Da liegen wir dicht beieinander und können uns abends unterhalten, bis wir einschlafen.« Dabei holte sie einen leichten Seidenvorhang und gab ihn der Händlerin zum Befestigen, und als das getan war, ließen sich die beiden zum Ausruhen nieder und labten sich an Speisen und

Reiswein. Die beiden Dienerinnen brachten frische Bettwäsche. Sie selbst schliefen fortan, da ja nun die alte Frau da war, in einem durch einen großen Schirm abgeteilten Raum zur Hauswand hin.

Die Händlerin erledigte tagsüber ihre geschäftlichen Angelegenheiten in der Stadt und kehrte mit Einbruch der Dunkelheit in das Haus Djang zum Schlafen zurück. Wenn auch der Vorhang zwischen den beiden Frauen vorgezogen war, schliefen sie doch sozusagen mit den Köpfen nebeneinander. Sie schwatzten bis spät in die Nacht hinein. Die eine fragte, die andere antwortete, und so gab es des Redens kein Ende. Die Alte stellte sich oft ein bißchen beschwipst und erzählte Liebesgeschichten aus ihrer Jugend, wobei sie es nicht an verfänglichen Anspielungen fehlen ließ, so daß die Wangen der jungen Frau abwechselnd erglühten und erblaßten. Sie kannte sich in der Liebe aus und reizte die Neugier ihrer Zuhörerin.

Die Zeit flog dahin. Es war bereits der siebente Tag des siebenten Monats herangekommen. Auf dieses Datum fiel Ssan-djaus Geburtstag. Die Händlerin machte am Morgen zwei Körbe mit Geschenken fertig und ging damit zum Hause Djang, um zu gratulieren. Ssan-djau bedankte sich sehr höflich bei ihr und forderte sie auf, das althergebrachte Geburtstagsgericht aus Weizennudeln, das Symbol langen Lebens, mit ihr zu verzehren.

»Ich alte Person habe im Laufe des Tages dringende Dinge zu erledigen«, war die Antwort. »Aber am Abend werde ich der gnädigen Dame Gesellschaft leisten, und wir werden zusammen den Himmel beobachten und zusehen, wie der Rinderhirt sich mit dem Webermädchen trifft. Heute ist ja die alljährlich den beiden einmal erlaubte Begegnung fällig, bei der sie sich einander vermählen.«

Mit dem letzten Wort verschwand sie aus dem Zimmer und hastete die Treppe hinunter. Auf der Straße stieß sie nach wenigen Schritten auf Herrn Tschang Da-lang. Sie sagte kein einziges Wort, sondern bedeutete ihm nur, ihr zu folgen. Sie bog in eine stille Nebenstraße ein, wo sie stehenblieb. Sofort fiel Da-lang, dessen Verärgerung schon die gerunzelten Augenbrauen erkennen ließen, aufgebracht über sie her.

»Ihr spannt mich wirklich allzu lange auf die Folter, würdige Adoptivmutter! Der Frühling ist vorbei, wir sind mitten im Sommer, ja, gehen schon dem Herbst entgegen. Wenn ich Euch heute frage, antwortet Ihr mir: ›Es ist zu früh!‹

Frage ich Euch morgen, antwortet Ihr: ›Es ist zu früh!‹, und ich weiß nicht, ob aus den Tagen Jahre werden sollen. Mit jedem Tag, der dahingeht, rückt die Heimkehr des Gatten näher und schwinden meine guten Aussichten. Aber ich werde das nicht überleben, ich werde mich töten und vor dem Richter in der Unterwelt Klage gegen Euch erheben.«

»Ihr seid allzu ungestüm!« winkte die alte Frau ab. »Ich alte Person wollte gerade zu Euch. Es traf sich gut, daß Ihr mir in den Weg kamt. Die Sache klappt heute oder niemals! Merkt genau auf, was ich vorhabe.«

Und sie wisperte dem jungen Mann ihren Plan ins Ohr:

»Ju dse, ju dse – dschö bang, dschö bang –
So so so – so so so – –«

Er nickte zustimmend: »Ein ausgezeichneter Plan! Ein ganz ausgezeichneter Plan! Ich verspreche Euch eine fette Belohnung, wenn der gelingt!« Strahlend vor Freude ging er seiner Wege.

Im Sprichwort heißt es:

Juwel und Blüte liegen griffbereit.
Nun frisch ans Werk –
Im Bunde mit Wolke und Regen!

Wie die Alte ihn geheißen, schickte sich Tschen Da-lang am Abend des Tages zur Ausführung seines Planes an. Ein Sprühregen ging hernieder, weder Mond noch Sterne leuchteten. In solcher Dunkelheit gelang es der Perlenhändlerin, von keinem Menschen bemerkt, mit Tschen Da-lang sich an das Haus Djang heranzuschleichen. Unmittelbar am Tor mußte er sich auf ihr Geheiß hinter einem Pfeiler verbergen. Danach schlug sie mit dem schweren Klopfer tüchtig ans Tor. Die Dienerin Djing-jün öffnete, in der Hand hielt sie eine brennende Papierlaterne. In diesem Augenblick tastete die Alte in ihrem Ärmel und rief erschrocken:

»Da habe ich doch eben ein seidenes Schweißtüchlein verloren. Machst du dir wohl die Mühe, liebe Schwester, es zu suchen?« Djing-jün ging tatsächlich, mit der Laterne vor sich her leuchtend, auf die Straße hinaus und suchte. Blitzschnell zog die Alte Tschen Da-lang hinter dem Pfeiler hervor und schob ihn vor sich her in das Haus, wo sie ihn unter die Treppe duckte, die zum oberen Stockwerk führte.

»Yo-la! Ich hab's schon gefunden!« rief sie gleich darauf zur Haustür hinaus. »Bemüht Euch nicht weiter mit Suchen!«

Ssan-djau hatte das Sprechen gehört. Sie befahl Djing-jün, Reiswein zu bringen, und die beiden Frauen schwatzten und lachten, aßen und tranken sich einen kleinen Schwips an.

»Wollen wir den Dienerinnen nicht von dem Reiswein abgeben?« schlug Ssüä-Bo vor.

Ssan-djau gab Djing-jün reichlich von den Speisen und dem Reiswein, und die beiden Mädchen schmausten und tranken tüchtig. Ssan-djau und die Händlerin schwatzten munter weiter. Schließlich aber löschten sie die Lampe aus, und die junge Frau war alsbald fest eingeschlafen. Ssüä-Bo schlich sich vorsichtig die Treppe zu Tschen Da-lang hinunter und bugsierte ihn geschickt auf Ssan-djaus Lager dicht neben die Schlafende. Nach einer Weile spürte Ssan-djau den fremden Körper neben sich und fragte:

»Wer seid Ihr?«

Tschen Da-lang schmiegte sich in brennendem Verlangen fest an sie und berichtete ihr haargenau den Plan der Perlenhändlerin. »Diesmal muß er gelingen, ich schließe sonst die Augen für immer im Tode!«

In diesem Augenblick erhob sich Ssüä-Bo von ihrem Lager und trat an das Bett heran.

»Ich alte Person war sehr dreist«, sagte sie. »Es geht nicht an, daß die gnädige Dame den Frühling ihres Lebens freudlos verbringt und der Herr Tschen Dalang sein Leben zerstört. Ihr beiden seid bestimmt, einander anzugehören. Mich alte Person trifft keine Schuld.«

»Geschehen ist geschehen«, entgegnete Ssan-djau. »Aber ich möchte wissen, was werden soll, wenn mein Gatte zurückkehrt.«

»Nur Ihr und ich wissen um diese Sache; die beiden Dienerinnen Djing-jün und Nuan-ssüä kaufen wir, und er selbst wird den Mund auch nicht auftun. Wenn einer Sorgen aus diesem Geschehen hat, so bin ich alte Person das. Ver-

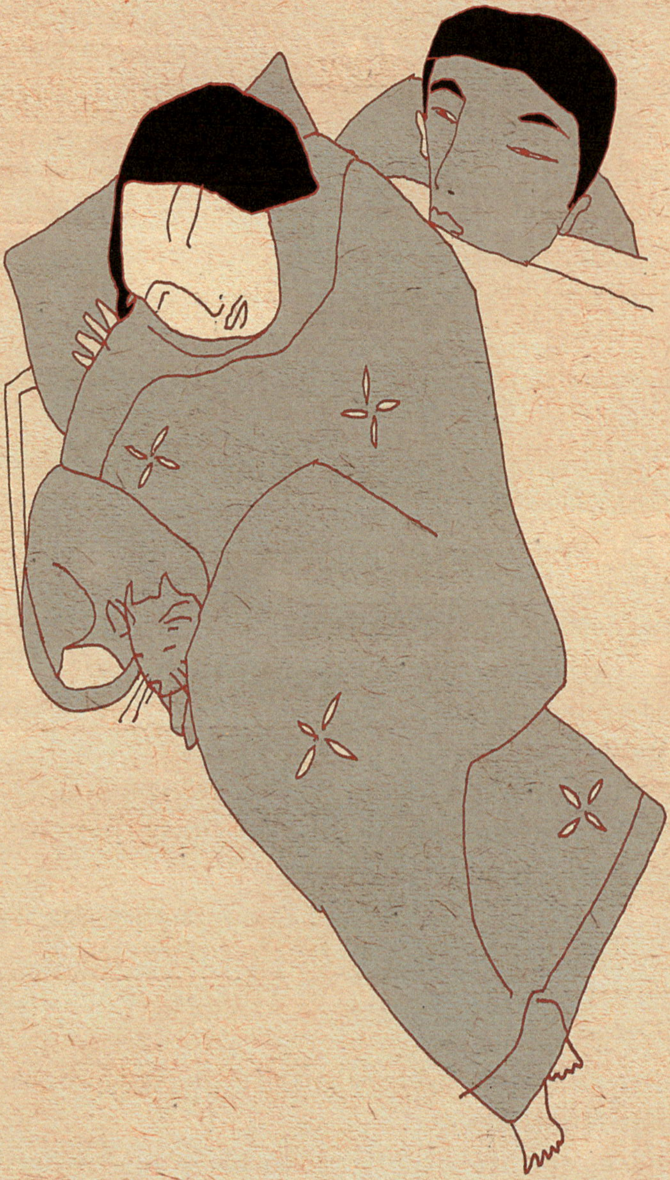

gnügt Euch nur weiter Nacht für Nacht. Etwas Harmloseres gibt es nicht. Nur wollet später einmal nicht mich alte Person vergessen!«

Ssan-djau beruhigte sich. Sie war auch gar nicht imstande, zu überlegen. Die beiden jungen Menschen fühlten sich leidenschaftlich zueinander hingezogen. Sie blieben bis zur fünften Nachtwache innig miteinander verbunden; selbst als der Morgen bereits graute, mochten sie sich noch nicht trennen. Schließlich drängte die Alte Tschen Da-lang mit Gewalt zum Aufstehen und geleitete ihn zu dem Tor hinaus.

Seitdem verging kein Abend, an welchem Da-lang nicht ins Haus kam; manchmal mit der Alten zusammen, manchmal allein. Die beiden Dienerinnen hatte die Alte mit Beredsamkeit und Drohungen gefügig gemacht. Ihre Herrin hatte ihnen einige schöne Kleider geschenkt, und der Herr bedachte sie auch des öfteren mit Silbermünzen, womit sie sich hübsche Dinge kauften. Die Mädchen machten also den Betrug bereitwillig mit.

Tschen Da-lang fand sich abends ein und ging morgens. Mann und Frau waren einander innig zugetan; wie mit Leim und Lack zusammengefügt waren sie, wie ein richtiges Ehepaar. Um die Frau immer enger an sich zu fesseln, besorgte er ihr wunderschöne Kleider und beglich ihre Restschuld bei der Perlenhändlerin. Außerdem gab er dieser zum Zeichen seines Dankes einhundert Silbermünzen. Im Laufe des Jahres hatte ihn seine Verliebtheit schon rund eintausend Silbermünzen gekostet. Von Ssan-djau erhielt die Alte überdies Geschenke im Gesamtwert von dreißig Unzen, und sie zerbrach sich den Kopf darüber, wie sie es anstellen könnte, daß die beiden möglichst lange beieinander blieben.

Bei den Alten hieß es: ›Es gibt in der Welt keine ewige Freude.‹ Das Laternenfest, das auf den Abend des fünfzehnten Tages des Neujahrsmonats fällt, war vorbei; ebenso das Tsing-ming-Fest, das in den dritten Monat des Jahres fällt, das Fest der Reinheit und Klarheit, an dem die Familie ihrer Toten gedenkt. In Tschen Da-lang kam allmählich der Gedanke auf, daß er wieder heimkehren und seinen Geschäften nachgehen müsse. Eines Abends eröffnete er das der Geliebten. Sie verfielen beide in große Traurigkeit, keiner wollte vom andern lassen. Ssan-djau wollte sich von ihren schönen Kleidern und Schmucksachen trennen und mit Da-lang als seine Gattin mitgehen. Das lehnte Tschen Da-lang ab.

»Das geht auf keinen Fall!« rief er. »Wie sollte ich es anstellen, Herrn Lü, den

Besitzer des Gasthofs, in dem ich logiere, hinters Licht zu führen?! Und die Schiffsmannschaft?! Auch der Dienerinnen wegen ist es unmöglich, daß du mich begleitest. Und nun erst dein Gatte! Wenn er heimkommt, würde er uns doch sofort nachsetzen; wie könnte ich ihn daran hindern? Du mußt Geduld aufbringen, Geliebte! Im nächsten Jahr um diese Zeit werde ich dich besuchen. Bis dahin habe ich einen stillen, sicheren Zufluchtsort für dich gefunden. Ich schreibe dir rechtzeitig ein Briefchen. Wir fliehen dann zusammen, und kein Teufel wird uns ausfindig machen. Bist du nun beruhigt?«

Aber die Frau entgegnete:

»Ich wette zehntausend gegen eins, daß du im nächsten Jahr nicht zurückkommst.«

Darauf schwor Tschen Da-lang, daß er zurückkommen werde, und Ssan-djau sagte:

»Weil du ein aufrichtiger Mensch bist, will dir deine Sklavin nicht zur Last fallen. Aber sobald du zu Haus angekommen bist, schicke, bitte, einen Brief für mich an die alte Ssüä-Bo. Das wird deiner Sklavin das Herz erleichtern.«

»Ich muß Vorsicht walten lassen«, wehrte Tschen Da-lang ab. »Verpflichte mich, bitte, zu nichts.«

Einige Tage danach mietete Tschen Da-lang eine Dschunke, ließ alle seine Sachen an Bord schaffen und begab sich zu seiner Geliebten, um Abschied zu nehmen. An diesem Abend fühlten sie sich inniger denn je zueinander hingezogen. Sie sprachen kein Wort, ihre Gesichter waren tränenüberströmt. Der Tod hätte ihre Augen nicht stärker trüben können. Um die fünfte Nachtwache erhoben sie sich von ihrem Lager. Die junge Frau holte einen Bambuskasten, öffnete ihn und entnahm ihm eine kostbare Perlenarbeit, die Perlentunika. »Dieses Perlengewand«, sagte sie, »ist ein wertvolles Besitztum der Familie Djang. Wir haben bald Hochsommer; trage es in den heißen Tagen auf dem bloßen Körper, es wird dir wunderbar kühl darin sein. Und stell dir dabei vor, es sei deine treue Sklavin, die dich innig umfängt.«

Tschen Da-lang brach bei diesen Worten in Tränen aus. Ssan-djau streifte ihm mit eigener Hand das Perlengewand über. Die Dienerinnen öffneten das Tor, Ssan-djau geleitete den Geliebten hinaus, noch drei Verbeugungen, dann ging er. – Im Volkslied heißt es:

Ein Jahr lang weinte sie um den Gatten,
Heute beschenkt sie den Galan.
Dem Wasser gleich, ob Weib, ist dein Sinn,
Für den zugeflogenen Vogel
Läßt du deinen Phönix fahren.

Gehen wir in unserer Erzählung weiter. Tschen Da-lang war nun im Besitz der Perlentunika. Tag für Tag trug er sie auf dem bloßen Körper. Des Abends legte er sie zwar ab, brachte es aber nicht übers Herz, sich während des Schlafens von ihr zu trennen. Er nahm sie mit ins Bett und legte sie dicht neben sich.

Der Wind war seiner Fahrt günstig. Die Dschunke traf bereits zwei Monate später in Ssutschou ein und ging an der Föng-Brücke vor Anker. Zu dieser Brücke gehörte ein großer Umschlagplatz für Brennholz und Reis, und es gab nicht viele Kaufleute, die hier nicht ihre Waren löschten.

An einem der nächsten Tage war Da-lang bei einem Freund zum Essen eingeladen. Dabei wurde er mit einem in der Stadt Sjang-jang ansässigen Gast bekannt, aus der er ja gerade gekommen war. – Dieser Gast hatte große Ähnlichkeit mit ihm – es war nämlich Djang Ssing-ko! Der hatte in der Provinz Kwangtung wertvolle Waren eingekauft: Perlen, Schildpatt, Kampêcheholz, Weihrauch, von allem verschiedene Sorten, und sich dann einer Reisegesellschaft von Kaufleuten angeschlossen, die zu geschäftlichen Zwecken nach Ssutschou fahren wollten. Djang Ssing-ko kannte die Redensart:

Droben der weite Himmelsraum,
Drunten die Freuden von Ssutschou und Hantschou.

Nun wollte er diese Freuden selbst kennenlernen und zudem in der lebhaften Hafenstadt neue geschäftliche Verbindungen anknüpfen. Er war bereits im zehnten Monat des Vorjahres in Ssutschou angekommen. Nach wie vor nannte er sich auf Reisen Lo, weshalb in Tschen Da-lang keinerlei Mißtrauen aufkommen konnte. Von ihrem ersten Zusammentreffen an fühlten sich die beiden jungen Leute zueinander hingezogen. Sie verbrachten ihre Mußestunden mit Plaudern und Scherzen gemeinsam, veranstalteten frohe Gelage und ergingen sich in hoffnungsvollen Plänen. Der eine kannte den anderen wie sich selbst, gelegentlich besuchten sie sich auch.

Im Laufe der Monate hatte Ssing-ko seine geschäftlichen Angelegenheiten abgewickelt. Vor seiner Abreise stattete er Tschen Da-lang einen Abschiedsbesuch ab. Tschen wartete mit Reiswein auf, und so nahe sich gegenübersitzend, daß die Knie sich berührten, plauderten sie nach Herzenslust.

Es war Ende Mai und bereits sehr heiß, und die Freunde, ohnehin vom Essen und Trinken erhitzt, öffneten ihre Jacken. Dadurch wurde bei Tschen Da-lang die Perlentunika sichtbar. Ssing-ko war betroffen, als er sie sah, war aber klug genug, sich zu beherrschen, und äußerte sich nur lobend über die Schönheit eines solchen Gewandes. Im Vertrauen auf ihre Freundschaft fühlte sich Tschen Da-lang zum Reden getrieben.

»In der Stadt Sjang-jang wohnt in der Da-schih-djä ein gewisser Djang Ssing-ko. Kennt Ihr den zufällig, lieber Bruder Lo?«

Ssing-ko antwortete sehr geschickt:

»Ich war in der letzten Zeit viel auf Reisen und weiß nur, daß es einen Mann dieses Namens gibt. Gesprochen habe ich noch nicht mit ihm. Warum fragt Ihr danach, lieber Bruder Tschen?«

»Ich will meinem älteren Bruder diese Geschichte nicht vorenthalten. Zwischen dem jüngeren Bruder und diesem Mann besteht eine gewisse Beziehung.«

Und er berichtete ausführlich von dem Liebesverhältnis zwischen Ssan-djau und ihm und von dem Perlengewand und schloß unter einer Flut von Tränen:

»Dieses Perlengewand hat sie mir geschenkt! Da mein älterer Bruder im Begriff ist, in jene Stadt zu reisen, will der jüngere Bruder eine Botschaft fertigstellen und bitten, daß der ältere Bruder sie mitnehmen möge. Morgen in aller Frühe wird er sie überbringen.«

Ssing-ko hielt mit der Wahrheit zurück und sagte nur:

»Natürlich, gern.«

Im stillen überlegte er:

›Das ist eine merkwürdige Angelegenheit. Die Perlentunika liegt als Beweis vor. Er hat sich also nichts ausgedacht.‹

Ihm war, als ob spitze Nadeln ihn am ganzen Körper durchbohrten. Unfähig, auch nur noch einen Bissen herunterzubringen, verabschiedete er sich hastig und kehrte in seinen Gasthof zurück. Er war in einem Zustand höchster Erregung und grübelte allen Ernstes darüber nach, ob nicht durch einen Zauber der Raum zum Zusammenschrumpfen gebracht werden und er in Windeseile nach Hause gelangen könne. Bis zum Abend erledigte er alle Vorbereitungen für seine Abreise, und am nächsten Morgen begab er sich in aller Frühe auf seine Dschunke. Von Bord aus beobachtete er, wie ein Mann auf das Ufer zukeuchte. Es war tatsächlich Tschen Da-lang, der ihm die Botschaft in Form eines Päckchens übergab und ihn »tjän wan – zehnmillionenfach« beschwor, es richtig abzuliefern.

Aschfahl vor Erregung, nahm Ssing-ko das Päckchen entgegen. Er konnte keinen Satz, kein einziges Wort herausbringen, weder sterben noch leben. Kaum war Tschen Da-lang außer Sichtweite, betrachtete er das Päckchen und las, was darauf geschrieben war: ›Diese Botschaft ist, bitte, der Perlenhändlerin Ssüä-Bo in der Tung-sjang, nahe der Da-schih-djä, zu übergeben.‹ Zitternd vor Aufregung, riß er die Papierhülle auf. Sie enthielt einen gut sechs Fuß langen Schal aus pfirsichblütenfarbener Seide, ein mit Papier überzogenes Kästchen, in dem ein aus fettigweißem Jade geschnitzter Haarschmuck lag, und einen Brief, dessen Text lautete: ›Habt die Güte, würdige Adoptivmutter, diese beiden unscheinbaren Gegenstände meiner herzallerliebsten Ssan-djau zu übergeben. Sie sollen ihr ein Andenken sein. Im nächsten Frühjahr werde ich, wie verabredet, sie besuchen. Ich wünsche Euch gute Gesundheit!‹

Ssing-ko riß den Brief voller Wut kurz und klein und warf die Papierfetzen in den Fluß. Dann zerbrach er die kostbare Haarspange an der Bordwand. Aber in dem Augenblick, da er die beiden Bruchstücke in der Hand hielt, wurde er ruhiger und überlegte.

›Wie kopflos von mir! Sind das nicht ausgezeichnete Beweise?‹

Und sofort wickelte er den Schal und die beiden Spangenstücke wieder zusammen und drängte die Dschunkenmannschaft, die Heimfahrt nach Kräften zu beschleunigen. Er sah sich bereits in sein Haus eintreten. Ohne daß er dessen gewahr wurde, flossen ihm Tränen übers Gesicht, während er vor sich hin sprach:

»Wie innig habe ich meine Frau geliebt! Und jetzt lasse ich sie bei ihrer Jugend solcher lüsternen Schmeißfliege wegen fallen! Lade ich nicht Schuld und Schmach auf mich selbst und werde von Reue gepackt werden?«

So quälte sich Ssing-ko während der Heimfahrt; von Gewissensnot gefoltert, ging er langsam, Schritt vor Schritt setzend, seinem Hause zu. Vor dem Tor angelangt, war es mit seiner Fassung so gut wie zu Ende. Es kostete ihn Anstrengung, seiner Frau entgegenzutreten. Kein Wort kam über seine Lippen. Ssan-djau war verwirrt, ihrer Zunge nicht mächtig und errötete einmal über das andere. Ssing-ko machte sich mit seinem Reisegepäck zu schaffen; sagte nebenbei, daß er noch die Schwiegereltern besuchen wolle, und begab sich zur Nacht wieder an Bord der Dschunke!

Am nächsten Morgen ging er wieder heim.

»Deine Eltern sind beide krank«, sagte er zu seiner Frau, »und deswegen bin ich gestern abend dort geblieben, damit ich über Nacht nach ihnen sehen konnte. Sie wollten dich gern um sich haben, du mußt sie also gleich aufsuchen. Ich habe die Sänfte vor dem Tor warten lassen. Beeile dich, ich komme bald nach.«

Das Fortbleiben ihres Mannes hatte Ssan-djau in große Unruhe versetzt. Als sie ihn nun sagen hörte, daß Vater und Mutter erkrankt wären, wurde ihre Bestürzung noch größer. Ganz mechanisch verschloß sie ihre Truhen und Kästen, übergab ihrem Mann alle Schlüssel und bestieg mit einer alten Dienerin die Sänfte. Im letzten Augenblick rief Ssing-ko die Dienerin zu sich heran, holte aus dem Ärmel seines Rockes einen Brief hervor und übergab ihn ihr mit den Worten:

»Liefere diesen Brief ab, und komme mit der Sänfte zurück!«

Entgegen der Rede ihres Mannes traf Ssan-djau Vater und Mutter bei bester Gesundheit an, was sie natürlich abermals in Verwirrung brachte. Ebenso war der Vater erstaunt, daß die Tochter zu den Eltern kam und die Dienerin einen Brief für ihn in der Hand hielt. Er öffnete das Schreiben und las:

> »Scheidungsurkunde, aufgesetzt von Djang Ssing-ko aus dem Kreis Dsau-jang, gegen seine Ehefrau aus der Sippe der Wang. Seitdem meine Ehefrau durch das Tor meines Hauses geschritten ist, hat sie die sieben Verstöße gegen die ehelichen Pflichten, die als Scheidungsgrund gelten, begangen.

Da ich im Gedächtnis bewahrt habe, wie eng verbunden wir einmal miteinander gewesen sind, will ich keine Erklärungen geben. Sie möge in ihr Elternhaus zurückkehren. Die Ehescheidung ist vollzogen. Ausgefertigt im zweiten Jahr der Periode Tscheng-Hua, am ... Tage des ... Monats.«

Dem Brief lagen eine in zwei Stücke zerbrochene Jadehaarspange und ein pfirsichblütenfarbener Seidenschal bei. Herr Wang war sehr bestürzt, und Ssandjau brach während des Vorlesens in Schluchzen aus. Der alte Herr begab sich in größter Erregung sofort zu seinem Schwiegersohn, um die Gründe zu erfragen. Djang Ssing-ko begrüßte ihn sehr höflich mit zur Brust emporgehobenen Händen. Herr Wang grüßte ebenso höflich zurück und begann sofort zu sprechen.

»Ehrenwerter Schwiegersohn! Meine Tochter war unberührt, als sie aus meinem Hause in das Eure eintrat, und jetzt schickt Ihr uns den Scheidungsbrief zu. Ich erwarte also eine Erklärung von Euch.«

»Euer unbedeutender Schwiegersohn möchte nicht über das, was vorgefallen ist, sprechen«, war die Antwort. »Fragt Eure Tochter! Sie weiß, was war.«

»Meine Tochter kann vor Weinen kein Wort herausbringen«, sagte Herr Wang darauf. »Daß ich alter Mann solches Herzeleid erleben muß! Meine Tochter hat stets verständig und sittsam gelebt. Wie sollte sie es fertiggebracht haben, die Ehe zu brechen? Wenn sie wirklich einen geringen Verstoß begangen hat, so wollet Rücksicht auf mich nehmen und ihr Verzeihung gewähren. Ihr habt an die sieben oder acht Jahre als Mann und Frau miteinander gelebt. Seit Eurer Hochzeit habt Ihr keine Auseinandersetzung miteinander gehabt, seid immer glücklich zusammen gewesen. Und jetzt seid Ihr erst drei oder fünf Tage wieder zurück! Welchen Fehltritt wollt Ihr denn seitdem entdeckt haben? Was für ein Splitter sollte Euch ins Auge geflogen sein? Ihr seid recht unduldsam. Man wird Euch verlachen und Euch Herzlosigkeit vorhalten.«

»Ehrwürdiger Schwiegervater«, versetzte Ssing-ko, »Euer unbedeutender Schwiegersohn wird Euch eine kurze Erklärung abgeben. In meiner Familie gibt es seit vielen Jahren ein kostbares Erbstück, eine Perlentunika. Ich hatte sie Eurer Tochter übergeben. Fragt sie, ob sie sie noch hat. Bejaht sie Eure Frage, ist der Scheidungsbrief ungültig. Verneint sie sie, tadelt mich nicht!«

Herr Wang kehrte sofort heim und fragte seine Tochter.

»Was ist mit dem Perlenhemd? Hast du es sorgfältig verwahrt, oder hast du es fortgegeben?«

Bei dieser Frage senkte die Tochter den Blick, ihre Wangen überzogen sich mit glühendem Rot, Tränen stürzten ihr aus den Augen. Herr Wang war ratlos.

»Es hat doch keinen Sinn, nur zu jammern!« redete Frau Wang auf die Tochter ein. »Sag die Wahrheit, damit wir Rat schaffen können.«

Bei den Worten der Mutter schluchzte die Tochter nur noch heftiger, und der Tränenstrom wollte kein Ende nehmen. Herr Wang nahm die Scheidungsurkunde, den Schal und die Haarspange an sich und sagte unwirsch zu seiner Frau, sie solle versuchen, die Wahrheit herauszubekommen. Er stand der Angelegenheit hilflos gegenüber und ging zum Nachbarn, um sich mit diesem zu besprechen.

Frau Wang konnte die vom vielen Weinen schon geröteten und verquollenen Augen ihrer Tochter nicht mehr mit ansehen. Sie fing an, sich um sie zu sorgen, und versuchte, sie mit freundlichen Worten zu beruhigen. Dann machte sie ein Glas Glühwein zurecht, um die Tochter damit zu erfrischen. Ssan-djau saß indessen allein und niedergeschlagen im Zimmer. Sie überlegte hin und her, wie ihr Mann hinter die Sache mit der Perlentunika gekommen sein mochte, und fragte sich, was für eine Bewandtnis es mit der Haarspange und dem Schal haben könnte. Inzwischen kam schon die Mittagsstunde heran. Mit einemmal sagte sie vor sich hin:

»Jetzt weiß ich ... Die zerbrochene Haarspange soll besagen, daß unsere Ehe aufgelöst ist, und mit dem Schal will er mir bedeuten, daß ich mich erhängen soll. Und aus Mitleid mit mir gibt er keinerlei Erklärung, bewahrt er mich vor Schmach und Schande. Da wir einander vier Jahre lang in Liebe zugetan waren, muß ich jetzt selbst meinen Tod herbeiführen. Ich darf auch nicht einen Tag länger leben.«

Während der letzten Worte mußte sie von neuem weinen. Sie stieg auf einen Schemel und mühte sich, den Schal über einen Deckenbalken zu führen. In diesem Augenblick öffnete Frau Wang die Tür; in der einen Hand hielt sie einen Krug mit heißem Glühwein. Sie erkannte sofort, was die Tochter beabsichtigte, und riß sie von dem Schemel herunter. Dabei glitt sie aus, der Schemel stürzte um, Mutter und Tochter lagen auf dem Fußboden, der heiße Glühwein floß aus dem Krug auf die Matte. Frau Wang rappelte sich sofort wieder in die Höhe und half der Tochter auf die Beine.

»Aufhängen wolltest du dich?!« polterte sie los. »Zweiundzwanzig Jahre alt – eine noch nicht aufgeblühte Blume – wie kommst du denn auf solche dummen Gedanken? Es ist doch auch gar nicht heraus, ob dein Mann die Scheidung nicht widerruft, und außerdem bist du hübsch und brauchst nicht zu befürchten, daß es keinen anderen Mann gibt, der dich haben möchte. Mach dir keine Sorgen um eine neue Heirat, du hast ja noch das halbe Leben vor dir! Laß ab, dich zu grämen!«

Herr Wang, der mittlerweile nach Hause gekommen war und von der Absicht der Tochter, zu sterben, erfahren hatte, unterstützte seine Frau in dem Bemühen, sie zu beruhigen. Ssan-djau ließ sich zureden und dachte nach einigen Tagen kaum noch an das, was geschehen war. Wieder einmal ging es zu, wie es im Sprichwort heißt:

Wie ein Vogelpaar nisteten sie auf dem gleichen Baum,
Flogen sie jedes seinen eigenen Weg in der Stunde der Not.

Sprechen wir nun von Djang Ssing-ko. Er band die beiden Dienerinnen Djing-jün und Nuan-ssüa mit festen Stricken und begann sie auszuforschen. Zuerst kamen sie nicht mit der Sprache heraus; aber nach einer Tracht Prügel bequemten sie sich, alles haarklein zu erzählen. So erfuhr er, welche Rolle die alte Perlenhändlerin gespielt hatte, und begab sich gleich am nächsten Tage zu deren Haus, von einem Trupp junger Burschen mit Bambusstöcken begleitet. Wie Schneeflocken so dicht und unaufhörlich prasselten die Schläge auf die alte Frau nieder. Kein einziges Wort konnte sie zur Erklärung hervorbringen. Nachdem Djang Ssing-ko seinem Ärger erst einmal auf diese Weise Luft gemacht hatte, ließ er die beiden Dienerinnen von einer Vermittlerin verkaufen. Zum Schluß ließ er alle Kleidung und allen Schmuck seiner Frau in sechzehn große und kleine Kisten einpacken und dazu zweiunddreißig Streifen Papier mit einer Aufschrift versehen, daß die Kisten unter keinen Umständen geöffnet werden dürften, und je zwei auf jeden Kasten kleben.

Warum Ssing-ko das tat? Weil er im tiefsten Innern seiner Frau nach wie vor in ungeteilter Liebe zugetan war und von Herzeleid gepackt wurde, sobald ihm nur der kleinste Gegenstand, der ihr gehörte, vor Augen kam.

Wir müssen jetzt in unserer Geschichte eine neue Person einführen. Nämlich einen aus Nanking stammenden Herrn Wu Djä, der die erste Staatsprüfung bestanden und damit die Zulassung als Kreisbeamter erlangt hatte. Dieser Herr Wu begab sich gerade um jene Zeit auf dem Wasserwege in den Kreis Tschaujäng in der Provinz Kwangtung, um sein Amt als Kreismandarin anzutreten. Seine Reise führte ihn über die Bezirkshauptstadt Sjang-jang. Er hatte keine Familie bei sich und hielt überall Ausschau nach einer für ihn geeigneten Konkubine. Viele schöne Mädchen hatte er bereits gesehen, keines hatte ihm zugesagt. Als ihm nun die wunderbare Schönheit der Tochter des Herrn Wang Kung geschildert wurde, gab er einer Vermittlerin den Auftrag, ihm dieses Mädchen für fünfzig Unzen Gold herbeizuschaffen. Herr Wang Kung war über dieses Angebot hocherfreut. Er verständigte aber auch seinen ehemaligen Schwiegersohn davon, weil er fürchtete, daß dieser vielleicht nicht einverstanden sein möchte. Ssing-ko war jedoch durchaus einverstanden. Er ließ sogar am Abend vor der Hochzeit die sechzehn Kisten mit den Sachen seiner früheren Gattin an Bord der Dschunke des Herrn Kreismandarins Wu Djä schaffen und dazu ausrichten, sie gehörten zu Ssan-djaus Ausstattung.

Sein Verhalten wurde verschieden beurteilt. Die einen lobten ihn wegen seiner Treue; die anderen verlachten ihn als töricht, und wieder andere nannten ihn einen haltlosen Menschen, bei dem sich Wort und Tat nicht deckten.

Doch lassen wir solch müßiges Geschwätz auf sich beruhen. Sprechen wir wieder von Tschen Da-lang, der seine Waren in Ssutschou abgesetzt hatte und nach Ssin-an zurückgekehrt war. Seine Gedanken weilten nach wie vor bei Ssandjau, und jeden Morgen und Abend seufzte er, wenn sein Blick auf die Perlentunika fiel. Seine Frau Ping-schih argwöhnte sehr bald, daß es mit dieser Tunika eine merkwürdige Bewandtnis haben müsse. Eines Nachts nahm sie dem in tiefem Schlaf liegenden Gatten das Perlengewand fort und versteckte es im Dachgebälk. Beim Aufwachen sah Da-lang die Perlentunika nicht neben sich und verdächtigte sofort seine Frau. Ping- schih stellte natürlich jede Schuld in

Abrede. Da-lang bekam einen Wutanfall und durchwühlte sämtliche Truhen und Kästen, ohne daß die Tunika zum Vorschein gekommen wäre, worauf er sich in maßlosen Schimpfreden erging und seine Frau heulte.

Dieses wechselseitige Schluchzen und Toben hielt drei Tage lang an, und Tschen Da-lang wurde von unbezwinglicher Sehnsucht nach der Geliebten gepackt. Er versah sich in aller Eile ausreichend mit Silberbarren und machte sich, nur von einem Dienerburschen begleitet, auf den Weg nach Sjang-jang.

Kurz vor dem Ziel wurde er von einer Flußpiratenbande überfallen. Sie nahmen alles Silber, das er mit sich führte, und schlugen den jungen Diener nieder. Er selbst blieb am Leben, weil er sich im letzten Augenblick im Heck hinter dem Ruderpfosten hatte verstecken können. In der Stadt wollte er in dem Gasthof vor dem Tor Quartier nehmen, in dem er immer abzusteigen pflegte, und sich von Ssan-djau Geld leihen, damit er zurückfahren könnte. Sehr niedergeschlagen stieg er von der Dschunke an Land und suchte zuerst den ihm bekannten Gasthofbesitzer Lü Kung auf, dem er sein Mißgeschick erzählte. Danach wollte er zu der alten Perlenhändlerin gehen.

Aber der Wirt klärte ihn auf.

»Ihr wißt noch nicht, Herr Tschen«, sagte er, »daß die Perlenhändlerin in die Ehescheidung im Hause Djang verwickelt war und sich sehr mißliebig gemacht hat. Als Ssing-ko im vergangenen Jahr zurückkehrte und seine Frau nach einer Perlentunika fragte, stellte sich heraus, daß diese das Gewand ihrem Liebhaber geschenkt hatte. Darauf schickte Ssing-ko sie zu ihren Eltern zurück, und kürzlich ist sie die Konkubine des Kreismandarins Wu Djä geworden. Die Perlenhändlerin hat von Ssing-ko eine gehörige Tracht Prügel bezogen und sich in einem abgelegeneren Kreis in Sicherheit gebracht.«

Tschen Da-lang war bei dieser Rede zumute, als gösse ihm jemand einen Eimer eiskaltes Wasser über den Kopf. Der Schrecken, der ihn packte, war nicht gerade gering!

Noch am gleichen Abend überfielen ihn Schüttelfrost und hitziges Fieber. Eine schwere Krankheit kam zum Ausbruch, eine Art seelischen Leidens, das ihn reichlich zwei Monate ans Krankenlager fesselte, ohne daß die geringste Besserung eintrat. Der Besitzer des Gasthofs begegnete ihm all die Zeit über mit großer Geduld.

Eines Tages brachte Tschen Da-lang, von innerer Unruhe getrieben, aber doch die Entschlußkraft auf, einen Brief an seine Frau zu schreiben. Darin berichtete er, daß er krank im Gasthof liege, nachdem Seeräuber seine Dschunke ausgeplündert hätten, und bat, daß jemand aus der Verwandtschaft käme, um ihn zu pflegen und nach Hause zu bringen. Dem Wirt, Herrn Lü Kung, war sehr daran gelegen, daß dieser Brief befördert würde. Es traf sich, daß ein Kurier, den er kannte, Dokumente nach Ssin-an zu bringen hatte. Der Mann war gewillt, den Brief für fünf Silbertael mitzunehmen. Lü Kung erklärte sich bereit, die fünf Tael für Tschen Da-lang auszulegen, »es ist so gut, als ginge ich selbst«, sagte er, »dieser Bote ist schnell wie der Blitz.« Er ließ sich den Brief von Tschen Da-lang aushändigen und vertraute ihn dem Boten an. Schon nach wenigen Tagen traf der Kurier in der Stadt Ssin-an ein. Er fragte sich nach dem Haus der Familie Tschen durch und händigte Da-langs Frau den Brief aus.

Jetzt sei die Rede von Frau Ping-schih. Als sie den Brief öffnete, erkannte sie sogleich den Pinselzug ihres Mannes. Er schrieb: ›Tschen ehrerbietig an seine liebe Frau Ping-schih. Auf dem Wege nach Sjang-jang haben mich Räuber ausgeplündert und meinen Diener erschlagen. Ich liege schon seit zwei Monaten schwerkrank im Gasthof des Herrn Lü, ohne die kleinste Besserung. Es trifft sich, daß ein Kurier, der Dokumente fortzuschaffen hat, bei dir vorsprechen kann.‹ Ping-schih las den Brief und wußte nicht recht: Sollte sie glauben oder mißtrauen? ›Als er von der langen Reise zurückkehrte‹, ging es ihr durch den Sinn, ›hatte er tausend Barren Silber so mir nichts, dir nichts verplempert. Beweis: diese Perlentunika. Bestimmt hat er diesmal auch wieder einen Seitensprung gemacht. Was er da von den Räubern erzählt, ist bestimmt gelogen!‹

Dann dachte sie wieder: ›Aber daß jemand aus der Verwandtschaft zu ihm kommen soll, um nach ihm zu sehen, spricht dafür, daß er tatsächlich krank ist. Es wird schon das Beste sein, es reist jemand zu ihm.‹

Und nachdem sie das eine Mal in dieser Richtung und das andere Mal in jener Richtung überlegt hatte, kam sie zu dem Entschluß, selbst zu reisen; sie besprach alles Notwendige mit ihrem Vater, dem alten Ping Dschau-föng, und traf Anordnungen für das Hauswesen. Darauf trat sie in Gesellschaft ihres Vaters die Reise an. Ein altes Dienerehepaar nahm sie als Begleitung mit. Eine Dschunke sollte sie nach Sjang-jang bringen.

Als sie unterwegs in der Hauptstadt anlangten, erkrankte der alte Herr Ping an einem heftigen Fieber und mußte heimfahren. Ping-schih setzte die Reise auf dem Wasserweg mit Tschen Wang und dessen Frau zusammen fort. Sie brauchten nur noch knapp einen Tag, um Sjang-jang zu erreichen, und Ping-schih ging sofort zu dem Gasthof des Herrn Lü vor der Stadtmauer, um nach ihrem Mann zu sehen. Aber Tschen Da-lang war bereits vor zehn Tagen gestorben. Lü Kung hatte die Leiche auf seine Kosten für die Beerdigung herrichten und einsargen lassen.

Ping-schih warf sich schluchzend vor dem Sarg nieder, es dauerte eine geraume Weile, ehe sie sich beruhigte. Danach begehrte sie, den Toten zu sehen. Der Sarg sollte geöffnet und die Leichengewandung durch eine vornehmere ersetzt und außerdem ein besserer Sarg gekauft werden. Lü wollte darauf nicht eingehen, denn er hatte bereits zweiundzwanzig Silbertael verauslagt. Ping-schih blieb nichts anderes übrig, als einen teuren Außensarg zu kaufen und buddhistische Mönche zu bestellen, die Weihrauch verbrennen und Gebete sprechen sollten.

Nachdem Ping-schih den ersten Trauermonat in der vorgeschriebenen Form verbracht hatte, ging sie daran, den geeigneten Tag, an dem sie mit dem Sarg die Rückreise antreten könnte, bestimmen zu lassen. Lü Kung hatte sich inzwischen angesichts Ping-schihs Schönheit und Jugend überlegt, daß deren Witwenschaft nicht von langer Dauer sein werde.

›Mein Sohn Kung Örl‹, überlegte er, ›ist noch mit keiner Frau versprochen. Sollte es nicht möglich sein, diese Frau zurückzuhalten? Man könnte sicher erreichen, daß die beiden ein Paar werden!‹

Mit reichlich Reiswein und Versprechungen kaufte er sich die Frau des alten Tschen Wang als Vermittlerin. Nun war die alte Wang eine einfältige Person ohne das geringste Feingefühl und erzählte ihrer Herrin kurzweg, um was es dem Wirt gehe. Ping-schi geriet außer sich vor Ärger, nannte die Alte einen Trampel und versetzte ihr ein paar kräftige Ohrfeigen. Danach machte sie dem Wirt eine gehörige Szene. Lü Kung blieb ihr keine Antwort schuldig. Es kam so, wie es im Sprichwort heißt: ›Wer Hammelfleisch und Weizenbrot nicht haben kann, beklagt sich über deren schlechten Geschmack.‹

Lü Kung hetzte die Wangs auf, das Weite zu suchen. Der alte Wang hatte sich ohnehin schon überlegt, ob es gut wäre, zu bleiben. Nun beriet er sich mit seiner Frau und überzeugte sie, daß es für sie beide richtig wäre, sich aus dem Staube zu machen. Sie packten sich alles Silbergeld und den gesamten Schmuck ihrer Herrin ein und machten sich gleich in der folgenden Nacht auf den Weg. Obwohl Lü Kung Mitwisser war, sagte er zu Ping-schih, es sei gut, daß sie die beiden losgeworden, und ein Glück, daß nur sie bestohlen worden sei und nicht etwa fremde Gäste; denn das hätte ihr große Unannehmlichkeiten eingetragen und den Geist ihres verstorbenen Mannes beunruhigt. Er legte Ping-schih nahe, sich anderswo einzuquartieren. Sein Gasthof sei für sie nicht bequem genug.

Ping-schih konnte die Aufforderung nicht überhören und suchte sich eine andere Unterkunft. In ihrem neuen Zimmer war sie sehr vereinsamt und jammerte oft laut vor sich hin. Auch hatte sie der Verlust all ihres Geldes und ihrer Schmucksachen in große Not gebracht.

Wand an Wand mit ihr wohnte eine Frau Tschang-tji, die an allem, was um sie herum vorging, lebhaften Anteil nahm. Als sie Ping-schih wieder einmal weinen und klagen hörte, ging sie zu ihr und sprach ihr Mut zu. Sie erklärte sich auch bereit, Kleider für sie in das Pfandhaus zu bringen, denn Ping-schih war oft in Geldnöten. Es dauerte gar nicht lange, so hatte sie alles, was sie nicht unbedingt an Kleidung brauchte, versetzt, worauf sie beschloß, in einem reichen Hause eine Stellung als Dienerin anzunehmen, weil sie sich auf feinste Näh- und Stickarbeiten verstand. Aber Frau Tschang redete ihr dieses Vorhaben aus. »Ich einfache Person habe nicht viel mitzureden«, sagte sie, »aber Ihr dürft nicht eine so untergeordnete Stellung annehmen. So bescheiden Ihr auch leben möget, werdet Ihr nicht genug Geld sparen, um Euren Gatten so beizusetzen, wie es Euch als Witwe vorgeschrieben ist. Und außerdem werdet Ihr Euer Gesicht verlieren und keine Aussichten für Euer späteres Leben haben.«

»Eure Dienerin hat das auch erwogen«, entgegnete Ping-schih, »jedoch bietet sich ihr kein anderer Plan.«

»Aber ich einfache Person wüßte einen«, versetzte Frau Tschang. »Ihr seid immer noch eine hübsche junge Frau, meine ich. Auf tausend Li in der Runde steht Ihr allein da, habt kein Geld in der Hand, könnt nicht mit dem Leichnam Eures Gatten in die Heimat zurückkehren – nirgends ist ein Ausweg für Euch. Darum nützt Eure Jugend und Eure Schönheit, und haltet Ausschau nach einem geeigneten Gatten. Sobald Ihr erst wieder vermählt seid, gelangt Ihr zu neuem Wohlstand und damit auch in die Lage, einen Begräbnisplatz für Euren verstorbenen Gatten zu kaufen. Warum wollt Ihr Euer ganzes Leben in Unzufriedenheit verbringen?«

Ping-schih hörte sich diese Vernunftgründe an. Aber es gebrach ihr an Mut, und sie zögerte ein Weilchen, ehe sie zustimmte. »Ihr habt schon recht. Wenn eine Witwe ihren Körper verkauft, um ihren verstorbenen Gatten beisetzen zu können, kann sie niemand verspotten.«

Worauf Frau Tschang sofort in ihrem Gedankengang fortfuhr: »Wenn die junge Frau so denkt, so kann ich bescheidene Person ihr sogleich einen für sie geeigneten vornehmen Herrn in passendem Alter, von guter Erscheinung und aus wohlhabender Familie stammend, vorschlagen.« Ping-schih hatte einen Einwand. »Ich fürchte, ein junger Mann aus begütertem Hause wird keine Frau, die schon einmal verheiratet war, ehelichen wollen.«

»Er geht ebenfalls eine zweite Ehe ein«, sagte Frau Tschang beschwichtigend, »und hat mir erklärt, daß es ihm nichts ausmache, wenn seine neue Frau schon einmal verheiratet gewesen sei, es komme ihm nur darauf an, daß sie sich durch besondere Schönheit auszeichne.«

Djang Ssing-ko hatte Frau Tschang tatsächlich gebeten, sich als Heiratsvermittlerin für ihn zu verwenden, wenn ihr einmal eine für ihn geeignete Frau begegnen sollte. Er hatte nur, der Liebreize Ssan-djaus gedenkend, eine Bedingung gestellt: daß sie eine wirkliche Schönheit sein müsse. Nun konnte man vielleicht bezweifeln, daß Ping-schih, was Gesicht und Teint betraf, Ssan-djau gleichkam, aber in der Grazie der Hände und Füße und der Vollendung weiblicher Reize stand sie ihr nicht nach. Gleich am nächsten Tage begab sich Frau Tschang-tji zu Djang Ssing-ko. Der war von der erfreulichen Nachricht sehr beglückt, besonders auch darüber, daß Ping-schih nicht die vorgeschriebenen Brautgeschenke beanspruchte, sondern nur darum bat, einen Begräbnisplatz für ihren verstorbenen Gatten zu kaufen.

Tschang-tji trug einige Male Botschaften zwischen den beiden Parteien hin und her. Ssing-ko erwarb ein Stück gutes Land, auf dem Ping-schih den Sarg ihres ersten Mannes beisetzen ließ, wobei sie sich in den von der Sitte vorgeschriebenen Klagen erging, und an einem dafür ausgesuchten günstigen Tag schickte ihr Ssing-ko schöne Kleidungsstücke und auserlesenen Schmuck und löste die Gewänder ein, die sie hatte versetzen müssen. Danach wurde abermals ein glückverheißender Tag ausgesucht, und an diesem hielt Ping-schih unter Trommelwirbeln Einzug in die mit Blumen geschmückte Hochzeitskammer. Es ging ihnen, wie das Sprichwort besagt:

> Der Hochzeitstrubel war ihnen nichts Neues,
> Aber ihre Liebe ließ es sie neu erleben.

Ssing-ko erkannte bald, daß Ping-schih sehr fleißig und ordentlich war. Eines Tages kam er dazu, wie sie ihre Kleidung klopfte und in Truhen ordnete, und bemerkte unter den Sachen die Perlentunika. Er erkannte sie sofort und fragte erstaunt:

»Wie bist du zu dieser Perlentunika gekommen?«

»Durch eine Reise meines ersten Mannes«, antwortete Ping-schih. Und sie erzählte ausführlich, wie es wegen dieser Tunika zu einem Streit zwischen ihnen gekommen sei und ihr Mann sie danach verlassen habe.

»Als es mir damals schlecht ging, wollte ich das Perlengewand verkaufen«, fuhr Ping-schih fort. »Aber weil es mir nicht von Rechts wegen gehörte, habe ich mich nicht getraut, es fortzugeben, und es bisher immer versteckt.«

»Hieß dein erster Mann Tschen Da-lang? Hatte er eine besonders helle Haut, trug keinen Bart und ließ die Fingernägel an der linken Hand wachsen?« fragte Ssing-ko.

»Ganz recht!« war die Antwort.

Ssing-ko fuhr sich mit der Zunge über die Lippen und hielt die aneinandergelegten Handflächen zum Himmel empor.

»So kommt die Wahrheit ans Licht!« rief er. »Die himmlische Gerechtigkeit offenbart sich. Ein wie klägliches Geschöpf ist der Mensch!

Diese Perlentunika ist ein Erbstück meiner Familie. Dein verstorbener Mann hat meine Frau verführt und dieses Perlengewand von ihr zum Andenken erhalten. Als ich ihn in Ssu-tschou besuchte, sah ich die Tunika bei ihm und erfuhr, was geschehen war. Nach Hause zurückgekehrt, sagte ich meiner Frau die Ehe auf. Aber als ich erfuhr, daß dein verstorbener Mann aus Ssu-tschou stammte, konnte ich nicht ahnen, daß er dieser Tschen war. So hat sich nun der Kreis geschlossen!«

Ping-schih überlief es kalt bei dieser Erzählung. Aber ihre Zuneigung siegte über ihre Furcht.

Nun sei von einem Erlebnis berichtet, das Djang Ssing-ko ein Jahr später hatte. Er war wieder einmal auf einer Geschäftsreise durch Kwangtung. Eines Tages kaufte er in dem Kreis Tschau-jang von einem alten Händler eine Kollektion Perlen. Kaum hatte er den Kaufpreis gezahlt, als er feststellte, daß der Alte die wertvollste Perle herausgenommen hatte. Nicht gewillt, das hingehen zu lassen, hielt er den Gauner fest und durchsuchte dessen weite Ärmeltaschen. Der Mann wollte sich frei machen, stolperte dabei und schlug der Länge nach hin. Ssing-ko wollte ihm aufhelfen – er war tot! Djang Ssing-ko wurde von der Familie des Händlers bei dem Kreismandarin auf Totschlag verklagt und ins Gefängnis gesperrt. Dieser Kreismandarin aber war der uns bekannte Herr Wu Djä aus Nanking, der Ssan-djau, Ssing-kos geschiedene Frau, zur Konkubine genommen hatte.

Am Abend des Tages, an dem Ssing-ko verhaftet worden war, las der Kreismandarin daheim in seinem Amtszimmer den Bericht durch, den der Häftling zu seiner Verteidigung aufgesetzt hatte. Ssan-djau stand neugierig neben ihm, um mitzulesen. Da fiel ihr der Name auf: ›Der Angeklagte Lo aus dem Kreis Dsau-jang ...‹ Sie aber erinnerte sich, daß ihr früherer Mann auf seinen Geschäftsreisen sich immer ›Lo aus dem Kreis Dsau-jang‹ genannt hatte. Mit einem Mal wurde ihre Liebe zu ihm wieder wach, und sie brach in lautes Weinen aus. Der Mandarin fragte sie erstaunt nach der Ursache ihres Jammers.

»Dieser Angeklagte ist mein Bruder!« log sie zitternd vor Aufregung. »Ein kinderloser Bruder meiner Mutter hat ihn an Sohnes Statt angenommen, damit seine Familie nicht ausstürbe, und daher trägt er den Namen Lo. Ich flehe Euch an, mein Herr und Gebieter: Laßt ihn Eurer unterwürfigen Sklavin wegen frei und zu den Seinen heimkehren!«

»Bevor die Untersuchung nicht durchgeführt ist, darf ich keinen Gefangenen freilassen.«

Ssan-djau warf sich vor dem Mandarin auf die Knie und umklammerte schluchzend seinen Arm.

»Wenn mein Bruder sterben muß, kann ich auch nicht länger leben!« stieß sie hervor. »Beruhige dich!« suchte der Mandarin sie zu trösten. »Vielleicht findet sich ein Ausweg.«

Die Gerichtsverhandlung war auf den folgenden Morgen angesetzt. Die beiden Söhne des verstorbenen Händlers beschuldigten Djang Ssing-ko, mit dem Vater einiger Perlen wegen Streit angefangen und ihn im Verlauf der Auseinandersetzung mit der Faust niedergeschlagen zu haben. Ssing-ko wies diese Behauptung zurück. »Der Händler hat die wertvollste Perle aus der Kollektion Perlen, die ich gekauft hatte, verschwinden lassen«, führte er aus. »Als ich die Perle in seinen Taschen suchen wollte, bekam er einen Wutanfall, stolperte, als er sich meinem Griff entziehen wollte, und schlug dabei der Länge nach hin. In seinem Alter kann der Tod wohl plötzlich eintreten.«

Die Zeugen des Vorgangs sagten verschieden aus.

»Wie alt war Euer Vater?« fragte Herr Wu Djä die Söhne.

»Siebenundsechzig Jahre«, antworteten sie.

»In diesem Alter muß man mit einem Herzschlag rechnen«, sagte Herr Wu Djä.

Die beiden Söhne nahmen aber die Beschuldigung nicht zurück. Darauf verkündete der Kreismandarin: »Unter diesen Umständen muß ich die Leiche von Amts wegen sezieren lassen. Das Urteil wird auf Grund der Verletzungen gefällt werden, die bei der Obduktion festgestellt werden.«

Diese Maßnahme versetzte die Ankläger in eine sehr unangenehme Lage. Nach den herrschenden Sitten durfte der Leichnam eines angesehenen Mannes nicht zerstückelt werden, wie das beim Sezieren unerläßlich ist. Sie verneigten sich zum Ausdruck der Ehrerbietung mehrmals tief vor dem Mandarin, so daß ihre Köpfe den Erdboden berührten, und flehten ihn an, die Leiche des Vaters nicht sezieren, sondern nur im Hause anschauen zu lassen.

Der Mandarin geriet in Zorn. »Ihr wollt die Sektion nicht erlauben?!« sagte er aufgebracht. »Das ist für das Gericht ein Beweis, daß Ihr die Anklage aufs Geratewohl hin erhoben habt. Ich kann ihr also nicht stattgeben und bestimme, daß der Angeklagte sofort freigelassen wird.«

Darauf ließ der Mandarin den Brüdern die von ihnen aufgesetzte Anklage zurückgeben und erklärte die Gerichtsverhandlung für aufgehoben. Die Brüder verließen die Gerichtshalle sehr betreten, Djang Ssing-ko vollzog zum Zeichen seiner Dankbarkeit mehrere tiefe Kotaus vor dem Mandarin.

Während der Verhandlung hatte Ssan-djau daheim wie auf glühenden Kohlen gesessen.

»Wie lautet das Urteil?!« fragte sie in höchster Spannung den eintretenden Gatten. Dieser berichtete.

»Wan sjä – zehntausendfachen Dank!« sagte sie glückstrahlend ein über das andere Mal. »Deine unterwürfige Sklavin hat noch eine Bitte. Sie möchte den Bruder begrüßen und ihn nach dem Ergehen der Eltern fragen!«

Sogleich ließ der Mandarin Djang Ssing-ko in sein Amtszimmer im Jamen bitten. Er empfing den Bruder mit großer Höflichkeit und lud ihn ein, Platz zu nehmen. »Eure Schwester hat sich bei mir für Euch eingesetzt«, sagte er. »Ihr schuldet ihr Dank dafür. Denn ohne sie wäret Ihr vielleicht doch verurteilt worden.«

Ssing-ko wußte auf diese Worte nichts zu erwidern. Schweigend trank er den angebotenen Tee.

»Folgt mir, bitte, in mein Arbeitszimmer!« forderte ihn der Mandarin auf. Danach erteilte er einem Diener leise einen Befehl.

Einen Augenblick danach stand Ssing-ko seiner ersten Frau gegenüber! War es Wirklichkeit? War es ein Traum? Uneingedenk der von der Sitte vorgeschriebenen Begrüßung, brachen beide in Schluchzen aus und umarmten sich. Über ein so liebevolles Wiedersehen zwischen Bruder und Schwester war Herr Wu Djä höchst erstaunt.

»Sagt, wie es sich wirklich mit Euch verhält!« sagte er. »Es macht mir nicht den Eindruck, als wäret ihr Geschwister.«

Über und über rot vor Freude, Glück und Schmerz zugleich, flüsterte Ssan-djau: »Eure unterwürfige Sklavin verdient, zehntausendfach zu sterben. Es ist mein erster Gatte.«

Gemeinsam erzählten Ssing-ko und Ssan-djau dem Mandarin ihre Ehegeschichte. Er hörte in großer Rührung zu.

»Ich unbedeutender Kreismandarin will Eurer Liebe und Eurem Glück nicht im Wege stehen«, sagte er, als die beiden geendet hatten. »Auch haben mir die Götter in den drei Jahren der Ehe mit Eurer früheren Gattin keinen Sohn beschert. So steht Eurer Vereinigung kein Hindernis im Wege!«

Danach ließ Herr Wu Djä eine Sänfte kommen und Ssan-djau in den Gasthof bringen, in dem Ssing-ko wohnte. Die sechzehn großen und kleinen Kisten voller Schmuck und Kleidung, die sie als Ausstattung in sein Haus mitgebracht hatte, ließ er unangerührt ebenfalls in den Gasthof schaffen.

Nach der Rückkehr in sein Haus in Sjang-jang machte Ssing-ko seine beiden Frauen miteinander bekannt. Da die Witwe des Herrn Tschen, Ping-schih, ein Jahr älter als Ssan-djau war, bestimmte er sie zur Hauptfrau, seine erste Gattin zur Nebenfrau. Das war zugleich eine gerechte Vergeltung für die Schuld, die Ssan-djau auf sich geladen hatte. Die Liebe zwischen ihr und Ssing-ko wurde so innig, wie sie vordem gewesen war, und die beiden Frauen nannten sich ›ältere und jüngere Schwester‹ und standen sehr freundschaftlich zueinander.

Es gibt ein Gedicht zu dieser wahren Geschichte:

Wunderlich ist die Liebe zwischen Mann und Frau.
Er bekommt zu der Frau eine Konkubine.
Unglück und Glück liegen dicht beieinander.
Der Himmel hilft dem, der Hilfe erbittet.

QUELLENNACHWEIS

Lu Hsün: Tang Sung Ch'uan Ch'i Chi (Gesammelte Werke, 1954). Chin Ku Ch'i Kuam (Peking 1955).

Kuan Ming Jih Pao (Kuan Ming-Zeitung) vom 10. Juni 1956: Lüeh lun, ›Chin Ku Ch'i Kuan‹ (Besprechung der Sammlung ›Seltsame Geschichten aus Gegenwart und Vergangenheit‹).

DER KÜNSTLER MEHRDAD ZAERI

Ich zeichne seit etwa zwölf Jahren mit Stiften auf Papier. Kugelschreiber, Buntstifte, Filzstifte, Tusche, und Bleistifte sind meine Arbeitsinstrumente. Das Aquarellpapier ist meine bevorzugte Arbeitsfläche.

Die Illustrationen für DAS CHINESISCHE DEKAMERON haben ihren Ursprung in meinen Skizzenheften, die tausende von kleinen, einfachen und spontanen Zeichnungen beinhalten. Sie entstanden meist in den vielen kleinen und großen Wartemomenten des Tages. Die Skizzen für dieses Buch habe ich am Computer zu fertigen Illustrationen nachbearbeitet.

DAS CHINESISCHE DEKAMERON ist ein Buch mit Geschichten, die von der Liebe erzählen. Diese zehn »Liebesgeschichten« handeln nicht nur von der sanften Harmonie zwischen Mann und Frau. Sie erzählen auch von Verrat, Tod, Rache und Untreue.

Dieser Wechsel zwischen Hell und Dunkel im Spiel der Geschlechter hat mich bei der Vorbereitung der Zeichnungen besonders inspiriert.

Der Text folgt der 1963 im Greifenverlag, Rudolstadt erschienenen Ausgabe.
Aus dem Chinesischen übertragen von Johanna Herzfeldt.

Zu diesem Titel erscheint eine limitierte Vorzugsausgabe
in einer Auflage von 120 Exemplaren
mit einer Originalgrafik von Mehrdad Zaeri.
Die Vorzugsausgabe trägt die ISBN 978-3-7632-5910-6

1. Auflage 2008

Mit 20 farbigen Illustrationen von Mehrdad Zaeri, Mannheim
Gestaltung und Herstellung: Katrin Jacobsen, Frankfurt am Main
Satz: Pinkuin Satz und Datentechnik, Berlin
Gesetzt aus der Trinité No 2 roman 11 auf 15,5 pt
Gedruckt auf 115 g/qm Fly 05 spezial-weiß
Lithoarbeiten: RGD, Langen
Druck und Bindung: CPI – Ebner & Spiegel, Ulm
Printed in Germany 2008
ISBN 978-3-7632-5909-0

www.buechergilde.de